ANN GRANGER

Mord ist aller Laster Anfang

Weitere Titel der Autorin:

Aus der Mitchell-und-Markby-Reihe:
Mord ist aller Laster Anfang
Fuchs, du hast die Gans gestohlen
Warte, bald ruhest auch du
Messer, Gabel, Schere, Mord
Wer andern eine Grube gräbt
Ein schöner Ort zum Sterben
Blumen für sein Grab
Kerzenlicht für eine Leiche
Ein Hauch von Sterblichkeit
Ihr Wille geschehe
Tote kehren nicht zurück
In dunkler Tiefe sollst du ruhn
Mord wirft lange Schatten
Der Fluch der bösen Tat
Und sei getreu bis in den Tod
Ein unerledigter Mord

Aus der Lizzie-Martin-und-Benjamin-Ross-Reihe:
Wer sich in Gefahr begibt
Neugier ist ein schneller Tod
Ein Mord von bessrer Qualität
Ein guter Blick fürs Böse
Die Beichte des Gehenkten
Die Tote von Deptford
Mord ist eine harte Lehre

Aus der Jessica-Campbell-Reihe:
Stadt, Land, Mord
Mord hat keine Tränen
Asche auf sein Haupt
Mord mit spitzer Feder
In des Waldes düstren Gründen
Ein unerledigter Mord

Titel in der Regel auch als E-Book erhältlich.

Über die Autorin:

Ann Granger war früher im diplomatischen Dienst tätig. Sie lebt heute mit ihrer Familie in der Nähe von Oxford. Bestsellerruhm erlangte sie mit der Mitchell-und-Markby-Reihe und den Fran-Varady-Krimis. Nach Ausflügen ins viktorianische England mit den Lizzie-Martin-Romanen knüpft sie mit der Serie um Inspector Jessica Campbell wieder unmittelbar an die Mitchell-und-Markby-Reihe an.

ANN GRANGER

Mord ist aller Laster Anfang

EIN FALL FÜR MITCHELL UND MARKBY

Kriminalroman

Aus dem Englischen von
Edith Walter

lübbe

Dieser Titel ist auch als E-Book erschienen

Die Bastei Lübbe AG verfolgt eine nachhaltige Buchproduktion. Wir verwenden Papiere aus nachhaltiger Forstwirtschaft und verzichten darauf, Bücher einzeln in Folie zu verpacken. Wir stellen unsere Bücher in Deutschland und Europa (EU) her und arbeiten mit den Druckereien kontinuierlich an einer positiven Ökobilanz.

MIX
Papier | Fördert gute Waldnutzung
FSC® C014496
FSC www.fsc.org

Vollständige Taschenbuchausgabe

Titel der englischen Originalausgabe: »Say it with Poison«

Titelillustration: © GlobalP/iStock/Getty Images Plus; BackyardProduction/iStock/Getty Images Plus; janssenkruseproductions/iStock/Getty Images Plus; eugenesergeev/iStock/Getty Images Plus; Sofya Ivanova/iStock/Getty Images Plus
Umschlaggestaltung: Guter Punkt, München | www.guter-punkt.de
Satz: hanseatenSatz-bremen, Bremen
Gesetzt aus der Bembo Std
Druck und Verarbeitung: GGP Media GmbH, Pößneck
Printed in Germany
ISBN 978-3-404-18911-3

2 4 5 3 1

Sie finden uns im Internet unter luebbe.de
Bitte beachten Sie auch: lesejury.de

Für John

KAPITEL 1

Der Lift ging schon wieder nicht. Meredith Mitchell starrte ihn wütend an – sie war müde nach einem anstrengenden Tag, zerknittert von der Heimfahrt in einer überfüllten Straßenbahn und staubig von dem Gang durch die sonnigen Straßen. Dass der Lift nicht funktionierte, war weder neu noch überraschend. Er war ein Museumsstück mit reich verzierten Gitterstäben und sah aus wie ein Affenhaus im Privatzoo eines viktorianischen Sammlers. Die Gitterstäbe liefen an der Spitze in metallene Laubverzierungen aus, die stolz zur Schau gestellte Fördervorrichtung mit Tragseil, Steuerseil und Führungsschiene glich einem der technischen Geräte aus dem »Jahrbuch für Jungen«. An einem der metallenen Akanthusstiele war eine Metalltafel befestigt, auf der eine Inschrift auf Deutsch verkündete, dass dieser Lift in der Blütezeit der österreichisch-ungarischen Monarchie eingebaut worden war. Irgendein Witzbold hatte, vermutlich von einer Reise nach Wien, eine Ansichtskarte mit dem Porträt von Kaiser Franz Joseph mitgebracht und in die Liftkabine geklebt. Dort blieb sie hängen und wurde von dem betagten ungarischen Hausmeister mit jener Ehrfurcht behandelt, die normalerweise Heiligenbildern vorbehalten bleibt. Meredith schnitt dem schnurrbärtigen alten Kaiser in dem blauen Militärmantel mit Messingknöpfen eine

Grimasse. Heute hatte Seine Kaiserliche Majestät den Lift ganz für sich allein.

Sie nahm ihre Aktenmappe auf und begann die sanft geschwungene steinerne Treppe zu erklimmen, wobei sie sich müde am Treppengeländer abstützte. Obwohl überall die Farbe abblätterte, unter der Decke Spinnweben hingen und man den Eindruck hatte, dass das ganze Gemäuer allmählich zu Staub zerfiel, besaß der Wohnblock noch etwas von der Eleganz des Fin de Siècle: Die Treppe, über die Meredith sich jetzt zur dritten Etage hochschleppte, war breit genug für Krinolinen. Aber die Heizung arbeitete nur selten richtig, die Installationen waren abenteuerlich, im Keller gab es Ratten, und manchmal nahm eine von ihnen die falsche Abzweigung und verirrte sich in eines der oberen Stockwerke. Meredith hatte einmal spät abends die Wohnung verlassen und auf der Türschwelle eine Ratte gefunden, die sich den Bart putzte. Dennoch liebte sie das Haus und beneidete die anderen Konsulatsangestellten nicht um ihre moderneren Wohnungen in den seelenlosen Betonbauten draußen in der Wildnis der neuen Vorstädte. Es rückte die Dinge in die richtige Perspektive; es blinzelte dem Besucher verschwörerisch und ein bisschen durchtrieben zu wie ein welker alter Beau, der noch nicht allen Schneid verloren hat. Die Zeit sorgt schließlich immer auf die eine oder andere Weise dafür, dass unsere Ambitionen nicht in den Himmel wachsen.

Endlich stand sie vor ihrer Tür – ein wenig außer Atem und ins Schwitzen geraten in dem stickigen Treppenhaus. Marija, die Putzfrau, war heute hier gewesen und hatte den Messingbriefkasten, auf dem noch in verblasster gotischer Schrift das deutsche Wort »Briefe« stand, auf Hochglanz poliert. Natürlich machte sich heute kein Postbote mehr die Mühe, seine Tasche mit den Briefen hier heraufzuschleppen. Er warf die Post in die nummerierten Metallkästen, die unten in der Vorhalle an der Wand hingen. Das heißt, die Post der anderen Leute. Merediths private Post, sofern sie welche erhielt, kam in einem Leinensack zusammen mit der Diplomatenpost, die regelmäßig vom Kurierdienst zugestellt wurde. Tatsächlich aber kam es nur selten vor, dass sie überhaupt private Briefe erhielt.

Die Leute daheim vergessen einen zwar nicht, wenn man mehrere Jahre im Ausland gearbeitet hat, aber die Verbindung aufrechtzuerhalten wird immer schwieriger. Das zumindest sagte sich Meredith. Die Lebenswege verlaufen in unterschiedlichen Richtungen, und wenn man immer weniger gemeinsam hat, verliert man sich schließlich aus den Augen. Merediths Eltern lebten nicht mehr, und sie hatte weder Bruder noch Schwester. Sie korrespondierte, mit zeitweiligen Unterbrechungen, mit zwei alten Schulfreundinnen – eine von ihnen hatte letzte Weihnachten keinen Brief geschrieben, nur eine Karte geschickt, und zum nächsten Weihnachtsfest würde wahrscheinlich auch die ausbleiben –, aber beide waren verheiratet, hatten sich um eine immer größer werdende Kinderschar zu kümmern und nahmen ganz richtig an, dass Meredith an einer minutiösen Schilderung ihres Familienalltags nicht interessiert sein würde. Ihre einzige nahe Verwandte, eine Cousine, war zugleich die Einzige, die nicht unter diese Kategorie fiel. Eve Owens führte ein abwechslungsreiches Leben, in dem die häuslichen Dinge stets eine geringere Rolle spielten als die Ereignisse in dem Bereich, den sie »das Business« nannte. Sie beide schafften es, in Verbindung zu bleiben. Gerade noch. Ob es gut war, war eine andere Sache.

Heute war ein Brief eingetroffen, der Meredith mit Freude, aber auch mit Unbehagen erfüllte. Neuigkeiten von Eve zu erfahren brachte sie immer etwas durcheinander. Sie rührten alte, halb versunkene Erinnerungen wieder auf, die man am besten ruhen lassen sollte. Toby Smythe, der Vizekonsul, der die private Post immer als Erster durchsah, hatte ihn mit einem bedeutsamen »Hier, der ist offenbar für Sie!« zu Meredith hineingebracht, was daran lag, dass Eve unbedacht ihren Namen und ihre Adresse auf die Rückseite des Couverts geschrieben und Toby beides gelesen hatte. Neugierige Fragen brannten ihm auf den Lippen, doch der stählerne Blick aus Merediths Augen hinderte ihn daran, sie zu stellen – vorläufig. Sie hatte den Brief mit einem knappen »Danke« entgegengenommen und ihn auch nicht geöffnet, nachdem Toby sich widerwillig verzogen hatte. Sie legte ihn auf ihren Schreibtisch und betrachtete ihn eine Weile, bevor sie ihn, noch immer ungeöffnet, hastig in die Tasche stopfte. Als sie jetzt nach ihrem Schlüssel suchte, brachte sich der Brief, als ihre Finger ein knisterndes, steifes Etwas streiften, wieder in Erinnerung.

»Du wartest noch ein bisschen«, sagte Meredith lautlos zu dem Brief. Sie schloss auf und betrat die Wohnung. Marija war selbst nicht mehr da, hatte aber den Geruch von Bohnerwachs zurückgelassen. Meredith ließ die Tasche fallen, hängte den Mantel auf und ging in die Küche, um den Kessel aufzusetzen. Wie für Wohnungen aus dieser Epoche typisch, war jeder der Wohnräume riesig, die Küche hingegen eine winzige Kombüse mit Marmorfußboden, wo die Köchin, kaum imstande, sich umzudrehen, geschwitzt hatte, während die Familie in dem weiträumigen Salon saß und sich von einem Ende zum anderen nur schreiend verständigen konnte. Meredith ließ sich Zeit, trödelte herum und strich sich ein Erdnussbuttersandwich, das sie gar nicht wollte. Endlich trug sie Brief, Tee und Sandwich in das geräumige Wohnzimmer und stellte das Tablett auf ein modernes, protziges hölzernes Möbelstück, das den offiziellen Stellen wohl als angemessene Investition erschienen war. Der Augenblick, den sie so lange hinausgeschoben hatte, war da. Sie setzte sich in den letzten Glanz der Abendsonne, musterte den glatten elfenbeinfarbenen Umschlag mit einem misstrauischen Blick und machte ihn auf.

Kein Wunder, dass er so steif war. Er enthielt einen Brief und eine Karte. Die Karte war, wie sich bald herausstellte, eine geschmackvoll gravierte Hochzeitseinladung. Einen Moment dachte Meredith, Eve wolle sich kopfüber in die vierte Ehe stürzen, doch bei einem schnellen Überfliegen der Karte sah sie, dass Sara, Eves Tochter und Merediths Patenkind, die Braut war.

Von Neuem rief ihr aufwallendes schlechtes Gewissen die ferne Erinnerung an eine kalte Kirche und ein wimmerndes Baby in ihr wach. Vor ihrem inneren Auge erschien Eve, jung, hübsch und auf eine bezaubernde Weise mütterlich. Neben ihr stand Mike, der stolze Vater – er war ja so stolz auf seine winzige Tochter gewesen. Es hatte, außer Meredith, noch zwei weitere Paten gegeben, doch ihre Namen hatte sie vergessen. Sie war eine sehr junge Patin gewesen, und das Ereignis hatte schwer auf ihren Schultern gelastet. Sie hatte eine furchtbare Verantwortung gespürt. Und das Gefühl einer Schuld hatte an ihr gezehrt – einer Schuld, die sie dazu trieb, Eve, die sie in Wirklichkeit doch sehr liebte, hassen zu wollen. Sie war in jenem ganz besonderen Fegefeuer der Jugend gefangen, in Gefühle verstrickt, die sie erschreckten, die sie nicht verstand, die sie gleichzeitig himmelhochjauchzend und zu Tode betrübt machten. Sie hatten ein bezauberndes, nach außen hin harmonisches Trio abgegeben, die hübsche Ehefrau und Mutter, ein schönes Baby und der stolze junge Vater und Ehemann. Meredith hatte ihnen direkt gegenübergestanden, an eine Säule gedrückt, sich hinter dem hohen gemeißelten Taufbecken aus Stein verbergend, sie hatte sterben, in die holprigen Steinplatten versinken wollen, die den Fußboden der uralten Kirche bildeten, sie wäre am liebsten direkt hinabgesunken in die darunterliegende Krypta, um sich dort den Toten zuzugesellen, die aller fleischlichen Pein entronnen waren. Damals hatte sie geglaubt, der schlechteste Mensch auf Erden zu sein.

Der Vikar stellte den Paten die übliche Frage: »Wollt ihr, im Namen dieses Kindes, dem Teufel und all seinen Werken widersagen, dem eitlen Pomp und falschen Glanz dieser Welt mit all ihren Begierden und den Begierden des Fleisches, auf dass ihr ihnen weder folgen noch euch von ihnen leiten lassen werdet?« Obwohl sie sich noch so sehr anstrengte, es zu verhindern, war ihr Blick in die Höhe gezogen worden, sie war, über das Taufbecken hinweg, Mikes Augen begegnet und hatte das Gefühl gehabt, dass alles, was in ihrem Herzen war, ihr jetzt wie ein Brandzeichen auf der Stirn stehen musste, so dass alle es lesen konnten.

»Antworte!«, hatte sie der Vikar unwirsch aufgefordert.

Undeutlich hatte sie gemurmelt: »Ich widersage« und konnte bis zum heutigen Tag nicht verstehen, warum nicht sofort ein Blitzstrahl sie getroffen und getötet hatte, dort, auf den abgetretenen Steinplatten. Sogar jetzt, mit Eves Brief und Karte in der Hand, war ihr, als könne sie das Kerzenwachs riechen und die erdige Feuchte, die in alten Steinen sitzt, und den Staub in den Bettkissen. Sie hörte im Geist das Wasser spritzen, das weitärmelige Chorhemd des Priesters rascheln und das überraschte, leise Piepsen des Kindes in seiner Armbeuge.

Zuweilen, sagte Meredith sich später, wächst man aus der jugendlichen Verwirrung heraus, manchmal aber reift sie zu einer Verwirrung heran, die noch im Erwachsensein Bestand hat, und man kann sich ihr nur entziehen, indem man flieht. Einen anderen Ausweg gibt es nicht. Zu gegebener Zeit nahm Meredith ihr Wanderleben auf. Von Posten zu Posten, von Land zu Land. Jetzt war sie hier, britische Konsulin, fünfunddreißig

Jahre alt und sehr gut in ihrem Job. Meredith, so sagten alle, ist eine Karrierefrau. Aber sie war auch ein Flüchtling.

Das Schicksal hat jedoch die hässliche Unart, sich an unsere Rockschöße zu hängen. Jetzt war der wimmernde Säugling zur Frau herangewachsen und wollte heiraten. Das boshafte Schicksal musste auf diesen Tag gewartet haben und führte jetzt, während es Meredith mit einem höhnischen Grinsen beim Lesen der Karte zusah, in der Ecke des Wohnzimmers einen gespenstischen kleinen triumphalen Tanz auf. Und es war, unleugbar, ein ziemlicher Schock, so plötzlich festzustellen, wie schnell die Jahre verflogen waren.

»Mann«, murmelte Meredith, »wie alt ist sie eigentlich?« Sie zählte schnell mit den Fingern nach. Neunzehn. »Verdammt, ich hab ihr zum Achtzehnten kein Geburtstagsgeschenk geschickt. Wann feiert man jetzt seine Großjährigkeit? Mit achtzehn oder einundzwanzig? Ich werde ihr etwas unglaublich Tolles zur Hochzeit schenken müssen. Wen um alles in der Welt heiratet sie überhaupt?«

Eine genauere Inspektion der Karte enthüllte, dass es sich um einen gewissen Jonathan Lazenby handelte. Wegen des Hochzeitsgeschenks würde sie sich von Eve beraten lassen müssen. Das Letzte, was sie ihrer Erinnerung nach ihrem Patenkind geschickt hatte, war ein Kinderbuch gewesen. Sie begann den Brief zu lesen.

Du wirst doch versuchen zu kommen, nicht wahr, Merry? Eves ausladende Handschrift schwankte, mal nach links, mal nach rechts kippend, über die Seite, fiel hin und wieder sogar über den Rand und ließ dann Worte auf eine kuriose Weise unvollendet. *Wir sind eine so kleine Familie. Wir haben überhaupt keine richtigen Verwandten, und die Lazenbys werden vermutlich in Armeestärke auftreten. Es wird eine ganz bescheidene Hochzeit, nur Familie, weißt du, und es wäre Sara peinlich, wenn unsere Seite der Kirche leer bliebe. Sie heiratet in unserer kleinen Dorfkirche, die praktisch nicht mehr benutzt wird und eigens geöffnet werden muss. Ich hoffe sehr, es riecht nicht muffig nach feuchten Kniekissen. Die Kirche hat hübsche bunte Glasfenster und wird sich auf den Hochzeitsfotos bestimmt gut machen. Zu Mikes Familie habe ich den Kontakt völlig verloren. Ich hätte ihn wohl aufrechterhalten sollen, nehme ich an, um Saras willen, aber so, wie die Dinge endeten, habe ich es nicht getan. BITTE KOMM AUF JEDEN FALL!*

»So, wie die Dinge endeten«, wiederholte Meredith. Den Brief in der Hand, blieb sie ein paar Minuten in einer still gewordenen Welt sitzen. Eine Schmeißfliege, die gegen die Fensterscheibe stieß, holte sie in die Gegenwart zurück. Die Fliege lag auf dem Rücken und surrte völlig sinnlos mit den Flügeln. Meredith stand auf, schaufelte sie auf Eves Brief und beförderte sie aus dem Fenster. Ein Schwall warmer Spätnachmittagsluft wehte herein und brachte das Geräusch der Straßenbahnen mit, die einen Block entfernt vorüberklirrten. Plötzlich überkam sie eine überwältigende Sehnsucht nach England und nach einem Heim, das sie nicht auf dem Rücken mit sich trug wie eine Schnecke: die unbestimmte, verlockende Ahnung einer Welt mit Doppeldeckerbussen, Chintzbezügen, Sommerregen, der gegen Fensterscheiben prasselte, und getoasteten Teekuchen.

Warum sollte sie die Einladung nicht annehmen? Ihr stand noch jede Menge Urlaub zu, und sie brauchte eine Ruhepause. Es wäre schön, mit dabei zu sein, wenn Mikes Tochter heiratete. Mike hätte es auch gefallen. Allerdings – wie würde es möglich sein für sie, in der Kirche zu stehen und nicht an jenen anderen Gottesdienst zu denken, an die Fragen und Antworten? Wie sollte sie dann nicht an Mike denken? Denn sie tat es noch immer, öfter, als gut für sie war, und ganz gewiss auch öfter, als es Sinn hatte. Sie schob die Einladung in das Couvert zurück.

Die Entscheidung konnte warten. Nicht sehr lange zwar, denn der Hochzeitstermin war nicht mehr allzu weit entfernt, aber gewiss noch eine Woche, bis sie ihre Antwort dem nächsten für England bestimmten Postsack anvertrauen konnte. Es war ein langer Tag gewesen heute, sie fühlte sich unbehaglich und staubig, und ihre eigene Unentschlossenheit lastete zusammen mit einer Vielfalt anderer unbewältigter Gefühle auf ihr. Sie ging ins Bad und drehte die Hähne auf, um alles gründlich von sich abzuwaschen.

»Ich mag keine Hochzeiten«, sagte Alan Markby energisch. Er spähte zu einem Hängekorb hinauf. »Die Hitze schadet diesem Ding. Ich nehme es lieber weg.«

»Bisschen spät«, sagte sein Schwager Paul und wendete die Steaks auf dem Grill. »Ich fürchte, die Lobelie ist inzwischen gut geräuchert. Bleibt weg von hier, Kinder.«

Markbys Schwester Laura stand aus einem Liegestuhl auf, dehnte und streckte sich und dirigierte ihre Brut in eine Ecke, wo sie sich mit Coladosen niederließ und zudem, wie Markby resigniert feststellte, mit scheußlichen roten Eislutschern, die schneller zu tropfen begannen, als die kleinen Münder sie verspeisen konnten, und die Steinplatten seines Patios mit hässlichen scharlachroten Flecken sprenkelten. Er fragte sich, warum er sie eigentlich eingeladen hatte, damit sie ihm nun seinen Sonntagnachmittag verdarben. Schlechtes Gewissen, dachte er.

Laura, hinter einer riesengroßen Sonnenbrille versteckt, wandte ihr Gesicht der Sonne zu. Sie hatte einen hellen Teint, und ihr blondes Haar verwandelte sich, je weiter der englische Sommer fortschritt, in skandinavisches Weißblond. Sie war mittlerweile gut gebräunt und stellte lange, wohlgeformte

Beine zur Schau. Markby dachte in einem Anflug von Humor: Ich habe noch nie jemanden gesehen, der weniger nach einer erfolgreichen Anwältin aus einer hochangesehenen, alteingesessenen Anwaltskanzlei ausgesehen hätte.

»Es ist so weit!«, verkündete Paul. »Steaks für uns, Hamburger für die Kinder, Würstchen für alle, die welche haben wollen.«

Während sie aßen, kamen sie wieder auf die Hochzeitseinladung zu sprechen, die in Markbys Küche mit Reißzwecken an die Tür der Speisekammer geheftet war.

»Es ist doch schmeichelhaft, wenn man gebeten wird, den Brautführer zu machen«, bot Laura ihre ganze Überredungskunst auf. »Besonders wenn es sich bei der Brautmutter um die berühmte Eve Owens handelt.«

»Es ist nur schmeichelhaft, wenn man ein alter Freund der Familie ist. Ich kannte Robert Freeman eher flüchtig. Ich habe mit ihm Golf gespielt und einige Male ein Glas mit ihm getrunken. Aber er war gar nicht Saras Vater, nur Stiefvater Nummer zwei, und er ist vor anderthalb Jahren gestorben. Sara selbst habe ich zwei- oder vielleicht dreimal gesehen. Sie kleidet sich wie eine Außerirdische, hüpft herum wie ein ungezogenes Hündchen und rettet Wale. Eve Owens bin ich auch nicht viel öfter begegnet, und ich bin wahrlich kein Fan ihrer Filme. Das letzte Mal, dass ich sie gesehen habe, war bei der Beerdigung des armen alten Bob Freeman. Sie sah in Schwarz einfach umwerfend aus und war von Fotografen umringt. Ich will nicht behaupten, sie habe nicht richtig getrauert, aber als sie eine einzelne rote Rose ins Grab warf, ging ein wahres Blitzlichtgewitter los. Die ganze Sache war einfach grotesk, und bei dieser Hochzeit wird es nicht anders sein. Paparazzi werden sich um die besten Plätze streiten, um die berühmte Brautmutter zu knipsen, und euer Ergebener wird im Zylinder dabeistehen und sich alle Mühe geben, so auszusehen, als wisse er, was er dort soll.« Markby blickte mit gequälter Miene von seinem Steak auf. »Lieber Gott, sie werden mich womöglich noch als ›Eve Owens neuesten ständigen Begleiter‹ titulieren.«

»Du hast aber auch ein Glück!«

»Gibst du mir ein bisschen Zeitungspapier, das ich den Kindern unterlegen kann, Alan?«, fragte Paul freundlich. »Sie machen hier eine ziemliche Schweinerei in deinem Patio.«

»Um Himmels willen, das sieht ja tatsächlich so aus, als hätten sie ein Schwein geschlachtet. Der Dingsda hat seinen Hamburger fallen lassen – da bleibt bestimmt ein Fettfleck zurück.«

»Er heißt Matthew! Du solltest wirklich den Namen deines Neffen kennen, Alan.«

Man kam für eine Weile vom Thema ab, während die Kinder regelrecht in Zeitungspapier gewickelt wurden, freilich zu spät, um den Schaden noch zu verhindern.

»Du kannst dich nicht weigern, den Brautführer zu machen, Alan. Es wäre mehr als unhöflich.«

»Ich mag keine Hochzeiten, habe Hochzeiten noch nie gemocht. Mir hat schon meine eigene nicht gefallen, und das war ein böses Omen – wenn es je eins gegeben hat, dann dieses.«

»Du solltest wieder heiraten. Du bist jetzt zweiundvierzig. Du solltest eine Familie haben.«

»Nein, danke«, sagte Markby und betrachtete mürrisch das in seine Steinfliesen einsickernde Fett. »Was die Ehe anbelangt, hat mir einmal gereicht. Matthew, hör auf, die Fuchsienblüten platzen zu lassen, sei so lieb.«

»Sie gehen dadurch auf.«

»Sie gehen von selbst auf, vielen Dank. Kann ich dieses Hochzeitsdingsbums wirklich nicht ablehnen? Warum hat sie nur mich darum gebeten? Sie rief mich an und behauptete,

Robert hätte es gern gesehen. Absoluter Quatsch. Er hätte nicht einmal daran gedacht.«

»Wenn er noch lebte, hätte er nicht daran denken müssen. Er wäre selbst der Brautführer seiner Stieftochter gewesen.«

Markby kapitulierte. »Nun gut, ich tu's. Aber es ist ein Fehler, ich spür's in allen Knochen.«

»Mum, Vicky hat alle roten und lilafarbenen Blumen gepflückt …«

KAPITEL 2

Meredith hatte sich ihre Cousine nie als Landpomeranze vorgestellt. Es passte einfach nicht zu ihr, sich fern von ihren Freunden und Berufskollegen zu vergraben. Als Meredith vor der alten Pfarrei, Eves derzeitigem Zuhause, vorfuhr und den Motor abstellte, fragte sie sich, ob es wohl die Idee von Robert Freeman, Eves letztem Ehemann, gewesen war, dieses reizvolle, wenn auch schon ein bisschen heruntergekommene gelbe Backsteingebäude inmitten einer ländlichen Kulisse an der Grenze von Oxfordshire und Northamptonshire zu erstehen.

Das Dorf hieß Westerfield, das zumindest verkündete ein teilweise schon in den Boden eingesunkenes, hinter hohem Gras halb verborgenes Schild dem sich nähernden Reisenden. Es lag etwa sechs Meilen von dem Marktstädtchen Bamford entfernt, und um es auf der Generalstabskarte zu finden, musste man mit zusammengekniffenen Augen schon sehr genau die winzige Druckschrift studieren, ehe man den Namen entdeckte. Dicht daneben stand ein Symbol und die lakonische Anmerkung »Ausgrabungen«. Was es mit diesen Ausgrabungen auf sich hatte, wusste nur der liebe Gott; nirgends gab es, soweit sie bis jetzt gesehen hatte, handfeste Hinweise darauf, wo diese historischen Raritäten zu finden waren. Vermutlich handelte es sich lediglich um einige Buckel im Feld irgendeines Bauern, die auf Befestigungen aus der Bronzezeit schließen ließen. In Westerfield war der Boden schon lange von menschlicher Hand bearbeitet worden.

Der Mensch der Bronzezeit hatte vermutlich seinen Schamanen oder Druidenpriester gehabt, aber im 18. Jahrhundert hatte in Westerfield ein christlicher Pastor über die Seelen gewacht, seinen Zehnten kassiert und die Autorität verkörpert. Und hier hatte der Geistliche gewohnt. Eves Haus stand am Ende eines von Bäumen beschatteten Kieswegs. Gegenüber erhob sich, inmitten eines vernachlässigten Friedhofs gelegen, die Kirche, zu der es einst gehört hatte. Sie war halb verborgen von den Bäumen, und Meredith konnte nur erkennen, dass sie aus der Spätgotik stammte und verlassen und zugesperrt zu sein schien. Das Pfarrhaus, soweit sie es hinter einer hohen Backsteinmauer und einem geschlossenen schmiedeeisernen Tor zu sehen bekam, war gregorianisch mit einigen spätviktorianischen Beifügungen. Einige unansehnliche Rohre, die außen an der Fassade emporkletterten, legten Zeugnis von den Bemühungen vermutlich aus der Zeit Edward VII. ab, das Haus zu modernisieren. Eine Fernsehantenne auf dem Dachfirst zeigte, welche Prioritäten eine spätere Generation setzte.

Meredith stieg aus dem Wagen und fröstelte in der feuchten Kühle. Sie rieb sich die bloßen Unterarme, während sie zu den Fenstern im ersten Stock hinaufschaute. Hinter ihr säuselte der Wind elegisch in den Friedhofsbäumen, und ohne Vorwarnung flog aus den nahen Ästen etwas Großes auf und machte sich flügelschlagend davon. Meredith zuckte erschrocken zusammen, aber es war nur eine Ringeltaube, die auf der Fernsehantenne landete und sie angurrte. Meredith schnitt eine Grimasse und rüttelte an den Stäben des Einfahrtstores. Es war abgeschlossen, und jetzt sah sie, dass an einem Torpfosten eine durchlöcherte Metallscheibe sowie ein Knopf angebracht waren.

Und da war noch etwas anderes. An einem der Gitterstäbe hing eine braune Papiertüte an einem pinkfarbenen Satinband, das zu einer Schleife gebunden war, daran geheftet war eine kleine Karte von der Art, wie Blumenhändler sie den Blumensträußen beigeben, die sie auf Bestellung ausliefern. Merkwürdig und geradezu abstoßend war, dass die Karte einen schwarzen Rand hatte wie die Beileidskarten, die man an Kränzen oder letzten Blumengrüßen am Grab findet.

Meredith trat näher heran und musterte die Karte genauer. In Druckbuchstaben stand da: »Willkommen zu Hause, Sara«. Keine Unterschrift. Meredith runzelte die Stirn. Zweifellos hatte der Absender des anonymen Grußes beste Absichten gehabt, es war allerdings ein dummer Missgriff, eine schwarz umrandete Karte zu nehmen. Erst jetzt merkte sie, dass der Boden der Tüte nass war. Was immer es ist, es tropft, dachte sie, streckte die Hand aus und berührte das durchweichte Papier.

Als sie die Finger zurückzog, waren sie klebrig und voll roter Flecken. Sie hielt vor Schreck die Luft an, zerrte an der Satinschleife und riss sie auf. Die Papiertüte fiel zu Boden und zerplatzte. Zum Vorschein kam eine scheußliche blutige Masse. Meredith ging in die Hocke und zog das Papier vorsichtig auseinander. Es war das Herz eines Ochsen.

»Was für ein absolut widerlicher Streich«, sagte sie leise und war froh, dass sie diese ekelhafte Gabe entdeckt hatte, bevor jemand anderes sie finden konnte. Sie hob Tüte, Ochsenherz, Band und Karte auf und trug es, alles auf Armeslänge von sich fernhaltend, zur anderen Seite des Weges, wo ein dicht mit Brennnesseln bewachsener Graben verlief. Sie ließ das ganze Zeug mitten in die Nesseln fallen, so dass es nicht mehr zu sehen war. Vielleicht fand ein Hund oder ein nächtlich umherstreifendes Raubtier das Fleisch und würde es bis zum Morgen beseitigen. Meredith wischte sich sorgfältig die Finger ab und gab sich einen Ruck, um das ekelhafte Bild loszuwerden. In diesem Augenblick hörte sie hinter sich auf dem Kies ein leises Knirschen und wirbelte herum.

Vier oder fünf Meter hinter ihr stand ein Mann, der sie beobachtete. In der Stille dieses ländlichen Weges einer Gestalt wie der seinen zu begegnen, hatte sie nun wirklich nicht erwartet. Er war mittelgroß, schlank und blass, und er konnte ebenso dreißig wie fünfzig sein, doch vermutlich lag sein Alter irgendwo dazwischen. Er trug einen dunklen Anzug und sah beinahe übertrieben sauber und ordentlich aus, so dass sie ihn eine verrückte Sekunde lang für einen Beerdigungsunternehmer hielt, der den Friedhof im Hinblick auf eine spätere berufliche Visite inspizieren kam.

»Ziemlich scheußlich«, sagte er. Sein Tonfall klang amerikanisch, sein Akzent war jedoch sehr gepflegt, er artikulierte die Worte deutlich und auf eine leicht altmodische, gekünstelte Art. Er schien nicht schockiert; was er sagte, klang nur missbilligend.

Meredith erwiderte hitzig: »Ja – haben Sie etwa gewusst, dass das da hing?«

Er verzog die Mundwinkel nach oben, doch die hellgrauen Augen blieben wachsam. »Ich hatte es gerade gesehen, als ich hier lang kam, aber Sie waren schneller.« Er ging auf sie zu und streckte die Hand aus. »Sie dürften die Konsulin sein. Mein Name ist Elliott – Albie Elliott. Ich bin ein Freund von Evie. Ich wohne auch dort.« Bei den letzten Worten wies er mit einer ruckartigen Kopfbewegung auf das Pfarrhaus.

Etwas zögerlich umschloss Meredith die weichen weißen Finger mit ihrer Hand. Automatisch nannte sie ihren Namen, obwohl ihr Gegenüber ihn offensichtlich schon kannte. »War es noch nicht da, als Sie fortgingen?«

Elliott blinzelte. »Dann hätte ich es doch bemerkt, nicht

wahr? Aber ich bin schon frühmorgens aus dem Haus gegangen. War in der kleinen Stadt hier in der Nähe – Bamford heißt sie. Ein Pferdeort. Ich bin mit dem Bus reingefahren. Es war ganz interessant, aber noch mal würde ich es nicht tun. Als ich ging, hing nichts am Tor, doch das war, wie ich schon sagte, um neun Uhr morgens.«

Meredith schossen mehrere Fragen durch den Kopf, aber sie stellte nur eine: »Sind Sie zur Hochzeit gekommen?«

»O ja – die Hochzeit.« Elliott rieb die weichen Handflächen gegeneinander. »Evie möchte, dass ich noch bleibe. Von ihrer Familie kommen ja nicht allzu viele Leute. Aber ich weiß nicht, ob ich mich hier noch so lange aufhalten kann. Zu Hause wartet Arbeit auf mich.« Am Finger trug er einen großen, ungewöhnlich hässlichen dunkelroten Stein in einer plumpen Fassung. »Ich bin nämlich beruflich hier«, fügte er hinzu.

»Film oder Fernsehen?«, fragte sie prompt. Eine andere Möglichkeit kam nicht in Frage, es sei denn, Eve hatte beschlossen, ihre Memoiren zu schreiben. Doch Mr. Elliott war schwer zu durchschauen, obwohl klar war, dass er zumindest in einer Beziehung unter falscher Flagge segelte. Hinter dem »Preppy«-Akzent, der an den Elite-Universitäten im Osten der USA gepflegt wurde, dem erstklassigen Haarschnitt und dem dunklen »Ivy League«-Anzug einer Privatschule, ganz zu schweigen von dem monströsen Ring einer Studentenverbindung, lag unverfälschte Bronx. Dessen war sich Meredith ganz sicher. Es war an ihm alles einen Tick zu bewusst auf den WASP getrimmt, den zur privilegierten Schicht gehörenden »White Anglo-Saxon Protestant«.

Elliott zog wieder die Mundwinkel nach oben. »Ich bin Produzent und Regisseur von ›Das Erbe‹.« Er hielt inne, merkte, dass sie ihn verständnislos ansah, und fügte mit einem leicht verdrießlichen Unterton, der seine Stimme noch näselnder klingen ließ, hinzu: »Das ist eine zur Zeit laufende Saga dreier Generationen einer Bankerfamilie aus New Jersey.«

»Oh, eine Seifenoper«, sagte Meredith, der endlich ein Licht aufgegangen war.

»Das ist richtig. Bin überrascht, dass Sie noch nie von ihr gehört haben. Aber sagen Sie doch, Sie waren in …« Er machte eine Pause.

»In Ungarn. ›Das‹, hm, ›Erbe‹ ist wohl noch nicht bis dahin vorgedrungen, fürchte ich.«

»Das kommt schon noch.«

»Ich glaube nicht, dass die Leute dort wüssten, was sie damit anfangen sollten.« Das klang ziemlich grob, und es tat ihr schon leid, doch Elliott schien nicht gekränkt zu sein.

»Es hat für alle etwas. Es ist mein Baby. Meine Idee. Ich habe sie entwickelt. Und ich sorge dafür, dass wir uns an den ursprünglichen Entwurf halten. Doch im Moment braucht es ein bisschen mehr …« Sein Blick schweifte wieder zum Pfarrhaus hinüber.

»Sie wollen, dass Eve eine Rolle übernimmt?«, fragte Meredith überrascht.

»Ja, Ma'am. Wir haben Action, Dramatik, Pathos, Leidenschaft, und wir fürchten uns nicht davor, umstritten zu sein, obwohl wir niemanden wirklich verärgern wollen, Sie verstehen?« Elliott unterbrach sich und runzelte die Stirn, als sei er mit diesem weitgespannten Szenarium nicht ganz zufrieden. »Aber wir brauchen einen Hauch von Klasse«, sagte er widerstrebend, und mit neu erwachtem Optimismus setzte er hinzu: »Dafür kann Evie sorgen.« Er wandte ihr die ausdruckslosen grauen Augen zu. »Wollen wir ins Haus gehen?«

»Nein, warten Sie noch einen Moment.« Meredith streckte die Hand aus, um ihn zurückzuhalten. »Was unternehmen wir wegen dieser – dieser Sache?« Sie zeigte auf die Brennnesseln, die den widerwärtigen Fund verbargen.

»Müssen wir etwas tun?«

Verblüfft sah Meredith ihn an. »Aber ja«, sagte sie, als sie die Stimme endlich wiederfand.

Erneut drückte sein Gesicht Missbilligung aus. »Was haben Sie vor, Lady? Wollen Sie es hier rausholen und triumphierend ins Haus tragen?«

»Seien Sie nicht albern«, entgegnete sie verärgert. »Natürlich nicht.«

»Fein. Also lassen Sie es hier. Ich werde mich darum kümmern, in Ordnung?«

In seiner Stimme war eine Schärfe, die vorher nicht dagewesen war. Unwillkürlich musterte Meredith ihn ein zweites Mal. Die hellgrauen Augen ähnelten bei weitem nicht mehr den starren Augen eines Fischs. Sie hatten nun einen harten Glanz, der jedoch erlosch, während sie ihn ansah. Elliott lächelte besänftigend. »Sie brauchen sich jetzt nicht den Kopf darüber zu zerbrechen. Sie sind doch eben erst angekommen. Warum gehen Sie nicht hinein und sagen erst mal hallo? Evie wartet auf Sie. Warum das Wiedersehen verderben? Seit gestern redet Evie nur noch davon, dass Sie kommen. Ich sage Ihnen, ich war schon richtig neugierig darauf, Sie kennenzulernen.«

Meredith unterdrückte das Verlangen, schnippisch zu fragen: »Und was denken Sie jetzt, nachdem Sie mich kennengelernt haben?« Stattdessen gab sie sich förmlich: »Nun gut. Aber wir sprechen später darüber.«

»Selbstverständlich«, sagte Elliott sanft und vermittelte ihr den unangenehmen Eindruck, dass er so geschickt mit ihr verfahren war wie mit einer seiner launenhaften Aktricen auf den Sets. Mit leichten, energischen Schritten ging er zum Tor und drückte auf den Klingelknopf. Eine körperlose, krächzende

Stimme, undeutlich als die von Eve zu erkennen, fragte, wer da sei.

»Albie, mein Schatz«, sagte Elliott. »Und deine Cousine bringe ich dir auch gleich mit.«

Ein elektronisches Schnarren, das plötzlich ertönte, ließ Meredith beinahe aus der Haut fahren. Das Tor ging auf. Vor sich sah Meredith jetzt an der Hauswand den auffälligen, blau lackierten Kasten einer Alarmanlage. Mit dem Sicherheitstor, der hohen Mauer und der Alarmanlage hatte sich Eve ziemlich gut geschützt und abgeschirmt. Offenbar durfte man heutzutage auf dem Land keine Risiken eingehen. Besonders dann nicht, wenn es in der Umgebung Leute gab, die einem so widerliche Streiche spielten.

Wie ein Echo auf ihre Gedanken kam Elliotts gemurmelte Ermahnung: »Wir erwähnen das kleine Päckchen da draußen nicht, in Ordnung? Es hat keinen Sinn, Evie aufzuregen.«

Meredith nickte zustimmend, wenn es sie auch einige Überwindung kostete. In ihrer Kindheit war es auf dem Land üblich gewesen, dass die Menschen ihre Türen den ganzen Tag offen ließen, sogar dann, wenn sie in den Dorfladen zum Einkaufen gingen. Beides war verschwunden, sowohl das Vertrauen als auch die Dorfläden. Und dazu hatten die Grundstückspreise angezogen. Was mag wohl heute ein Haus wie dieses kosten, fragte sie sich, als sie die Stufen zum Portal hinaufstieg. Mit einer Aufteilung, wie sie typisch für die damalige Zeit war: bestimmt fünf oder sechs Schlafzimmer, ein paar Mädchenzimmer in der Mansarde, wahrscheinlich zwei Badezimmer und vielleicht eine separate Toilette im Flur des Erdgeschosses, mehrere schöne Empfangsräume und eine riesige Küche (mit Steinfliesen, nahm sie an, und jetzt zweifellos mit Geschirrspülmaschine und anderen modernen Gerätschaften bestens ausgestattet), dazu ein weiter Komplex von Nebengebäuden und ein großer, von einer Mauer umfriedeter Garten … Wenn ich mich einmal aus dem Berufsleben zurückziehe, dachte sie, werde ich schon froh sein müssen, wenn ich mir ein Einzimmerapartment leisten kann. Gerade als ihr dieser Gedanke durch den Kopf ging, wurde die Haustür aufgerissen.

»Liebling!«, rief Eve und streckte beide Hände aus. »Wie wunderbar! Endlich bist du da!« Meredith wurde mit einer herzlichen Umarmung in Empfang genommen, und der schwache Duft eines sehr teuren Parfums hüllte sie ein. »Komm nur rein!«

»Mein Wagen steht noch draußen.«

»Ach, fahr ihn später rein. Diese Straße benutzt sowieso niemand. Hier ist es sehr ruhig. Halt, ich weiß, gib Albie den Schlüssel. Er holt das Auto.«

Elliott schnitt eine Grimasse und streckte die Hand aus. Ein wenig verlegen reichte Meredith ihm den Schlüssel. »Das ist nett von Ihnen.«

»Warum auch nicht?«, erwiderte er rätselhaft.

Meredith wurde eilig durch die Halle in einen Salon geführt. Dann nahm Eve sie bei den Schultern. »So«, sagte sie vergnügt. »Und jetzt lass dich ansehen.«

Der Salon war elegant möbliert. Nur wenig erinnerte an die Zeit seiner ursprünglichen klerikalen Nutzung. Jetzt waren die Wände pfirsichfarben gestrichen, vor den Fenstern hingen Tüllgardinen im Stil alter Wiener Kaffeehäuser, das einzige Bild war ein ziemlich mittelmäßiges Porträt von Eve, und nirgends war ein Buch zu sehen. Stattdessen lagen Hochglanzzeitschriften auf dem Couchtisch. Sogar der brüskierte Geist des Pfarrers war geflüchtet.

»Ich freu mich so, dich zu sehen, Merry«, sagte Eve. Ihre Stimme, eben noch laut vor Begeisterung, wurde plötzlich fast unhörbar. »Verdammt, jetzt fange ich auch noch an zu heulen.«

»Aber nicht doch!«, rief Meredith. »Sei nicht albern, Eve. Ich bin nicht hier, um dir einen Oscar zu überreichen.«

»Ach, ich brauch dich einfach«, sagte Eve leidenschaftlich. »Ich weiß nicht, wo mir der Kopf steht. Diese Hochzeit – und alles andere. Du hast immer so viel Kraft gehabt, Merry, und mir Halt gegeben.«

»Also bitte, Eve, jetzt übertreibst du aber.«

Sie hörten, wie vor der Haustür ein Wagen abgestellt wurde. Etwas weiter entfernt fiel klirrend das Tor zu. Merediths Schlüssel in der Hand, tauchte Elliott wieder auf.

»Ihren Koffer habe ich in die Halle gestellt. Soll ich noch etwas für dich tun, Evie?«

»Gott segne dich, Liebling. Komm rein, damit ich dich mit meiner Cousine Meredith richtig bekannt machen kann.« Sie wandte sich wieder Meredith zu. »Du siehst so gut aus«, sagte sie mit Nachdruck. »Hab ich nicht recht, Elliott?«

Elliott stand mit gefalteten Händen ein bisschen abseits und ließ sich zu einer spontanen Antwort hinreißen. »Woher, zum Teufel, soll ich das wissen, mein Schatz? Ich habe sie erst vor zehn Minuten kennengelernt. Klar, sie sieht großartig aus.«

»Und du phantastisch, Eve«, sagte Meredith aufrichtig.

Eve strahlte aus jeder Pore gepflegten Charme aus. Ihr schönes Gesicht schien nur wenig verändert, seit Meredith sie vor etwa sechs Jahren zum letzten Mal gesehen hatte. Elliott nickte. Sein Blick, der auf Eve ruhte, hatte jetzt etwas Besitzergreifendes, er betrachtete sie wie ein stolzer Vater.

»Du musst nach einer Tasse Tee lechzen«, sagte Eve, plötzlich die praktische Gastgeberin. »Diese lange Fahrt. Lucia – sie kocht noch immer für mich – ist beim Zahnarzt. Ich hoffe nur, dass es ihr bis heute Abend wieder gutgeht. Jonathan kommt mit Sara aus London, und ich habe eine kleine Dinnerparty arrangiert. Sara kann's gar nicht erwarten, dich wiederzusehen, und ich möchte, dass sie ein paar Tage bleibt, damit wir die letzten Hochzeitsvorbereitungen besprechen können. Es gibt so viel zu tun – du hast ja keine Ahnung. Ich hole den Tee, setz du dich nur hin und entspann dich.«

»Für mich keinen Tee«, sagte Elliott hastig. »Ich muss noch arbeiten. Außerdem werdet ihr Mädchen euch eine Menge zu erzählen haben. Wir sehen uns dann später.« Mit seinem leichten, elastischen Gang verließ er das Zimmer.

»Wer ist das?«, fragte Meredith leise mit belegter Stimme. »Er sagt, du sollst seiner entsetzlichen Seifenoper ein bisschen Klasse geben.«

»Das erzähl ich dir später …« Eve warf einen verstohlenen Blick zur Tür. »Albie ist ein Schatz. Ich kenne ihn seit Jahren. Und ich würde wahnsinnig gern wieder mit ihm arbeiten. Nein, du brauchst mir nicht zu helfen, Merry, das schaffe ich schon allein.« Mit klappernden Absätzen ging sie über den Parkettfußboden zur Tür, um den Tee aus der Küche zu holen.

Allein gelassen, wanderte Meredith zum anderen Ende des Zimmers und sah sich das Porträt an. Das Datum in einer Ecke, direkt unter der Signatur des Malers und über einem kleinen Fehler im Rahmen – ein Splitter war aus dem Holz herausgebrochen –, sagte ihr, dass es zu der Zeit gemalt worden war, als Eve zum drittenmal geheiratet hatte. Ein Hochzeitsgeschenk für oder von der Braut? Der Name des Künstlers war Meredith nicht bekannt und schwer zu entziffern, der Pinselstrich plump, die Ausführung schludrig, aber der Mann hatte einen Blick für Farben, und er hatte etwas von Eve eingefangen. Während sie das Bild betrachtete, merkte sie, dass Eve sich doch verändert hatte, wenig nur, aber dennoch unübersehbar. Das dunkel lohfarbene Haar sah noch genauso aus wie auf dem Bild. Die schönen veilchenblauen Augen blickten noch so selbstsicher wie damals, doch in der Realität begann die Haut darunter ein ganz klein wenig schlaff zu werden. Die Kinnlinie auf diesem Bild war fester. Entweder wollte der Künstler ihr schmeicheln, oder Haut und Muskeln hatten im Laufe des letzten Jahres ein wenig von ihrer Straffheit verloren. Das Netz feiner und feinster Fältchen, das Eves Haut von ihrem dreißigsten Lebensjahr an durchzog, hatte der Künstler völlig ignoriert – es war eine Hinterlassenschaft greller und heißer Scheinwerferlampen, staubiger, sturmgepeitschter und sonnendurchglühter Drehorte, war die nicht mehr zu tilgende Spur von starkem Bühnen-Make-up und dem berühmten schönen, großen Lächeln, das allmählich zu Krähenfüßen in den Augenwinkeln und den kleinen steilen Linien zu beiden Seiten des Mundes geführt hatte.

Auf dem Porträt trug Eve ein Kleid von der Farbe ihrer Augen. Ihrer äußeren Erscheinung hatte sie immer sorgfältigste Pflege angedeihen lassen. Heute hatte sie eine schwarze Hose und einen weiten weißen Seidenkasack mit einem breiten schwarzen Gürtel an. Darin wirkte ihr Körper schlank, geschmeidig und voll jugendlicher Elastizität. Eve war neun Jahre älter als Meredith, doch sie akzeptierte neidlos, dass jeder Mann, der mit ihnen zusammentraf, nur Augen für Eve haben würde. Sie dachte an Elliott und an den beinahe väterlichen Blick, mit dem er Eve angesehen hatte, und runzelte einen Moment lang die Stirn. Dann setzte sie sich in die Ecke eines sehr bequemen Sofas mit einem exotisch aussehenden Überzug mit Vogel- und Blattmotiven und wartete darauf, dass Eve wieder auftauchte.

Bald darauf kam sie, beladen mit einem großen Tablett, auf dem sich ein ganzes Sammelsurium verschiedenen Porzellans stapelte. Eve und Häuslichkeit hatten nie ein gutes Gespann abgegeben. Meredith unterdrückte ein Lächeln, nahm ihr die Last ab und stellte sie, die Hochglanzzeitschriften beiseiteschiebend, auf den Couchtisch.

»Was habe ich vergessen?« Eve musterte das Sortiment auf dem Tablett. »Das sind ein paar von Lucias Biskuits. Dazu brauchen wir keine Kuchengabeln, nicht wahr? Ich habe nämlich keine mitgebracht. Die Zitrone ist für mich, es sei denn, du magst auch welche.«

Sie ließ sich neben Meredith auf dem Sofa nieder und goss aus einer sehr hübschen viktorianischen Kanne achtlos den Tee in die Tassen, so dass er überschwappte. Dann schwatzten sie eine Zeitlang miteinander, tauschten ein bisschen Klatsch aus, und schließlich brachte Meredith, von echter Neugierde getrieben, die Sprache wieder auf Elliotts Seifenoper.

»Wirst du da wirklich mitmachen, Eve? Es ist ein bisschen was anderes als ein Film.«

»Ach, einen Kinofilm habe ich schon seit Ewigkeiten nicht mehr gedreht. Seien wir doch einmal ehrlich«, fügte sie mit einer plötzlichen Offenheit hinzu, »keiner meiner Filme hat je Rekordeinnahmen eingespielt.«

»Mir hat der gut gefallen, den du schon vor etlichen Jahren gemacht hast und in dem du einen Bikini aus Pelz trägst und von radioaktiven Dinosauriern gejagt wirst.«

Eves kräftig getuschte Wimpern flatterten. »Ach, der? Hat er dir wirklich gefallen? Er war nicht gerade einer meiner besten.« Sie begann zu lächeln und drohte ihr mit dem schmalen, sorgfältig manikürten Zeigefinger. »Aber die Spezialeffekte waren erstaunlich fortschrittlich für die damalige Zeit. Natürlich, jetzt reden alle Kinogänger nur von ›Star Wars‹ und ›Indiana Jones‹, und unsere armen alten knarrenden Monster bringen das Publikum nur zum Lachen – von den Kindern mal abgesehen, die lieben sie noch immer.«

»Ich liebe sie auch noch«, sagte Meredith lachend. »›King Kong‹ war einer der besten Filme, die je gedreht wurden, meiner Meinung nach.«

»Hoffentlich willst du damit nicht behaupten, dass ich darin mitgespielt habe«, sagte Eve streng. »Das war lange vor deiner und meiner Zeit. Nun, tatsächlich ist es so, dass Albie und ich uns schon aus meinen Spielfilmzeiten kennen. Aber er arbeitet jetzt bereits seit einiger Zeit fürs Fernsehen. Und es geht ihm recht gut dabei, er hatte mehrere Erfolge, aber ›Das Erbe‹ ist sein größter, und die Chance, darin eine große Rolle zu übernehmen, nun ja …«

Meredith nahm sich vor, sich demnächst eine Episode anzuschauen. Bis dahin konnte sie nicht viel darüber sagen. Also wechselte sie das Thema: »Ich freu mich darauf, Sara wiederzusehen. Gib mir einen Tipp, was ich ihr zur Hochzeit schenken soll, und erzähl mir etwas über ihren Freund, entschuldige, Verlobten. Wo hat sie ihn kennengelernt?«

Ein Schatten flog über Eves Gesicht, und in dem feinen Netzwerk unter dem Make-up erschien ein neues Fältchen. Abrupt stellte sie ihre Tasse ab. »Du weißt doch, dass ich mit Sara große Schwierigkeiten hatte, nicht wahr?«

»Du hast es in einem deiner Weihnachtsbriefe erwähnt.«

»Es war viel schlimmer«, sagte Eve. »Viel schlimmer, als ich es dir geschrieben habe.« Sie machte eine Geste der Verzweiflung, die bestimmt echt war, aber trotzdem ein bisschen theatralisch wirkte. Meredith empfand plötzlich tiefes Mitleid mit ihr, und dieses Gefühl durchfuhr sie wie ein Schmerz. »Ich habe alles falsch gemacht, Meredith«, sagte Eve düster. »Als Mutter habe ich alles falsch gemacht.«

»Nun komm schon. Du liebst Sara über alles, das weiß ich.«

»Ja, das tu ich.« Enttäuscht über sich selbst ballte Eve die Fäuste. »Aber trotzdem habe ich bei der Erziehung total versagt. Michael wäre mit mir nicht einverstanden gewesen.«

Ein zweiter, noch schmerzhafterer Stich bohrte sich Meredith ins Herz. »Nein, wahrscheinlich nicht.«

»Mike war so praktisch. Er war der Richtige für mich, Merry.« Eve seufzte. »Wenn wir uns nicht getrennt hätten, als Sara acht Jahre alt war, wenn er weiter dagewesen wäre, wäre alles anders verlaufen. Wir wollten es noch einmal miteinander versuchen, weißt du, als dieser verfluchte Bengel …«

Meredith streckte die Hand aus und legte sie ihrer Cousine auf den Arm. »Reg dich jetzt nicht mehr darüber auf, Eve. Es ist vorbei und längst vergangen.« Die Worte klangen sogar in ihren eigenen Ohren hohl. Sie wusste, dass es nicht so war. Laut sagte sie: »Du hast für Sara dein Bestes getan, Evie.«

»Nein, hab ich nicht. Ich habe alles verdorben. Nie hatte ich Zeit, so war es. Und meine zweite Ehe mit Hughie – nun, ich will nicht wieder alles aufwärmen. Du kennst die schmutzigen Einzelheiten. Aber das alles hat mich noch mehr von der armen Sara abgelenkt. Dann war sie plötzlich kein kleines Mädchen mehr, sondern ein Teenager und trieb sich mit der wildesten Clique herum, die du dir vorstellen kannst.« Eve hielt inne und schob das Teetablett zur Seite. »Wer will überhaupt Tee? Es ist nach fünf. Wie wäre es mit einem richtigen Drink?«

»Nicht für mich, danke. Später.«

»Hast du etwas dagegen, wenn ich mir einen Gin nehme?«

»Natürlich nicht. Es ist dein Haus.«

»Das ist heutzutage ein altmodischer Drink«, sagte Eve, als sie ein paar Minuten später mit ihrem Gin-Tonic zurückkam. »Heutzutage trinken alle unglaubliche Mixturen mit exotischen Namen. Ich werde langsam altmodisch, Merry. Ich bin vierundvierzig und finde es immer schwieriger, mich in das hineinzudenken, was meine Tochter sagt oder tut.«

»Das wird den meisten Eltern so gehen, kann ich mir vorstellen. Das hat nichts mit dem Alter zu tun. Es liegt an der Mutter-Tochter-Beziehung.«

»Sara wird nächsten Monat zwanzig.« Eve schien den Einwurf nicht gehört zu haben. »Es war mein armer, lieber Robert, der mich darauf aufmerksam gemacht hat, wie tief der Sumpf war, in dem Sara steckte. Natürlich weigerte ich mich anfangs, es zu glauben. Wir wohnten damals in London. Alles lief hervorragend für mich, und ich wollte einfach nicht wahrhaben, dass es im Balkenwerk gefährlich knackte. Dann kam Sara eines Nachts um drei oder vier Uhr morgens von einer Party nach Hause. Sie machte ein bisschen Krach, und ich wurde halb wach und dachte: Verdammter Fratz! Aber ich bin nicht aufgestanden. Gute Mütter stehen auf. Ich war immer eine miserable, also blieb ich liegen, zog mir das Kissen über den Kopf und versuchte wieder einzuschlafen. Sie rumorte noch eine Weile, dann wurde es still. Inzwischen hatte sogar ich begriffen, dass etwas nicht in Ordnung war, ich stand endlich auf und ging nachsehen, was los war. Sie war sternhagelvoll und hatte sich mehrmals übergeben. Eine solche Schweinerei hast du noch nicht gesehen. Dann war sie in ihr Zimmer gegangen und hatte sich in einen Sessel geworfen. Alle Lichter brannten, sie hatte noch ihr Partykleid an, und überall war Erbrochenes. Ich stand da, schaute auf sie hinunter und dachte: Lieber Gott, sie ist erst siebzehn. Was in aller Welt habe ich da geschehen lassen?«

»Hör zu, Eve«, sagte Meredith energisch, »dafür kannst du dir nicht die Schuld geben. Viele Halbwüchsige machen diese Phase durch.«

»Das war aber nicht das Schlimmste«, erwiderte Eve heftig. Ihre Finger umklammerten das Ginglas. »Sie schlief nicht und war auch nicht bewusstlos, sie saß da und murmelte vor sich hin. Ich versuchte mit ihr zu reden, wollte sie irgendwie ins Bett bringen. Ich rüttelte sie an den Schultern, schrie sie an. Irgendwann schien sie zu begreifen, dass jemand da war und wer ich war. Sie fing an, mir etwas zu erzählen, doch ich war zu wütend und so – so durcheinander und wusste nicht, was ich tun sollte, so dass ich nicht richtig zuhörte. Ich weiß noch, dass ich sagte: ›Morgen, erzähl es mir morgen‹, ich wollte sie nämlich nur so schnell wie möglich im Bett haben. Aber während ich ihr beim Ausziehen half, sagte sie immer wieder dasselbe, bis ich gezwungen war, es aufzunehmen. ›Wir haben sie nicht wach gekriegt‹, wiederholte sie immer wieder. Es war« – Eve unterbrach sich und erschauerte –, »es war so unheimlich. Ich hatte Angst, wollte es aber noch immer nicht wissen. Schließlich fragte ich: ›Wen?‹ Sie nannte mir einen Namen, aber den kannte ich nicht.«

Eve verfiel in Schweigen, und Meredith wartete. »Am nächsten Tag kam die Polizei.« Eves Stimme war düster geworden. »Irgendein armes Mädchen war gestorben – an einer Mischung aus Alkohol und Drogen, ich weiß nicht, was für Drogen. Das war es, was Sara versucht hatte, mir zu sagen. Sie hatten sie nicht wach bekommen und waren alle zu verängstigt und zu betrunken gewesen, um einen Arzt zu holen oder die Eltern von irgendjemandem aus der Clique anzurufen. Wenn sie es getan hätten, wäre das Mädchen möglicherweise noch gerettet worden. So aber waren sie alle in Panik geraten. Sie bildeten sich rührenderweise ein – schließlich waren sie noch Kinder –, dass alles gut werden würde, wenn sie sie in Ruhe ließen. Sie würde mit irren Kopfschmerzen und einem Riesenkater schon wieder aufwachen. Doch sie kam nicht mehr zu sich. Es war ganz schrecklich. Wir waren bei dem gerichtlichen Untersuchungstermin. Die Eltern des toten Mädchens – ich werde die Mutter nie vergessen, ihr Gesicht …«

»Es war nicht Saras Schuld«, sagte Meredith.

»Nein. Aber irgendjemand musste doch Schuld haben, nicht wahr?« Die veilchenfarbenen, von Maskarawimpern umrahmten Augen blitzten angriffslustig.

»Der Drogendealer.«

»Das sagt sich leicht.«

»Und es stimmt auch. Sie sind gerade hinter Kindern wie Sara her, die Geld haben.«

»Und die Eltern haben, die zu beschäftigt sind, um etwas davon zu merken. Warum soll man es nicht aussprechen?«

»Es war ein einfach Pech. Aber es war weder deine noch Saras Schuld, Eve.« Auch die arme Eve litt unter einem schlechten Gewissen. Meredith konnte es ihr nachfühlen. *Denn da dieses Kind durch euch, seine Paten, gelobt hat, dem Teufel und all seinen Werken zu entsagen ... werdet ihr dafür sorgen ... dass es tugendhaft heranwächst ...* Sie hatte dem Baby ein Silberbesteck geschenkt und dann den lieben Gott einen guten Mann sein lassen. Hastig fragte sie: »Was ist eigentlich aus den beiden anderen Paten geworden? Außer mir war noch ein Paar da. Kommen sie auch zur Hochzeit?«

»Nein«, erwiderte Eve abwesend und starrte in ihr leeres Glas. »Du meinst Rex und Lydia. Sie haben sich scheiden lassen. Lydia hat einen Ölscheich geheiratet. Rex lebt in Florida und managt Sportstars. Da steckt heutzutage das große Geld. Die jungen Leute wollen keine Filmstars mehr werden. Sie wollen Tennis spielen.« Eve hob den Kopf und warf Meredith einen gequälten Blick aus ihren Veilchenaugen zu. »Es war furchtbar, dass dieses Mädchen starb, aber für Sara war es die Rettung. Es erschreckte sie so, dass sie endlich bereit war, auf uns zu hören. Aber auch dann haben Robert und ich lange gebraucht, um sie wenigstens ein Stück weit wieder auf den rechten Weg zu bringen. Robert hat nicht mehr lange genug gelebt, um zu sehen, dass mit ihr alles wieder in Ordnung kam, denn er erlitt mittendrin seinen letzten Herzinfarkt. Es war eine schreckliche Zeit, und ich möchte so etwas wirklich nicht noch einmal erleben! Sie hatte Angst und wollte aus der Sache heraus, aber gleichzeitig war sie loyal ihren Freunden gegenüber. Sie weigerte sich, Schlechtes von ihnen zu denken. Wir haben nie erfahren, wer die Kids auf dieser Party mit Drogen versorgt hat, alle haben eisern geschwiegen. Keiner wusste etwas. Jedenfalls haben wir das Haus in London verkauft und sind hierhergezogen. Anfangs fand Sara es grässlich, sie vermisste ihre sogenannten Freunde. Bei jeder Gelegenheit entwischte sie nach London, doch mit der Zeit fing sie an, diese Leute als das zu sehen, was sie waren. Robert hatte recht. Er sagte, durch die Entfernung würde sie lernen, alles in einem anderen Licht zu sehen. Sie gewöhnte sich allmählich ein, wurde ruhiger. Dann starb Robert so plötzlich. Sara war tief getroffen. Sie hatte Achtung vor ihm und viel offener mit ihm gesprochen als je mit mir. Ich fürchtete, dass es mit ihr wieder bergab gehen würde, doch zum Glück lernte sie Jonathan Lazenby kennen, merkwürdigerweise auf Roberts Beerdigung.« Sie schwieg einen Augenblick. »Er ist Finanzberater …«

Eve musste in Merediths Gesicht eine Spur von Missbilligung entdeckt haben, denn sie fügte mit Nachdruck hinzu: »Nein – nicht wie Hughie.«

»Das will ich doch hoffen! Andernfalls wäre Sara nämlich noch besser mit einem jungen Schauspieler ohne Engagement bedient, der vorübergehend als Barkeeper arbeitet. Aber was heißt es konkret, Eve? Finanzberater könnte vom Buchmacher bis zum Präsidenten der Bank von England alles sein.«

»Nun ja, Investitionen, Planung von Altersversorgungen und so was eben … Ich weiß es nicht genau. Er arbeitet im Bankenviertel und ist sehr erfolgreich. Sara hält große Stücke auf ihn, und er ist ganz anders als ihre früheren Freunde, Gott sei Dank!« Fast trotzig kippte Eve ihren Gin-Tonic.

»Ich verstehe. Und wie ist das mit den Hochzeitsgeschenken?«

»Oh, da geht irgendwo eine Liste rum. Die Leute haben angekreuzt, was sie schenken, und ich weiß nicht, was noch übrig ist. Du kannst ja heute Abend Sara fragen. Ich hoffe, sie war bei der Anprobe wegen des Hochzeitskleides …« Eves Gesicht nahm einen zerstreuten Ausdruck an.

Diese Hochzeit, dachte Meredith, wird offenbar jede Minute unserer Zeit in Anspruch nehmen.

Später, nachdem sie ausgepackt hatte, machte sich Meredith noch zu einem Spaziergang in das Dorf auf, wobei sie sich selbst das Tor öffnete. Lucia, die Köchin, war vom Zahnarzt zurückgekommen und jetzt in der Küche beschäftigt. Eve ruhte sich aus. Voller Unbehagen warf Meredith einen Blick auf den Brennnesselgraben, als sie dort vorüberkam, scheute sich aber davor, nachzusehen, ob das Päckchen noch da lag, wo sie es hingeworfen hatte. Eve hat recht, dachte sie. Wir gehen unangenehmen Dingen aus dem Weg. Wir wissen sehr wohl um sie, doch wir wenden uns lieber ab. Im Übrigen hatte Elliott ja erklärt, er werde sich darum kümmern. Vielleicht hatte er es schon getan. Er war effizient auf eine ruhige, unauffällige Weise, dieser Mr. Elliott, und – diesen Eindruck hatte sie – nicht zimperlich. Er war nicht in der Nähe. Es gab keinen Anhaltspunkt dafür, ob er in seinem Zimmer arbeitete oder gerade das Päckchen vergrub. Vielleicht, dachte sie, hat er es bereits getan, während Eve und ich Tee getrunken und Erinnerungen ausgetauscht haben? Das wäre eigentlich die beste Gelegenheit für ihn gewesen. Entschlossen kehrte sie um, suchte sich einen Stock und stocherte zwischen den Brennnesseln herum. Sie stieß auf mehrere abgebrochene Stängel und sah einen dunklen schmierigen Fleck im Gras darunter. Sonst nichts.

Mr. Elliott hatte die Sache also schon erledigt. Meredith warf den Stock weg und ging weiter.

Der Abend war schön. Das Dorf weniger, dachte sie. Es war gewiss keines von denen, die Wettbewerbe gewannen, weil sie so malerisch waren, und Meredith glaubte auch nicht, dass der widerliche Fund sie irgendwie in ihrer Meinung beeinflusste. Westerfield war nicht groß, aber weit auseinandergezogen und hatte keinen deutlich erkennbaren Dorfkern. Am Dorfrand zog sich eine Reihe baufälliger, städtisch wirkender Wohngebäude aus der Nachkriegszeit hin, die in das umliegende Farmland mit Blick auf offene Felder hineingesetzt waren, ohne Rücksicht darauf, ob sie hierher passten oder nicht. Danach kam ein buntes Durcheinander aus Bungalows und Cottages, bis die Straße wie ein Eishockeystock fast im rechten Winkel abbog. Die Biegung umschloss auf zwei Seiten ein Dreieck mit wild wucherndem Gras und Unkraut, das von Zigarettenstummeln und Schokoladepapieren wie von Konfetti übersät war; mittendrin rostete ein Pfosten mit einem Bushaltestellenschild vor sich hin. Hinter dem grünen Dreieck befand sich ein Wirtshaus, das eines der ältesten Gebäude des Dorfes sein musste. Die Gaststätte trug den Namen »Dun Cow«, graubraune Kuh. Daneben standen zwei Farmarbeitercottages aus dem frühen 19. Jahrhundert, und an ihnen vorbei, vom Dreieck wegführend, verlief der Weg zur Kirche und dem alten Pfarrhaus. Was Meredith hier vermisste, war das Gefühl von Gemeinschaft, wie sie es von den ungarischen Dörfern her kannte. Es ließ sich nicht einmal eine einzige Menschenseele blicken.

Meredith ging auf das »Dun Cow« zu. Aber auch der Pub wirkte verlassen; es sah aus, als habe er geschlossen. Sein Schild, auf dem ein liebenswertes, wenn auch höchst unproportioniertes Tier dargestellt war, schaukelte und ächzte über dem bis zur halben Höhe des Hauses reichenden Fachwerk im

Wind. Die kleinen, staubigen Fenster blickten wie leere dunkle Augen, und die wuchtige Bohlentür wollte dem Druck ihrer Hand kein Stück nachgeben. An der Tür war eine kleine Plakette angebracht, der Meredith entnehmen konnte, dass es sich bei dem Wirt um einen gewissen Harry Linnet handelte. Sie schaute auf ihre Uhr. Es war längst sechs, aber auch wenn Mr. Linnet irgendwo da drin hockte und Gläser polierte, so war doch keine Spur von ihm zu sehen. Vielleicht öffnete er ja nur, wenn er Lust dazu hatte. Meredith rümpfte die verwöhnte Nase. Der Geruch von schalem Bier, Aschenbechern und ungelüfteten Räumen drang aus dem Haus. Sie vermutete, dass es innen genauso aussah wie in einem Pub kurz vor Dover, in den sie geraten war, weil er nach außen hin mit dem Charme von »Good Old England« lockte, als sie nach einer ungemütlichen Kanalüberquerung auf der Autofähre endlich an Land gehen konnte. Das Innere des Pubs war eng und schmuddelig gewesen, dazu vollgestopft mit Einarmigen Banditen, Space Invaders und Zigarettenautomaten, und die Ohren wurden ihr mit unerwünschter Reggaemusik vollgedröhnt.

Sie kehrte dem »Dun Cow« den Rücken, schüttelte sich ihr glattes braunes Haar aus dem Gesicht, schob die Hände deprimiert in die Taschen ihrer Jeans und musterte ihre Umgebung mit tiefem Misstrauen.

Sie musste widerstrebend zugeben, dass sie sich hier, in ihrem eigenen Land, fremder fühlte als sonst wo auf der Welt. Jeder Heimaturlaub, jede Lücke zwischen zwei Überseeposten bewiesen ihr jedes Mal aufs Neue, dass sie hier inzwischen ebenso eine Ausländerin war wie all jene Ausländer »guten Glaubens«, unter denen sie gewöhnlich lebte. Sie war dafür bestraft worden, dass sie, bedingt durch ihren Konsulardienst, eine zu lange Zeit als Weltenbummlerin in fremden Ländern gelebt hatte. Sie, die auf ihre eigene bescheidene Weise England im

Ausland repräsentierte, hatte sich langsam und unerbittlich in eine weitere Ausländerin verwandelt, wie sie immer dann feststellen musste, wenn sie nach Hause kam.

In diesem Moment durchdrang ein merkwürdiger, unartikulierter Schrei die Luft, und Meredith fuhr vor Schreck zusammen. Eine seltsame Gestalt, eine menschliche Spinne mit einer Leinenmütze, tauchte seitlich hinter dem rechten der beiden Farmarbeitercottages auf – dem Cottage mit dem penibel gepflegten Garten – und wieselte heiser kreischend auf die Gartentür zu.

»Raus mit dir, du ausländisches Miststück!«, heulte die Erscheinung, und Meredith fragte sich erschrocken, ob sie etwa gemeint war, so deutlich schien die Beschimpfung Bezug auf ihre eben gehegten Gedanken zu nehmen. Während sie dastand und schaute, begann die Gestalt ein für sie nicht sichtbares Objekt mit kleinen Steinen zu bewerfen, von denen sie offenbar einen reichlichen Vorrat in ihren Taschen hatte.

»Du warst in mei'n Karotten, verflucht noch mal – hau bloß ab!« Die Erscheinung tanzte mit unbeholfenen Bewegungen an der Gartentür herum und schüttelte die Fäuste. »Ich zieh dir das Fell ab, du pelziges ausländisches Ungeziefer, wenn du nich' von mei'm Frühjahrskohl wechbleibst!«

Eine siamesische Katze erklomm mit einem Satz die Mauer zwischen den beiden Cottages und sprang, von einer Flut von Beschimpfungen und Kieselsteinen verfolgt, in den anderen Vorgarten hinunter, der eine einzige wuchernde Wildnis war. Die Haustür des dazugehörenden Cottages ging auf, und ein Junge in Jeans und einem abgetragenen roten Sweatshirt kam heraus.

»Um Himmels willen, Bert«, rief er, »nun mach nicht schon wieder so 'n Theater!« Die Stimme klang kultiviert, und sein Auftreten war, trotz seiner Worte, geduldig und freundlich.

Meredith ertappte sich bei dem lächerlichen Gedanken, dass er wie ein sehr netter Junge aussah.

»Eins von dei'n ausländischen Katzenviechern hat wieder in mei'n Karotten gebuddelt!«, schrie der uralte Mann. »Un' sein Geschäft in mei'n Salat gemacht. Ich hab' es gesehn – sein böses schwarzes Gesicht und den krummen Schwanz. Ich hab' dir gesacht, halt die Viecher aus mei'm Gemüse raus.«

Der Junge bückte sich und nahm die Siamkatze auf, die sich in seinem Arm aufrichtete und hochmütige Blicke auf ihren Angreifer warf, der jetzt so in Wut geriet, dass Meredith fürchtete, er könnte einen Anfall bekommen.

»Wart einen Moment«, sagte der Junge in vernünftigem Ton. »Das kommt doch nur daher, dass du dauernd jätest und den Boden harkst. Natürlich gehen da die Katzen hin. Ich kann nichts dafür und sie auch nicht. Warum deckst du den Kohl nicht einfach mit Maschendraht ab?«

»Und warum«, heulte Bert, die Fäuste schwingend, »hältste diese ausländischen Kreaturen nich' von mei'm Gart'n wech? Bösartige Bestien sin' das. Schaun aus wie Teufel, nich' wie Katzen! Hunde hält man unter Kontrolle, und das sollt' man auch mit den teuflischen Katzen tun.«

»Ich hab es dir doch schon erklärt, du alberner alter Kauz«, sagte der Junge resigniert. »Eine Katze ist ein Wildtier. Das bedeutet, dass es in ihrer Natur liegt umherzustreifen. Man kann von ihrem Besitzer einfach nicht erwarten, dass er ständig kontrolliert, wohin sie geht.«

»Ich geh zum Gesetz!«, stieß der Alte hervor.

»Du meine Güte! Das *ist* das Gesetz. Ich habe es dir eben erklärt. Eine Katze ist ein Wildtier, ein Hund nicht. Hundebesitzer sind verpflichtet, dafür zu sorgen, dass ihre Tiere nicht streunen. Katzenbesitzer müssen das nicht – es wäre unmöglich.«

Bert wieselte säbelbeinig und mit fliegenden Armen zu der

trennenden Mauer hinüber und schaute gehässig unter dem Mützenschirm hervor. »Glaubst wohl, bist schlau, nich'? Nu, und ich hab' das Recht, mein Eigentum zu schützen. Das is' Gesetz, jawohl! Und ich sag dir, ich werd Gift auslegen. Dann wird's mit den ausländischen Biestern bald ein Ende hab'n. Ich hab' das Gift und hab' dir schon ei'mal gesagt, ich leg' es aus, wenn du die Viecher nich' aus mei'm Gart'n wechhalten tust.«

Das Gesicht des Jungen lief rot an. »Hör zu, Bert«, sagte er scharf. »Wenn du das tust, dann werde ich derjenige sein, der dich vor Gericht bringt. Tom und Jerry sind wertvolle Tiere, und wenn du vorsätzlich einen oder beide vergiftest, dann bist du derjenige, der Schwierigkeiten bekommt. Kapiert?«

Sie starrten sich gegenseitig wütend an, dann knurrte der Alte etwas, machte kehrt und stapfte davon. Als er weg war, blickte der Junge zu Meredith hinüber, die noch immer an derselben Stelle stand, und rief: »Hallo! Haben Sie sich verlaufen? Kann ich helfen?«

Leicht verlegen, weil es so aussah, als habe sie den Streit belauscht, trat sie an seine Gartentür. »Nein. Ich bin zu Besuch im Dorf und sehe mich nur ein bisschen um. Ich wollte Ihre Unterhaltung mit dem alten Mann nicht belauschen.«

»Unterhaltung?«, wiederholte er gutmütig. »Mit dem alten Bert Yewell kann sich schon seit Jahren niemand mehr vernünftig unterhalten. Er ist verrückt. Ein sogenanntes einheimisches Original. Unglücklicherweise buddeln Tom und Jerry Löcher in seinem Garten, auf den er unglaublich stolz ist. Er hat mit seinen Zwiebeln und anderen Sachen auf Ausstellungen schon Preise gewonnen. Ich hab ihm gesagt, er soll Maschendraht auf seine Beete tun oder auch nur Zweige, dann bleiben die Katzen weg, bis die Pflanzen kräftig genug sind, um ein bisschen Gescharre auszuhalten. Aber der alte Narr ist so eigensinnig. Er besteht auf dem, was er für seine Rechte hält.«

Während er sprach, war er auf dem überwachsenen Gartenweg näher gekommen, und jetzt standen sie sich an der ungestrichenen Gartenpforte gegenüber. Aus der Nähe betrachtet war er älter, als sie vermutet hatte, durchaus kein »Junge« mehr, sondern ein junger Mann von ungefähr fünfundzwanzig. Er hielt noch immer die Katze im Arm und kraulte eines ihrer rauchgrauen Ohren. Meredith fiel auf, dass auf seinen Fingern helle Streifen waren, die so aussahen, als stammten sie von getrocknetem Lehm.

»Wird er das wirklich tun, Gift auslegen, meine ich?«, fragte sie besorgt. Sie streckte die Hand aus, und Tom schnupperte hochmütig daran, erlaubte ihr dann aber gnädig, ihm den Kopf zu streicheln.

Stirnrunzelnd blickte der junge Mann zu Berts Cottage hinüber. »Durchaus möglich. Er droht mir seit einer Ewigkeit damit. Ich bin überzeugt, dass er die Wahrheit sagt, wenn er behauptet, er habe Gift. Nur der liebe Gott weiß, was in seinem Schuppen alles rumsteht. E-605, Strychnin, alles Mögliche. Er sperrt ihn nicht zu, und ich hab einmal hineingeschaut, als ich Jerry suchte, der auf und davon war. Jerry ist Toms Bruder.« Er zeigte auf die Katze in seinem Arm. »Ich habe noch nie ein solches Durcheinander gesehen wie in diesem Schuppen. Ich meine, ich bin nicht gerade ordentlich …« Mit einer lässigen Handbewegung wies er auf seinen zugewachsenen Garten. »Aber Berts Schuppen muss der gefährlichste Ort im ganzen Dorf sein. Das Zeug ist zum Teil überaltert und längst destabilisiert, und wenn man die Flaschen öffnen würde, würde man wahrscheinlich allein von den Dämpfen ohnmächtig. Ich wäre nicht überrascht, wenn das Ganze eines Nachts mit einem gewaltigen Knall in die Luft fliegen und mit ein bisschen Glück den alten Bert gleich mitnehmen würde.« Er grinste.

Meredith lächelte ebenfalls. »Ich wohne im alten Pfarrhaus.«

Einen Augenblick lang schien das Lächeln auf seinem Gesicht zu erstarren. Dann sagte er beiläufig: »Das ist das Haus der Owens.«

»Ja. Ich bin die Cousine von Eve Owens.«

»Tatsächlich?« Er musterte sie nachdenklich, und zu ihrem Ärger stellte sie fest, dass sie errötete. Sie wusste, was er dachte. Wie war es nur möglich, dass dieses unscheinbare Wesen mit einer Schönheit wie Eve Owens verwandt war?

»Ja«, hörte sie sich viel zu heftig antworten und verwünschte sich innerlich.

Er entschuldigte sich auf charmante Art. »Verzeihen Sie, wenn ich Sie angestarrt habe. Aber ich kenne die Owens ein bisschen. Na ja, die schöne und gefeierte Eve lässt sich nicht dazu herab, von mir viel Notiz zu nehmen, aber Sara und ich waren einmal gute Freunde.«

»Oh?« Merediths Interesse war geweckt. »Ich freue mich sehr darauf, Sara wiederzusehen. Habe sie schon seit ein paar Jahren nicht mehr gesehen.«

»Dann werden Sie sie verändert finden«, sagte er beiläufig. »Mein Name ist übrigens Philip Lorrimer. Ich bin Töpfer.« Das war die Erklärung für die Tonflecken auf seinen Händen. »Meine Werkstatt liegt nach hinten heraus. Es ist ein wenig lukrativer, aber ehrlicher Broterwerb.« Er lächelte boshaft.

»Ich würde mir Ihre Werkstatt gern mal ansehen, wenn ich darf.«

»Klar, jederzeit.« Er erlaubte der Katze, von seinem Arm hinunterzuspringen. Sie entfernte sich mit zuckendem Schwanz und setzte sich auf die Türschwelle. Eine zweite Katze, die fast genauso aussah, tauchte auf und ließ sich an ihrer Seite nieder. »Früher ist Sara manchmal rübergekommen und hat mir in der Werkstatt geholfen«, sagte Lorrimer, »aber das war, bevor sie sich verlobt hat und nach London verschwunden ist.«

»War sie gut – im Töpfern?«

»Du lieber Himmel, nein, sie war schrecklich untalentiert. Alles, was sie gemacht hat, hat am Ende ausgesehen wie das Zeug, das Geisteskranke in der Klapsmühle produzieren. Aber die Muster, mit denen sie die Töpfe bemalt hat, waren okay. Sie hat mich ganz schön genervt, ehrlich.« Er zuckte mit den Schultern.

»Kommen Sie auch zur Hochzeit?«

Er verzog das Gesicht. »Ich glaube kaum. Ich würde das Niveau senken.«

»Die Kirche wird nicht oft benutzt, soviel mir bekannt ist. Gibt es derzeit keinen Amtsinhaber für die Lebenden?«

»Nicht direkt. Unser Dorf gehört zu einem Team von Geistlichen. Das bedeutet, dass wir immer den kriegen, der den kürzesten Strohhalm zieht und aus der Stadt hierherfahren muss, um eine Messe für unser Seelenheil zu lesen. Sie scheinen unsere Seelen für ziemlich unbedeutend zu halten, denn der Typ erscheint hier nur alle vierzehn Tage. Ich glaube, dass wir – nach welchen Prioritätenlisten sie auch immer vorgehen mögen – erst nach den geplagten Bewohnern der Hochhausblocks an die Reihe kommen, die in den Zentren der Großstädte stehen und vom Vandalismus heimgesucht werden.«

Meredith sagte bedächtig: »Dieses Dorf … ich weiß, ich bin schließlich eben erst angekommen, aber es scheint kein Herz zu haben. Es wirkt irgendwie seelenlos. Gibt es überhaupt eine Schule hier? Ich habe keine Kinder gesehen.«

Er schüttelte den Kopf. »Nein, die Kids werden alle mit dem Bus in die Stadt gekarrt. Das alte Schulhaus wurde verkauft, und die Lockes haben es zu einem Ruhesitz für sich umgebaut.« Er machte eine kurze Pause. »Das Dorf ist schon in Ordnung, wenn man sich daran gewöhnt hat. Sogar der alte Bert ist in Ordnung, wenn man sich an ihn gewöhnt hat.« Er wies mit dem Kopf zum »Dun Cow« hinüber. »Und sogar das Bier, das Harry ausschenkt, schmeckt, wenn man sich daran gewöhnt hat. Doch ich nehme nicht an, dass wir Sie im Pub zu sehen bekommen werden, nicht, wenn Sie bei Eve wohnen. Dann gehören Sie zur Sherry-Brigade.«

Er sagte es mit einem netten Lachen, aber es gefiel ihr trotzdem nicht, und besonders unangenehm war das Gefühl, zurechtgewiesen worden zu sein. Doch schließlich hatte sie, nach eigenem Eingeständnis eine Fremde, ungefragt sein Dorf kritisiert.

»Ich mach mich jetzt wohl am besten auf den Rückweg«, sagte sie. »War nett, Sie kennenzulernen.«

»Wir sehen uns bestimmt noch«, antwortete er. »Wenn Sie bleiben.«

Sie schlug den Weg zum Pfarrhaus ein, drehte sich jedoch an einer Kurve um und blickte zurück. Lorrimer stand auf seiner Türschwelle und sah ihr nach. Er winkte ihr fröhlich zu. Sie verzieh ihm die bissige Bemerkung über den Sherry. Sie hatte sie schließlich provoziert. Er war ganz offensichtlich ein wirklich netter Junge – Mann!, korrigierte sie sich ärgerlich. Lieber Gott, es ist ein schlechtes Zeichen, wenn ein so kräftiger Kerl wie er mir wie ein Junge vorkommt. Wie heißt es so schön? Wenn die Polizisten anfangen, jünger auszusehen …

KAPITEL 3

Als Meredith ihr Patenkind das letzte Mal gesehen hatte, war Sara aufsehenerregend ganz in Schwarz gekleidet gewesen, ihr Outfit bestand aus einem sehr kurzen Rock, Strumpfhose und knöchelhohen Schnürschuhen von der Art, wie Kinder sie um die Jahrhundertwende getragen hatten. Ihr langes Haar war goldblond gefärbt und sah aus wie Lametta, ihr rundes, hübsches Kindergesicht mit der Stupsnase war mit einem Make-up zugekleistert, das sie totenbleich machte, und das Ganze wurde von einer Pelzmütze gekrönt, wie die sowjetische Armeeinfanterie sie getragen hatte, komplett mit rotem Stern.

»Merry!«, rief Sara jetzt überschwänglich und schlang ihr die Arme um den Hals. »Ach, wie schön es ist, dich wiederzusehen.«

Der spontanen Herzlichkeit und Wärme dieser Begrüßung konnte sich niemand entziehen. »Hallo, du«, sagte Meredith und erwiderte die Umarmung. »Ich habe dich kaum erkannt.«

Das hatte sie tatsächlich nicht. Doch alle Veränderungen waren vorteilhaft. Das Haar war nicht mehr lamettagolden, sondern hatte wieder seine Naturfarbe, ein helles Braun. Sara hatte nicht annähernd so viel Make-up aufgetragen wie damals, und die gespenstischen purpurnen Lidschatten waren ganz verschwunden. Das beste jedoch war, dass Sara – obwohl noch immer ein wenig exzentrisch gekleidet – entdeckt hatte, dass es noch andere Farben außer Schwarz gab.

»Du schaust großartig aus«, sagte Meredith. »Als wir uns das letzte Mal getroffen haben, hast du wie die Hexe von Endor ausgesehen.«

Sie hatte keine Ahnung, ob das Wort »Hexe« aus ihrem Unterbewusstsein gekommen war, es führte jedenfalls dazu, dass sie sich an ihren scheußlichen Fund am Tor erinnerte. Es war geradezu unvorstellbar, dass irgendwer diesem spontanen, fröhlichen Mädchen etwas Schlechtes wünschen konnte. Und doch tat es jemand. Oder vielleicht war dieser Jemand auch nur ein armer Irrer mit einem fehlgeleiteten Sinn für Humor. Es gab solche Leute.

Jonathan Lazenby, auf den Meredith sehr neugierig gewesen war, erwies sich als ein schmucker junger Mann von Mitte zwanzig. Er sah gut aus und wirkte recht draufgängerisch, hatte die blasse Haut des Städters, und hinter dem sorgfältig gepflegten Äußeren und dem teuren Anzug spürte Meredith eine bestimmte Art von Zurückhaltung; dieser Junge wusste, wo es langging. Wohl niemand aus der obersten Schublade, aber unbeirrbar und zielbewusst an die Spitze strebend. Er sprach laut und mit unnachgiebiger Munterkeit, und man konnte sicher sein, dass ihm nichts entging.

Als Sara ihn vorstellte, trat er selbstsicher auf Meredith zu und schüttelte ihr mit übertriebener Härte die Hand. Gequält lächelnd zog Meredith ihre zermalmten Finger zurück.

Sara, die wie ein glückliches Hündchen um sie herumhüpfte, erklärte: »Ich wollte immer so wie Merry sein. Durch die Welt reisen, alle möglichen aufregenden Orte und Menschen kennenlernen. Sie war einfach überall.«

»Nicht ganz«, protestierte Meredith. »Nur an einigen wenigen Orten. Aber ich weiß nicht, ob ich ein Vorbild für jemanden sein möchte, Sara, wenn du erlaubst.«

»Sie hat ›ich wollte‹ gesagt«, warf Lazenby schnell ein. »Seither ist sie ein bisschen erwachsener geworden.« Gerade noch rechtzeitig fügte er hinzu: »Ich meine, sie hat inzwischen ihre Jungmädchenschwärmereien aufgegeben.«

»Hat sie das wirklich?«, fragte Meredith sanft.

Aber Lazenbys Aufmerksamkeit wurde schon von jemand anderem beansprucht, von jemandem, den er offensichtlich kannte, einem großen, geschmeidigen, etwas unordentlich aussehenden Mann, der sich ihrer Gruppe genähert hatte und mit blinzelnden Augen dastand, woraus Meredith schloss, dass er bei der Arbeit wahrscheinlich eine Brille trug, sich aber nicht eingestehen wollte, dass er sie eigentlich immer brauchte. Lazenby stürzte wieder vorwärts, streckte die Hand in derselben forschen Art aus wie vorher bei Meredith und verströmte weltmännische Jovialität. »Ah, Russell!«

Ob man wohl, überlegte Meredith, diesen Überfliegern auf irgendeiner Wirtschaftsakademie beibringt, sich bei Neuankömmlingen auf diese Art in Szene zu setzen? Russell wirkte nicht sonderlich begeistert, als er Lazenbys Begrüßung erwiderte. Er hielt sich nur kurz damit auf, dann wandte er sich an die Gastgeberin und sagte: »Guten Abend, Eve« und überreichte ihr einen in Cellophan verpackten, mit einer malvenfarbenen Schleife gebundenen Chrysanthemenstrauß.

»Aber Peter!«, rief Eve und spielte ganz überzeugend die Rolle einer Frau, die noch nie in ihrem Leben einen Blumenstrauß bekommen hat. Sie war in ihrer Mitte erschienen, herausgeputzt und strahlend wie immer; sie trug etwas, das auf den ersten Blick wie ein langes pinkfarbenes Chiffonkleid aussah, sich aber, wenn sie ging, als weite, ausgestellte Hose erwies. Meredith wünschte, sie hätte die Courage, auch so etwas zu tragen, und dankte dann dem Schicksal, dass sie es doch nicht tat, denn sie hatte weder Eves Figur noch ihren Stil und hätte darin nur wie ein schlecht gewickeltes Knallbonbon ausgesehen.

»Das ist wirklich ganz reizend«, sagte Eve, als sie die Blumen nahm. »Ich muss Lucia sagen, dass sie sie sofort ins Wasser stellen soll. Merry, meine Liebe, das ist Peter Russell … Meine Cousine und liebste Verwandte Meredith Mitchell. Peter ist der Arzt des Dorfes.«

»Nun, wie man's nimmt«, entgegnete Russell freundlich. »Ich wohne im Dorf, praktiziere aber in einer Gemeinschaftspraxis in Bamford. Ich freue mich, Sie kennenzulernen, Miss Mitchell.«

Ein Team von Geistlichen, eine Gemeinschaftspraxis, dachte Meredith. Hat denn dieses Dorf gar nichts Eigenes?

Eve war auf dem Parkettboden davongeklappert, um Lucia die Blumen zu übergeben. Nachdem Russell Meredith die Hand geschüttelt hatte, wandte er sich zu Sara und sagte beiläufig: »Ich dachte mir schon, dass du hier sein würdest, Sara, und wollte keine Dame übergehen. Hier, für dich …« Er reichte ihr eine kleine Schachtel mit Pfefferminzpralinen.

»Danke, Peter«, sagte Sara und schnappte sich die Schachtel auf wenig damenhafte Art. »Meine Lieblingspralinen! Dass du daran gedacht hast. Als ich das letzte Mal hier war, habe ich so viele gegessen, dass mir übel wurde, Merry.«

Lazenby meinte säuerlich: »Pass auf, dass du nicht dick wirst.«

Ein Anflug von Unsicherheit glitt über Saras Gesicht, und sie sah ihn beinahe schuldbewusst an.

Peter Russell sagte munter: »In ihrem Alter verbrennt man das noch. Wenn sie eine Neigung hätte, anzusetzen, wäre sie jetzt schon dick. Lassen Sie ihr Zeit, sich darum zu sorgen, wenn sie vierzig ist.«

Lazenby sagte nichts, doch sein Gesicht nahm den schmollenden Ausdruck eines frühreifen Kindes an, das plötzlich nicht den erwarteten Applaus bekommt.

»Aber eine Dame habe ich nun doch ausgelassen«, sagte Russell bedauernd und wandte sich wieder Meredith zu. »Ich habe nicht gewusst, dass Sie hier sein würden, Miss Mitchell.«

»Auch wenn es anders gewesen wäre, hätte ich nicht erwartet, von Ihnen Blumen oder Pralinen zu bekommen«, sagte sie überrascht. »Aber ich danke Ihnen für den guten Willen.«

»Sauber –«, murmelte Elliott, der in einer Ecke saß und sich an einem Glas mit einer goldbraunen Flüssigkeit festhielt. Meredith hatte die Flasche Southern Comfort, die zwischen den anderen Flaschen auf einem Servierwagen stand, längst bemerkt. Irgendwo im Hintergrund klingelte das Telefon.

Russell lächelte. »Ich freue mich, ein weiteres Mitglied der Familie kennenzulernen. Sara hat mir erzählt, Sie seien die unerschrockene Dame, die die obskursten Ziele ansteuert, um die Fahne des Königreiches hochzuhalten.«

»Wir tun unser Bestes«, sagte sie. Ein sympathischer Mann, dachte sie.

»Ich hoffe, Sie verteilen keine milden Gaben an Rowdys, die ins Ausland reisen, dort mit ihrem schlechten Benehmen den Ruf unseres Landes schädigen und dann irgendwo ohne einen Penny stranden«, sagte Lazenby aggressiv.

Eve kam zurück. »Meine Lieben, Alan Markby hat eben angerufen. Er verspätet sich und hat gesagt, wir sollen ohne ihn anfangen. Ich denke, das müssen wir auch, wenn er sehr viel später kommt, weil Lucia schon jetzt ein bisschen sauer ist – die Zähne, ihr wisst ja. Und sie zu bitten, mit dem Essen noch zu warten, scheint mir keine so gute Idee zu sein.«

»Ist das der Typ, der Saras Brautführer spielen wird?«, fragte Lazenby streitsüchtig.

»Markby hat eine Menge zu tun«, brummte Russell leise. »Er würde immer versuchen, pünktlich zu sein, wenn es irgendwie möglich ist.«

»Er war ein Freund von Robert«, sagte Eve energisch.

Es folgte ein verlegenes Schweigen. Sara begann an ihrem Verlobungsring zu drehen. Es kam Meredith plötzlich so vor, als läge etwas Gehetztes über Saras liebenswertem kleinem Koboldgesicht. Die spontane Fröhlichkeit, die sie immer ausstrahlte, schien heute Abend ein wenig gezwungen zu sein.

Sie hatten den Nachzügler beinahe schon aufgegeben und wollten ins Esszimmer gehen, als in der Halle Stimmen laut wurden. Ein sehr großer, ziemlich dünner Mann mit einem schmalen, intelligenten Gesicht, einer langen, geraden Nase und leuchtend blauen Augen kam herein, strich sich das zerzauste blonde Haar aus der Stirn und erklärte, noch ganz außer Atem: »Tut mir leid.«

»Gerade noch rechtzeitig«, sagte Eve und stürzte auf ihn zu. »Du kennst meine Cousine Meredith noch nicht – und Jonathan, Saras Verlobten, und Albie – wo versteckst du dich, Darling? Und das, Leute, ist Alan Markby, der ein Freund unseres lieben Robert war und sich netterweise bereit erklärt hat, Saras Brautführer zu sein.«

Sie alle murmelten etwas zur Begrüßung, bis auf Lazenby, der laut sagte: »Na, großartig!«

Eve hakte sich bei Markby unter, der bei dieser besitzergreifenden Geste ein leicht erschrockenes Gesicht machte. »Kommt jetzt, alle miteinander«, kommandierte sie und setzte sich in Bewegung, wobei sie Markby mit sich zog. Er hatte sich mittlerweile wieder gefasst, wie Meredith amüsiert feststellte, und schaffte es, brav alles das zu sagen, was man von ihm erwartete. Eve begann zu funkeln, ein untrügliches Signal dafür, dass ein neues männliches Wesen in ihrem Kreis aufgetaucht war.

Elliott, der den ganzen Abend ziemlich schweigsam gewesen war, erschien plötzlich an Merediths Seite. »Sehen Sie sich den Kerl genau an. Er ist ein Naturtalent.« Er verzog sich, ehe sie etwas darauf antworten konnte.

Der Speisetisch war groß und rund. Meredith hatte zwischen Peter Russell zu ihrer Linken und Alan Markby zu ihrer Rechten Platz genommen. Eve saß an Markbys rechter Seite, Lazenby rechts neben ihr, dann kam Elliot, und Sara saß zwischen Elliott und Russell. Ein großes Blumenarrangement in der Tischmitte schirmte Meredith teilweise gegen Lazenby ab, der ihr gegenübersaß, und erlaubte ihr, ihn verstohlen zu beobachten, ohne direkt mit ihm sprechen zu müssen. Sie nahm an, dass sie ihn, wenn sie ihn schon nicht bewundern konnte, so doch wenigstens respektieren sollte. Er strotzte vor Energie, war sicher außerordentlich tüchtig, intelligent und clever. Sie wünschte, sie könnte ihn auch liebenswert finden. Aber Ehrgeiz machte sie immer nervös, und Lazenby kam ihr sehr ehrgeizig vor.

Sie merkte, dass Peter Russell zu ihrer Linken Lazenby ebenfalls beobachtete. Doch plötzlich wandte er sich zur Seite und begann mit Sara zu sprechen. Alan Markby und Meredith blieb nichts anderes übrig, als sich miteinander zu beschäftigen. Sie musterten sich zurückhaltend.

Dann fragte er entschlossen: »Wie haben Sie es nur geschafft, allein eine so lange Fahrt quer durch Europa zu unternehmen? Ich habe es einmal gemacht, vor vielen Jahren – mit meiner damaligen Frau. Wir fuhren nach Griechenland.«

»Eine faszinierende Reise.«

»Nicht besonders«, sagte er mürrisch. »Mit jemandem in einem Wagen eingeschlossen zu sein bringt alle Schwächen einer Beziehung ans Licht. Für meine Ehe war es der *coup de grâce* – der Todesstoß. Damit will ich nicht sagen, dass ich's nicht gerne noch einmal machen würde, wenn ich weniger Zeit mit Diskussionen über die Straßenkarten vertun müsste und dafür mehr vom Land mitbekommen könnte.«

»Wenn Sie wollen, können Sie bis Ungarn mit mir zurückfahren und von dort allein weiterreisen«, bot Meredith ihm an.

»Wie bitte?« Er starrte sie so erschrocken an wie vorhin Eve, als sie seinen Arm genommen hatte. Dann lachte er. »Sie kennen mich doch gar nicht.«

»Himmel«, sagte sie verärgert, »ich biete Ihnen nur an, Sie im Auto mitzunehmen.« Sie wurde rot, als ihr ein Gedanke durch den Kopf schoss. »Ich versuche nicht, Sie zu verführen.«

»Das habe ich mir auch nicht eingebildet. Ich meinte nur, dass Sie ja nicht wissen, ob ich nicht ein geistesgestörter Triebverbrecher bin.«

»Sie sind der Brautführer meines Patenkindes. Sie waren mit Robert befreundet, wie Eve mir sagte. Daraus schließe ich mal, dass Sie nicht Jack the Ripper sind.«

»Nun ja, nein«, sagte er langsam und – wie sie spürte – insgeheim belustigt. »Danke für das Angebot, ich werde eines Tages vielleicht darauf zurückkommen.«

»Vielleicht mache ich es Ihnen nie wieder.« Ganz bestimmt nicht, dachte sie. Welcher Teufel hat mich eigentlich geritten, überhaupt so etwas zu sagen?

»Hören Sie«, sagte er, plötzlich ernst, und beugte sich zu ihr. »Ich war mit Bob Freeman gar nicht so eng befreundet. Es hat mich fast umgehauen, als Eve mich bat, den Brautführer zu spielen. Es ist eine Ehre und so weiter – aber ich möchte nicht, dass Sie auf falsche Gedanken kommen …«

»Falsche Gedanken worüber?«, fragte sie kühl und noch immer leicht gekränkt.

Bevor er antworten konnte, übertönte Saras klare junge Stimme die allgemeine Unterhaltung: »Nun, ich finde es ganz schön gemein, dass Cottages jetzt so viel kosten und die Leute aus dem Dorf es sich nicht mehr leisten können, eins zu kaufen. Das ist unfair.«

»Nein, das ist es nicht, Sara«, widersprach Lazenby energisch. »Man kann nicht erwarten, dass ländliches Eigentum unter seinem Marktwert verkauft wird.«

»Aber in diesem Dorf gibt es keine Kinder«, blieb Sara hartnäckig und beugte sich über den Tisch. »Ist dir das schon aufgefallen, Merry? Das kommt daher, dass alle jungen Paare weggezogen sind.«

Russell warf mit ruhiger Stimme ein: »Die jungen Paare ziehen weg, weil das Dorf keine Schule hat. Ich muss zugeben, dass ich, als ich Rose Cottage gekauft habe, genau das tat, was Sara anprangert. Tut mir leid, Sara, ich hatte einfach den Wunsch, auf dem Land zu leben.«

»Ich habe nicht dich gemeint, Peter. Du verstehst das Dorfleben, und du bist bei vielen der Hausarzt, deshalb sind die Leute froh, dass du mitten unter ihnen wohnst – auch wenn sie zur Behandlung in die Praxis nach Bamford fahren müssen, was ich ja für bekloppt halte … Ich rede von den anderen Leuten, den Stadtmenschen. Na ja, von Mummy und mir, zum Beispiel. Oder den Pendlern. Oder Leuten wie den Lockes, die alles kritisieren. Und eine Schule ist deshalb nicht da, weil es keine Kinder gibt«, schloss Sara triumphierend. »Eines bedingt das andere. Das ist wie die Sache mit dem Huhn und dem Ei.«

»Du kannst nicht erwarten, dass die Schulbehörde eine Dorfschule für ein halbes Dutzend Kinder unterhält«, bellte Lazenby. »Das wäre einfach nicht kosteneffektiv.«

»In Frankreich macht man das«, mischte sich Meredith zu ihrer eigenen Überraschung ein. »Die Franzosen haben ein klar umrissenes Programm, das darauf abzielt, ihre Dörfer lebendig zu erhalten.«

»Das ist ein wesentlicher Bestandteil der französischen Landwirtschaftspolitik«, sagte Lazenby und warf ihr einen giftigen Blick zu. Er wusste, wo er Widerstand zu erwarten hatte. »Das ist etwas ganz anderes.«

»Die Franzosen verstehen wirklich zu leben«, sagte Eve verträumt und völlig zusammenhanglos – aber dennoch mit der gewünschten Wirkung. Die Unterhaltung verlor an Schärfe.

Plötzlich sagte Alan Markby mit einem grimmigen Unterton: »Ich frage mich manchmal, warum die Leute eigentlich aufs Land ziehen. Es endet doch nur damit, dass sie vernichten, was sie angeblich haben wollen. Falls sie es wirklich wollen. Gewöhnlich versuchen sie erst einmal, alles zu verändern. Haben Sie das Ehepaar schon kennengelernt, das Sara vorhin erwähnte? Die Lockes?« Als Meredith den Kopf schüttelte, sagte er: »Nun, das kommt schon noch. Sie haben das alte Schulhaus gekauft. Dann haben sie einen Typen angeheuert, der den alten Sport- und Spielplatz in Gartenanlagen verwandelte, und hinterher stellten sie fest, dass auf dem Besitz ein Wegerecht lag. Es gab einen Riesenzirkus, bis Major Locke die behördliche Genehmigung bekam, den Weg um seinen Besitz herumzuführen. Die Einheimischen protestierten heftig – sie konnten nicht einsehen, warum sie nicht genauso durch den Garten der Lockes gehen sollten wie früher über den Schulhof und den Sportplatz. Es war eine richtige Schlacht. Locke drangsalierte jeden, mochte es aber gar nicht, wenn man Gleiches mit Gleichem vergalt. Er war sogar bei mir und hat sich darüber beklagt, dass man ihn nicht in Ruhe ließ. Was für ein Idiot.«

Meredith machte den Mund auf, um Markby zu fragen, warum der verärgerte Locke sich ausgerechnet an ihn gewandt hatte. Sie vermutete, dass es irgendwie mit seinem Beruf zusammenhängen musste, den sie nicht kannte, doch bevor sie ihn danach fragen konnte, fuhr er lachend fort:

»Irgendwie hat er ja dann bei der Sache mit seiner Klärgrube seine Strafe bekommen. Der arme Locke hatte nun die Erlaubnis, den Fußpfad umzuleiten, und ließ seinen Garten wunderschön gestalten. Dann ging irgendetwas mit seiner Toilette schief. Der Güllewagen kam hinaus, um seine Klärgrube auszupumpen – und fuhr schnurstracks über seine neuen Blumenbeete. Kam anders nicht an die Grube heran.«

»Sie scheinen sich ja ausführlich mit der Sache beschäftigt zu haben«, stellte Meredith fest. »Aber Sie wohnen doch nicht im Dorf, oder?«

Seine Antwort überraschte sie sehr: »Nein, aber ich kenne das Dorf sehr gut. Als Junge war ich oft hier – sogar in diesem Haus. Mein Onkel war nämlich der letzte Amtsinhaber.«

»Ich verstehe«, sagte Meredith nachdenklich. »Mir war nicht klar, dass Ihre Familie aus dem Ort stammt. Entschuldigen Sie.«

»Wofür? Ja, meine Familie hat sehr lange in der Gegend gelebt. Früher hat uns hier ziemlich viel Land gehört. Mein Onkel Henry, der älteste Bruder meines Vaters und der letzte Pfarrer hier, war ein komischer alter Kauz, ein Junggeselle, der für seine Bücher lebte. Ein Relikt aus den Anfängen des Jahrhunderts, aus der Zeit Edward VII., könnte man sagen. Mir kam das Haus immer düster vor, es war voller alter Möbel und Ölgemälde mit toten Vögeln und roch moderig, vermutlich nach Trockenfäule. Als Bob Freeman es kaufte, musste er eine Menge Geld hineinstecken. Es war in einem ziemlich desolaten Zustand. Der Architekt des Diözesanbüros war hier gewesen und hatte es mehr oder weniger abgeschrieben, deshalb war die Kirche so darauf erpicht, es zu verkaufen. Ich weiß nicht, was Bob am Ende dafür bezahlt hat, doch er dürfte kein schlechtes Geschäft gemacht haben, besonders da die Grundstückspreise in der Gegend seither unglaublich gestiegen sind. Lazenby da drüben vermutet jetzt wahrscheinlich, dass man hier eine nette Stange Geld verdienen könnte. Aber Sara hat recht. Junge einheimische Paare können es sich nicht leisten, etwas zu kaufen. Fast alle jungen Leute haben das Dorf verlassen. Nur die Alten bleiben, die sich nicht von der Stelle rühren wollen und die Absicht haben, hier zu sterben.«

Er verstummte plötzlich, als sei ihm seine eigene Schwatzhaftigkeit peinlich. Meredith lächelte. Du weißt vielleicht nicht, warum Eve dich zum Brautführer bestimmt hat, dachte sie, aber ich weiß es. Du siehst anständig aus, du sagst das Richtige, und du bist der Spross einer alteingesessenen Familie. Sie hat dich genauso ausgesucht, wie Elliott *sie* ausgesucht hat für eine Rolle in seiner Seifenoper – und auch der Grund ist der gleiche: Durch dich bekommt die Hochzeit einen Hauch von Klasse.

Laut sagte sie: »Ich habe jemanden aus dem Dorf kennengelernt, den Töpfer, Philip Lorrimer.«

Als sie den Namen aussprach, war gerade eine jener plötzlichen Gesprächspausen eingetreten, die bei lebhaften Unterhaltungen immer wieder mal vorkommen, und die Worte fielen in einen See der Stille. Die Atmosphäre veränderte sich schlagartig. Sara rutschte unruhig auf ihrem Stuhl herum, Lazenby machte ein argwöhnisches Gesicht, und Russell meinte schroff: »Ach, den!«

»Kenne ich nicht«, sagte Markby stirnrunzelnd. »Töpfer, sagen Sie? Lebt er schon lange hier?«

»O ja … Wirklich ein komischer Junge«, sagte Eve. »Als Robert das Pfarrhaus kaufte, lebte er etwa seit einem Jahr im Dorf. Ein mittelloser Künstler, wenn man ihn denn einen Künstler nennen kann. Er macht Tontöpfe, Aschenbecher, Milchkrüge und so weiter, mit der Aufschrift *Souvenir aus Devon* oder etwas in der Art. Er verkauft sie überall in der Gegend und verdient gerade genug, um leben zu können. Aber es ist nicht so, dass er Maler oder Bildhauer wäre.«

»Oder Schauspieler, Evie«, sagte Elliott leicht spöttisch.

Eve blieb ungerührt. »Oder Schauspieler, du sagst es. Ich meine, Tontöpfe! Das ist doch ein Witz. Übrigens«, mit einer anmutigen Handbewegung verabschiedete Eve Töpfe und Töpferei, »ich glaube, sie bekommen unterschiedlich lange Beine.«

»Was?« Meredith lachte laut auf. »Die Tontöpfe?«

»Nein, Darling, die Töpfer. Weil sie mit einem Fuß dauernd das Pedal dieses Drehdings treten müssen. Nehmen wir den Kaffee im Salon?«

Dort bildeten sich neue Gruppen, und Meredith fand sich plötzlich neben Lazenby auf dem exotischen Sofa wieder. Die Lippen fest zusammengepresst, machte Lucia die Runde mit einem Tablett, auf dem die Kaffeetassen standen. Lazenby beugte sich vorsichtig zu Meredith hinüber, als nähere er sich einem unberechenbaren Haustier. »Soviel ich weiß, haben Sie Eve eine Zeitlang nicht gesehen, aber ich nehme an, durch ihre Filme sind Sie auf dem Laufenden über sie geblieben.« Er nahm eine Tasse schwarzen Kaffee.

»Ich habe alle Filme mit ihr gesehen, klar«, stimmte Meredith ihm zu und nahm sich ebenfalls eine Tasse vom Tablett. »Doch sie hat ja schon eine Weile keinen Film mehr gedreht. Ich glaube, sie macht jetzt das ein oder andere im Fernsehen, und das ist mir leider entgangen.«

»O ja, Fernsehen«, murmelte Lazenby mit düsterem Blick. »Hat sie Ihnen von der Seifenoper erzählt?« Er sah zu Eve hinüber. Elliott, der neben ihr saß, war zum Leben erwacht und wurde zunehmend gesprächiger, was nur bedeuten konnte, dass er über sein »Baby« sprach. Lazenby warf ihm einen Blick zu, aus dem nicht gerade Sympathie sprach.

»Ein bisschen. Ich selbst habe die Serie nie gesehen. Eve hat mir erzählt, sie sei sehr populär und habe ein paar Millionen Zuschauer.«

»Das hat sie von Elliott, nehme ich an«, sagte Lazenby herausfordernd. »Damit will er sie doch nur überreden. Die Serie war sehr populär, aber die Quoten sind in den Staaten längst nicht mehr so hoch wie früher. Zu uns kommen die Episoden immer ein paar Monate, nachdem sie drüben ausgestrahlt worden sind. Die Quoten hier in Großbritannien sind noch in Ordnung, werden aber sinken, wenn sie dem amerikanischen Trend folgen.« Er setzte seine Tasse ab, ohne getrunken zu haben, und beugte sich wieder vor. »Deshalb will er um jeden Preis einen neuen Charakter und eine neue Storyline einführen. Er hat eine Menge Geld in die Serie gesteckt. Mit anderen Projekten hatte er Probleme, und ›Das Erbe‹ ist sein einträglichstes Geschäft. Er ist ganz schön raffiniert und hofft, mit der Verpflichtung eines bekannten Stars die Sache absichern zu können. Und deshalb sitzt er hier und tut Eve schön.«

»Ich verstehe«, sagte Meredith versonnen und nahm einen Schluck Kaffee. Er war sehr stark, auf italienische Art zubereitet. Eve und Elliott unterhielten sich lebhaft. Lazenby schien entschlossen, das auszunutzen und Meredith noch weiter einzuweihen.

»Soviel ich weiß, besteht das Problem darin, wie man einen neuen Charakter in die Story einführen soll. Die Serie läuft seit Jahren, und fast jede denkbare Variante von Familienintrigen wurde schon durchgespielt. Die Zuschauer fangen an, die Drehbücher wiederzuerkennen. Nach dem, was Sara mir erklärt hat, soll Eve als eine Frau aus der Vergangenheit des Hauptdarstellers eingeführt werden, die ihn irgendwie in der Hand hat – ich meine, sie weiß über einige seiner unlauteren Tricks und über manches Techtelmechtel Bescheid. Damit zwingt sie ihn, sie zu seiner Geschäftspartnerin zu machen. Es ist die Rolle eines weiblichen Schurken. Ziemlich sexy, wenn ich richtig verstanden habe.« Lazenby verzog abfällig seine Oberlippe. »Mit mehreren Bettszenen, hat man mir gesagt.«

»Alle sehr dezent, da bin ich sicher«, bemerkte Meredith gelassen. »Schließlich ist Elliott auf das aus, was er ›Klasse‹ nennt.«

»Ja, ja«, stimmte er hastig zu. »Aber dennoch, Sex verkauft sich gut. Eve jedoch – ich meine, in ihrem Alter …«

Meredith musterte ihn nachdenklich, als er plötzlich verstummte. Er wurde rot unter ihrem forschenden Blick, wirkte auf einmal viel jünger und nicht mehr so selbstsicher, griff nach seinem Kaffee und nahm einen Schluck. Dann fuhr er fort: »Missverstehen Sie mich nicht. Eve sieht gut aus und kann so etwas spielen. Aber sie sollte an ihre Zukunft und an ihr Image denken. Will sie in diesem Stadium ihrer Karriere wirklich eine solche Rolle spielen?«

»Ich bin sicher, dass das alles ausführlich besprochen wurde.« Meredith drängte sich die Vermutung auf, dass seine Sorge gar nicht Eves Image galt oder der Frage, ob es leiden könnte.

»Und da ist schließlich Sara«, sagte er und fand wieder zu seiner herausfordernden Haltung zurück. »Sie sollte an Sara denken.«

Die Party löste sich verhältnismäßig früh auf. Lazenby musste, wie er sagte, noch nach London zurückfahren, weil er am nächsten Morgen sehr früh eine Besprechung hatte. Russell entschuldigte sich damit, dass er genauso früh Sprechstunde habe. Markby ging mit den beiden.

Der Rest der Gesellschaft wurde von einer allgemeinen Mattigkeit erfasst. Elliott erklärte: »Ich bin total groggy.« Und so schienen sich alle zu fühlen. Meredith wünschte eine gute Nacht und zog sich nach oben zurück, um zu Bett zu gehen.

Ihr Zimmer war wirklich hübsch. Sie wusste nicht, ob Eve sich die Mühe gemacht und sich selbst um die Innenausstattung des Hauses gekümmert oder ob sie einfach einen Innenarchitekten bestellt und alles ihm überlassen hatte. Sie vermutete Letzteres. Wenn es so war, hatte er es im Großen und Ganzen gar nicht so übel gemacht, wenn Meredith es auch persönlich vorzog, alte Dinge alt aussehen zu lassen. Aber so wie Alan Markby das Pfarrhaus geschildert hatte, musste es ein höchst ungemütliches Domizil gewesen sein. Es war verständlich, dass die neuen Besitzer es ein bisschen freundlicher gestaltet haben wollten. Was Markby wohl von Beruf war? Sie wusste es immer noch nicht.

Als sie eben ins Bett steigen wollte, klopfte es.

»Merry, du schläfst doch noch nicht, oder?«

»Nein, natürlich nicht, komm rein.« Meredith zog den Gürtel ihres Morgenrocks, den sie gerade ablegen wollte, wieder zu und öffnete die Tür.

Sara stand ganz verloren auf der Schwelle. »Darf ich reinkommen und dir was vorjammern?«, fragte sie.

»Komm rein«, sagte Meredith schicksalsergeben.

Unsicher kam Sara herein und blieb einen Moment stehen, als müsse sie erst einen Entschluss fassen. Sie trug ein Baumwollnachthemd mit einem großen Bild von Snoopy und rosa Fellpantoffeln aus Nylon und sah mit ihrem ungeschminkten, glänzenden Gesicht keinen Tag älter aus als vierzehn. Plötzlich schien sie zu einem Entschluss zu kommen, warf sich in den Korbsessel vor dem Spiegeltisch, schleuderte die Pantoffeln weg und zog die Füße unter sich.

»Also«, sagte Meredith und nahm auf dem höchst unbequemen Frisierhocker Platz. »Schieß los.«

Sara erwiderte ihr Lächeln nicht. Stattdessen kaute sie nervös an ihrer Unterlippe und fixierte Meredith mit großen, nachdenklichen blauen Augen. »Was hältst du von Peter Russell, Merry?«

Meredith, die sich bereits auf eine ähnliche Frage, jedoch in Bezug auf Jonathan Lazenby, gefasst gemacht hatte, zwinkerte. »Ein netter Mann, glaube ich. Bisschen altmodisch, ein richtiger Familiendoktor.«

»Er ist scharf auf Mummy.«

»Ach, tatsächlich?« Meredith gab sich Mühe, sich ihren Ärger nicht anmerken zu lassen. »Nun, dann soll die Sache doch ihren Lauf nehmen, Sara. Ich an deiner Stelle würde nicht versuchen, irgendwie nachzuhelfen, wenn es das ist, was du vorhast. In dieser Welt ist von sogenannten wohlmeinenden Leuten schon viel Schaden angerichtet worden.«

»Es wäre schön für Mummy«, meinte Sara hartnäckig, wobei sie ihre Hände gegeneinanderpresste. »Mummy hatte viel Pech mit ihren Männern.«

So, hatte sie das? Ist mir nie aufgefallen, dachte Meredith mit einem Anflug von Zynismus. Sie war schläfrig und konnte ganz gut auf all das verzichten.

»Die beiden Männer, mit denen Mummy glücklich war, sind gestorben. Robert war riesig nett. Er nahm es nicht einmal übel, wenn die Leute ihn ›Mr. Owens‹ nannten. Niemand hat zu Mummy jemals Mrs. Freeman gesagt. Ich glaube, das lag daran, dass sie unter ihrem eigenen Namen so bekannt ist. Aber einige Männer hätten es nicht geduldet, dass man sie mit dem Namen ihrer Frau ansprach, als wären sie ein bloßes Anhängsel. Robert hatte nichts dagegen. Er fand es lustig.«

»Er war selbst ziemlich erfolgreich«, stellte Meredith fest. »Deshalb hat es ihm nichts ausgemacht. Wäre er weniger selbstbewusst gewesen, hätte es ihm vielleicht mehr Kopfzerbrechen bereitet.«

Sara dachte darüber nach. »Und dann Daddy. Ich wünschte,

ich könnte mich besser an ihn erinnern. Ich war acht, als sie sich trennten. Wenn ich versuche, mir sein Gesicht vorzustellen, ist alles verschwommen. Mummy hat ein paar alte Fotos, aber ich kann nicht sagen, dass er durch sie für mich realer wird. Ich meine, ich bin auf diesen Fotos ein kleines, dickes Kind in einem Samtkleid und mit einer Schleife wie Alice im Wunderland, und ich kann auch nicht glauben, dass ich das sein soll. Alle sehen aus wie Fremde.«

Meredith stand auf, ging zum Fenster und kehrte ihrem Patenkind den Rücken zu. Die Vorhänge waren nicht ganz geschlossen, und sie konnte die Sterne und den Mond sehen. Während sie hinausschaute, verschwand der Mond hinter jagenden Wolken, tauchte kurz wieder auf und verschwand erneut. *Sie* hatte keine Schwierigkeiten, sich Mike in Erinnerung zu rufen, *sie* musste versuchen, ihn zu vergessen, das war ihr Problem. Vielleicht war es ein großer Fehler gewesen hierherzukommen. Mikes Tochter plapperte hinter ihr unentwegt weiter, ohne dass sie viel von ihren Worten mitbekam. Sie hatte beinahe Angst, sich umzudrehen und das Mädchen anzusehen.

»Aber sie wollten sich wieder versöhnen.« Saras helle Stimme drängte sich in ihre Gedanken. »Mummy hat es mir erzählt. Sie hatten sich ausgesprochen und wollten es noch einmal miteinander versuchen.«

»Ja«, sagte Meredith ausdruckslos.

»Aber es ist nicht mehr so weit gekommen, weil Daddy ermordet wurde. Das war schrecklich. Und so völlig sinnlos.«

»Ich erinnere mich«, sagte Meredith.

Als ob sie es je vergessen könnte. Eve hatte damals Hollywood-Ambitionen und zog mit Mike, der Arbeit als Drehbuchautor gefunden hatte, nach Kalifornien. Eve war nicht die Erste, der Hollywood zu Kopf stieg. Selig stürzte sie sich in Partys und Intrigen, in flüchtige Begegnungen und Trennungen.

Es war unvermeidlich, dass die Ehe in die Brüche ging. Ob die Tatsache, dass Mike sie eines Tages wirklich verlassen hatte, Eve wie ein Eimer eiskaltes Wasser traf oder ob nur ihr Stolz verletzt war, blieb unklar, sie war jedenfalls fest entschlossen, sich Mike zurückzuholen. Sie und Mike hatten zu der Zeit, jeder in seinem Metier, auf demselben Film-Set gearbeitet. Meredith erinnerte sich genau an Eves Brief. *Mike und ich sehen einander so oft, dass es albern wäre, wenn wir uns scheiden ließen, vor allem da Mike Sara vergöttert. Wir wollen uns deshalb zum Abendessen treffen, uns richtig aussprechen und überlegen, ob wir es nicht noch einmal versuchen sollten. Ich bin sicher, diesmal wird es funktionieren.*

Diese Versöhnung hatte nie stattgefunden. Eine Gewalttat, ebenso unvorhergesehen wie sinnlos, hatte sie verhindert. Mike war eines Abends nach Hause gekommen und hatte einen drogenabhängigen Jugendlichen auf frischer Tat ertappt, der seine Wohnung nach Geld oder leicht verkäuflichen Wertgegenständen durchwühlte. Der Junge war bewaffnet gewesen und hatte Mike erschossen. Einfach so. Später hatte er versucht, die Waffe zu verkaufen, um einen Fix bezahlen zu können, und das führte zu seiner Verhaftung und Verurteilung, obwohl er die Tat leugnete und behauptete, die Waffe in einer Mülltonne gefunden zu haben. Er hatte bereits mehrere Vorstrafen, weil er in Wohnungen eingestiegen war und Autos aufgebrochen hatte – er versuchte es überall, wo entweder Geld oder etwas zu finden war, das er verkaufen konnte. Außerdem war bekannt, dass er sich in dem Gebäude aufgehalten hatte, in dem Mike wohnte. Der Junge war bei seinem Onkel, dem Hausmeister, gewesen und hatte ihn – allerdings vergeblich – um Geld gebeten.

»Es ist immer das gleiche Muster«, hatte der ebenso lebenserfahrene wie desillusionierte Polizeileutnant vom Morddezernat in Los Angeles, der den Fall bearbeitete, in seinem Bericht erklärt. »Irgendwann endet es immer damit, dass sie töten. Es passiert ständig.«

Nur dass es diesmal Mike passiert war. Nachdenklich betrachtete Meredith seine Tochter.

Als könne sie ihre Gedanken lesen, sagte Sara: »Ich sehe Mummy nicht sehr ähnlich, nicht wahr? Sehe ich aus wie mein Vater?«

»Ja, ein bisschen. Auf jeden Fall bist du ihm ähnlicher als deiner Mutter.«

»Hughie war grässlich«, stieß Sara in einer plötzlichen Aufwallung hervor. »Ich weiß nicht, warum Mummy ihn geheiratet hat. Ob sie es getan hat, um über den Verlust von Daddy hinwegzukommen?«

»Wahrscheinlich.«

Eve war vor Schmerz außer sich gewesen, was vor allem auf den Schock über Mikes plötzlichen gewaltsamen Tod zurückzuführen war, wie Meredith vermutete. Aber ein Jahr später hatte sie einen superklug daherredenden, flott aussehenden Finanzberater geheiratet, dessen großartige Projekte hauptsächlich auf dem Papier oder in seinem Kopf existierten, was man jedoch zu spät entdeckte. Es war nicht leicht gewesen, ihn loszuwerden.

»Ich habe ihn immer gehasst«, sagte Sara erbittert. »Er hat sie terrorisiert. Sie hatte wirklich Angst vor ihm. Bei der Scheidung hat er sich auch schrecklich benommen. Er hat Mummy einen Haufen Geld abgeknöpft, weißt du. Hinterher besaß sie kaum noch etwas.«

»Dann war's ja ein Glück, dass sie Robert Freeman kennenlernte«, sagte Meredith und wünschte, sie hätte den Mund gehalten.

Aber Sara merkte nicht, wie zweideutig der Satz zu verstehen war. »Ja, das stimmt. Und mehr noch, Robert hat Mummy sehr gut versorgt zurückgelassen, sie ist jetzt richtig wohlhabend, und deshalb könnte sie Peter heiraten, obwohl er kein Geld hat, verstehst du?« Sie beugte sich voller Eifer nach vorn. »Es wäre auch schön für Peter, seine Frau ist nämlich gestorben. Sie war jahrelang krank, und er hat sie aufopferungsvoll gepflegt – und dann starb sie ganz plötzlich, und er war schrecklich traurig. Er hat also auch eine schwere Zeit hinter sich und sollte noch einmal eine Chance bekommen.«

»Na, das hast du dir ja schön zurechtgelegt. Aber ich bleibe bei dem, was ich gesagt habe, Sara. Misch dich nicht ein. Wenn deine Mutter und Russell zusammenkommen, dann ist es gut und schön. Doch es ist allein ihre Sache.«

»Ich werde mich nicht einmischen. Ich will nur, dass Mummy glücklich wird, denn ich habe mich sehr schlecht benommen und ihr große Sorgen gemacht. Ich nehme an, sie hat es dir erzählt.«

»Einiges davon. Denk nicht mehr dran. Es ist vorbei.« Meredith zögerte einen Moment. »Sara, liebst du diesen jungen Mann wirklich?«

»Jon? Ich weiß nicht. Ich weiß nicht, ob ich überhaupt jemanden lieben kann, manchmal denke ich, ich bin dazu gar nicht fähig. Aber ich liebe ihn so sehr, wie es mir eben möglich ist.« Saras Hände waren so fest ineinander verkrampft, dass unter der gespannten Haut die Fingerknöchel hervortraten. »Und ich brauche Jonathan, Merry. Er sorgt dafür, dass ich nicht auf die schiefe Bahn komme. Wenn ich ihn nicht hätte, würde ich wieder auf Abwege geraten, denke ich, genauso wie früher. O Merry, ich könnte es nicht ertragen, wenn etwas Schlimmes passieren würde.«

Das Letzte war ein verzweifelter Schrei aus tiefstem Herzen, und der Schreck durchfuhr Meredith wie ein scharfes Messer. »Was sollte denn Schlimmes passieren, Sara?«

»Ach, ich weiß nicht – es könnte doch sein. Gerade, wenn es schön ist. Nichts Gutes ist von Dauer.«

Armes Kind, dachte Meredith. Sie sucht verzweifelt nach einer Vaterfigur. Sie hatte geglaubt, in Robert eine gefunden zu haben, und er wurde ihr genommen. Jetzt ist sie auf Lazenby fixiert. Er ist zwar nicht viel älter als sie, strahlt aber Sicherheit aus. Nun, wenn er das ist, was sie will und ihrer Meinung nach braucht, schön und gut. Ich hoffe nur, er weiß auch sie zu schätzen.

»Merry –« sagte Sara unvermittelt. »In deinem Job gibst du den Leuten doch auch Ratschläge, oder?«

»Manchmal«, sagte Meredith zurückhaltend. »Es kommt auf die jeweilige Situation an. Es ist aber ein sehr begrenzter Rat und hängt gewöhnlich von den Vorschriften ab, ich kann also nicht behaupten, dass ich eine Kummerkastentante bin.«

»Nein, aber du hast Lebenserfahrung.«

»Gütiger Himmel! Na ja, ein bisschen. Sprich weiter.«

»Angenommen, angenommen – jemand erzählt dir, dass er bedroht wird.«

»Von wem? Wie? Womit?«

»Von jemandem, den er kennt und der etwas von ihm weiß, etwas Schlimmes, von dem er nicht will, dass es bekannt wird, das der andere aber an die Öffentlichkeit bringen will.«

»Sara«, sagte Meredith behutsam, »sprechen wir vielleicht über Erpressung? Das wäre nämlich eine schwere Straftat und eine Angelegenheit für die Polizei.«

»Und angenommen, derjenige könnte nicht zur Polizei gehen? Ich meine, dann würde die Sache doch auch bekannt werden, oder?«

»Nein. Die Polizei hat da ihre speziellen Verfahren, sie tut alles, um das Opfer einer Erpressung zu schützen.«

»Ja, aber es handelt sich nicht um Erpressung. Ich meine,

Erpressung ist doch, wenn man ganze Bündel gebrauchte Fünfpfundnoten in einem hohlen Baum versteckt oder auf der Victoria Station gleich aussehende Aktenmappen austauscht.«

»Nicht unbedingt. Leute erpressen, um alles Mögliche zu bekommen, was sie wollen – einen Job, zum Beispiel.«

»Aber so ist es nicht«, entgegnete Sara hitzig. »Es ist alles legal.«

»Ich schlage vor, dass du mir erzählst, um was es sich eigentlich handelt«, sagte Meredith gelassen.

Sara presste die Lippen zusammen. »Das kann ich nicht. Es – es betrifft einen Freund.«

»Nun, dann sag deinem Freund – oder ist es vielleicht eine Freundin? –, er soll es sich durch den Kopf gehenlassen, und frag, ob er oder sie etwas dagegen hätte, wenn du es mir erzählst.«

»Okay.« Sara glitt aus dem Sessel und schob die Zehen in ihre rosa Fellpantoffeln. »Danke, dass du mir zugehört hast, Merry. Ich hab ja wirklich Nerven, dir mit meinen ganzen Sorgen in den Ohren zu liegen und zu quasseln und zu quasseln, obwohl du total müde sein musst. Es gibt eigentlich auch keinen Grund, warum du dich mit meinen oder den Problemen meiner Freunde belasten solltest.«

Meredith musterte Sara nachdenklich. Zum Kuckuck mit dem Freund oder der Freundin. Sara war in Schwierigkeiten und konnte sich nach dem ganzen Zirkus von vor drei Jahren ihrer Mutter nicht anvertrauen. Darüber hinaus fürchtete sie sich davor, dass Lazenby eine schlechte Meinung von ihr haben könnte. Meredith hätte mit Sara gern noch länger über Lazenby gesprochen, unterdrückte jedoch diesen Impuls. Sie wäre dann gefährlich nahe daran, sich einzumischen, und gerade davor hatte sie Sara im Hinblick auf ihre Mutter und Peter Russell selbst gewarnt. Im Grunde war ja auch nichts gegen

Lazenby einzuwenden, außer dass er jung und von sich selbst überzeugt war und in ihr den Wunsch weckte, ihm eine zu knallen. Vielleicht hatte sie nur deshalb so gereizt auf ihn reagiert, weil sie von der langen, strapaziösen Fahrt mitgenommen war. Schlimmer noch, vielleicht maßte sie sich sogar unbewusst an, Mike zu vertreten.

»Geh ins Bett«, sagte sie laut. »Sieh zu, dass du deinen Schönheitsschlaf bekommst, und gönn mir meinen.« Sara sah so bekümmert aus, dass Meredith heftig hinzufügte: »Kopf hoch! Es wird schon nicht so schlimm werden!«, und begriff, dass sie wirklich hundemüde sein musste, um Sara so abzufertigen.

Wieder allein, legte sich Meredith ins Bett und blickte im Licht der Nachttischlampe zur Decke hinauf. Sie wollte das Licht nicht löschen, denn im Dunkeln tauchten gelegentlich Gesichter aus der Vergangenheit auf. Außerdem war sie inzwischen so müde, dass es eine zu große Anstrengung bedeutet hätte, die Lampe auszuknipsen. Auf dem Nachttisch lagen Zeitschriften, doch es waren keine dabei, die sie interessierten.

Als sie endlich genug Kraft gesammelt hatte, um das Licht auszuschalten, dachte sie, während sie in den Schlaf hinüberglitt: Schon zum zweiten Mal war heute Abend von Erpressung die Rede.

KAPITEL 4

Meredith wurde sehr früh – ihrem Gefühl nach war es noch mitten in der Nacht – vom Geräusch eines Motors geweckt, der draußen leise im Leerlauf tuckerte. Sie schlüpfte aus dem Bett und tappte zum Fenster, von dem aus man direkt auf die Zufahrt und das schmiedeeiserne Tor blickte, das von den Scheinwerfern des Fahrzeugs angeleuchtet wurde. Eine Gestalt lief durch den grellen Lichtkegel, und dann wurde in der nächtlichen Stille das ferne und sehr britische Geräusch von klirrenden Milchflaschen hörbar. Sie überlegte, wie der Milchmann wohl das geschlossene Tor überwinden würde. Er machte es ganz einfach, er schob eine Flasche nach der anderen durch die Gitterstäbe und ließ sie dann alle als einsames Häufchen auf der mit Kies bestreuten Zufahrt stehen. Irgendjemand, wahrscheinlich Lucia, würde später zum Tor hinunterlaufen müssen, um die Flaschen hereinzuholen. Der Milchmann stieg wieder in seinen Wagen – es war keiner von diesen langsam fahrenden, elektrisch betriebenen flachen Milchtransportern, sondern ein richtiger, seitlich offener Lieferwagen – und ratterte davon. Sie öffnete das Fenster, beugte sich hinaus und sah, dass die Scheinwerfer wieder zum Stillstand kamen. Der Milchmann belieferte offenbar auch Philip Lorrimer und den alten Bert. Dann bewegte sich das Scheinwerferlicht weiter und verschwand.

Im Osten begann der Himmel eben hell zu werden. Auf dem Friedhof gegenüber zwitscherten ein paar Vögel in den Bäumen. Meredith blickte auf ihre Armbanduhr. Viertel nach fünf. Sie ging wieder ins Bett, schlief aber nicht mehr ein. Verschiedene merkwürdige Geräusche erregten ihre Aufmerksamkeit, und sie versuchte, sie zu identifizieren, was ihr aber nur zum Teil gelang. Das Ächzen und Knarren kam von den alten Holzbalken des Hauses. Alan Markby – der geheimnisvolle Mr. Markby – hatte gesagt, im Holz sei die Trockenfäule gewesen, doch sei dagegen etwas getan worden. Einige der alten Balken mussten ersetzt worden sein, aber nicht alle. Die Bohlen in diesem Zimmer zum Beispiel waren ungleichmäßig und fielen leicht schräg ab, woraus man schließen konnte, dass es noch die ursprünglichen Bretter waren. Das hohl klingende, geisterhafte Gurgeln rührte, wie leicht auszumachen war, von der Installation her und gab ihr fast das Gefühl, wieder in ihrer eigenen Wohnung zu sein. Ein plötzliches Knacken von draußen musste von einem Ast stammen, der von einem Friedhofsbaum abgebrochen war. Endlich drehte sie sich auf die Seite und fiel in einen unruhigen Schlaf.

Als sie wieder erwachte, geschah es so plötzlich, dass ihr das Herz bis zum Hals schlug. Die Ursache war ein entferntes Summen und ein metallisches Klirren. Das Haupttor war geöffnet worden. Sie setzte sich auf. Es war kurz vor acht. Auch die Milchflaschen klirrten wieder. Wer auch gekommen sein mochte, er brachte jedenfalls freundlicherweise die Flaschen mit zum Haus. Meredith sprang aus dem Bett, trottete ins Bad, duschte und kam zurück, ohne auf dem Hin- oder Rückweg einer Menschenseele begegnet zu sein. Als sie jedoch die Treppe hinunterging, hörte sie Frauenstimmen, die ihr sämtlich unbekannt waren. Sie ging ihnen nach und hörte ein dumpfes Geräusch, als versuche jemand angestrengt, einen Gegenstand von der Stelle zu bewegen, der nicht nachgab.

Als sie in die große Eingangshalle kam, sah sie unter der Treppe eine Tür, die jetzt offen stand. Aus dieser Tür ragte ein in einen orangefarbenen Nylonoverall gehülltes üppiges weibliches Hinterteil. Das Hinterteil wackelte, begann sich herauszuschieben, und die Gestalt, zu der es gehörte, wurde sichtbar. Eine untersetzte Person mittleren Alters richtete sich ächzend und keuchend und feuerrot vor Anstrengung langsam auf. Triumphierend hielt sie den Griff eines Staubsaugers umklammert, den sie eben aus seinem Verlies geholt hatte.

»Morgen«, begrüßte sie Meredith vergnügt. »Sie sind wahrscheinlich die Dame, die hier wohnt. Ich bin Mrs. Yewell und komme jeden Tag.« Sie knallte die Schranktür zu und holte aus der Tasche ihres Overalls ein gelbes Staubtuch heraus. »Hoffe, Sie haben gut geschlafen.«

»Es geht so«, erwiderte Meredith zurückhaltend. »Der Milchmann hat mich geweckt.«

»Das ist unser Gary«, sagte Mrs. Yewell. »Er muss früh los, weil das ist der Anfang von seiner Runde, verstehen Sie? Kommt von der Molkerei direkt her, fährt dann nach Lower Clanby, um das große Gemeindegut herum, dann runter zum Stützpunkt von der Air Force in Cherton und dann vorüber an den piekfeinen neuen Häusern – die von den Erbschaftsverwaltern, wie es heißt – und dann mit den leeren Flaschen in die Molkerei zurück. Is' den ganzen Vormittag unterwegs.« Sie zerrte den Staubsauger geräuschvoll durch den Raum. »Das ist ein großes Haus zum Sauberhalten, wirklich wahr. Zu viel für die Köchin allein. Besonders wenn Hausgäste da sind.«

Meredith nahm das als Wink, ihr nicht im Weg zu stehen. Mrs. Yewell schmiss den Staubsauger an und trällerte ein Liedchen aus »South Pacific«. Meredith ging dem tröstlichen Duft von frisch aufgebrühtem Kaffee nach, der aus der Küche kam.

»Was machen Ihre Zähne?«, fragte sie die Köchin.

»Er nehmen heraus Weisheitszahn – hier.« Lucia riss den Mund auf und zeigte in die dunkle Höhle. »Es tun sehr weh.«

»Vielleicht sollten Sie den Mund mit Aspirin spülen.« Meredith vermied es, in den geöffneten Schlund hineinzuschauen. »Ich habe auch ein antiseptisches Mundwasser.«

Lucia kicherte. »Ich nicht brauchen Mundwasser von Apotheke. Ich machen selber Mundwasser – damit!« Sie griff in einen Schrank und holte eine Handvoll Salbeiblätter heraus.

»Und die helfen?«, fragte Meredith neugierig.

»Darauf Sie dürfen wetten, sind das Beste.« Lucia hielt Meredith die Salbeiblätter unter die Nase. »Und Sie kriegen schöne weiße Zähne. Ich kennen alle Medizinen. Ich brauche keinen Apotheker. In mein Dorf in Campania wir haben eine sehr kluge alte Frau. Sie machen alle Medizinen, machen alle gesund. Sie nehmen alles, was wachsen auf dem Land.« Lucia legte den Salbei auf den Tisch. »Ich braten Eier?« Sie machte mit der Hand eine Bewegung, als schlage sie Eier auf.

»Nein, danke. Eine Tasse Kaffee reicht mir.«

Als Meredith sich noch einmal in sie wagte, hatte Mrs. Yewell den Salon schon tadellos in Ordnung gebracht; im Augenblick sang sie »One enchanted Evening«, so dass man unschwer lokalisieren konnte, wo sie sich aufhielt: in der Garderobe im Erdgeschoss. Aus dem Fenster sah Meredith, dass zwischen den Gitterstäben des Tores etwas steckte, das wie eine Zeitung aussah. Sie ging hinaus, um sie zu holen.

Tatsächlich waren es zwei Zeitungen, »The Times« und, diskret darin versteckt, die »Sun«. Als sie die beiden Blätter durch die Stäbe hereinzog, bemerkte sie, dass vor dem Tor noch etwas anderes auf dem Boden lag. Auf den ersten Blick sah es wie ein schmutziger Lappen aus, aber bei genauerem Hinsehen erkannte sie, dass es eine bestimmte Form hatte.

Meredith klemmte sich die Zeitungen unter den Arm, bückte sich, streckte den Arm durch die Stäbe und hob den Gegenstand auf. Es war eine Flickenpuppe. Sie war schmuddlig und fleckig, und man sah ihr an, dass sie sehr alt und vielleicht sogar aus der Mülltonne herausgeholt worden war. Aber ihre schlimmsten Schäden kamen nicht von Abnutzung und Verschleiß, sie waren ihr absichtlich zugefügt worden. Jemand hatte ihr mit einem scharfen Messer oder einer Schere das Gesicht aufgeschlitzt und mit roter Farbe verschmiert, so dass es aussah, als würde sie bluten. Die Puppe war durch und durch feucht, woraus man schließen konnte, dass sie am Abend vorher nach Einbruch der Dunkelheit vor das Tor geworfen worden war und die ganze Nacht dort gelegen hatte. Der Zeitungsjunge musste sie gesehen haben, hatte sie jedoch wohl kaum beachtet. Der Milchmann, der bei Tagesanbruch hier gewesen war, hatte sie bei dem schlechten Licht wahrscheinlich nicht entdeckt. Und Mrs. Yewell, vermutlich ganz darauf konzentriert, ihr uraltes Fahrrad zu schieben, hatte sie sicher nicht bemerkt. Es war nicht anzunehmen, dass sie eine besonders aufmerksame Person war, vielleicht aber hatte sie das Ding auch nur für einen alten Lappen gehalten. Die Puppe sollte auf jeden Fall von dem Familienmitglied gefunden werden, das als Erstes durchs Tor ging.

Meredith betrachtete die Puppe angewidert und mit wachsendem Zorn. Dass sie eine menschliche Form hatte, machte sie besonders unheimlich. Wieder musste Meredith an Hexerei denken. Das Rinderherz mochte noch ein höchst geschmackloser Scherz gewesen sein, aber zusammen mit der verstümmelten Puppe begann das Ganze eher nach einem Rachefeldzug auszusehen. Sie wickelte die Puppe in eine Zeitung und schickte sich an, ins Haus zurückzugehen.

Elliott, überraschenderweise in einen makellosen türkisgrünen Jogginganzug gehüllt, stand, die Arme vor der Brust gekreuzt, auf der obersten Stufe und beobachtete sie. Sein blasses Leichenbestattergesicht hatte einen wissenden Ausdruck, der sie wütend machte, und unwillkürlich hielt sie das Papierbündel fester und presste es an sich. Zugleich war sie aufgebracht über die Art und Weise, wie dieser Mann immer unerwartet auftauchte.

»Wohl wieder was gefunden?« Das klang, wie schon beim ersten Mal, nicht überrascht, nur sehr missbilligend.

»Sie wissen wesentlich mehr darüber, als sie zugeben«, entgegnete Meredith gereizt.

Sie versuchte an ihm vorbei in die Eingangshalle zu schauen. Ihren Blick richtig deutend, sagte er: »Alles in Ordnung, noch niemand ist aufgestanden. Wollen Sie mir nicht zeigen, was Sie da haben?«

Stumm schlug sie die Zeitung auf und ließ ihn die Puppe sehen.

Er spitzte die Lippen und murmelte: »Ts, ts, ts.«

»Vielleicht«, sagte Meredith knapp, »würden Sie mir mal erklären, was Sie über das Ganze wissen.«

Er nickte. »Klar, aber es ist nicht viel. Was halten Sie davon, wenn wir hineingehen?«

Im Haus beugte er sich über die Puppe, die auf dem Tisch lag, schien sich aber so davor zu ekeln, dass er sie nicht anfassen wollte. »Ich habe so was schon ein paarmal hier gefunden, es aber ganz schnell wieder verschwinden lassen.«

»Wie das Ochsenherz?« Er ließ sich zu keiner Antwort herbei, und Meredith fragte ruhiger: »Weiß Eve etwas von diesen scheußlichen Dingern?«

»Ich habe ihr nichts davon gesagt, wenn Sie das meinen. Und ich rate Ihnen, es auch nicht zu tun.« Er wandte sich von ihr ab. Aus irgendeinem unerfindlichen Grund war auf dem Rücken seiner Joggingjacke eine große 9 aufgedruckt. Er ging zum nächsten Sessel und ließ sich mit katzenhafter Geschmeidigkeit hineingleiten, faltete die blassen, weichen Hände und stützte sie auf seine türkisfarbenen Knie. »Gut, ich lege meine Karten auf den Tisch. Ich möchte nicht, dass Evie sich aufregt. Ich möchte nicht, dass die Kleine sich aufregt. Ich möchte, dass die Kleine heiratet und Evie mit mir in die Staaten reist. Ich weiß nicht, was das alles soll, zum Teufel – aber wenn ich Evie in ein Flugzeug setzen kann, stört es verdammt noch mal sowieso niemanden mehr.«

»Wie können Sie so was sagen?«, stieß sie wütend hervor. »Ich will wissen, was es zu bedeuten hat.«

»Ich kann Ihnen sagen, was es bedeutet, Schätzchen. Es bedeutet, dass wir hier irgendwo einen Verrückten in der Nähe haben. Doch solange es uns gelingt, das Zeug zu finden, bevor Eve es tut – oder die Kleine –, ist es unwichtig. Glauben Sie mir. Ich hatte schon genug mit Spinnern zu tun. Film- und TV-Stars, Persönlichkeiten jeder Art ziehen sie magisch an. Diese Typen sind gestört, sie führen ein trostloses Leben, sie wären gern berühmt und wünschen sich, dass man über sie spricht, schaffen es aber nicht. Meistens pflegen sie in aller Stille ihren Kummer, doch manchmal flippen sie aus. Wenn wir hier in den Staaten wären, würde ich mir Sorgen machen. Ich würde einen Bodyguard anheuern. Aber ich glaube nicht, dass es in diesem Fall notwendig ist. Warum Eve oder die Kleine ängstigen?«

»Ich finde, wir sollten es der Polizei melden«, sagte Meredith mit Nachdruck.

»Aber Schätzchen«, sagte Elliott vorwurfsvoll und riss die grauen Fischaugen auf. »Wir haben doch schon einen Cop hier. Einer ist genug.«

»Einen Polizisten?« Meredith sah ihn verblüfft an. »Wen denn?«

»Markby. Hat Ihnen das niemand gesagt?«

Meredith, die die Puppe immer noch fest umklammert hielt, ließ sich geräuschvoll in die Ecke des Sofas fallen. »Ein Polizist?« Kein Wunder, dass er nicht von sich aus gesagt hatte, was er machte. Polizisten hatten, wie Anwälte oder Ärzte, eine gewisse Scheu, ihren Beruf preiszugeben. Die Leute wurden, wenn sie ihn erfuhren, entweder nervös oder nutzten die Gelegenheit, sie mit einem privaten Problem oder Wehwehchen zu belästigen. Meredith fühlte sich auf eine merkwürdige Weise verletzt, weil Markby es ihr nicht gesagt, sie nicht vorgewarnt hatte. Es war unfair, das nicht zu tun. Der Himmel weiß, was für Dinge die Leute unüberlegt ausplaudern, wenn sie nicht ahnen, dass jemand, den sie in vertrauter Runde unter dem Dach eines gemeinsamen Freundes kennenlernen, tatsächlich Polizeibeamter ist.

Meredith bemühte sich, aufkommende Vorurteile gegen Markby zu verdrängen und objektiv zu bleiben. »Dennoch«, sagte sie, »wäre vielleicht gerade er der Richtige, den man um Rat fragen könnte. Er ist Saras Brautführer. Wenn wir mit ihm sprechen, wird er diskret sein und weder Eve noch Sara aufscheuchen.«

»Wenn wir es diesem Mann erzählen«, sagte Elliott geduldig, »wird er mit Eve und der Kleinen reden wollen. Er wird wissen wollen, ob eine von ihnen Briefe oder andere kleine Päckchen erhalten hat. Polizisten stellen Fragen. Sie können nicht anders. Sie verängstigen die Menschen. Auch in dieser Hinsicht können sie nicht anders. Wenn Sie Markby davon erzählen« – er zeigte auf die Puppe –, »werden Sie es bereuen, glauben Sie mir.«

»Ist Ihnen eigentlich klar, dass eine von den beiden einen – sagen wir – Drohbrief erhalten haben könnte?« Meredith musste an ihr Gespräch mit Sara denken und legte die Stirn in Falten. Aber sie sah keinen Zusammenhang. Erpressung war eine Sache, sie ging heimlich, verstohlen vor sich, scheute das Tageslicht; offen ausgeführte Streiche waren etwas anderes. Auch wenn sie anonym blieben, so gehörte doch ein gewisses Maß von Unbekümmertheit dazu.

»Glauben Sie, ich hätte nicht daran gedacht? Ich habe Evie vorsichtig ausgehorcht. Wenn Evie Schwierigkeiten hätte, dann hätte sie bestimmt mit mir darüber gesprochen. Das tut sie immer.«

Durch seine zur Schau getragene Überheblichkeit provoziert, fauchte Meredith: »Vielleicht ist das schon passiert, bevor Sie aus den Staaten kamen. Und vielleicht sind Sie ja nicht der Einzige, dem sie sich anvertraut.«

Elliotts Gesicht erstarrte und bekam etwas Wächsernes. »Niemandem liegen Evies Interessen mehr am Herzen als mir, meine Teuerste. Niemandem, nicht einmal Ihnen. Okay, Sie sind eine Verwandte. Aber wo waren Sie in den letzten zwanzig Jahren?« Er sah den Ausdruck in ihrem Gesicht und gestattete sich ein kleines, boshaftes Grinsen. »Haben Ihr eigenes Leben geführt, richtig? Haben sich um Evie oder Sara keinen Deut geschert, richtig? Und warum sollten Sie auch? Aber ich, ich schere mich darum – weil Evie für mich wichtig ist.«

»O ja, die Seifenoper«, höhnte Meredith.

»Wir müssen alle unseren Lebensunterhalt verdienen, Lady.«

Schweigen. Sie funkelten einander an, nicht bereit, dem anderen nachzugeben. »Was ich nur sagen will«, empfahl Elliott schließlich gelassen, »halten Sie sich da raus. Überlassen Sie die Sache mir.«

»Genauso, wie ich es Ihnen überlassen habe, das Ochsenherz beiseitezuschaffen? Ich hätte das nicht zulassen dürfen, ich hätte es sofort der Polizei melden müssen.«

»Nein!«, entgegnete Elliott scharf. »Und schon gar nicht diesem Markby. Er würde das Haus und die gesamte Umgebung auf den Kopf stellen. Hören Sie«, der Tonfall wurde dringlicher, in seine Stimme stahl sich ein leichtes Flehen. »Glauben Sie denn, ich hätte mir das alles nicht gründlich überlegt? Hätte nicht daran gedacht, die Cops hinzuzuziehen? Und hätte mich nicht aus guten Gründen dagegen entschieden?«

Meredith sagte plötzlich: »Im Dorf gibt es kein Polizeirevier. Wo arbeitet Markby, in Bamford?«

»Das nehme ich an.« Elliott musterte Meredith mit einem scharfen Blick.

»Und als ich Sie das erste Mal draußen auf dem Weg traf, waren Sie eben mit dem Bus aus Bamford gekommen. Sind Sie dorthin gefahren, weil sie mit dem Gedanken spielten, zur Polizei zu gehen?«

Er rieb sich die blassen Hände; es hörte sich an, als würde man feines Schmirgelpapier über eine Fläche streichen, und Meredith bekam eine Gänsehaut. »Ich gebe zu, ich habe mich in der Stadt nach dem Polizeirevier umgesehen. Es schadet nichts, wenn man weiß, wo es ist. Ich habe es gefunden. Es sieht aus wie alle Gebäude dieser Art. Voll mit Kerlen ohne jede Phantasie, die ihre Zeit absitzen, bis sie ihre Rente kriegen.«

»Heißt das, Sie haben mit dem diensthabenden Sergeant gesprochen?«

»Nicht über die Dinge, die ich gefunden habe. Ich sagte ihm, dass ich daran dächte, mir einen Wagen zu mieten, und fragte ihn, ob ich mit meinem amerikanischen Führerschein hier fahren dürfe. Er sagte: ›Ja, Sir, eine begrenzte Zeit.‹« Elliott erwies sich als überraschend guter Imitator. »›Und denken Sie daran, Sir, dass wir auf der linken Seite der Straße fahren.‹« Elliott schüttelte den Kopf. »Das ist nicht die richtige Anlaufstelle für unser kleines Problem, Meredith.« Er beugte sich vor. »Wir können Markby oder einen seiner Helfershelfer hier nicht brauchen; sie stellen nur Fragen und machen viel Wind. Es sind noch drei Wochen bis zur Hochzeit, drei gottverdammte Wochen! So lange müssen wir den Deckel draufhalten. Drei jämmerliche Wochen. Wir brauchen keine Cops. Wir werden nur schön die Augen offen halten, Sie und ich. Kommen Sie schon, denken Sie darüber nach. Wenn wir es Markby oder sonst jemandem sagen, ist es unvermeidlich, dass Eve und die Kleine davon erfahren. Evie hat es in den letzten beiden Jahren schwer gehabt, so ausgeflippt, wie die Kleine war. Ganz zu schweigen davon, dass Bob Freeman mit einem Herzstillstand plötzlich tot umgefallen ist. Jetzt ist da die Hochzeit, die ihr Sorgen macht. Gewiss können selbst Sie begreifen, dass das Letzte, was sie jetzt braucht, ein solcher Schreck ist?«

Meredith missfiel das »selbst Sie«, musste aber zugeben, dass er irgendwie recht hatte. Er sah die Unentschlossenheit in ihrem Gesicht, merkte, dass sie schwankte.

»Vertrauen Sie mir – wir werden allein damit fertig.«

Und wieder ließ sie sich überreden. Es widerstrebte ihr zwar, die Dinge Elliott zu überlassen, doch wenn sie es recht überlegte, widerstrebte es ihr auch, mit dem Problem zu Markby zu gehen. »In Ordnung, aber wenn einer von uns nur noch ein einziges Ding wie dieses findet« – sie schüttelte die Flickenpuppe –, »gehen wir zur Polizei! Und verschweigen Sie mir nichts, Albie. Wenn Sie etwas finden, heraus damit!«

»Vertrauen Sie mir«, wiederholte er. »Für mich hängt eine Menge davon ab. Ich will unter allen Umständen vermeiden, dass einer der beiden Frauen etwas passiert.«

Meredith war zwar alles andere als überzeugt, ging aber trotzdem hinauf in ihr Zimmer und sperrte die Puppe in ihren Koffer. Sie traute Elliott nicht und nahm sich vor, selbst ein besonders scharfes Auge auf alles zu haben. Das nächste

Mal war Albie vielleicht nicht in der Nähe, um sie zu seinem Standpunkt zu bekehren. Falls es ein nächstes Mal gab. Sie fröstelte. Ihre Vorstellung von einem idyllischen Heim voller Gemütlichkeit mit Chintzbezügen hatte eine oder zwei Dellen bekommen. Sie fragte sich, was für ein Polizist Alan Markby wohl sein mochte. »Er hätte es mir sagen müssen«, murmelte sie verärgert vor sich hin.

Heller Sonnenschein fiel in ihr Zimmer, und es überkam sie wieder das Gefühl, dass alles ein schrecklicher Irrtum oder ein gedankenloser, idiotischer Scherz sein musste. Doch es ließ sich nicht leugnen, dass da draußen, unter derselben Sonne, jemand lauerte, der einen besonders widerwärtigen Charakter hatte.

Meredith hatte das dringende Bedürfnis, nach draußen an die Luft zu gehen, um sich das ungute, trübe Gefühl, das der Zwischenfall in ihr ausgelöst hatte, von einem frischen Wind wegblasen zu lassen. In der Garderobe – Mrs. Yewell trällerte jetzt ihr Liedchen im Speisezimmer – hing ein buntes Sammelsurium von diversen Kleidungsstücken. Auf dem Fliesenboden standen zwei Paar Gummistiefel. Sie nahm sich das größere Paar, dachte mit leisem Bedauern daran, dass es vermutlich früher einmal Robert gehört hatte, und schlüpfte in den zerknautschten grünen Anorak, der über den Stiefeln hing und höchstwahrscheinlich Sara gehörte. Dann verließ sie das Haus.

Sie fühlte sich in den geliehenen Sachen nicht sehr wohl und stapfte schweren Schrittes den Weg entlang, der auf das Friedhofstor zuführte. Ein plötzliches Rascheln im Graben verriet ihr, dass sie nicht allein war. Sie zuckte zusammen und blieb stehen. Aus dem Gestrüpp tauchte die Gestalt eines Mannes auf.

»Guten Morgen«, sagte Philip Lorrimer und kletterte schnaufend auf den Weg zurück.

Ohnehin schon reichlich nervös, machte Meredith ihrem Ärger Luft. »Du meine Güte«, rief sie vorwurfsvoll, »jetzt bin ich vor Schreck fast umgefallen! Was in aller Welt tun Sie da?«

»Tut mir leid, wenn ich Ihnen Angst gemacht habe«, entschuldigte er sich. »Ich suche Jerry, einen meiner Kater. Sie haben ihn wohl nicht gesehen? Er sieht genauso aus wie Tom, ist nur ein bisschen kleiner, und sein linkes Ohr ist eingerissen.«

Sie schüttelte den Kopf, und der hoffnungsvolle Ausdruck in seinem Gesicht erlosch. Sie stellte fest, dass er blass und erschöpft aussah.

»Ich werde mich nach ihm umsehen«, bot sie ihm an, bemüht, ihre Schroffheit wieder gutzumachen.

»Er streunt gern herum«, sagte Lorrimer besorgt. Seine Stimme klang heiser. »Ich habe Angst, dass er einem Fuchs begegnet ist und bei der Begegnung den Kürzeren gezogen hat. Ich glaube, dass die Verletzung an seinem Ohr auch von einem solchen Kampf herrührt. Entweder hat der Fuchs ihn erwischt, oder jemand hat ihn geklaut. Die Leute klauen nämlich Siamkatzen. Er fürchtet sich vor nichts und niemandem, und wenn ein Wagen anhält und jemand, auch ein völlig Fremder, ihn ruft, läuft er garantiert schnurstracks hin, um nachzusehen, was es gibt.« Lorrimer zog ein Taschentuch heraus und wischte sich den Mund ab.

»Alles in Ordnung?«, fragte Meredith und musterte ihn genauer; er sah schrecklich aus.

»Ehrlich gesagt, fühle ich mich nicht so besonders. Vor einer halben Stunde habe ich mein Frühstück erbrochen und habe seither Leibschmerzen.«

»Vielleicht sollten Sie zum Arzt gehen.«

»Hab für Quacksalber nicht viel übrig. Vor allem nicht für den, der unten im Rose Cottage wohnt«, sagte er kurz. »Ich hatte diese Übelkeiten schon ein paarmal. Nenne sie die Rache des ›Dun Cow‹. Harry vergisst dauernd, die Zapfhähne sauberzumachen.« Er lächelte matt und steckte das Taschentuch in seine Jeans. Die Hose war übersät mit getrockneten Tonstreifen und Farbklecksen. Unvermittelt verzerrte sich sein Lächeln zu einer jammervollen Grimasse. Er keuchte, als falle es ihm schwer zu atmen, dann brach er zusammen, der Kopf sank ihm auf die Knie, und er gab grässliche Würgegeräusche von sich.

»Warten Sie, ich helfe Ihnen!«, rief Meredith. Dem Schicksal dankend, dass sie so kräftig gebaut war, packte sie ihn bei den Schultern, hievte ihn in die Höhe und machte sich mit ihm zu seinem Cottage auf. Er versuchte zu sprechen, doch sie befahl: »Nicht jetzt, später!«

Zusammen stolperten sie den Pfad durch seinen Garten entlang und durch die offenstehende Haustür. Hier schüttelte Lorrimer ihren Arm ab, mit dem sie ihn stützte, taumelte allein nach hinten in die Küche und erbrach sich über dem Ausguss. Meredith wartete. Sie hörte Wasser laufen, dann kam er zurück, weiß wie ein Laken und mit Schweißperlen auf der Stirn. Doch er schien sicherer auf den Beinen zu sein.

»Tut mir leid«, sagte er.

»Macht nichts. Hören Sie, ich glaube, es ist besser, wenn ich Russell anrufe.«

»Nein!« Lorrimer schlich zu einer Art Diwan, auf dem ein leuchtend bunter, handgewebter Überwurf lag, der Meredith auffiel, obwohl ihr in ihrer Sorge um Lorrimer kaum der Sinn danach stand, von der Einrichtung Notiz zu nehmen.

Sie blickte auf ihn hinunter. »Ich hole Ihnen ein Glas Wasser«, sagte sie und ging in die Küche. Dort herrschte ein unvorstellbares Durcheinander, und im Ausguss entdeckte Meredith Spuren von Blut und Galle, die nicht richtig weggespült worden waren. Einen Alkoholkater mit solchen Nachwirkungen hatte sie noch nie gesehen. Sie spülte das Becken noch einmal nach, fand neben Dosen mit Katzenfutter Trinkgläser, wusch eines aus, füllte es und brachte es Lorrimer.

»Prost«, sagte er schwach, nahm das Glas und trank Schluck für Schluck.

Meredith setzte sich ihm gegenüber auf einen wackligen Stuhl und umfasste ihre Knie mit den Händen. »Was haben Sie gegen Peter Russell? Ich glaube wirklich, Sie sollten ihn konsultieren. Er könnte bei Ihnen vorbeischauen, sobald er aus seiner Stadtpraxis zurückkommt.«

»Ich kann den Kerl nicht ausstehen, und das beruht auf Gegenseitigkeit.« Lorrimer war wieder zu Atem gekommen, und in sein Gesicht war etwas Farbe zurückgekehrt. »Außerdem halte ich nicht viel von seinen ärztlichen Fähigkeiten. Man erzählt sich hier, er habe den Eintritt seiner Frau in eine bessere Welt beschleunigt.«

»Wie bitte?«, stieß sie hervor.

Auf seinen bleichen Wangen zeichnete sich eine matte Röte ab. »Na ja, das ist nur Dorfklatsch. Sie war jahrelang krank, und wenn er es wirklich getan hat, dann hat er es nur gut gemeint. Euthanasie. Hat das arme Ding von seinen Leiden erlöst. Obwohl, sie muss ihm das Leben ziemlich vergällt haben …«

»Hören Sie«, sagte Meredith energisch. »So etwas zu sagen ist sehr unvorsichtig. Es ist eine schwere Beschuldigung, und man kann Sie dafür vor Gericht bringen.«

»Ja, in Ordnung – Sie haben recht. Ich hätte es nicht sagen sollen. Wen interessiert außerdem, was hier geklatscht wird? In diesem Dorf sind alle durch Inzucht miteinander verwandt, wenn Sie mich fragen. Wer weiß, wie der Verstand dieser Leute arbeitet.« Lorrimer lehnte sich mit dem Rücken gegen die Wand. Plötzlich sagte er heftig: »Dieser verfluchte alte Mann!«

»Bert?«, fragte Meredith.

»Für ihn gilt tatsächlich, was ich über dieses Dorf gesagt habe. Hat er vielleicht wirklich Gift gestreut, um die Katzen umzubringen, und den armen Jerry erwischt? Ich halte es nicht für unmöglich. Er hat gesagt, dass er's tun wird, und irgendwo wurde hier schon früher Gift ausgelegt.«

Erschrocken fragte Meredith: »Woher wissen Sie das?«

»Nachts kommen Füchse in den Garten, wagen sich sogar bis zu den Mülltonnen und wühlen im Abfall. Mrs. Locke hat eines Morgens einen Kadaver vor ihrer Garage gefunden, als sie den Wagen rausholen wollte, und hat deshalb das für diese Leute übliche Geschrei angestimmt. Der Fuchs war wahrscheinlich vergiftet worden.«

»Das kann ein Bauer oder ein Geflügelhalter gewesen sein. Nicht unbedingt Bert. Machen Sie sich nicht zu viel Sorgen deswegen.«

»Ich habe auch einen toten Igel gefunden. Und jetzt ist Jerry verschwunden … Natürlich mach ich mir Sorgen.«

»Katzen sind wählerische Esser«, tröstete ihn Meredith. »Sie schlingen nicht alles in sich hinein wie etwa ein Fuchs. Und sie würden auch nie mit etwas spielen, das bereits tot ist, sagen wir eine Maus. Sie jagen einer lebendigen nach. Aber ich werde Ausschau halten, und wenn ich Jerry sehe, sage ich Ihnen Bescheid.«

Es hörte sich doch so an, als habe jemand Rattengift ausgelegt. Hatte Lorrimer nicht gesagt, er habe in Berts Schuppen Strychnin gesehen? Es war schwierig zu beurteilen, wozu ein alter Mann wie Bert wirklich fähig war. Bert brüllte und drohte, warf aber nur ab und zu einen Stein nach den Katzen, wenn er sie dabei ertappte, wie sie fleißig Löcher in seine Gemüsebeete scharrten. Jerry war wahrscheinlich doch nur spazieren gegangen. »Wenn Sie Russell nicht wollen«, schlug Meredith vor, – »er arbeitet doch in einer Gemeinschaftspraxis. Sie könnten zu jemand anderem gehen.«

»Ich brauche keinen Arzt«, wiederholte Lorrimer eigensinnig.

Meredith sah ihn bedrückt an. Dann rief sie sich zur Ordnung. Einen Moment, mein Mädchen, dachte sie, du bist hier nicht im Ausland. Du bist nicht die Konsulin, und er ist kein verzweifelter britischer Staatsangehöriger, der Hilfe braucht. Es ist nicht deine Aufgabe, dafür zu sorgen, dass er in ärztliche Behandlung kommt. Wenn der Junge verdorbenes Bier trinken und sich unbedingt krank machen will, dann ist das seine Sache, es geht dich nichts an. »Versuchen Sie künftig, Dosenbier zu trinken«, sagte sie. »Ich sehe mich nach der Katze um.«

Sie ließ ihn im Cottage zurück und schlug den Weg zu dem überdachten Friedhofstor ein. In seinem kühlen Schatten blieb sie stehen und betrachtete die Kirche. Es war ein kleines, solides Gebäude aus uraltem, verwittertem Stein. Die Gräber zu beiden Seiten des Wegs waren ebenfalls alt, die Grabsteine moosüberwachsen und unleserlich, doch irgendjemand hatte sich bemüht, die dazwischenliegenden Rasenstreifen kurz und ordentlich zu halten. Dennoch war ihr der Friedhof unheimlich, und in der Luft hing ein feuchter, modriger Geruch. In den normannischen Rundbogen des Torgangs waren geometrische Figuren und bizarre grinsende Köpfe eingemeißelt. Sie waren abstoßend. Die Steinmetzarbeiten mit dem Finger nachziehend, entdeckte Meredith eine Schlange, deren Windungen sie bis zum höchsten Punkt verfolgte, wo ein hässliches Gesicht mit gekraustem Laubwerk um die Ohren höhnisch und lüstern schaute. Hier vermischten sich Christentum und vorchristliches Heidentum. Ob dieses Gesicht, das auf sie heruntergrinste, das des Grünen Mannes aus grauer Vorzeit war? Sie rüttelte an der eisernen Klinke, aber das Kirchentor war geschlossen. Eine Notiz hinter einer Plastiktafel gab bekannt, dass der nächste Gottesdienst in vierzehn Tagen stattfinden würde und der Schlüssel zwischendurch bei einem der beiden Kirchenvorsteher abgeholt werden konnte, bei einer Mrs. Honey von der Home Farm oder bei Major Locke, als dessen Adresse »Im alten Schulhaus« angegeben war. Der Bunker, wie Lorrimer das Haus genannt hatte. Meredith lächelte, aber es gefiel ihr hier nicht. Irgendetwas an diesem Ort schreckte einen davon ab, länger zu verweilen. Sie wandte sich um und erstarrte.

Ganz in der Nähe, inmitten der Grabsteine, stand jemand, der sie beobachtete. Eine ältere Gestalt, krumm und griesgrämig, spähte, eine riesige altmodische Sense in der Hand, über einen Grabstein hinweg zu ihr herüber. Meredith rührte sich nicht. Als die Gestalt merkte, dass sie entdeckt worden war, begann sie in einer Art davonzuwieseln, die Meredith bekannt vorkam. Schlagartig gewann sie die Gewalt über ihre Stimme und ihren Körper zurück, rief laut: »Bert! Warten Sie einen Moment!«, und setzte ihm nach.

Der alte Mann blieb stehen und wartete auf sie, wobei er sein primitives landwirtschaftliches Gerät abwehrbereit in die Höhe hob, als fürchtete er, sie könnte ihm gefährlich werden.

»Guten Morgen«, sagte sie forsch. »Ich bin Miss Mitchell und wohne im alten Pfarrhaus.«

»Ah –« brummte er. »Hab' Sie gestern gesehn.«

»Das ist richtig. Ich wollte mir gerade die Kirche ansehen, doch sie ist abgeschlossen, deshalb dachte ich, dass Sie mir vielleicht sagen können, was ich tun soll.«

»Major Locke, er hat den Schlüssel«, erwiderte Bert mürrisch. »Sonst weiß ich nichts.«

»Aber Sie haben doch Ihr ganzes Leben hier verbracht«, schmeichelte Meredith. »Und Sie arbeiten offensichtlich sehr hart, damit der Friedhof ordentlich aussieht. Sie müssen viele Veränderungen hier miterlebt haben.«

Bert schien durch ihre Worte besänftigt. »Ah, un' immer

is' alles nur schlimmer worden. Sie zahl'n mir 'n Fünfer im Monat, damit ich auf'm Friedhof das hohe Gras schneide.« Er schlurrte weiter und sagte zischend: »Ich nehm's mit nach Haus für'n Kompost.«

»Wofür bitte?«

»Kompost«, wiederholte Bert ärgerlich. »Hier auf'm Friedhof wächst schönes, saftiges Gras. Ich nehm's mit nach Haus für mein' Komposthaufen. Wird großartiger Kompost draus. Ich tu ihn in meine Bohnenfurchen. Krieg schöne Bohnen aus'm Friedhofsgras. Schöne Tomaten un' alles. Hab' damit schon Preise gewonnen, hab' ich nur dem Gras vom Friedhof zu verdanken!« Er sah grinsend zu ihr auf wie ein triumphierender Kobold. Die Ähnlichkeit mit einem der grotesken Köpfe über dem Kirchentor war auffallend groß.

Meredith sah ihn entsetzt an, sie wusste nicht, ob ihm überhaupt klar war, was er da gesagt hatte. Oder vielleicht war es ihm auch egal, dass er seine preisgekrönten Gemüse der Fruchtbarkeit zu verdanken hatte, die aus Tod und Verwesung kam. Meredith konnte nur hoffen, dass Berts Gemüse nicht auch den Weg in die Küche der alten Pfarrei fand.

»Alles Fremde!«, rief Bert plötzlich grimmig. Er stampfte mit dem Sensenstiel auf den Boden. »Das Dorf is' nich' mehr, was es war. Is' nich' richtig. Hab' noch Mr. Markby gekannt, den alten Pfarrer, der im Pfarrhaus gewohnt hat, als es noch 'ne anständige Pfarrei gegeben hat. Mr. Markby, der hat kein' Unsinn geduldet. Wenn der einen Chorjungen ertappt hat, wo in einer hinteren Bank Unsinn gemacht hat, hat er mitten im Satz aufgehört zu reden, is' nach hinten gegangen un' hat dem Lümmel ordentlich die Ohr'n langgezogen.«

»Ein Mr. Markby hat gestern im Pfarrhaus zu Abend gegessen.« Meredith nutzte die Informationsquelle schamlos aus.

»Den kenn' ich, is 'n Polizist«, sagte Bert säuerlich. »Hab' mit der Polizei nix zu tun. Hinterhältige Kerle. Schnüffler. Früher waren die Markbys richtige Herrn. Solche gibt's heutzutage nich' mehr. Dafür leben jetz' die bei uns, die Geld haben und nix sonst.« Er grunzte verächtlich und warf einen bedeutungsvollen Blick auf das durch die Bäume sichtbare Dach der alten Pfarrei. »Lock're Weibsbilder. Angestrichene Weibsbilder. Auch die drüben in der Pfarrei. Der alte Pfarrer tät sich im Grab umdrehn, wenn er das wissen tät!«

Eve wäre entzückt über diese Klassifizierung, dachte Meredith amüsiert.

»Haben nach 'm letzten Krieg ihr Geld verlor'n«, sagte Bert. »Das ganze Land hier 'rum hat ihnen gehört, den Markbys, hat aber ein Stück nach 'm anderen verkauft werden müssen. Die Erbschaftssteuern, die hab'n sie kleingekriegt.«

»Ich verstehe.«

»Meine Frau«, sagte Bert, plötzlich redselig geworden. »Das is' sie, dort drüben.« Er zeigte auf einen Punkt hinter Meredith.

Sie drehte sich um, darauf gefasst, dass eine weibliche Version von Bert sich unhörbar genähert hatte und nun hinter ihr stand, erblickte stattdessen jedoch einen Grabstein, der bei weitem nicht so alt war wie die anderen und die eingemeißelte Inschrift trug:

ADA
Geliebte Ehefrau von
Herbert Yewell
Gestorben am 21. Januar 1978
Bis wir uns wiedersehen

Yewell. Früher hatte es im Dorf vermutlich nur fünf oder sechs Familiennamen gegeben, und die eine Hälfte der Einwohner war mit der anderen Hälfte verwandt. Sie fragte sich, welche

Beziehung wohl zwischen Mrs. Yewell, Eves Haushaltshilfe, und Bert bestand und wie viel von dem, was in der alten Pfarrei vorging, an Bert und das übrige Dorf weitergetratscht wurde.

»Ja, das is' sie«, sagte Bert mit Nachdruck und zeigte auf den Stein. »Das is' meine Frau. Als junges Mädchen und wie ich ihr den Hof gemacht hab', war sie Stubenmädchen beim alten Mr. Markby, dem Pfarrer. Nicht Hausmädchen, bitte! Stubenmädchen!« Er funkelte Meredith finster an.

Sie nickte, um ihm zu zeigen, dass sie die feinen Rangunterschiede beim Hauspersonal wohl zu würdigen wusste.

Bert kicherte vergnügt in sich hinein. »Sie durfte keine Verehrer haben. Der alte Pfarrer hat's nich' geduldet. Also is' sie immer zur hinteren Gartentür runtergekommen, und ich hab' sie am Abend dort getroffen. Hab' in der Love Lane auf sie gewartet.« Bert machte ein finsteres Gesicht. »Is' alles vorbei. Gibt kein' Anstand mehr. Nur Schlechtigkeit un' Sünde. Sodom un' Gomorrha hat der alte Mr. Markby genannt, was jetz' überall so getrieben wird. Dieser junge Kerl, mein Nachbar – macht diese klein' Töpfe. Das is' doch keine Arbeit für ein' Mann. Ein fauler Kerl is' das, wenn Sie mich fragen. Scheint aber trotzdem Geld in der Tasche zu hab'n. Hockt jeden Abend im ›Dun Cow‹ an der Theke. In sei'm Alter hatt' ich nie Geld. Hab' für mein' Vater gearbeitet und fünf Shilling die Woche gekriegt – un' meine Mutter hat mir vier wieder abgenommen für den Unterhalt!« Bert dachte mit einer Art finsterer Befriedigung über diese uralte Ungerechtigkeit nach. Plötzlich richtete er den boshaft flackernden Blick wieder auf Meredith. »Er hat Frauen dort«, sagte er heiser. »Lock're Weibsbilder. Ich hör' sie streiten. Frauen, die's besser wissen müssten.«

Unvermittelt wandte er sich ab und begann einen Streifen Brennnesseln mit der Sense zu bearbeiten.

»Was hat sich im Dorf sonst noch verändert, Bert?«, fragte Meredith, aber sie wusste, dass es vergeblich war.

Bert hatte beschlossen, dass er schon genug Zeit an sie verschwendet hatte. »Hab' meine Arbeit«, knurrte er mürrisch. »Sie zahl'n mir 'n Fünfer dafür, dass ich das mach'.« Er kehrte ihr den Rücken und entfernte sich, rhythmisch die Sense schwingend. Meredith konnte ihn nicht dazu bewegen, noch ein einziges Wort zu sagen.

Sie ging zwischen den Gräbern weiter und blieb ab und zu stehen, wenn sie einen interessanten Grabstein sah. Wie sie vermutet hatte, kamen einige Familiennamen immer wieder vor. Es gab auch mehrere Yewells. Ein kleines, neueres Rechteck aus dunklem Marmor, flach in den Rasen gesenkt, wies auf ein Urnengrab hin. Die Inschrift lautete schlicht: *Esther Russell,* darunter stand ein Datum. Es musste die Grabstätte von Peter Russells verstorbener Frau sein, die zwar ihre Ruhe gefunden hatte, aber immer noch Gegenstand schmerzlicher Gerüchte war.

Die Beerdigungen mussten früher hier viel prunkvoller gewesen sein, zumindest einige. Am anderen Ende des Friedhofs war in der Ecke eine Fläche mit einem Eisengitter umfriedet. Das Gitter, früher reich verziert, war nun verrostet und zerbrochen, und die Pforte, die es einst vervollständigt hatte, war nicht mehr da. Drinnen, wie in einem Korral eingepfercht, standen mehrere marmorne Grabmäler. Sie waren alle reich verziert und mussten teuer gewesen sein, doch nur ganz wenige wiesen keine Flecken oder Beschädigungen auf; bei einem oder zweien neigten sich die Seitenplatten in einem gefährlichen Winkel nach außen. Irgendjemand hatte eine Packung Chips in einen der Risse gesteckt.

Ein Blick auf die Inschriften verriet Meredith, dass dies das Freiluft-Mausoleum der Familie Markby war. Die Grabschriften boten einen Einblick in die Geschichte des Gesellschaftslebens des englischen Landjunkertum. Hier lag Amalia, Tochter von Edmond Markby und Ehefrau von Robert Lacey, Gentleman, die 1784 gestorben und mit ihrer neugeborenen Tochter begraben worden war. Wahrscheinlich ein Fall von Kindbettfieber. Dort war ein Zenotaph, ein leeres Grabmal, errichtet als Gedenkstätte für zwei Brüder, »deren Gebeine in einem fernen Land« ruhten. Ihre Namen waren Francis Markby, dahingegangen im »entsetzlichsten aller Stürme 1802 im Golf von Biskaya«, und Charles, dem auf dem Schlachtfeld von Waterloo ein Arm amputiert worden und der daran verblutet war. Meredith fühlte sich durch das leere Grabmal merkwürdig berührt. 1851 war Samuel Markby bei einem »schrecklichen Unfall auf der Eisenbahnstrecke ums Leben gekommen, ein Märtyrer des unaufhaltsam fortschreitenden modernen Zeitalters«. Hatte er auf den Gleisen gestanden und erwartet, dass der Express um ihn herumfuhr? Immerhin hatte man genug von ihm wiedergefunden, um ihn begraben zu können. Nur wenige Markbys schienen friedlich im Bett oder an Altersschwäche gestorben zu sein. Der letzte Pfarrer allerdings hatte gegen die gesamte Familientradition verstoßen und im bemerkenswerten Alter von vierundneunzig Jahren das Zeitliche gesegnet, nachdem er siebenundfünfzig Jahre der Hirte dieser Herde gewesen war. Und er war, wie sich herausstellte, auch der letzte Hirte. Und der letzte Markby, der auf der Grabstelle der Familie beerdigt worden war.

Meredith ging um das Grabmal von Pfarrer Henry Markby herum und blieb abrupt stehen. Es gibt nur wenige Dinge, die mitleiderregender sind als der Anblick einer toten Katze. Was im Leben Anmut, Geschmeidigkeit, Spielfreude und wache, neugierige Intelligenz ist, wird zu einem jämmerlichen Stückchen zerlumpten Fells. Diese hier hatte jedoch nichts von der lumpenähnlichen Schlaffheit einer Katze, die von einem Wagen überfahren und an den Straßenrand geschleudert worden war. Sie war steif im Tod, der Rücken gewölbt, die Vorderpfoten ausgestreckt, der Kopf zurückgeworfen und das Mäulchen weit aufgerissen, im Todeskampf erstarrt. Sie konnte noch nicht lange tot sein. Es war ein Siamkater, und das linke Ohr war eingerissen.

Meredith kämpfte gegen eine Welle der Übelkeit an, die in blinde Wut umschlug. Sie rannte durch die Lücke im Gitter zurück und hastete über die grasbewachsenen Hügel, wobei sie sich zornig umschaute und Berts krumme Gestalt suchte. Dieser grässliche Alte! Er hatte seine Drohung wahr gemacht. Sie blieb stehen. Bert war nirgends zu sehen. In Merediths überhitztes Gehirn kehrte wieder ein wenig Vernunft ein.

Sie wusste doch gar nicht, ob Bert tatsächlich für den Tod des Katers verantwortlich war. Er würde es sicher leugnen. Die eigentliche Frage war, sollte sie zu Lorrimer gehen und es ihm sagen? Damit war nichts gewonnen. Er würde Bert verdächtigen – genau wie sie. Es würde bittere Anschuldigungen geben, der Graben zwischen den Nachbarn würde noch tiefer werden, und man könnte nichts dagegen tun. Und Lorrimer, dem es ohnehin nicht gutging, würde, wenn er seine geliebte Katze so zu sehen bekam, noch kränker werden.

Langsam ging Meredith zu den Grabmälern der Markbys zurück. Unterwegs fand sie einen kleinen, dicht belaubten Ast, der von einem der überhängenden Bäume abgebrochen war. Sie nahm ihn mit und deckte die tote Katze damit zu. Wenn Lorrimer sie fand, war es Schicksal. Doch sie wollte es ihm nicht sagen. Es war besser, wenn er glaubte, jemand habe Jerry gestohlen oder ein Fuchs habe ihn geholt. Das wäre wenigstens ein sauberer Tod. Gift war schmutzig und widerwärtig.

Rasch verließ sie den Friedhof und hoffte, Bert nicht zu

begegnen – sie wusste, dass sie sich nicht würde beherrschen können. Bösartiges altes Scheusal, dachte sie und hätte es ihm gern auch ins Gesicht gesagt. Dort hinten lag Jerry, im Todeskampf erstarrt, zwischen den Grabmälern der Markbys, das letzte lebendige Wesen, das dort zur Ruhe gelegt worden war.

KAPITEL 5

Als sie wieder ins Haus kam, war Elliott am Telefon. Er führte ein erbittertes und zweifellos sehr teures Transatlantikgespräch und knallte, gerade als sie den Raum betrat, den Hörer auf und warf ihr einen bösen Blick zu. Dann schien er sich zu fassen, schüttelte sich leicht und fragte: »Netten Spaziergang gemacht?«

»Nicht besonders, nein!«, fauchte sie, so unpassend war die Frage. Sie wusste, dass sie ziemlich mitgenommen und erregt wirken musste, und versuchte die Ruhe zu bewahren.

Aus seinen blassen Augen traf sie ein scharfer Blick. »Noch mehr Andenken gefunden?«

»Nein.« Sie bemühte sich, ruhig und höflich zu antworten. »Nein, es war etwas anderes. Ich habe mich über etwas anderes aufgeregt. Tut mir leid, dass ich Sie angefahren habe.«

»Immer passiert irgendwas Gottverdammtes«, sagte er missmutig. »Ein verdammtes Ding nach dem anderen. Drehbuchautoren. Faules, überbezahltes Pack. Da arbeiten vier gemeinsam an einer Sache und bringen es nicht fertig, sich ein halbes Dutzend anständige Ideen einfallen zu lassen.«

»Vier?«, fragte Meredith verblüfft. »Ist das nicht ein bisschen viel? Verderben sie sich nicht gegenseitig den Stil? Sie wissen doch, zu viele Köche …«

»Von den Halunken hat sowieso keiner einen eigenen Stil«, erwiderte Elliott barsch. »Nur einer von hundert taugt was. Mike war gut. Haben Sie Mike gekannt?«

»Klar hab ich ihn gekannt«, antwortete sie mürrisch und merkte, wie sie sich schon wieder über Elliott aufzuregen begann. »Eve ist meine Cousine. Ich war Brautjungfer bei ihrer Hochzeit.«

Und Eve hatte ihr den Brautstrauß zugeworfen, bevor sie dann in die Flitterwochen aufgebrochen war. Die Szene lief vor Merediths geistigem Auge ab, als sei es erst gestern gewesen.

Eve hatte ein Kleid im Stil der Jahrhundertwende mit vielen Rüschen und Falbeln getragen und Meredith ein meergrünes aus Taft, wie es in den sechziger Jahren modern war, mit einem steifen, weiten Rock. Es hatte ihr überhaupt nicht gefallen, doch Eve hatte es für sie ausgesucht und darauf bestanden, dass sie es anzog. Und Mike … Mike in geliehenem Zylinder und Cut, grinsend … Sie erinnerte sich an jeden Zug seines Gesichts, an jede Wimper. O Gott, wann würde es endlich aufhören, weh zu tun?

»Er war gut«, wiederholte Elliott und behielt sie dabei im Auge. »War wirklich schade um den Jungen.«

Es blieb ihr erspart, antworten zu müssen, denn auf der Treppe näherten sich laute Stimmen.

»Liebling, wir haben doch alles besprochen … Sie haben genau gewusst, was wir wollten.«

»Sie wussten, was du wolltest, Mummy! Nicht was ich wollte. Mir hat der Schnitt nicht gefallen. Ich habe das auch gesagt, aber ihr habt mich alle ignoriert.«

»Unsinn, Sara! Hättest du etwas gesagt, hätte ich verlangt, dass sie es ändern.«

»Nun, jetzt habe ich ihnen ja gesagt, dass es geändert werden muss.«

»Um Himmels willen!«, rief Eve verärgert. »Jetzt noch Änderungen! Sie werden ein Vermögen kosten! Wirklich, Sara, du hättest mich vorher fragen müssen. Ich bezahle das verflixte Kleid schließlich. Und was für Änderungen sollen gemacht werden?«

»Das ganze Geschnörkel muss weg. Ehrlich, Mummy, ich würde darin aussehen, als hätte man mich aus einem Harem ausgemustert. Das bin einfach nicht ich. Also habe ich ihnen gesagt, das alles muss weg, nur das ganz schlichte Kleid soll bleiben.«

»Also wirklich, Kind!«, schrie Eve. »Ich nehme an, mit dem Geschnörkel meinst du die handgenähte, sündhaft teure Perlenstickerei! Wie kannst du sie einfach abtrennen lassen? Ich werde sie trotzdem bezahlen müssen, natürlich auch die Arbeit – und dazu jetzt noch die Arbeit, die es macht, alles wieder abzutrennen. Wenn das überhaupt geht! Man wird es am Stoff sehen.«

Eine Tür fiel ins Schloss, die Stimmen wurden leiser. Elliott wechselte mit Meredith einen Blick. »Kinder«, sagte er nur.

»Sind Sie verheiratet, Albie?«

Er sah sie entgeistert an. »Bei Gott – nein!«

Oben wurde wieder eine Tür aufgerissen. Schritte klapperten den Flur entlang und die Treppe herunter. Mit geröteten Wangen und völlig aus der Fassung gebracht, tauchte Eve auf. »Dieses Mädchen!«, stieß sie hervor.

»Reg dich nicht auf, Evie«, riet ihr Elliott. »Soll die Kleine doch bekommen, was sie will.«

Eve warf ihm einen vor Wut funkelnden Blick zu, der jedoch von ihm abprallte. Eisig sagte sie: »Ich fahre nach Bamford. Hast du Lust mitzukommen, Merry? Und wie ist es mit dir, Albie?«

»Nein, danke. Ich muss auf einen Anruf aus den Staaten warten.«

»Ich komme mit«, sagte Meredith rasch.

»Ich lauf schnell in die Küche und sag Lucia, dass sie zum Lunch nur für zwei decken muss.« Entschlossen marschierte Eve hinaus.

»Einen schönen Tag wünsch ich«, sagte Elliott und verzog sich ins Wohnzimmer; von hinten sah er in seinem Jogginganzug und den klobigen Turnschuhen wie ein türkisfarbenes Ausrufezeichen aus.

Eve raste in Rekordzeit nach Bamford, und Meredith betete auf der Fahrt darum, dass ihnen möglichst wenig Autos entgegenkommen mochten. Sie parkten in der Nähe des neuen Einkaufszentrums. Geschwindigkeit schien auf Eve eine beruhigende Wirkung zu haben, als sie jedoch ausstieg und sich das Haar zurückstrich, das ihr in die Stirn gefallen war, hörte Meredith, wie sie, bereits wieder in gereiztem Ton, murmelte: »Verdammt, die Locken!« Im ersten Moment glaubte sie, die Bemerkung beziehe sich auf Eves Frisur, mit der sie nie zufrieden war, aber dann sah sie, dass ihre Cousine zur anderen Seite des Parkplatzes hinüberstarrte, und ihr wurde klar, was Eve tatsächlich gesagt hatte, nämlich: »Verdammt! Die Lockes!«

Die Fahrt, bei der ihr die Haare buchstäblich zu Berge gestanden hatten, hatte Merediths Stimmung nicht heben können. Ein hartnäckiges Hämmern im Hinterkopf peinigte sie, und für rätselhafte Bemerkungen hatte sie im Moment nichts übrig. Schon gar nicht war sie darauf erpicht, neue Bekanntschaften zu machen. Es gelang ihr einfach nicht, das Bild der toten Katze aus dem Kopf zu bekommen. Sie musste ununterbrochen an den Friedhof denken und an sein grausiges kleines

Geheimnis, das auch ihr Geheimnis geworden war, und wieder fragte sie sich, ob sie es Lorrimer nicht doch hätte sagen sollen.

Ein älteres Paar kam mit forschen Schritten auf sie zu. Die beiden Personen sahen sich so ähnlich, dass man durchaus hätte auf den Gedanken kommen können, sie seien kein Ehepaar, sondern Geschwister. Beide waren mittelgroß und schlank und offenbar noch gut in Form. Sie trugen die gleichen gesteppten Autojacken, graue Sporthosen und Brillen. Major Locke hielt eine große Plastiktüte mit dem Logo einer Lebensmittelkette in der Hand.

»Guten Tag, meine Damen!«, rief er und lüftete die karierte Mütze. Mrs. Locke, die eine Art Sherlock-Holmes-Mütze mit aufgestellten Ohrenschützern aus dem gleichen Karostoff trug, lächelte leutselig.

»Hallo, Major«, grüßte Eve zurückhaltend. Sie zögerte kurz, dann stellte sie Meredith vor.

»Mit Ihnen wollte ich dringend sprechen, Miss Owens«, sagte Major Locke, nachdem er und seine Frau übereinstimmend erklärt hatten, wie entzückt sie waren, Meredith kennenzulernen. »Sie werden gewiss eine Probe für die Hochzeit abhalten wollen, oder? Ich kann Ihnen die Kirche jederzeit aufschließen, Sie brauchen nur mit Pfarrer Holland abzusprechen, wann das sein soll. Und dann Mrs. Honey – sie ist die Organistin, wissen Sie. Sie möchte mit Ihnen über die Musik sprechen. Sie dachte, zwei Hochzeitsmärsche, wie üblich … Den Mendelssohn beim Hereinkommen und den Wagner beim Verlassen der Kirche … Aber Choräle, wollen Sie auch Choräle?«

»Nein!«, sagte Eve unwirsch.

»Es ist aber üblich so. Pfarrer Holland wird Choräle erwarten.«

»Nicht Pfarrer Holland wird heiraten, sondern meine Tochter. Er soll die Trauung vornehmen, mehr nicht. Und ich hoffe, dass er nicht wie sonst immer auf dem Motorrad aus Bamford angerattert kommt.« Eve geriet langsam wieder in Rage. »Ich meine, ein Geistlicher, der wie ein Motorradfreak daherkommt, mit dem Messgewand im Rucksack, ist nicht gerade das, was zur Hochzeit meiner Tochter passt.«

»Er findet, es ist eine sparsame Art, von Ort zu Ort zu kommen«, sagte Major Locke. »Doch ich bin selbstverständlich Ihrer Meinung.«

»Er braucht nicht zu sparen. Ich schicke ihm extra eine Limousine. Sagen Sie ihm das, wenn Sie ihn sehen. Nein, ich werde ihn anrufen und es ihm selbst sagen. Und Major – ich möchte nicht, dass es in der Kirche feucht und muffig riecht. Könnten Sie nächste und vielleicht auch noch übernächste Woche nicht ein bisschen häufiger lüften lassen?«

»Da müsste immer jemand dort sein, Miss Owens. Und die Vögel fliegen hinein, wenn man die Kirchentür offen lässt.«

»Nun, ich wünsche, dass Sie etwas tun«, sagte Eve mit Nachdruck. »Sie sind der Kirchenvorsteher.«

»Die Kirche ist wirklich nicht feucht«, mischte Mrs. Locke sich ein. »Nicht mehr seit den letzten großen Reparaturen.«

»Ich spreche mit dem Padre und mit Mrs. Honey«, sagte Major Locke eingeschüchtert. »Ich hoffe, Sie genießen Ihren Urlaub, Miss Mitchell.«

Die beiden marschierten im Gleichschritt davon, und Meredith sah, wie sie ihre Plastiktüte auf dem Rücksitz eines älteren Ford Escort verstauten.

»Du warst aber nicht besonders nett zu ihnen, Eve«, sagte sie sanft. »Er wollte doch nur helfen. Ich an seiner Stelle hätte dir gesagt, du kannst mir den Buckel runterrutschen.«

»Die beiden treiben mich zum Wahnsinn«, entgegnete Eve aus tiefstem Herzen. »Sind ständig auf eine Einladung ins

Pfarrhaus aus, aber sie kommen mir nicht über die Schwelle. Schnüffeln dauernd in den Angelegenheiten anderer Leute herum, wollen alles wissen – ein absolut unerträgliches Paar. Hier in der Nähe ist eine kleine Weinhandlung, ich möchte einen anständigen Rotwein kaufen, eine halbe Kiste. Der Mann dort ist wirklich reizend und trägt sie mir immer zum Wagen.«

»Das kommt nur von deinem hinreißenden Augenaufschlag. Mir würde er nur sagen, ich soll meinen Kram selber rausschleppen.«

»Geschieht dir ganz recht, warum bist du auch so unabhängig«, erwiderte Eve.

Als es so weit war, musste Meredith zugeben, dass Eve ihren hinreißenden Augenaufschlag gar nicht einzusetzen brauchte. Der Mann war offensichtlich überwältigt, dass jemand in seinen Laden kam, den er im Fernsehen gesehen hatte, und schwirrte dienstbeflissen um Eve herum, was Meredith entsetzlich peinlich war; Eve jedoch nahm es gelassen hin.

»Nur gut, dass du keine ganze Kiste gekauft hast«, sagte Meredith, als sie den Wein im Kofferraum verstaut hatten. »Dann hätte er wahrscheinlich den roten Teppich für dich ausgerollt.«

Sie machten sich zu Fuß auf den Weg durch den Ort. »Du hast noch kein Wort über Jon Lazenby verloren«, sagte Eve unvermittelt. »Ist das ein schlechtes Zeichen? Sag es ganz offen.«

»Es gibt nicht viel, was ich sagen könnte, Evie. Tut mir leid. Er gehört zu der Sorte junger Männer, die mich nervös macht. Er scheint sehr helle zu sein. Ich bin sicher, er wird Erfolg haben bei dem Verkauf von Rentenversicherungen – oder was auch immer er tut.«

»Sei nicht schwierig, Merry. Er ›verkauft‹ keine Rentenversicherungen … Er ist Investmentberater. Sara hat ihn sehr gern.«

»Nein.« Meredith blieb mitten auf dem Gehsteig stehen. »Sie ist nicht in ihn verliebt, wenn du das meinst. Es ist nur eine fixe Idee von ihr. Und wenn du dir die Mühe machen würdest, dem Mädchen mal zuzuhören, würdest du das schnell merken. Sie heiratet ihn aus allen nur erdenklichen falschen Gründen.« Als Eve sie nur mäßig überrascht anschaute, seufzte Meredith tief auf und fügte hinzu: »Gehen wir zum Lunch, Evie.«

Schweigend setzten sie ihren Weg fort. Dann fragte Meredith: »Du willst mit Elliott in die Staaten zurück, nicht wahr?«

»Auf keinen Fall will ich allein im Pfarrhaus bleiben, wenn Sara erst einmal verheiratet ist. Warum in aller Welt sollte ich?« Eve zögerte. »Ich weiß, nach allem, was ich dir über meine Sorgen um Sara erzählt habe, klingt es vielleicht wie ein Widerspruch, dass ich jetzt so weit weggehen will. Glaub mir, vor drei Jahren hätte ich nicht einmal im Traum daran gedacht. Aber diesmal lasse ich sie bei Jonathan. Und sie ist verrückt nach ihm, Merry. Du irrst dich. Oh, ich weiß, dass er an einer Überdosis seines Ego leidet.« Eve machte eine weit ausladende Handbewegung und stieß dabei an einem Kiosk fast die obersten Zeitungen von einem Stapel. »Aber er ist vertrauenswürdig. Lucia sehnt sich auch danach, in die Staaten zurückzugehen. Sie kocht seit Jahren für mich und ist nur aus Loyalität mit in die Pfarrei gezogen. Ein Verwandter von ihr hat in Pasadena eine Pizzeria und möchte, dass sie die Kasse übernimmt.« Eve zeigte auf ein Restaurant. »Dort drüben können wir etwas essen.«

»Willst du wirklich meine Meinung hören?«, sagte Meredith, die wusste, dass sie besser den Mund halten sollte, jedoch nicht dazu imstande war. Sie betrat hinter Eve das Restaurant und richtete ihre Worte an den Hinterkopf ihrer Cousine. »Ich denke, Lazenby prahlt gern damit, dass er die Tochter eines Stars heiratet. Er ist total ichbezogen. Sara wird sich in jeder Beziehung seinen Wünschen fügen müssen. Das ist dir doch klar, oder?«

»Ach, du übertreibst«, entgegnete Eve, setzte sich und griff nach der Speisekarte. »Er ist ein lieber Junge und verdient eine Menge Geld.«

»Das ist es, nicht wahr?«, fragte Meredith grimmig. »Du hast betont, wie sehr du es zu schätzen weißt, wenn ich offen zu dir bin, also bin ich es. Ich glaube dir, wenn du sagst, dass du Saras wegen sehr gelitten hast. Aber jetzt hast du von der Rolle der liebenden Mutter genug. Du willst sie an jemand anderen weitergeben. Lazenby kommt da wie gerufen, er wird dir Sara abnehmen. Und du kannst abhauen und in dieser Seifenoper glänzen.«

»Das ist nicht wahr!« Eves Finger umklammerten krampfhaft die Speisekarte, und sie sah Meredith direkt ins Gesicht; ihre violetten Augen blitzten. Einige Leute, die in ihrer Nähe saßen, schauten neugierig zu ihnen herüber. »Natürlich liebt er sie! Und ob er sie liebt! Sie ist meine Tochter! Er muss, er muss!«

Es war nicht der richtige Ort für eine Auseinandersetzung. Doch manchmal überkam Meredith das Gefühl, ihre Cousine packen und sie bei den schönen Schultern schütteln zu müssen, damit sie zur Vernunft kam.

Als Meredith am nächsten Morgen erwachte, war der Himmel grau und verhangen. »Regnet bestimmt noch vor Mittag«, prophezeite Mrs. Yewell. »Wenn Sie spazieren gehen wollen, Miss, dann tun Sie's jetzt.«

Meredith holte sich brav Stiefel und Anorak aus der Garderobe. Als sie den Anorak anzog, fiel ihr am Ärmel ein langer heller Streifen auf, der am Tag vorher noch nicht dagewesen war. Als sie ihn berührte, fiel ein kleines Stück ab. Es sah wie getrockneter Ton aus. Voller Unbehagen zog sie den Reißverschluss zu und begab sich ins Freie.

Der letzte Ort, an den sie zurückkehren wollte, war der Friedhof, sie hatte jedoch auch keine Lust, durchs Dorf zu spazieren. Ihr fiel ein, dass sie bisher den weitläufigen Garten der Pfarrei noch nicht erkundet hatte, und mehr noch, etwas, das Bert gesagt hatte, ging ihr nicht aus dem Kopf.

Der Garten wurde von Mrs. Yewells Ehemann Walter in Ordnung gehalten, der an jedem Samstagvormittag kam. So viel hatte Meredith erfahren. Walters Hauptaufgaben schienen darin zu bestehen, das Gras zu mähen und die Blumenbeete zwischen dem Einfahrtstor und der Haustür der Pfarrei zu harken. Er war ein sehr methodischer und nicht besonders origineller Gärtner. Die größten Beete waren in militärischen Reihen mit rotem Salbei bepflanzt und erinnerten Meredith an die Blumenbeete, die in osteuropäischen Ländern die öffentlichen Plätze zierten. Aber schon ein Stück vom Haus entfernt war der Garten wunderschön verwildert. Ein großes Gewächshaus stand leer, viele Scheiben waren gesprungen oder zerbrochen, und innen lag überall dicker Staub. Die Obstbäume waren nicht ausgeputzt und beschnitten und trugen daher keine Früchte. Alle möglichen Pflanzen wucherten üppig und wild und machten sich gegenseitig den Platz streitig. Einige waren vor langer Zeit eingepflanzt worden, als man den Garten noch besser gepflegt hatte, andere hatten sich von selbst entwickelt. Meredith verstand nichts von Gartenbau. Einige Pflanzen konnte sie identifizieren, bei anderen rätselte sie herum.

Also das, dachte sie, sieht wie ein Krokus aus. Aber es ist

die falsche Jahreszeit, viel zu spät. Kommen Krokusse nicht im Vorfrühling heraus? Jetzt haben wir Frühherbst. Diese malven- und pinkfarbene Blume muss etwas anderes sein. Sie bückte sich und betrachtete sie genauer. Es war eine sehr hübsche, kleine Pflanze, aber jedenfalls kein Krokus. Sie schien auch keine Blätter zu haben. Ein sanfter Windstoß wiegte die pinkfarbene Blume, die an diesem trostlosen Tag ein willkommener Farbfleck war. Meredith ging weiter.

Der Kräutergarten war in letzter Zeit wieder kultiviert worden, wie man deutlich sehen konnte. Hier zog Lucia Petersilie, Majoran und Thymian und auch Salbei, der jetzt seiner purpurnen Blüten beraubt war; daneben gab es einige gelblich-grüne Sträucher Mutterkraut, die noch immer ein paar gänseblümchenähnliche Blüten trugen. Mundspülung, schon kurios. Doch es mochte einen Versuch wert sein. Manchmal halfen diese alten Hausmittel. Es war leicht einzusehen, dass jemand von bäuerlicher Herkunft wie Lucia bedenkenlos auf diese Mittel vertraute. Die alte Frau in der Campania, von der sie erzählt hatte, hatte hier inzwischen genug Äquivalente, wo die alternative Medizin jetzt so modern war. Auf die schlichten Pflanzen hinunterblickend, verstand Meredith auch, warum. Wenn man eine Medizin nahm, die auf der Basis dieser wohlbekannten Pflanzen hergestellt war, wusste man wenigstens, was man sich einverleibte.

Doch jetzt hatte Meredith entdeckt, wonach sie eigentlich suchte. In die hohe Backsteinmauer am Ende des Pfarrgrundstücks war eine stabile Holztür eingefügt. Berts Ada hatte keine Verehrer haben dürfen, also hatte sie sich abends »zur hinteren Gartentür« geschlichen, um dort den liebeskranken Bert zu treffen. Was die Phantasie ein bisschen ins Trudeln brachte. Doch das musste die Tür sein, ganz bestimmt, und dahinter lag die Love Lane. Von da, wo sie stand, konnte Meredith oben an der Tür einen Eisenriegel ausmachen. Wahrscheinlich war er nach all den Jahren verrostet. Als sie näher kam, sah sie jedoch, dass das nicht der Fall war. Der Riegel war schwarz und glänzend und noch vor kurzem geölt worden. Meredith streckte die Hand aus und drückte dagegen. Er glitt leicht zurück, und auf ihren Fingerkuppen blieb überschüssiges Öl haften. Sie wischte sich die Hand an ihrem Taschentuch ab und öffnete die Tür.

Sie knarrte ganz leise, doch auch die Angeln mussten erst kürzlich geölt worden sein, und das Knarren kam vom alten Holz der Tür. Meredith trat hinaus – sie fühlte sich wie eine Figur aus einer viktorianischen Kindergeschichte. Vor ihr lag ein schmaler Pfad. Er führte an der Mauer des Pfarrgartens entlang zu einer entfernten Baumgruppe. Love Lane – »die Liebesgasse«. Jetzt gab es freilich nur wenige junge Leute im Dorf, die es nutzen konnten. Die Überraschung kam jedoch, als sie sich umschaute, um zu sehen, was auf der anderen Seite an die Love Lane grenzte: Sie blickte über eine Hecke direkt in die Gärten, die sich hinter den beiden von Bert und Phil Lorrimer bewohnten Cottages erstreckten.

Meredith legte die Stirn in Falten und versuchte, sich im Geist einen Plan von der Örtlichkeit zu machen. Ja, natürlich. Das Pfarrhaus, obwohl ziemlich weit weg von den Cottages, lag parallel zu ihnen, und das weitläufige Grundstück reichte bis an ihre Gärten, wobei die Love Lane die Trennlinie bildete. Das näher gelegene Cottage gehörte Philip. Sie sah, dass die Hintertür offen stand. Ein Stück weiter unten im Garten, ihr gegenüber, entdeckte sie ein viereckiges, unansehnliches Gebäude aus Schlackenstein mit einem Wellblechdach; das musste das Atelier sein. Sie fragte sich, ob er wohl eine Baugenehmigung dafür hatte. Wahrscheinlich nicht.

Urplötzlich zerriss ein seltsamer, schauerlicher Schrei die

Stille. Meredith zuckte zusammen. Wieder ertönte der Schrei, und jetzt identifizierte sie ihn als einen jener seltsamen Laute, die Siamkatzen ausstoßen. In der Hecke war eine Lücke, und Meredith zwängte sich hindurch und betrat Philip Lorrimers Garten.

Der Kater stand ein paar Meter entfernt an der offenen Tür des Ateliers. Seine auffallend blauen Augen sahen in dem dunkelbraunen, keilförmigen Kopf riesig aus, und das kurze silbrige Fell war gesträubt. »Tom!«, rief Meredith, doch er lief davon.

Sie blickte zur offenen Küchentür. Nirgends ein Lebenszeichen. Zögernd ging sie auf das Atelier zu und rief: »Philip? Ich bin es, Meredith Mitchell aus der Pfarrei! Alles in Ordnung? Phil?«

Die Tür knarrte im Wind. Von irgendwoher aus dem Gebüsch stieg wieder Toms schauerliche Klage in die Luft. Meredith spürte, wie sich ihr die Haare im Nacken aufrichteten – und schuld daran war nicht nur der unheimliche Schrei des Katers, es gab hier noch etwas anderes. Sie legte die Hand auf die Klinke der Ateliertür. Ihr Herz hämmerte wild, und sie hatte plötzlich einen trockenen Hals. Sie gab sich einen Ruck, stieß die Tür auf und betrat das Atelier.

Philip lag der Länge nach auf dem Boden, sein Körper war unnatürlich verkrümmt, der Kopf zurückgeworfen, und die Knie waren angezogen wie bei einem Fötus. Ein Arm lag unter dem Oberkörper, der andere war ausgestreckt und wies auf die Tür, zu der Philip in seiner Todesqual offenbar hatte kriechen wollen. Seine Finger hatte er in den staubigen Boden gekrallt und sich dabei die Nägel abgerissen.

Das Schrecklichste aber war der Ausdruck seines zur Seite gewandten Gesichts, das zu ihr heraufstarrte. Keine Spur mehr von Jugend und Schönheit. Die offenen, blicklosen Augen waren fast aus den Höhlen gequollen, die Lippen zurückgezogen wie bei einem zähnefletschenden Tier. Er hatte sich übergeben, überall auf dem Fußboden war Erbrochenes.

Meredith fiel auf die Knie, streckte eine zitternde Hand aus und berührte seine Schläfe. Sie fühlte keinen Puls unter den Fingerspitzen, rappelte sich mühsam auf und schluckte Ekel und Übelkeit hinunter, die ihr würgend in die Kehle stiegen. Ihr Hirn begann wieder zu funktionieren. Ein Arzt … Verflucht! In diesem verdammten Dorf gab es keine Arztpraxis, sie würde einen Krankenwagen aus Bamford kommen lassen müssen. Nein, halt, da war doch Peter Russell. Vielleicht war er noch nicht in seine Praxis in der Stadt gefahren.

Sie stürmte aus dem Atelier, rannte den Weg entlang und durch die offene Hintertür ins Cottage, hastete von Zimmer zu Zimmer. In allen herrschte eine fürchterliche Unordnung. Schubladen waren herausgezogen, der Inhalt auf den Boden gekippt, Bücher aus den Regalen gezerrt. Doch sie nahm kaum davon Notiz, suchte ein Telefon. Verflucht! Er hatte kein Telefon! Sie rannte den Weg zurück, den sie gekommen war, und stolperte keuchend ins Pfarrhaus.

»Was ist denn passiert, Miss?«, rief Mrs. Yewell, erschrocken über Merediths Gesichtsausdruck.

»Die Privatnummer von Dr. Russell …« Meredith suchte im Telefonbuch.

»Sie steht bestimmt auf dem Block neben dem Apparat, Miss, weil er doch ein Freund von Miss Owens ist. Was ist passiert, Miss?«

Meredith griff nach dem Hörer und machte Mrs. Yewell ein Zeichen, sie solle warten. »Hallo?« Gott sei Dank, er war da. »Peter? Hier spricht Meredith Mitchell …«

»Was gibt's?«, fragte er schroff.

»Das kann ich jetzt nicht erklären … Ich weiß, Sie müssen

wahrscheinlich in Ihre Praxis, aber es ist ein Notfall. Können Sie sofort in Philip Lorrimers Atelier kommen? Ich erwarte Sie dort.« Sie knallte den Hörer auf die Gabel und drehte sich zu der gaffenden Mrs. Yewell um. »Mr. Lorrimer ist erkrankt, Mrs. Yewell. Sagen Sie bitte nichts zu Miss Owens oder Sara, falls eine von ihnen herunterkommt. Ich muss zurück.«

Sie traf gerade wieder beim Atelier ein, als Peter Russells Wagen vor dem Cottage hielt. Meredith ging ihm rasch entgegen, um ihn aufzuhalten.

»Was, zum Teufel –« begann er.

»Ich denke, er ist tot«, sagte Meredith tonlos. Sie trat zur Seite und zeigte auf das Atelier. »Er liegt da drin.«

Ohne ein Wort ging Russell an ihr vorbei und betrat das Atelier. Meredith wartete ein paar Minuten, bis er, grau im Gesicht, herauskam. »Haben Sie die Polizei verständigt?«, fragte er knapp.

Sie schüttelte den Kopf. »Ich dachte, es gäbe vielleicht den Hauch einer Chance, wenn Sie schnell genug hier wären. Daher habe ich mich nur darum gekümmert, Sie zu erreichen.«

Auch er schüttelte den Kopf. »Nein, nichts mehr zu machen. Obwohl er, meiner Meinung nach, nicht länger als eine Stunde tot ist. Hören Sie, ich rufe jetzt die Polizei an. Sie bleiben hier. Fassen Sie nichts an – überhaupt nichts, haben Sie verstanden?«

Meredith nickte. »Sie müssen vom Pfarrhaus telefonieren. Die Gartentür ist offen – hier durch …« Sie zeigte auf die Lücke in der Hecke, durch die man in die Love Lane kam.

»Das ist nicht nötig, ich habe ein Autotelefon.« Er eilte davon, und sie zwang sich, ins Atelier zurückzukehren. Es war jetzt sehr still hier, mit dem Toten. Meredith blickte auf die reglose Gestalt und war erschüttert. Ein junger Mann in der Blüte seines Lebens. Jetzt nur ein lebloser Leichnam, grotesk, mitleiderregend – die Hand in stummem Flehen ausgestreckt, im verzweifelten, sinnlosen Versuch, die Tür zu erreichen und Hilfe herbeizuholen.

Meredith sah sich um und nahm ihre Umgebung erst jetzt richtig wahr.

Eve war ungerecht gewesen, als sie sich über Philips Töpferarbeiten lustig gemacht hatte. Es waren durchaus nicht nur billige Souvenirs. Es gab ein paar elegante Krüge mit einem ungewöhnlichen, aber sehr hübschen Muster. Meredith fröstelte und kreuzte die Arme fest über der Brust.

Im selben Moment fiel ein Schatten durch die offene Tür. Sie blickte auf und sah den alten Bert hereinstarren.

»Bleiben Sie draußen!«, fuhr sie ihn an und stellte sich zwischen ihn und den Toten.

»Was 'n los mit ihm?«, fragte er und versuchte an ihr vorbeizuspähen. »Hab' draußen das Auto vom Doktor gesehn.«

»Er – er ist ohnmächtig geworden«, sagte Meredith in energischem Ton, aber dann wurde ihr klar, dass er zumindest die flehend ausgestreckte Hand sehen musste. »Bitte gehen Sie, Bert. Dr. Russell wird gleich wieder da sein.«

Bert warf ihr einen Blick voll unbeschreiblicher Bosheit zu. »Hat ins Gras gebissen, wie?«

Sie holte tief Atem. »Schon möglich.«

»Also ich werd' nich' um ihn trauern«, sagte Bert. »Nein, ich werd' nich' um ihn trauern, un' ich weiß ein paar andere, die werden eher auf sei'm Grab tanzen.«

»Sie sind wirklich ein ganz abscheulicher alter Mann, und ich möchte, dass Sie jetzt gehen.« Angewidert wandte Meredith sich von ihm ab.

Peter Russell kam völlig außer Atem zurück. »Die Polizei ist unterwegs. Ich habe in meiner Praxis angerufen und gesagt, ich würde weiß Gott wann kommen und jemand müsse mich vertreten. Wir müssen beide bleiben, bis die Polizei hier ist. Ist alles in Ordnung mit Ihnen?« Er senkte den Kopf, schob das Kinn vor und sah sie finster an.

»Ja. Bin nur ein bisschen zittrig. Bert war gerade hier.«

»Verdammt!«, stieß Russell ärgerlich hervor. »Dann weiß es in einer halben Stunde das ganze Dorf. Sie sollten sich hinsetzen, aber verändern Sie nichts.«

»Ich geh an die Luft.«

Sie trat hinaus, schob die Hände tief in die Taschen des Anoraks und sah sich argwöhnisch um. Bert war nirgends zu sehen. Sie hielt Ausschau nach dem Kater, aber auch er war verschwunden. Russell kam aus dem Atelier und gesellte sich zu ihr.

»Woran ist er Ihrer Meinung nach gestorben?«, fragte sie. »War's ein Herzanfall?«

Er zog die Schultern hoch. »Nicht mein Job, das festzustellen. Er muss obduziert werden.« Er machte ein finsteres Gesicht, und sie fand, dass er geradezu jämmerlich aussah. »Die Sache gefällt mir nicht.«

»Wie meinen Sie das?«, fragte sie hastig.

»Ganz unter uns, es sieht nach einer Vergiftung aus. Verflucht noch mal!«, rief er plötzlich. »Warum nur musste er ausgerechnet hierherkommen? Was haben sie alle hier zu suchen?«

Sie sah ihn neugierig an, und er drehte sich wieder zu dem Leichnam um und ging, die Hände ineinander verschlungen und mit zorniger Miene, neben ihm in die Hocke. Sie stellte fest, dass er sorgsam darauf achtete, den leblosen Körper nicht zu berühren. An seiner Haltung war etwas, das sie plötzlich auf eine gespenstische Weise an Elliott erinnerte, als er sich über die Flickenpuppe gebeugt hatte. Eine erhöhte Aufmerksamkeit, bei Russell wohl beruflich bedingt, und Ekel. Ärzte gewöhnen sich mit der Zeit an makabre Anblicke. Russells Ekel rührte, davon war sie fest überzeugt, von etwas anderem her als vom Anblick eines abstoßenden Leichnams. Laut sagte sie: »Ich gehe in die Pfarrei hinauf und sage dort Bescheid.«

Russell sah zu ihr auf. »Seien Sie vorsichtig, wenn Sie es der kleinen Sara beibringen. Sie hat den Jungen flüchtig gekannt, und er gehört zu ihrer Altersgruppe. Sie hat nichts mit der Sache zu tun, aber es wird trotzdem ein Schock für sie sein.«

Als Meredith ins Pfarrhaus kam, traf sie Eve in der Eingangshalle. Sie war nicht geschminkt, hatte lediglich Lippenstift aufgetragen, und Meredith war im ersten Moment bestürzt, wie faltig Eves Haut ohne die übliche Maske aussah. Doch in Sporthosen und Baumwollhemd, ein Seidentuch lässig um den Kopf geschlungen, war sie noch immer attraktiv, obwohl Meredith sie noch nie so ungepflegt gesehen hatte. Doch sogar jetzt wäre »reizende Nonchalance« der treffendere Ausdruck gewesen.

»Was, um alles in der Welt, ist eigentlich los?«, wollte sie wissen. »Ich habe nichts von dem kapiert, was Mrs. Yewell sagte, zum Teil natürlich auch deshalb nicht, weil sie es mir durch die geschlossene Badezimmertür zugeschrien hat, als ich gerade unter die Dusche wollte … Zuerst habe ich gedacht, dass du krank bist. Warum wolltest du Peters Telefonnummer? Was ist mit Lorrimer?«

So kurz wie möglich berichtete ihr Meredith, was passiert war.

»Tot? Dieser Junge?« Eve starrte sie, die scharlachroten Lippen halb geöffnet, dümmlich an. »Hatte er einen Unfall?«

»Keine Ahnung. Russell hat jedenfalls erst einmal die Polizei verständigt.«

»Die Polizei?«

»Kipp jetzt nicht aus den Latschen, Eve, das ist bei plötzlichen ungeklärten Todesfällen reine Routine.«

»Alkohol«, sagte Eve unvermittelt. »Wahrscheinlich hat er getrunken.«

»Sei still, Eve, und fang nicht an zu spekulieren. Sag es lieber Sara und Elliott. Oh, und Mrs. Yewell und Lucia.« Meredith machte eine Pause. »Ich nehme an, jemand von der Polizei wird vorbeikommen, um mit uns zu sprechen, weil ich Lorrimer gefunden habe.«

»Hoffentlich ist es Alan Markby«, sagte Eve. »Er ist ein Freund und wird dafür sorgen, dass man uns nicht allzu sehr mit der Sache belästigt. Ach, du meine Güte, wird sich die Presse einmischen? Vielleicht kommt Alan auch gar nicht, weil er doch bei der Kriminalpolizei und Chief Inspector ist. Wahrscheinlich steht er im Rang zu hoch. Oh, wie unangenehm!«

»Sehr unangenehm«, sagte Meredith trocken. »Besonders für Lorrimer.«

Eve schlug sich mit der Hand auf den Mund wie ein ertapptes Kind. »Oh, es tut mir leid, Merry, ich habe es nicht so gemeint, wie es sich angehört hat. Du musst ja ziemlich fertig sein. Hättest du gern einen Cognac? Ich bringe dir gern einen. Wie absolut grässlich, was da passiert ist … Lorrimer tut mir natürlich wahnsinnig leid, der arme junge Mann. Aber weißt du, so kurz vor der Hochzeit – du musst zugeben, das ist wie ein böses Omen.«

Ein böses Omen. Meredith lehnte den Cognac dankend ab und ging hinauf. Sie holte die Flickenpuppe aus dem Koffer, wo sie sie versteckt hatte. Sie sah noch kleiner und schmuddliger aus, als sie es in Erinnerung hatte. Ihr Kopf hing nach hinten, das Haar aus Wollsträhnen war dünn und verfilzt. Durch ein Loch im Körper sah man ein wenig von der Kapokfüllung.

Sie entdeckte jetzt etwas, was ihr bisher nicht aufgefallen war: Jemand hatte mit einem dünnen Kugelschreiber in groben Linien eine weibliche Scham eingezeichnet.

»Du«, sagte sie leise zu der Puppe, »du hast mit all dem zu tun. Du hast etwas Böses hier eingeschleppt.«

KAPITEL 6

Markby schob die Hände in die Taschen seines flaschengrünen Regenmantels und ließ einen bitteren Blick über Lorrimers ungepflegten, von Unkraut überwucherten Garten schweifen.

»Waren Sie bereits dort hinten, Sir?«, fragte Sergeant Pearce und deutete auf das entgegengesetzte Ende des Grundstücks, das hinter einer unbeschnittenen Ehrenpreishecke lag. »Der Knabe dort hat schon mehr für Gartenarbeit übrig.«

Markby brummte etwas, trat an den Zaun, der diesen Garten vom benachbarten trennte, und betrachtete anerkennend die Reihen sauber geharkten Gemüses.

Pearce, der die Gedanken seines Chefs erriet, sagte: »Gehört einem alten Burschen namens Bert Yewell. So etwas wie ein einheimisches Original und einer, der an allem was rumzumeckern hat. Gehört zu den Leuten, die bei Katastrophen aufblühen, und ist über unsere Anwesenheit so glücklich wie ein Schwein, das sich im Dreck suhlt. Ich musste ihn wegjagen. Er war überall im Weg.«

»Das tun wir schließlich auch, Sie und ich, blühen bei Unheil und Verderben auf«, sagte Markby säuerlich. »Ohne das wären wir arbeitslos. Ich nehme doch an, dass Sie den Alten befragt haben, bevor Sie ihn wegjagten?«

Pearce nickte. »Wenn man es so nennen will. Ich glaube

nicht, dass man ein normales Gespräch mit ihm führen kann. Er schweift dauernd vom Thema ab, redet über das Dorf, wie es vor Jahren war, und über Katzen. Der Verstorbene hatte zwei Katzen, die in Yewells Garten Löcher gegraben haben.« Pearce machte eine kurze Pause, dann fuhr er fort: »Da hat er ziemlich komisch reagiert. Hat endlos gebrummt und geschimpft und ist ganz plötzlich verstummt.«

»So?«, sagte Markby sanft und hob die Brauen.

»Ja, Sir, ich habe mich gefragt, ob er – nun ja – vielleicht etwas ausgelegt hat. Aber wir würden ihn sicher nie so weit kriegen, dass er es zugibt.«

Markby blickte zum Himmel. Dunkle Wolkenfetzen trieben vorbei, sie würden am Abend Regen bringen, wenn nicht schon am späteren Nachmittag. Der Regen würde wertvolle Hinweise verwischen. Sie mussten sich mit der Durchsuchung des Gartens beeilen. Er machte kehrt und ging zum Cottage zurück. Pearce trottete hinter ihm her.

»Haben Sie schon einen Blick ins Haus geworfen, Sir? Dort herrscht das reinste Chaos.«

»Ja«, sagte Markby und sah sich um, »da hat jemand offenbar verzweifelt etwas gesucht. Es könnte natürlich auch der Junge selbst gewesen sein, dem etwas abhandengekommen ist. Obwohl, ein bisschen eigenartig ist es schon. Wir müssen natürlich auf das Ergebnis der Obduktion warten, aber halten Sie die Augen offen. Ich gehe jetzt in das große Haus da drüben, die alte Pfarrei …« Er machte eine vage Handbewegung in die Richtung des Hauses. »Möchte mit der Dame reden, die ihn gefunden hat.«

»Es gehört dem Filmstar«, sagte Pearce ein wenig befangen, »das Haus, meine ich. Eve Owens. Hab sie bisher noch nicht zu sehen bekommen. Aber bei der Dame, die den Toten gefunden hat, handelt es sich um eine gewisse Miss Mitchell, die dort auf

Besuch ist. Eine Konsulin. Ich meine, keine ausländische, eine von den unseren, die im Ausland ist und zurzeit Urlaub hat.«

»Ich weiß. Ich habe sie kennengelernt.«

Pearce unterdrückte seine Überraschung. »Oh. Ein Reporter von der ›Bamford Gazette‹ war auch schon hier. Neuigkeiten verbreiten sich hier offenbar schnell. Nun, da es in unmittelbarer Nachbarschaft von Eve Owens' Haus passiert ist, interessieren sich die Leute natürlich dafür. Aber ich glaube nicht, dass er Glück hatte und in die Pfarrei hineingekommen ist.«

Markby gestattete sich ein Lächeln. »Ich denke, Miss Owens und ihr Hofstaat haben sich schon gegen größere Presse-Invasionen als die der ›Bamford Gazette‹ erfolgreich zur Wehr gesetzt. Da wird er keine Chance haben.«

Er selbst allerdings hatte mehr Erfolg, kam durch das Tor und bis an die Haustür der alten Pfarrei, bevor Lucias üppige Formen ihm den Weg versperrten; die Köchin hatte die Arme in die Hüften gestützt, und ihre Augen glitzerten.

»Sie wollen Miss Owens sehen? Sie ist sehr aufgeregt. Alle diese Leute kommen, gehn. Dieser Junge sterben.« Lucia bekreuzigte sich. »Ist sehr schlimm, wenn junger Mann sterben.«

»Ich möchte eigentlich mit Miss Mitchell sprechen«, sagte er geduldig.

»Sie ist im Garten.« Lucia deutete ihm an, dass er um das Haus herumgehen solle.

Er bedankte sich und bog um die Ecke des Gebäudes, schritt die wie auf dem Exerzierplatz ausgerichteten Reihen der Salbeipflanzen ab und drang dann in die verwilderteren Bereiche des Gartens vor. Dort entdeckte er Meredith, die düster auf eine mit Moos bedeckte steinerne Vase starrte; er hatte Zeit, sie zu beobachten, bevor sie merkte, dass er näher kam.

Er schätzte sie auf Mitte Dreißig, sie war auf eine ruhige Art anziehend und, obwohl nicht so groß, wie sie ihm mit den hohen Absätzen vor ein paar Tagen beim Dinner erschienen war, noch immer groß genug für eine Frau mit flachen Schuhen. Das dichte, glänzende braune Haar war zu einem schlichten Pagenkopf geschnitten. Beim Dinner hatte sie auf ihn den Eindruck einer logisch denkenden Person gemacht, die durchaus einen Sinn für Humor hatte, obwohl die ziemlich merkwürdige kleine Dinnerparty ihr kaum Gelegenheit gegeben hatte, diesen Charakterzug unter Beweis zu stellen. Er dachte jetzt, wie schon damals, dass sie sicherlich zu den Frauen gehörte, die es in dem von ihr gewählten Beruf zu etwas bringen, ohne schön zu sein, weil sie sich auf etwas so Vergängliches wie Schönheit nicht verlassen. Sie kannte sich in ihrem Job bestimmt gut aus und war tüchtig. Sie gefiel ihm. Doch das gehörte nicht hierher.

»So sieht man sich wieder«, sagte er, und als sie aufblickte, fügte er hinzu: »Sie sehen wie eine Figur auf einer dieser viktorianischen Studien aus. Gedanken an die Sterblichkeit in einem englischen Garten.«

»Ich denke, man kann sie mir nachsehen – diese Gedanken«, erwiderte sie kühl. »Schließlich habe ich heute Morgen einen Toten gefunden.«

»Tut mir leid – ein schlechter Scherz von mir. Verfehlter Versuch, die Zeugin zu beruhigen. Falls es Ihnen nichts ausmacht, würde ich Sie bitten, mir alles zu erzählen.«

Sie berichtete präzise und anschaulich. Wahrscheinlich hatte sie all das schon mit Pearce besprochen. Manchmal half es den Leuten, wenn man sie ihre Aussage wiederholen ließ, sie erinnerten sich dann an das oder jenes, was sie beim ersten Mal vergessen hatten. Manchmal hatte es freilich auch die gegenteilige Wirkung, und sie fassten ihre Aussage nur kurz zusammen. Meredith schien sich sorgfältig zu überlegen, was sie sagte. Obwohl sie ihren Bericht nicht mit Ausrufen wie »Es war entsetzlich!«, unterbrach und keineswegs hervorhob, wie aufgewühlt sie war, spürte er doch deutlich ihre tiefe Betroffenheit.

»Vielleicht könnten wir gemeinsam Ihren Weg dorthin noch einmal nachvollziehen?«, schlug er freundlich vor.

»Nun gut. Ich kam von hier.« Sie ging ihm voran in eine immer dichter werdende Wildnis aus üppig wuchernden Sträuchern und halb verschwundenen Blumenbeeten, die seine Gärtnerseele beleidigten und ihn an die längst vergangenen Tage der Kindheit erinnerten.

»Was hat Sie hergeführt?«, fragte er und runzelte beim Anblick von wild ins Kraut geschossenen Rosen und von Gartenstatuen, über die sich das Unterholz hergemacht hatte, die Stirn.

»Reine Neugier. Ich hatte zuvor noch keine Gelegenheit, mich außerhalb des Hauses richtig umzusehen.«

»Interessieren Sie sich für Gartenarbeit?« Er war verblüfft über den hoffnungsvollen Unterton in seiner Stimme und versuchte davon abzulenken, indem er die Stirn in ernste Falten legte und mit dem Finger Efeu von einem zerbrochenen Stück Balustrade kratzte.

»Nein, eigentlich nicht. Ich liebe Blumen, weiß aber nicht, wie man sie zieht.«

»Es ist ein kleines Hobby von mir«, vertraute er ihr an. »Oder es wäre eins, wenn ich die Zeit dazu hätte. Von einem anständigen Garten ganz zu schweigen. Im Augenblick habe ich das, was Immobilienmakler einen Patio nennen, ich dagegen einen Hinterhof, mit drei oder vier Blumenwannen darin.«

»Eve wird froh sein, dass Sie den Fall übernommen haben«, sagte sie plötzlich leise. »Sie gehören irgendwie zur Familie. Die Sache wird einen Schatten auf die Hochzeit werfen. Ich will damit nicht sagen, dass Lorrimers Tod nicht wichtiger ist – doch er hat sich, nun ja, in einem besonders ungünstigen Augenblick ereignet. Das klingt noch immer banal, tut mir leid. Sie wissen, was ich meine.«

»Ja.« Er stockte einen Moment. »Beim Dinner haben Sie erzählt, Sie hätten Lorrimer getroffen.«

»Ja. Und gestern Morgen habe ich ihn noch einmal gesehen.«

Markby riss seinen Blick von einem umgefallenen, knorrigen Lavendelstrauch los und musterte sie eindringlich.

»Ja – und zwar beim Friedhofstor. Er suchte eine seiner Katzen. Er fühlte sich nicht wohl und hat wirklich schrecklich ausgesehen.« Ihre braunen Augen begegneten ruhig seinem Blick. »Er ist sogar mitten auf dem Weg zusammengebrochen, und ich habe ihn in sein Cottage gebracht. In der Küche hat er sich übergeben, erlaubte mir aber nicht, einen Arzt zu holen. Er sagte, es sei ihm schon früher hin und wieder schlecht gewesen, und gab dem Bier im ›Dun Cow‹ die Schuld.«

Sie verstummte, und er spürte, dass sie mit sich kämpfte, ob sie noch etwas hinzufügen sollte; doch sie ging weiter und sagte nur: »Hier entlang.«

Sie waren bei der Tür in der Mauer angekommen. »Hier bin ich auf die Love Lane hinausgegangen.« Sie verstummte wieder.

Unpassender Name, dachte Markby und überlegte dann, ob er vielleicht nicht doch zutreffend sein könnte – und ob sie das Gleiche dachte. Sie sah zu, wie er die Tür entriegelte und auf die Gasse hinaustrat. Er kam wieder zurück und fragte: »Gibt es noch eine Tür wie diese?«

»In der Mauer? Wenn ja, habe ich sie nicht gefunden.«

»Hm.« Er zog die Tür zu und verriegelte sie sorgfältig. Dann nahm er ein Taschentuch heraus und wischte sich die Fingerspitzen ab. Aus den Augenwinkeln sah er, dass sie nervös und unruhig war. »Durch diese Tür kann man demnach das Sicherheitssystem am Haupteingang umgehen.«

»Ja, aber sie ist immer verriegelt. Von der Love Lane aus kann man sie nicht öffnen.«

Bevor er es wieder in die Tasche schob, betrachtete Markby sein ölverschmiertes Taschentuch mit einem schiefen Lächeln.

»Um auf die Katze zurückzukommen, die so geschrien hat – es ist ein Siamkater und ziemlich wertvoll«, sagte Meredith. »Lorrimer hat seine Katzen sehr geliebt. Was wird jetzt aus ihr?«

»Ich würde beim Tierschutzverein anrufen«, sagte er. »Dort dürfte man keine Schwierigkeiten haben, ein Heim für eine reinrassige Siamkatze zu finden. Es sei denn, wir treiben noch Verwandte auf, die das Tier haben wollen. Aber Lorrimer scheint ein ziemlicher Einzelgänger gewesen zu sein. Pearce – mein Sergeant – sagt, er sei im Dorf nicht sehr beliebt gewesen. Irgendeine Ahnung, warum?«

Sie zuckte mit den Schultern. »Also meiner Meinung nach war er ein recht netter Kerl. Aber er war nun mal nicht von hier, und ich möchte behaupten, dass seine Töpferei in den Augen der hiesigen Leute keine richtige Männerarbeit war.«

»Kein Mist an den Stiefeln? Kein von den Unbilden des Wetters gegerbter Sohn der Erde?«

»Wenn Sie so wollen.«

»Daran gemessen, würde ich wahrscheinlich den Test auch nicht bestehen«, sagte er freundlich.

»O doch, Sie wahrscheinlich schon«, erwiderte sie in scharfem Ton. Dann zog sie wieder die Schultern hoch. »Ich nehme an, er muss obduziert werden. Wann bekommen Sie das Ergebnis?«

»Ziemlich bald. Nachdem Sie die Leiche gefunden hatten – sind Sie da sofort ins Pfarrhaus zurückgegangen?«

Sie schüttelte den Kopf, und ihr glattes braunes Haar schwang wie ein Vorhang hin und her. »Nein, ich bin in Lorrimers Cottage gerannt und habe ein Telefon gesucht. Aber er hatte keins.«

»Ist Ihnen im Cottage etwas aufgefallen?«

Einen Moment lang musterten die hellbraunen Augen ihn verständnislos, dann sah er etwas wie ein Begreifen, dem Bestürzung folgte, aufflackern.

»Es war sehr unordentlich … Ich habe nicht besonders darauf geachtet. Auch gestern Morgen war es nicht gerade ordentlich, aber heute – ja, es war schlimmer. Auf dem Boden haben Bücher gelegen … Ich habe nichts angefasst. Hab mich nur nach einem Telefon umgesehen.« Sie holte tief Atem. »Hören Sie, hegen Sie etwa einen bestimmten Verdacht?«

»Ich bin immer misstrauisch. Gesunde junge Männer fallen nicht einfach tot um.«

»So gesund war er gar nicht. Gestern hatte er Magenbeschwerden.« Ihr Gesicht nahm einen trotzigen Ausdruck an. »Könnte es Selbstmord gewesen sein?«

»Selbstmord?«, rief Markby verblüfft. »Und wie erklären Sie sich, dass ihm schon vorher ein paarmal übel war? Sollen das Versuchballons gewesen sein?«

»Was weiß ich«, erwiderte sie heftig. »Es ist nur – die Alternative ist Mord, nicht wahr? Ich habe das Cottage nicht auf den Kopf gestellt, aber irgendjemand hat es getan.«

»Ja, sieht ganz so aus. Der Eindringling hatte es eilig, wurde vielleicht gestört, musste rasch verschwinden und wahrscheinlich mit leeren Händen. Wer immer es war, er hat möglicherweise das Cottage durchsucht, während Sie durch den Garten zu dieser Tür hier gingen. Sie überquerten das Gässchen und betraten das Atelier. Der Eindringling hat Sie durchs Küchenfenster gesehen und ist abgehauen.« Er runzelte die Stirn. »Aber das ist reine Spekulation. Und es ist zu früh, um von Mord zu sprechen.«

Sie machten kehrt und schlenderten durch den Garten zurück. Der neuerliche Anblick des Wildwuchses um sie herum entlockte ihm den Ausruf: »Wie gern würde ich mich um diesen Garten kümmern! Ich erinnere mich noch daran, wie gepflegt er früher war. Mein Onkel hatte einen Gärtner, der ganztags hier arbeitete, und wehe denen – das galt insbesondere einem kleinen Jungen –, die auch nur einen Zweig abbrachen. Es wäre eine richtig schöne Aufgabe, die alte Pracht wieder aufleben zu lassen. Na hallo, das ist ja ein interessantes Pflänzchen.«

Er bückte sich so plötzlich, dass sie beinahe über ihn gefallen wäre. »Was ist das?«, fragte sie. »Ich dachte vorhin, es sei ein Krokus, der zur falschen Jahreszeit blüht.«

»Nein, das ist kein Krokus, es ist eine Herbstzeitlose. Sie ist überhaupt nicht mit dem Krokus verwandt, trotz einer oberflächlichen Ähnlichkeit. Manchmal nennt man sie auch Herbstkrokus oder Wiesensafran oder Nackte Damen – der letzte Name kommt daher, weil zuerst ihre Blüten durchbrechen und die Blätter später kommen.« Er nahm einen Kugelschreiber aus der Tasche und schob damit vorsichtig eines der Blütenblätter zur Seite. »Sehen Sie die Staubgefäße? Es sind sechs. Der Krokus hat drei. Oh, und diese Pflanze ist giftig, der Krokus nicht.«

Er richtete sich auf, und diesmal prallte er fast mit dem Hinterkopf gegen ihre Nase; sie hatte ihm über die Schulter geschaut. Er entschuldigte sich.

Vorsichtig ging sie um ihn herum und musterte die Pflanze mit misstrauischen Blicken. »Diese kleine Blume?«

»In allen Teilen. Und es ist nicht die einzige verbreitete Gartenblume, die giftig ist. Der Fingerhut ist es, der Rittersporn, auch die Pfingstrose. Ein Garten ist ein potentiell sehr gefährlicher Ort.«

»Aber dazu müsste man sie essen«, wandte sie ein. »Und wer verspeist schon Pfingstrosen und Rittersporn?«

»Manchmal lässt man Herbstzeitlosen da wachsen, wo Tiere weiden; die fressen sie dann und werden krank. Bei Molkereikühen ist es schon passiert, dass das Gift in die Milch kam und jeder erkrankt ist, der davon getrunken hat. Kinder essen manchmal Blumen, Butterblumen zum Beispiel, und werden sehr krank davon. Kräuterheilkundige benutzen diese Pflanzen als Medizin, müssen aber dabei mit der Dosis sehr vorsichtig sein. Die Herbstzeitlose wurde bei der Behandlung von Leukämie eingesetzt – und gegen Gicht, glaube ich. Die Chinesen verwenden die Pfingstrose häufig in Kräuterarzneien. Ich würde allerdings keinem Laien raten, da herumzuprobieren.«

Sie runzelte die Stirn und antwortete nicht. Sie waren beim Haus angelangt. »Wollen Sie mit Eve und Sara sprechen?«, fragte sie und blieb vor den Stufen zur Haustür stehen. »Sie sind beide sehr erregt. Ich glaube nicht, dass sie Ihnen etwas sagen können.«

»Ich will sie jetzt nicht behelligen«, sagte Markby. »Aber später komme ich vielleicht wieder.« Er merkte, dass sie sehr blass war, und fügte mitfühlend hinzu: »Ich an Ihrer Stelle würde jetzt hineingehen und mir einen starken Whisky genehmigen.«

»Mag keinen Whisky«, sagte sie mit einer leichten Grimasse und schenkte ihm ein überraschend anziehendes Lächeln. Dann wurde sie wieder ernst: »Während ich auf die Polizei wartete, hatte ich Gelegenheit, mir ein paar von Lorrimers

Töpferarbeiten anzuschauen. Es war keine Pietätlosigkeit, verstehen Sie. Aber es war besser, als ihn die ganze Zeit anzusehen …«

Markby nickte.

»Er war wirklich recht gut. Einige seiner Arbeiten sind Kitsch, aber andere haben was. Hätte er nicht Aschenbecher für Souvenirläden machen müssen, hätte er sich vielleicht zu einem ernsthaften Künstler entwickelt.«

»Wenn und vielleicht«, sagte Markby ruhig, »das sind die großen Unwägbarkeiten. Sind Sie sicher, dass Sie den Riegel zurückschieben mussten, als sie die Gartentür zur Love Lane öffneten?«

»Ja, ganz sicher. Die Tür war verschlossen.«

Sie verabschiedeten sich. Als Markby zu seinem Wagen zurückging, dachte er: Vielleicht sollte ich beantragen, von diesem Fall abgezogen zu werden, bevor ich mich richtig darauf einlasse. Doch er hätte keinen echten Grund dafür nennen können, nur eine innere Unzufriedenheit und vielleicht noch etwas anderes. Dann sagte er laut: »Um Himmels willen, nein, nicht in deinem Alter!«

Meredith sah Markby abfahren und ging dann ins Haus. Als sie die Tür hinter sich zumachte, wurde ihre Niedergeschlagenheit noch durch das Gefühl verstärkt, sich nicht so verhalten zu haben, wie sie sollte. Sie hatte schon mit der Polizei zu tun gehabt, aber immer im Ausland und in Konsularangelegenheiten. Ihr Beruf hatte sie zu einer gewissen Vorsicht und Verschwiegenheit erzogen und zu einer instinktiven Abneigung dagegen, alles zu sagen. Teile von dem, was du weißt, immer nur das Nötigste mit! Mach das zu deinem Leitsatz! Und das hatte sie jetzt befolgt. Wie eine versierte, in der Wolle gefärbte Konsulatsangestellte hast du ihm so wenig wie möglich gesagt, warf sie sich vor.

Sie hatte Markbys Fragen zwar beantwortet, aber sehr mitteilsam war sie nicht gewesen. Die tief in ihr verwurzelte Gewohnheit, ihre Karten vorsichtig eine nach der anderen auszuspielen und geschickt zu lavieren, um einen britischen Staatsbürger zu schützen, der in Schwierigkeiten geraten war, hatte sie bei dem Gespräch stark beeinflusst, wie sie sich jetzt widerwillig eingestand. Sie hätte ihm, zum Beispiel, sagen müssen, dass sie Jerry auf dem Friedhof gefunden hatte. Ein dunkler Instinkt, den armen alten Bert nicht hineinzuziehen, hatte sie daran gehindert – aber, vielleicht war er gar kein armer alter, sondern ein böser alter Bert. Meredith seufzte. Es war nicht das Einzige, was sie Alan Markby verschwiegen hatte. Nach einigem Überlegen sagte sie sich jedoch, dass sie zwar die Untersuchungen unterstützen sollte, es aber nicht sehr hilfreich wäre, wenn sie Kleinigkeiten zu viel Gewicht beimaß. Unwesentliche Dinge würden nur falsche Spuren legen und in die Irre führen. Es war ihr gerade gelungen, ihr Gewissen etwas zu beruhigen, als sie hinter sich dumpfe Schritte hörte. Sie wandte den Kopf und sah Elliott die Treppe herunterkommen.

Betont sportlich sprang er die letzten beiden Stufen, die in die Eingangshalle führten, mit einem Satz herunter. Er hatte sich umgezogen und trug nicht mehr den Jogginganzug, sondern eine braune Hose, dazu einen farblich darauf abgestimmten Golfpullover mit einem Rautenmuster auf der Brust. Ihr kam der respektlose Gedanke, dass er eigentlich ein T-Shirt mit dem Aufdruck *Ich achte auf mein Cholesterin* tragen sollte.

»Der Typ von der Mordkommission gegangen?«, fragte er schnippisch.

»Warum nennen Sie ihn so?«, entgegnete sie unfreundlich.

»Weil er es ist, oder?« Elliott spitzte die Lippen. »Was hatte er zu sagen?«

»Es war eigentlich ein privates Gespräch – aber wenn Sie's unbedingt wissen wollen, er kam, um von mir zu erfahren, wie ich die Leiche gefunden habe.« Sie hielt inne und fügte dann trocken hinzu: »Was haben Sie befürchtet, das er fragen könnte?«

»Was sollte das mit diesen Pflanzen?« Als er merkte, dass sie ihn überrascht anstarrte, erklärte er: »Mein Zimmer geht auf den Garten hinaus. Ich habe Sie beide beobachtet.«

»Das war ziemlich unverfroren!«, sagte sie ärgerlich. Doch man konnte ihm wohl kaum einen Vorwurf daraus machen, daher setzte sie förmlich hinzu: »Ich bin ziemlich mit den Nerven fertig, Albie. Ich hab den armen jungen Kerl tot aufgefunden.« Sie wich ostentativ ein paar Schritte von ihm zurück.

Doch Elliott folgte ihr unbeirrt in den Salon. »Nehmen Sie es sich nicht zu Herzen. Klar, es ist ein Jammer. Aber sehen wir es doch einmal so – wenigstens brauchen wir jetzt nicht mehr nach hässlichen kleinen Päckchen Ausschau zu halten.«

»Wie meinen Sie das?« Merediths Magen krampfte sich zusammen.

»Wer, glauben Sie denn, hat diese grauslichen kleinen Visitenkarten hinterlassen? Der Töpfer natürlich.«

»Sie haben kein Recht, so etwas zu behaupten!«, platzte sie heraus.

»Sie werden es schon noch einsehen. Vergessen Sie nicht, ich bin länger hier als Sie. Und wir haben uns schon früher mit solchem Zeug herumschlagen müssen. Jetzt, da es ihn nicht mehr gibt, werden wir auch nichts mehr finden.«

Das klang so überzeugt, dass sie schwankend wurde. »Warum hätte er so etwas tun sollen?«

»Er war verrückt nach der Kleinen, nach Sara. Kommen Sie

schon, das ergibt einen Sinn. Junge Liebe, die zu Bitterkeit geworden ist. Nicht, dass ich mich in diesen Dingen gut auskennen würde.«

Meredith blickte ihn an und meinte sarkastisch: »Das glaube ich gern.«

»Lady«, sagte Elliott, »ich kenne die Menschen. Sie sind mein Beruf.«

Sie war müde, und außerdem machte sich – verspätet – der Schock bei ihr bemerkbar. Sie war nicht imstande, sich jetzt mit ihm auseinanderzusetzen. »Es gibt keine Möglichkeit, das, was Sie da behaupten, zu beweisen, Albie. Ich bin überzeugt, Sie wissen eine Menge mehr darüber, als Sie mir sagen. Ich kann Ihnen nur empfehlen, mit Chief Inspector Markby zu sprechen.«

»Freiwillig nie, Schätzchen. Haben Sie ihm alles gesagt?«

»Ja.« Meredith wurde rot. »Nun, nein, nicht alles.«

»Haben Sie ihm von dem Ochsenherzen und der Puppe erzählt?« Sein Ton war schärfer geworden.

»Nein …« Sie riss sich zusammen. »Ehe es keinen Obduktionsbefund gibt, wissen wir nicht, warum Lorrimer gestorben ist oder ob unsere Funde irgendwie mit ihm zusammenhängen.« Ihre Stimme klang wenig überzeugend.

Elliott lächelte boshaft. »Er ist tot. Ist es wichtig zu wissen, warum? Aber es war gut und richtig, dass Sie über das Herz und die Puppe nichts gesagt haben. Vergessen wir beides, ja?«

»Ich weiß nicht, was Sie für ein Spiel spielen, Albie«, sagte Meredith leise, »aber ich bin nicht in der Stimmung, noch länger über diese Sache zu sprechen. Und, Albie – ich mag es nicht, wenn man mir nachspioniert.«

»Verzeihen Sie mir«, sagte er sarkastisch.

Alan Markby kam am Ende eines nicht sehr erfolgreichen Tages nach Hause. Mit einem Becher Tee in der einen und einem Insektenspray in der anderen Hand ging er in seinen Hinterhof – halt, er musste sich endlich angewöhnen, das Ding Patio zu nennen.

Wenn man die Weißfliegen erfolgreich bekämpfen wollte, musste man sich unbemerkt anschleichen und sie besprühen, ehe sie davonflattern und sich in Luft auflösen konnten, um sich später, wenn man gegangen war, wieder zu sammeln. Es erforderte eine gewisse Geschicklichkeit, einerseits richtig zu sprühen und andererseits den Tee außerhalb der Reichweite des Pestizids zu halten. Während er beides gleichzeitig versuchte, sagte er sich, dass es so gewiss nicht richtig war: Auf diese Weise vergifteten sich die Leute unabsichtlich.

Hatte sich eigentlich je ein Mensch unabsichtlich vergiftet? Das war die Frage. Er stellte das Spray auf den Tisch, setzte sich auf eine wacklige Bank und genoss die letzten Strahlen der Abendsonne. Die bedrohlichen Regenwolken hatten sich nun doch aufgelöst. Sein Haus war das letzte in einer Reihe, es stammte aus frühviktorianischer Zeit, war ursprünglich gebaut worden, um die Ansprüche einer aufstrebenden Mittelschicht zu erfüllen, und hatte später schwerere Zeiten durchzustehen. Jetzt war Viktorianisches wieder modern. Die sozialen Aufsteiger waren in die Reihenhäuser gezogen. Markby, der das Haus früher als alle anderen erstanden hatte – und noch bevor die Immobilienpreise in die Stratosphäre geschnellt waren –, betrachtete die Neuankömmlinge voller Misstrauen. Einer hatte sogar – Großer Gott, hilf! – eine Satellitenschüssel auf sein Dach montiert. Entrüstet hatte Markby seine Schwester Laura gefragt: »Braucht der Kerl denn keine Baugenehmigung dazu?«

»Nun ja«, hatte Laura geantwortet, »was Satellitenschüsseln angeht, gibt es eine Grauzone. Vielleicht könntest du ihn dazu bringen, dass er sie wieder abbaut. Vielleicht aber auch nicht. Auf jeden Fall würde das für böses Blut zwischen Nachbarn sorgen, und da musst du dir schon überlegen, ob sich das wirklich lohnt oder ob du nicht lieber den Anblick in Kauf nehmen solltest, auch wenn er deine Augen beleidigt. Du musst mit der Zeit gehen, Alan.«

»Warum?«, hatte er verdrießlich gefragt.

Als ihm Lauras Bemerkung über das böse Blut zwischen Nachbarn einfiel, musste er wieder an den jungen Lorrimer denken, den seine Nachbarn nicht sehr geliebt hatten, obwohl es ihm anscheinend leichtgefallen war, bei nur wenigen flüchtigen Begegnungen eine intelligente, um nicht zu sagen scharfsinnige Frau wie Meredith Mitchell zu beeindrucken. Nach den ersten Untersuchungen sah es ziemlich eindeutig nach einem Fall von Vergiftung aus. Endgültiges würde man aber erst nach einer genauen Obduktion wissen. Jemand, der ihn noch weniger leiden konnte als die meisten, hatte ihm das Gift höchstwahrscheinlich absichtlich verabreicht. Aber warum? Ganz zu schweigen von der Frage nach dem Wie.

Meredith Mitchell … ein gescheites Mädel, dachte er mürrisch, aber etwas verschweigt sie. Einen netten Kerl hatte sie Lorrimer genannt. Aber sie hatte nicht, wie später Markby, das Cottage durchsucht. Das heißt, sie sagte, sie habe es nicht getan. Vielleicht log sie. Es war ein Gedanke, der ihm gar nicht gefiel, doch er war Polizeibeamter, der in einem Fall ermittelte, und musste alle Möglichkeiten in Betracht ziehen, unabhängig davon, wie sehr sie ihm persönlich widerstreben mochten. Sie hatte selbst zugegeben, dass sie ins Haus gegangen war, um ein Telefon zu suchen. Vielleicht hatte sie sich bei der Gelegenheit rasch auch nach etwas anderem umgesehen – aber wonach?

Es hatte dort reichlich Hinweise darauf gegeben, dass der junge Lorrimer alles andere als ein angenehmer Typ gewesen war. Er rauchte Gras. Er zog das Zeug sogar selbst am Ende des verwilderten Gartens, versteckt hinter der Ehrenpreishecke. Im Vergleich zu der Literatur, die er las, nahmen sich die pornographischen Romane, die man beim Zeitungshändler bekam, wie Kinderkram aus. Er bezog eine ganz besonders widerwärtige Zeitschrift, die ins Land geschmuggelt und beschlagnahmt wurde, wenn die Zollbeamten ihrer habhaft werden konnten. Ein ziemlicher Schmutzfink, der Junge. Aber mit einem offensichtlich einnehmenden Wesen. Das war das Schwierige bei diesen Typen. Markby war seinesgleichen schon oft begegnet. Charmant, sympathisch, liebenswert, begnadete Lügner. Bis man mit ihnen zu tun bekam und sie richtig kennenlernte, hatte man einfach keine Ahnung von ihrer Persönlichkeit, dann jedoch stellte man fest, dass man es mit Jekyll und Hyde zu tun hatte. Und vor Gericht – wenn es überhaupt jemals so weit kam – glichen sie blütenweißen Dr. Jekylls und kamen unter Umständen sogar mit einem Mord davon. Nur dass in diesem Fall durchaus die Möglichkeit bestand, dass Philip Lorrimer das Opfer eines Mordes geworden war.

Warte das Ergebnis der Obduktion ab, Markby, sagte er sich, und leerte den Becher. Aber es würde sich als Mord herausstellen, das spürte er in den Eingeweiden.

Also zurück zum Warum. Eine Anzahl unerfreulicher Dinge waren im Cottage gefunden worden, aber keines schien ein ausreichendes Motiv für Mord zu sein. Lorrimers zu Hause gezogenes Gras würde die kolumbianischen Drogenbarone wohl kaum so beunruhigt haben, dass sie einen gedungenen Mörder auf ihn angesetzt hatten; und außerdem vergifteten die ihre Opfer nicht, sie bliesen ihnen das Hirn aus dem Schädel. Das Gleiche galt für die Pornos. Es gab keinerlei Indiz dafür, dass Lorrimer ein wichtiges Glied in der Verteilerkette eines nordeuropäischen Lieferanten war. Wäre er es gewesen, hätte man sicher keine einschlägigen Artikel in seinem Haus gefunden, und er hätte auf viel größerem Fuß gelebt. Nein, der Unbekannte, der das Cottage durchsucht hatte, war hinter etwas anderem hergewesen. Aber hatte diese Person gefunden, worauf sie aus war? Oder hatte es bisher niemand entdeckt – auch nicht die Polizei?

»Wenn es noch da ist«, murmelte Markby vor sich hin, »dann kommt der Mörder wieder.«

Er begann über Eve Owens nachzudenken. Eine wirkliche Schönheit. Die Augen, die Gesichtszüge … und mit einer Figur, als wäre sie erst halb so alt … Der einzige Makel war ihre Haut, ein Gitterwerk aus einer Myriade winziger Fältchen unter dem Make-up. Er rief sich in Erinnerung, wie sie bei Robert Freemans Beerdigung gewesen war, anmutig und kummervoll. Und beim Dinner vor ein paar Tagen, in einem pinkfarbenen Chiffonkleid funkelnd wie ein Glas Champagner rosé. Oho! Aus solchem Stoff wurden Träume gemacht.

Aber sie war kein Traum, sie war eine lebendige Frau, und das Leben in der alten Pfarrei musste sehr einsam sein. Besonders seit Bob gestorben war. Voller Unbehagen dachte Markby an die verschlossene Tür mit den frisch geölten Angeln und dem ebenso frisch geölten Riegel am Ende des Gartens. Sie führte in das Gässchen, und haargenau gegenüber war ein Loch in Lorrimers Hecke, durch das man in seinen Garten gelangte. Wer ging so regelmäßig zu ihm, dass die Tür sorgfältig instand gehalten wurde?

Eve Owens musste in den Vierzigern sein, und Lorrimer war vierundzwanzig gewesen – was nichts zu bedeuten hatte. Aber heutzutage machten sich die Menschen nicht mehr die Mühe, so diskret zu sein. Wenn Eve Owens Lorrimer zu ihrem Spielgefährten gemacht hätte, hätte sie ihn zu sich ins Pfarrhaus geholt. Vielleicht aber auch nicht – wegen ihrer Tochter? Weil sie die Skandalpresse fürchtete? Oder weil die Affäre schon zu Lebzeiten von Robert Freeman begonnen hatte?

Oder war es das Mädchen, überlegte er, das hinausschlüpfte, um Lorrimer zu treffen? Sara war mit diesem Intelligenzbolzen aus der Stadt verlobt. Markby sollte ja ihren Brautführer machen, und als ihm das einfiel, wurde seine Laune noch schlechter. Er wusste noch immer nicht so recht, warum gerade er es machen sollte, obwohl Laura behauptete, er sei der einzige respektable Bekannte von Eve Owens, was gehässig war und nicht zutraf. Es war nicht mehr als die abenteuerliche Behauptung einer Anwältin – und eine, die auf eine gewisse persönliche Antipathie seiner Schwester gegen Miss Owens schließen ließ. Eve hätte Russell bitten können. Oder einen von Bobs Geschäftsfreunden. Doch sie hatte ihn gebeten. Also, wie war das mit Sara? Hübsches, lebenslustiges Mädchen trifft gutaussehenden, armen jungen Künstler … Das klang doch nicht schlecht. Aber würde sie deswegen ihre Hochzeit aufs Spiel setzen?

Man durfte natürlich auch Mr. Elliott nicht vergessen. Für Markby bestand kaum ein Zweifel daran, dass der Gentleman schwul war; nach seiner Einschätzung gehörte er zu der leicht tuntenhaften Sorte. War Philip Lorrimer bisexuell gewesen? Schlich Elliott zur Gartentür, um sich heimlich mit ihm zu treffen?

»Verdammt und zugenäht!«, sagte Markby zu seinem leeren Teebecher.

KAPITEL 7

Im Pfarrhaus fing der nächste Tag wirklich sehr unerfreulich an. Zu ihrem Missvergnügen stellte Meredith fest, dass sie, weil sie Lorrimers Leiche gefunden hatte, zu unerwünschtem Ruhm gelangt war. Wann immer sie den Fuß ins Freie setzte, wurde sie von Dorfbewohnern umringt, die sie stumm und neugierig anstarrten, als würden sie sich fragen, ob sie eine gute oder eine böse Hexe war. Es war nicht der einzige Grund, warum sie und alle anderen Bewohner des Pfarrhauses praktisch wie im Belagerungszustand leben mussten. Die Nachricht von Lorrimers Tod gleichsam auf der Türschwelle einer Persönlichkeit, über die etwas zu lesen die breite britische Öffentlichkeit nie müde wurde, war der nationalen Presse zu Ohren gekommen, und eine Horde nachlässig gekleideter Personen mit Tränensäcken unter den Augen, die sich alle ziemlich merkwürdig in dieser ländlichen Umgebung ausnahmen, hatte sich daraufhin im Dorf niedergelassen und war nun jedermann im Weg. Und an der zurückhaltenden Art der Dorfbewohner nahm sie sich natürlich auch kein Beispiel.

»Stellt euch das mal vor«, berichtete Mrs. Yewell staunend, »einer der Kerle hält mich auf, als ich zur Arbeit gehe, und fragt mich, ob Miss Owens mit diesem Töpferburschen befreundet war. ›Kümmern Sie sich um Ihren eigenen Kram‹, hab ich ihm gesagt. Glaubt der vielleicht, ich tratsche mit Fremden? ›Von mir erfahren Sie nix‹, hab ich ihm gesagt.« Meredith vermutete, dass diese ganze Rede für den Gentleman wahrscheinlich aufschlussreicher gewesen war, als eine schlichte, direkte Antwort es hätte sein können.

Dann rief, kurz vor dem Lunch, Jonathan Lazenby an. Er hatte einen Bericht im Autoradio gehört. Was gehe da unten eigentlich vor, und warum habe man ihn nicht informiert?

Meredith, die den Anruf entgegennahm und nicht gerade bester Laune war, erwiderte schroff: »Warum, zum Teufel, sollte man Ihnen Bescheid geben?«

»Hören Sie«, sagte er wütend, »die verdammte Presse wird dort bald überall herumschnüffeln.«

»Was heißt bald? Sie ist schon hier.«

»Sehen Sie? Man wird Eves Bild in allen Zeitungen finden, obwohl das Ganze mit ihr nichts zu tun hat, so was Blödes. Sagen Sie Eve, sie soll mit ihrem Anwalt sprechen, er soll eine Erklärung aufsetzen.«

»Worüber denn, um Himmels willen?«, explodierte Meredith.

»Um klarzustellen, dass sie nichts darüber weiß.«

»Oh, phantastisch, genau, was wir brauchen«, entgegnete sie sarkastisch.

»Hören Sie, Meredith«, antwortete er streitsüchtig, »ich fliege heute Abend nach New York, sonst würde ich selbst bei euch vorbeischauen. Aber zum Wochenende bin ich wieder da, und dann komme ich sofort. Halten Sie Sara inzwischen unter Verschluss. Tun Sie das, was Sie als Diplomatin gelernt haben. Ich will nicht, dass sie von der Presse gepiesackt wird, haben Sie gehört? Und ich will nicht, dass sie arbeiten geht. Die Journalisten werden ihr dort auflauern.«

Meredith brummte etwas, unterdrückte nur mit größter

Mühe das Verlangen, einfach aufzulegen, und reichte den Hörer an Sara weiter.

»Was ist das für ein Job?«, fragte sie Sara später.

»In einem Frauenhaus. Im East End. Eine Art Sozialarbeit. Ich helfe in der Kinderkrippe.« Sara schob sich eine Haarsträhne aus dem blassen Gesicht. Sie sah aus, als habe sie überhaupt nicht geschlafen. »Ich arbeite seit sechs Monaten dort. Es ist manchmal ein bisschen hart, aber es bedeutet mir viel. Jonathan ist es gar nicht recht, dass ich's tue. Er fürchtet, ich könnte von einem empörten Ehemann zusammengeschlagen werden, dessen Frau wir aufgenommen haben.«

»Da könnte Jonathan ausnahmsweise einmal recht haben. Bleib lieber hier, Sara. Außerdem wird Alan Markby vielleicht mit dir sprechen wollen.«

»Worüber denn?«, fragte Sara, und ihre blauen Augen waren plötzlich voller Angst.

Meredith betrachtete sie forschend. »Oh, ich nehme an, er versucht einfach, etwas über Lorrimer zu erfahren. Mach dir keine Sorgen. Sag ihm ganz einfach die Wahrheit.«

Sara machte nur »hm« und lief davon.

Meredith sah ihr nach. Sie fürchtete sich offensichtlich fast zu Tode, und Meredith wusste, dass sie recht bald mit ihr über das sprechen musste, in das sie hineingeschlittert war. Und am besten wäre es, die Sache zu klären, bevor Markby mit Sara redete.

Ich muss für eine Weile hier raus, dachte sie. Aber ich denke nicht im Traum daran, durch diese Meute, die sich am Zaun herumdrückt, Spießruten zu laufen. Es war jedoch möglich, dass sie die Tür zur Love Lane noch nicht entdeckt hatten. Meredith holte Anorak und Stiefel aus der Garderobe und eine Dose Katzenfutter aus Lucias Kühlschrank, wo sie sie verstaut hatte; dann marschierte sie durch den Garten zur Love Lane.

In dem Gässchen selbst war niemand, aber in Lorrimers Garten wimmelte es von Polizisten, und Tom war wahrscheinlich weggerannt und Meilen entfernt. Trotzdem kroch sie durch das Loch in der Hecke, rief nach ihm, ging, als sie ihn nicht fand, zum Cottage und füllte vor der Haustür etwas Katzenfutter in eine Untertasse.

»Hallo, Miss«, begrüßte sie ein junger Mann. Es war Pearce, Markbys Sergeant. »Der Kater ist also noch nicht aufgetaucht?«

»Noch nicht. Sie haben ihn wohl nicht zufällig gesehen?« Meredith warf die leere Dose in Philips Mülltonne und bemerkte erst, als sie klappernd auf dem Boden aufschlug, dass sie von Sergeant Pearce' unermüdlichen Ermittlungsbeamten geleert und der Inhalt weggebracht worden war, um untersucht zu werden. »Tut mir leid«, entschuldigte sie sich.

»Das ist schon in Ordnung, Miss. Wir wissen ja, dass die Dose nicht zum eigentlichen Inhalt gehört, nur das ist wichtig. Wenn Sie das Futter hier auf der Untertasse lassen, nehme ich an, dass ein Fuchs oder eine andere Katze es über Nacht stehlen werden. Oder auch ein Igel.« Pearce stammte vom Land.

»Es ist das Einzige, was ich tun kann«, sagte Meredith. »Vielleicht kommt der Kater doch noch nach Hause. Warum, um Himmels willen, graben Ihre Leute da hinten den ganzen Garten um?«

»Das fragen Sie am besten Chief Inspector Markby, Miss. Er ist irgendwo im Dorf.«

Meredith machte sich die Hauptstraße entlang auf den Weg. Vor dem »Dun Cow« hörte sie jemanden ihren Namen rufen, drehte sich um und sah Markby über den Grasstreifen auf sich zukommen.

»Guten Morgen!«, begrüßte er sie.

»Hallo«, sagte sie. »Ich habe eben mit Ihrem Sergeant gesprochen. Ihre Leute buddeln wie verrückt am Ende von Philip Lorrimers Garten. Was suchen sie denn? Sergeant Pearce war sehr zugeknöpft.«

»Sie suchen gar nichts, graben nur Freund Lorrimers private Haschischpflanzung um.«

»Was?«

»Dort lassen kann ich das Zeug nicht. Verbrennen kann man es auch nicht. Es sei denn, wir wollen, dass das ganze Dorf mal high wird.« Er warf einen Blick auf den Pub. »Darf ich Sie zu einem Drink einladen?«

»Ich dachte, Bullen trinken nicht im Dienst.«

»Ich habe Mittagspause«, sagte er.

»Bisschen früh dran, oder? Na schön, meinetwegen. Ich war noch nie in diesem Pub. Trinke aber auch nur selten mitten am Tag.«

Innen war das »Dun Cow« nicht so übel, wie sie befürchtet hatte. Es gab nur einen Spielautomaten und nichts Schlimmeres als einen Tisch für Kegelbillard.

»Ah!«, sagte Markby begeistert. »Früher, als Student, war ich mal ganz gut. Können Sie spielen?«

»Hab's ein- oder zweimal probiert, bin aber nicht sehr gut.«

»Kommen Sie, ich spendiere Ihnen ein Spiel. Werfen Sie aber die Kegel nicht um.« Er reichte ihr ein Queue und suchte in seiner Tasche nach einer Münze, um sie einzuwerfen. »Ich würde gern mit Sara über Lorrimer reden«, sagte er, als er sich über den Tisch beugte. »Sie hat ihn doch gekannt, oder?«

»Nur flüchtig, denke ich. Ängstigen Sie sie bloß nicht.«

»Warum sollte sie sich ängstigen?«

»Hören Sie«, sagte Meredith, »sie ist jung, und der Tod ist für junge Menschen sehr erschreckend, besonders wenn er einen anderen jungen Menschen trifft. Sie halten sich für unsterblich.«

»Keiner glaubt so recht daran, dass er einmal sterben wird.«

Die Kugel fiel durch ein Loch im Tisch und rollte nach vorn zurück. »Aber mit den jungen Leuten haben Sie unrecht. Die haben die Realität manchmal besser im Griff als ältere Leute. Haben Sie ein Testament gemacht, Meredith?«

»Das habe ich, ja. Was hat das damit zu tun?«

»Erstaunlich viele ältere Leute tun es nicht.«

»Fürs Protokoll«, sagte sie eisig, »ich gehöre nicht zu den älteren Leuten.«

Er richtete sich auf. »So war das auch nicht gemeint. Ich wollte sagen, wir denken *alle* nicht gern daran, dass wir sterben werden. Und jetzt los! Aber stechen Sie mir mit dem Queue nicht das Auge aus.«

Meredith wagte einen Versuch, doch der schwarze Kegel fiel um.

»Pech«, sagte Markby mitfühlend. »Aber wir spielen ja nicht um Punkte.«

»Ich habe Ihnen doch gesagt, dass ich nicht gut bin.« Man hörte ihrer Stimme die Enttäuschung an. »Sollten Sie eigentlich nicht irgendwo da draußen sein und herausfinden, wie Lorrimer gestorben ist? Stattdessen spielen Sie in einem Pub Kegelbillard mit mir und trinken Bier.«

»Dann setzen wir uns doch dort hinüber.« Er nahm sein Glas und zeigte auf die leere Kaminecke. Als sie Platz genommen hatten, sagte er: »Was die Todesursache anbelangt – er wurde vergiftet, daran besteht kein Zweifel.«

»Oh«, sagte Meredith nachdenklich und verstummte. Sie nippte an ihrem Tomatensaft und neigte den Kopf, so dass ihr braunes Haar nach vorn fiel und ihr Gesicht verbarg.

»Wir hatten ein paar Sachen aus der Küche mitgenommen. Zum Glück hielt Lorrimer nicht viel vom Geschirrspülen. Er ließ Töpfe und Teller so lange stehen, bis nichts Sauberes mehr da war. Eine Menge Reste für die Laborleute zum Spielen. Wir haben Giftspuren in einer Kaffeetasse, einer Müslischüssel und einer Milchflasche gefunden.«

»In einer Milchflasche?« Meredith blickte überrascht auf, und der Vorhang aus braunem Haar schwang zur Seite. »Sie wollen doch damit nicht sagen, wir hätten hier einen der Fälle, in denen jemand idiotischerweise ein Insekten- oder Unkrautvertilgungsmittel in einer leeren Milchflasche aufbewahrt hat?«

Er fragte freundlich: »Wieso fallen Ihnen ausgerechnet diese beiden Dinge ein?«

Sie zögerte. »Lorrimer hat mir erzählt, dass er, als er einmal eine seiner Katzen vermisste, auch in den Gartenschuppen schaute, der dem alten Burschen nebenan gehört, und dort hätten in den merkwürdigsten Behältern alle möglichen Arten von Unkrautvertilgungsmitteln, Rattengift und so weiter herumgestanden. Bert, das ist der alte Kerl, ist wohl zuzutrauen, dass er irgendeinen Allesvertilger in eine Milchflasche tut und sie dann zusammen mit den leeren Flaschen hinausstellt. Ich habe gelesen, dass manche Leute so etwas machen.«

»So etwas gibt's sicherlich, aber nicht in diesem Fall, glaub ich. Das Gift ist, soweit die Laborjungs das feststellen konnten, pflanzlichen Ursprungs. Es wurde über eine längere Zeit hinweg verabreicht und war in seiner Wirkung kumulativ. Lorrimer hat Ihnen doch erzählt, er habe schon häufiger Magenbeschwerden gehabt. Sie wurden von Mal zu Mal schlimmer. An dem Tag, an dem er während des Gesprächs mit Ihnen auf dem Pfad zusammenbrach, hatte das Gift sich schon in seinem ganzen Organismus verteilt. Es brauchte nur noch eine einzige Dosis.«

Meredith klammerte sich an einen letzten Strohhalm. »Vielleicht war es etwas, das er selbst getrunken hat. Ein Kräutertee …«

»Nein. Den hätte er hektoliterweise trinken müssen, riesige Mengen, tagein, tagaus, um auch nur ganz leicht zu erkranken – und es gibt keinerlei Anzeichen dafür, dass er nach solchen Getränken süchtig war. Weder in seinem Abfall noch in seinem Küchenschrank haben wir leere Päckchen oder Teebeutel gefunden, und die Markentees sind, in vernünftigen Mengen getrunken, auch nicht schädlich. Nein, ich spreche von einem absichtlich hergestellten giftigen Extrakt aus irgendeiner Pflanze.«

»Sie sprechen von Mord«, bemerkte sie leise. Er hatte von Anfang an von Mord gesprochen, wenn auch mit allen Vorbehalten. Jetzt war es unmissverständlich gesagt.

»Ich fürchte, ja. Lorrimer war ganz wild auf Süßes. Wir haben überall getrocknete Zuckerkristalle gefunden. Der Zucker war natürlich ideal, um jeden merkwürdigen Geschmack zu überdecken.«

Geduldig wartete er auf eine Reaktion von ihr, während sie über das Gehörte nachdachte. Sie stellte ihren Tomatensaft ab und sagte: »Hören Sie, es gibt da etwas, was ich noch nicht erwähnt habe, obwohl ich es vielleicht hätte tun sollen. Nur schien es mir, als wir damals miteinander sprachen, nicht wichtig zu sein. Jetzt glaube ich allerdings, muss ich es sagen.«

»Ja?«

»Ich habe Ihnen erzählt, dass er eine seiner Katzen suchte, als ich ihn das letzte Mal auf dem Weg traf. Nicht erzählt habe ich, dass ich die Katze auf dem Friedhof gefunden habe – tot. Ich dachte, Bert hätte sie vergiftet. Ich hatte gehört, wie er es Lorrimer angedroht hat. Die Katzen buddelten nämlich in Berts Gemüsebeeten Löcher. Ich habe es Lorrimer nicht gesagt.« Sie zog die Schultern hoch. »Ich dachte, es würde ihn aufregen, und ändern konnte man es ja doch nicht mehr. Er hätte nicht beweisen können, dass der alte Mann es war.«

Markby machte ganz offensichtlich eine heroische Anstrengung, nicht laut zu fluchen, aber sie hätte ihm auch nicht übelgenommen, wenn er es getan hätte. Er stand auf. »Am besten gehen wir jetzt gleich auf den Friedhof, und Sie zeigen mir, wo Sie das Tier gefunden haben. Ich wünschte, Sie hätten früher etwas gesagt.«

Obwohl er sich bemühte, seinen Ärger zu unterdrücken, war ihm deutlich an der Stimme anzumerken, was er dachte, und sie errötete. Da es ihr nicht gefiel, sich abkanzeln zu lassen, auch wenn sie im Unrecht war, sagte sie störrisch: »Wenn ich es für wichtig gehalten hätte, hätte ich es Ihnen gesagt.«

»Warum lassen Sie nicht mich entscheiden, was wichtig ist, Meredith«, erwiderte er ungehalten.

»Es war doch nur eine tote Katze«, gab sie gereizt zurück. »Wollen Sie über den Verbleib jeder toten Kreatur – Tier oder Mensch – informiert werden?«

»Ja«, knurrte Markby, »in diesem Fall ja. Die Katze ist vermutlich gestorben, weil sie von derselben Milch getrunken hat. Lorrimer hat sie in seinen Kaffee getan, in seine Cornflakes, und dann hat er auch etwas in das Katzenschüsselchen gegossen ... Kommen Sie schon!«

Sie verließen das »Dun Cow«, und sie beklagte sich bitter: »Wenn Sie so darauf erpicht sind, alles zu wissen, möchte ich Sie darauf hinweisen – da Ihre Leute es unerklärlicherweise übersehen zu haben scheinen –, dass es in diesem Dorf nur so von Presseleuten wimmelt, die das Pfarrhaus belagern und uns das Leben schwermachen.«

»Das ist Ihr Problem – oder Eves, da ihr das Haus gehört. Es ist, ehrlich gesagt, meine geringste Sorge.«

Sie waren bei seinem Wagen stehengeblieben, damit er seine Gummistiefel aus dem Kofferraum holen konnte. Meredith sah ihm zu, wie er sie anzog, und sagte: »Sie meinen, diese Leute dürfen uns ganz ungestraft belästigen? Nicht einmal das Personal lassen sie in Ruhe.«

»Das ist eine Privatangelegenheit, keine Straftat. Sagen Sie mir Bescheid, wenn einer von ihnen jemanden vom Personal auf offener Straße überfällt.«

»Ich dachte«, bemerkte Meredith ganz förmlich, »dass etwas unternommen wird, wenn man der Polizei dieses Landes etwas meldet.«

Markby richtete sich so unerwartet auf, dass sie erschrak und zurücksprang. »Jetzt hören Sie mir mal zu, Meredith! Hier sind Sie keine verdammte Konsulin. Das ist eine Morduntersuchung. Sie haben keine Befugnisse, und Sie haben in diesen Dingen auch keine Erfahrung, jedenfalls nicht in diesem Land. Sie sind hier nicht in Ruritanien. Und Sie genießen hier nicht diplomatische Immunität. Sie können nicht das Außenministerium anrufen und sich beklagen, dass Sie von unerwünschten Elementen belästigt werden. Ich bin sicher, Sie sind durchaus imstande, ein paar jämmerliche Presseheinis davonzujagen. Lassen Sie mich damit in Ruhe.«

Sie kochte vor Wut, brachte aber eine Zeitlang kein einziges Wort heraus und trottete mit finsterer Miene, die Hände tief in den Taschen, neben ihm her. Am Anfang des Pfades tauchte aus der Hecke ein Gentleman mit einer Designer-Stoppelfrisur und einer schwarzen Lederjacke auf.

»Machen Sie Fortschritte, Inspektor?«

»Verschwinden Sie«, sagte Markby. »Sie erfahren alles bei der Pressekonferenz – falls ich eine gebe.«

»Er wird uns folgen«, murmelte Meredith.

»Ich kriege ihn wegen Behinderung der Polizei dran, wenn er es zu offensichtlich macht.«

»Oh, ich verstehe, ein Gesetz für Sie und ein anderes für uns.«

»Nur insofern, als es einen Unterschied gibt zwischen dem Eindringen in Miss Owens' Privatsphäre – woran sie gewöhnt ist – und einer Morduntersuchung. Okay, wo liegt das tote Tier?«

»Da drüben.« Meredith ging voraus und führte ihn zu den Grabstätten seiner Familie. Der Zweig, mit dem sie den Kadaver zugedeckt hatte, war noch da, Jerrys sterbliche Überreste aber waren verschwunden.

Markby seufzte enttäuscht. »Das war leider zu erwarten. Ein Fuchs wird ihn nachts im Triumph weggetragen haben. Auch wenn Sie es mir sofort gesagt hätten, hätten wir ihn nicht mehr gefunden.« Verdrießlich betrachtete er den Grabstein des Gentleman, der dem Expresszug im Weg gestanden war. Sie sah, dass er die Stirn runzelte und den Blick zum nächsten wandern ließ, dem Grab von Reverend Henry Markby. »Ziemlich vernachlässigt«, sagte er. »Die Grabstätten, meine ich. Ich glaube, ich muss einen Steinmetz bestellen, der die beschädigten Grabmäler in Ordnung bringt.«

»Sie sind nicht schlimmer als die anderen Grabsteine auch. In letzter Zeit wird hier nur noch selten jemand beerdigt.« Plötzlich fiel Meredith etwas ein. »Wo wurde Robert Freeman begraben?«

»In Oxford. Er ist im John Radcliffe gestorben. Ich nehme an, Eve hätte ihn auch hier beerdigen lassen können – aber dem Haus gleich gegenüber, das wäre wohl ein bisschen makaber gewesen. Früher hatte man nichts dagegen, seine Toten in Sichtweite zu begraben. Ich glaube nicht, dass Onkel Henry auch nur einen Gedanken an die Vorfahren verschwendet hat, die auf der anderen Seite der Straße unter dem grünen Rasen lagen. Mir hat dieser Friedhof immer eine Heidenangst eingejagt, wenn ich als Kind Onkel Henry besuchte, weil auf allen Grabmälern mein Name stand. Ich dachte immer, irgend so ein altes Skelett würde plötzlich aus der Erde springen und mir die Leviten lesen.« Respektlos lehnte er sich an den Grabstein des Eisenbahnenthusiasten. »Kannten Sie Bob Freeman eigentlich?«

»Nein, ich war in Übersee, als die beiden heirateten. Und wenn ich nach Hause kam, waren sie immer verreist.«

»Er war ein sehr angenehmer Mensch. Sehr solide, mit altmodischen Ideen, zuverlässig.«

»Dann muss er gut für Eve gewesen sein«, sagte sie, obwohl sie nicht beabsichtigt hatte, es laut auszusprechen.

»Haben Sie einen ihrer beiden früheren Ehemänner kennengelernt?«

»Hughie habe ich ein paarmal getroffen. War ein ziemlich fieser Typ, fand ich. Mike habe ich sehr gut gekannt.« Markby sah sie nachdenklich an, und sie fragte sich, ob sie sich durch ein leichtes Zittern in der Stimme oder durch den Ausdruck ihrer Augen verraten hatte. Um ihn abzulenken, streckte sie die Hand aus und zeigte über den Rasen. »Dort drüben ist die Urne von Peter Russells Frau bestattet.«

Er wandte den Blick von ihr ab, Gott sei Dank. »O ja, das war eine traurige Angelegenheit. Ich erinnere mich an die gerichtliche Untersuchung. Selbstmord. Sie war seit Jahren krank. Ans Bett gefesselt. Am Ende hat sie eine Überdosis genommen. Sie konnte einfach nicht mehr.«

»So also war es«, sagte Meredith leise, und Markby sah sie neugierig an. »Armer Russell!«, sagte sie, aber insgeheim dachte sie, was für eine hässliche und boshafte Lüge Lorrimer ihr doch erzählt hatte. Er muss gewusst haben, wie es wirklich war. Diese Überlegung kühlte ihre Gefühle für Lorrimer ab, was ihr jedoch sogleich leidtat, da es ihr widerstrebte, schlecht von jemandem zu denken, der erst vor so kurzer Zeit gestorben war.

Markby, der den Widerstreit der Gefühle in ihrem Gesicht beobachten konnte, sagte: »Da wir gerade von der Untersuchung vor Gericht sprechen. Bei dieser werden Sie gebraucht, aber sie müsste eigentlich recht bald stattfinden und dürfte unproblematisch sein.«

Meredith nickte und strich geistesabwesend mit den Finger über den Bogen an einem der kalten Grabmäler seiner Vorfahren.

Gegen Mittag wurde Markby nach Bamford zurückgerufen. Das Labor hatte den detaillierten Bericht geschickt. Die Papiere vor sich, saß er an seinem Schreibtisch und wünschte, er hätte sich, bevor er abfuhr, im »Dun Cow« noch eine Portion Brot und Käse zu Gemüte geführt.

Der Bericht bestätigte seine Vermutungen. Lorrimer war das Gift über einen Zeitraum von mehreren Monaten zugeführt worden. Er seufzte. Er würde in Lorrimers Vergangenheit wühlen, alle Kontakte dieses Kerls ausfindig machen, seine Geschäftsverbindungen und sein Privatleben untersuchen müssen … Eine zeitraubende Sache, die im Wesentlichen ergebnislos verlaufen und sich letztlich als überflüssig erweisen würde. Aber irgendwo dort in dieser Vergangenheit lag der Grund, warum jemand Lorrimer so hasste – nein, mehr als hasste, ihn so sehr fürchtete, dass er ihn für immer zum Schweigen gebracht hatte.

Pearce streckte den Kopf durch den Türspalt. »Eine junge Dame für Sie, Sir. Eine Miss Emerson.«

»Ah!«, stieß Markby verblüfft hervor und stand auf, als Sara von Pearce, der etwas verdattert dreinschaute, hereingeführt wurde. Kein Wunder, dachte Markby, das Mädchen ist sehr hübsch. Von Eve Owens Tochter erwartete man zwar, dass sie gut aussah, tatsächlich waren sich Mutter und Tochter jedoch nicht sehr ähnlich. Sara hatte helles Haar und blaue Augen, und nur um Mund und Kinn war eine gewisse Ähnlichkeit vorhanden. Auf ihrer Haut lag ein heller, klarer Schimmer wie bei einer Porzellanpuppe, und die jugendliche Molligkeit von vor zwei oder drei Jahren, an die er sich noch erinnerte, war den reiferen Rundungen einer jungen Frau gewichen.

Alte Männer sind verrückt nach jungen Mädchen, dachte Markby. Und das ist nicht überraschend. Das Traurige daran ist nur, dass sie sie manchmal tatsächlich kriegen und dann feststellen müssen, wie sehr alt sie selbst sind. Nicht nur körperlich, sondern auch geistig und seelisch. Der Geist der jungen Menschen ist wie Löschpapier. Er saugt Informationen, Eindrücke, Erfahrungen auf. Später braucht man Hammer und Meißel, um all das in ein Gehirn einzugraben, was inzwischen zu Marmor geworden ist. Und junge Menschen sind eine seltsame Mischung, sie sind selbstsüchtig und gefühllos und doch so oft auch verletzlich und ängstlich.

Während er das Mädchen ansah, überlegte er, welche dieser Eigenschaften im Augenblick wohl bei ihr überwogen. Er wusste, dass er im Nachteil war, und fragte sich, ob auch sie es wusste. Vielleicht ja. Fehler würde sie noch viele begehen. Aber bei alldem war sie eine intelligente junge Frau. Höflich stellte er ihr einen Stuhl zurecht und nahm ein onkelhaftes Gebaren an, was ihm selbst missfiel und wofür sie vermutlich nur Verachtung übrig hatte. »Was führt Sie zu mir, Sara?« Er hoffte nur, dass sein Magen nicht anfing zu knurren.

»Sie haben Merry gesagt, dass Sie vielleicht mit uns sprechen wollen.« Sie saß da, die wohlgeformten Knie zusammengepresst, die Hände ineinander verschlungen. Sie trug einen Hosenrock aus königsblauem Leinen, ein weißes Hemd und darunter ganz offensichtlich keinen BH. Durch das Fenster fiel das Sonnenlicht in einem ganz bestimmten Winkel schräg auf ihr Gesicht und ließ den goldenen Flaum auf ihren Wangen schimmern. Ihre blauen Augen sahen ihn sehr direkt an. »Deshalb bin ich hier. Ich möchte nämlich nicht, dass Sie ins Haus kommen. Das klingt unhöflich …« Sie unterbrach sich, zog die glatte Stirn in Falten. »Ich weiß, dass Sie mein Brautführer sein werden und mit Robert befreundet waren und Mummy Sie mag und so weiter. Ich meine nicht, dass Sie nicht als Freund zu uns kommen sollen. Aber ich will nicht, dass Sie als Polizist erscheinen.«

»Das geht den meisten Leuten so«, sagte er trocken.

Sie wurde rot. »Wir sind natürlich keine Kriminellen, wir haben nichts zu verbergen! Aber Mummy ist aufgeregt. Wegen der Hochzeit und wegen – wegen der schrecklichen Sache, die mit Phil passiert ist …«

»Ach ja, Mr. Lorrimer«, sagte Markby leichthin und lehnte sich zurück. »Erzählen Sie mir von ihm, Sara.«

»Warum ich?«, erwiderte sie heftig und funkelte ihn zornig an.

»Da ich ihm nie begegnet bin und sehr wenig über ihn weiß, muss ich mit Leuten reden, die ihn gekannt haben. Ich muss ihn nämlich kennenlernen, wissen Sie, sehr gut kennenlernen.«

Sie machte einen ungeduldigen Eindruck, wirkte leicht aggressiv und spöttisch. »Ich kann Ihnen gar nichts über ihn erzählen. Als ich noch im Pfarrhaus wohnte, habe ich ihn ziemlich oft gesehen, aber ich habe jetzt eine Wohnung in London und bin verlobt. Philip war nicht mein Freund. Er hat nur in der Nähe gewohnt.«

»Haben Sie ihn nur im Dorf getroffen, oder waren Sie auch in seinem Cottage?«

Ihre blauen Augen flackerten, und ihr herausforderndes Auftreten wurde eine Spur unsicherer. »Beides. Ich meine, in seinem Cottage nicht sehr oft. Im Atelier, dort war er tagsüber meistens. Ihm beim Arbeiten zuzusehen war recht interessant.

Nun ja, wenigstens eine Zeitlang. Nach einer Weile wird es ziemlich langweilig.«

»Haben Sie's nie selbst versucht?«

»Ein-, zweimal.« Sie zögerte und gab dann freimütig zu: »Ich konnte es nicht gut.«

»Und worüber haben Sie gesprochen, wenn Sie ihm bei der Arbeit zusahen?«

»Nichts Besonderes – alles Mögliche. Er erzählte mir viel über die Töpferei. Redete über Dinge, die im Dorf passiert waren.«

»Hat er je davon gesprochen, dass er sich krank fühlte?«

Jetzt verlor sie noch mehr die Fassung. Ihre Unruhe wurde immer spürbarer.

»Nein – er hatte höchstens einen Kater. An den meisten Abenden ging er in den Pub, ins ›Dun Cow‹. Einmal war ich auch mit ihm da, aber mir hat es nicht gefallen. Es waren so merkwürdige Leute dort.«

»Merkwürdige Leute?«

»Ja, Sie wissen schon – komische alte Männer mit Terriern, die sie an einem Strick führten, und grässliche Jungs mit Pickeln und Motorrädern, die vor dem Pub parkten.«

»Haben Sie gewusst, dass Mr. Lorrimer Cannabis rauchte, Sara?«, fragte Markby freundlich.

»Nein.«

»Haben Sie es je versucht?«

Sie zögerte wieder. »Manchmal, auf den Partys, zu denen ich früher ging. Heute gehe ich nicht mehr zu solchen Festen.«

»Was ist mit Mr. Elliott?«, fragte er plötzlich.

»Ob er Marihuana raucht? Woher um alles in der Welt soll ich das wissen? Und auch wenn ich es wüsste, was nicht der Fall ist, ich würde es Ihnen nicht sagen. Ich bin keine Denunziantin.«

»Schon gut, schon gut. Haben Sie je andere Freunde von Lorrimer kennengelernt, oder hat er Ihnen von irgendwelchen Freunden erzählt?«

»Nein. Ich weiß nicht einmal, ob er welche hatte. Ich habe jemanden kennengelernt, mit dem er geschäftlich zu tun hatte – einen Mann. Er kam einmal ins Atelier, als ich da war, und gab eine Bestellung auf. Seinen Namen kenne ich nicht, doch ich glaube, sein Laden ist hier in Bamford. Und das ist alles, was ich Ihnen sagen kann.« Sie stand auf. »Ich hatte Phil seit Monaten nicht mehr gesehen.«

»In Ordnung. Danke, dass Sie zu mir gekommen sind.«

»Merry sagt, es wird eine Untersuchung geben.«

»Ja, aber Sie brauchen nicht zu kommen.«

»Werden Geschworene da sein?«

»Nein, es ist nur eine Voruntersuchung. Vielleicht gibt es später eine gründlichere und vielleicht auch mit Geschworenen. Hängt ganz vom Untersuchungsbeamten ab.« Jetzt stand auch er auf. »Wie Sie ganz richtig bemerkten, als Sie kamen, spiele ich in dieser Sache eine Art Doppelrolle«, sagte er leise. »Als Polizist werde ich dafür bezahlt, den Leuten lästig zu fallen. Als Privatmann betrachte ich es als Ehre, Ihr Brautführer zu sein. Aber wenn Sie's lieber hätten, dass jemand anders diese Aufgabe übernimmt …«

»Es ist nicht so wichtig, wer es tut«, sagte sie offen. »Ich habe nichts dagegen, dass Sie es sind. Ich wünschte nur, alles wäre schon vorbei.«

»So eine Hochzeit kann richtig anstrengend sein«, sagte Markby, in dem flüchtige Erinnerungen wach wurden.

»Ich hätte lieber in London geheiratet«, sagte sie. »Nicht in dieser muffigen alten Dorfkirche.«

»Oh? Wessen Idee war es denn, die Dorfkirche zu benutzen?«

»Jon hat es vorgeschlagen. Er hat gemeint, seiner Familie würde es gefallen. Sie sind alle ein bisschen langweilig und spießig, und als er ihnen sagte, er werde die Tochter einer Schauspielerin heiraten, waren sie nicht besonders begeistert, und Jon hat gedacht, wenn wir in der Dorfkirche heiraten, wird das einen guten, soliden und volkstümlichen Eindruck machen, und das würde ihnen gefallen.«

»Schwiegereltern«, murmelte Markby, der wieder einer Erinnerung erlag. »Ich verstehe.«

Mit verklärter Miene brachte Pearce Sara hinaus; und auch der diensthabende junge Polizist draußen bekam rote Ohren. Markby, der die Szene durch die halboffene Tür beobachtete, sagte sich, dass er den Kantinentee mit Brom versetzen lassen müsste, falls Sara häufiger im Revier auftauchen sollte.

Er holte das Branchenverzeichnis heraus und machte sich eine Liste aller Geschenkläden in Bamford und den beiden nächstgelegenen Ortschaften. Er gab Pearce die Liste für die Nachbarorte und sagte: »Das wird Ihnen das alberne Grinsen aus dem Gesicht treiben.« Er selbst nahm sich die Läden in Bamford vor. Er hatte Glück. Schon das zweite Geschäft, das er besuchte, führte Töpferarbeiten von Philip Lorrimer.

»Ja, ich war einmal draußen«, sagte der Inhaber, ein gehetzt wirkendes Individuum mit dünnem Haar und unwirschem Benehmen. »Mir haben seine Sachen gefallen, sie haben sich auch gut verkauft, besonders die Aschen- und die Kaffeebecher. Aber er lieferte nicht zuverlässig. Das hat mir nicht viel ausgemacht, denn ich konnte hinausfahren und die Sachen abholen, aber ich denke, anderswo hat er Aufträge deswegen verloren.«

Mr. Furlow, der Ladenbesitzer, erinnerte sich nicht, ein Mädchen bei Lorrimer gesehen zu haben. Er hätte es auch nicht weiter beachtet. Um junge Männer wie Lorrimer schwärmten doch immer Mädchen herum. Nein, er habe Lorrimer nie krank erlebt. Es tue ihm leid, dass Lorrimer tot sei. Sie hatten eine neue Reihe Kaffeebecher mit eingravierten Namen geplant. Es wären hübsche kleine Geschenkartikel gewesen.

Markby sah sich im Laden um, der von hübschen kleinen Geschenkartikeln überquoll. Stofftiere, horrend überteuert. Groteske Porzellanfigurinen. Auffallend vulgäre Scherzartikel. Bedruckte T-Shirts. Große Fellwürfel in Blau und Rosa. Im Hintergrund eine Anzahl noch unausgepackter Kartons.

»Weihnachtszeug«, sagte Mr. Furlow.

»Es ist doch erst September.«

»Bleibt auch bis Mitte nächsten Monats in den Regalen liegen«, sagte Mr. Furlow streng.

Markby war schon auf dem Rückzug, blieb aber noch einmal an der Tür stehen und fragte neugierig: »Wer kauft die Sachen?«

»Alle, querbeet«, sagte Mr. Furlow selbstsicher. »Junge Leute sammeln Stofftiere und das hier.« Er nahm ein Exemplar in die Hand. »Hat Saugnäpfe an den Pfoten. Man klebt sie an Autofenster.«

»Sehr gefährlich«, entgegnete Markby mit ernster Miene. »Schränkt die Sicht ein.« Er verließ das Geschäft und fragte sich, ob es wohl dereinst, wenn die Geschichte der Kultur unserer Zeit geschrieben werden würde, hauptsächlich um namensverzierte Kaffeebecher und Stofftiere, die mit Saugnäpfen an Autofenster zu befestigen sind, gehen würde.

»Meredith«, sagte Sara am Morgen, an dem die gerichtliche Untersuchung stattfand, »ich möchte dich begleiten.«

»Nein, Sara, es würde dich nur aufregen.« Meredith schob die Tasse zurück und schaute auf ihre Uhr.

Sara beugte sich vor und sagte eindringlich: »Ich werde nicht stören. Nur ganz still dasitzen. Aber ich muss dabei sein. Ehrlich, Merry, ich muss einfach!«

»Es werden ein paar sehr unschöne Einzelheiten zur Sprache kommen«, wandte Meredith ein. »Warum willst du unbedingt mit?«

»Weil ich eben will, ich bin schließlich kein Kind mehr.«

Meredith sah ihrem Patenkind in die blitzenden Augen, dann fiel ihr Blick auf den großen Rubin an Saras linkem Ringfinger. »Das ist richtig. Ein Kind bist du nicht. Also von mir aus komm mit, aber beeil dich, sonst bin ich zu spät dran, und der Untersuchungsbeamte hält mir eine Strafpredigt.«

Es war eine wenig angenehme Stunde. Sara hielt ihr Versprechen, saß reglos da und schwieg auch die meiste Zeit. Nur als der medizinische Befund verlesen wurde, stieß sie einen leisen Jammerlaut aus wie ein verletzter Welpe. Meredith nahm Saras Hand, und die schmalen Finger schlossen sich fest um die ihren. Saras Handfläche war feucht von Schweiß.

Als sie wieder im Freien waren, wo eine unangenehm kühle Brise wehte, sahen sie einander an. »Ich habe dich gewarnt«, sagte Meredith.

»Ja, ich weiß.« Sara starrte auf ihre Füße.

Peter Russell, der als Zeuge aussagen musste, weil er der erste Arzt am Tatort gewesen war, kam, das lichter werdende Haar vom Wind zerzaust, in diesem Moment auf sie zu. Er warf Meredith einen bösen Blick zu und musterte Sara fürsorglich.

»Was, um alles in der Welt, machst du hier, Sara?« Vorwurfsvoll wandte er sich an Meredith: »Warum haben Sie sie mitgebracht?«

»Ich wollte mit«, erklärte Sara, ehe Meredith antworten konnte. »Ich habe Merry darum gebeten, mich mitzunehmen. Sie wollte nicht.« Sie holte tief Atem. »Entschuldigt mich. Nein, Merry, komm nicht mit!« Sie machte kehrt und rannte ins Gerichtsgebäude zurück.

»Armes kleines Ding«, sagte Russell leise.

»Sie hat Philip gekannt. Natürlich bringt es sie durcheinander.«

»Widerlicher Typ!«, rief Russell. »Lorrimer, meine ich.« Er merkte, dass Meredith ihn bestürzt ansah. »Er ist kein Verlust. Ich bin Arzt, und wie ein Priester hören und erfahren wir alle möglichen Dinge, die wir nicht immer wiederholen können. Glauben Sie mir, Lorrimer war eine Warze auf der Haut der Menschheit.« Sein Blick schweifte zum Gebäudeeingang.

Gleich darauf trat Sara wieder ins Freie, gefasst, wenn auch ein bisschen blasser. Russell ging ihr entgegen und beugte sich dann über sie. »Wenn es dir in ein, zwei Tagen noch nicht bessergeht, Sara, komm zu mir, und ich verschreib dir was.«

»Okay, Peter, vielen Dank«, sagte Sara, und er sah plötzlich sehr unglücklich aus.

O Gott, dachte Meredith. Es sieht der armen kleinen Sara ähnlich, dass sie die Hinweise völlig missversteht und nichts auf die Reihe kriegt. Es ist nicht Eve, für die sich Russell interessiert – es ist Sara selbst. Er ist zwar alt genug, um ihr Vater zu sein, aber der arme Kerl ist hoffnungslos verliebt. Und wahrscheinlich auch verzweifelt darüber. Denkt, er hat nicht die leiseste Chance. Und die hat er vermutlich auch nicht. Die erste Liebe ist immer schmerzlich, dachte sie voller Wehmut, aber auch die letzte kann unglücklich und schmerzhaft sein. Die Angst, zu spät zu kommen und plötzlich das Glück vor sich auf der Straße auftauchen und wieder verschwinden zu sehen, bevor man es einholen kann. Armer Russell.

»Komm«, sagte Meredith bedrückt, »fahren wir nach Hause.«

Die Szene war auch bei anderen nicht unbemerkt geblieben. Alan Markby war aus dem Gerichtssaal gekommen und hatte auf eine Gelegenheit gewartet, mit Meredith und, noch dringender, mit Sara zu sprechen, deren offensichtliche Verzweiflung ihm nicht entgangen war. Er befand sich noch im Flur, als er sie in die Damentoilette stürzen sah. Nachdenklich hatte er die Stirn gerunzelt und dann – selbst unbeobachtet – geduldig gewartet, bis sie wieder herauskam. Er sah Russell auf sie zugehen und mit ihr sprechen – und er sah auch den Gesichtsausdruck des Doktors.

»Das schlägt ja wirklich dem Fass den Boden aus«, murmelte Markby vor sich hin. »Starrt die Kleine an wie den Heiligen Gral. Wie passt das denn alles zusammen – wenn es überhaupt passt?«

Mit der Absicht, das herauszufinden, ging er auf das Trio zu, als ihm plötzlich eine lebhafte Gestalt mit einer karierten Mütze den Weg verstellte.

»Locke«, sagte die Gestalt. »Major Locke, im Ruhestand. Das alte Schulhaus. Sie erinnern sich vielleicht an mich, Chief Inspector?«

»Ja«, sagte Markby kurz angebunden und versuchte, sich an ihm vorbeizuschieben, um Meredith und Sara zu erwischen, bevor sie abfuhren.

»Ich wollte mit Ihren Leuten sprechen, aber Ihr Sergeant hat gesagt, ich soll mich an Sie wenden.«

Markby seufzte. »Ja, Major Locke?«

»Es geht um diesen Lorrimer. Ich nehme an, Sie erinnern sich noch an die Schwierigkeiten, die ich mit meinem Weg hatte.«

Nicht schon wieder diese Geschichte, dachte Alan Markby genervt und sagte laut: »Ja, Major Locke. Ich war allerdings der Meinung, das sei erledigt. Auf jeden Fall ist jetzt kaum der richtige Moment …« Markby warf einen gequälten Blick auf seine entschwindende Beute. »Ich würde wirklich gern …«

»Ich dachte mir, dass Sie sich erinnern würden«, sagte Major Locke selbstzufrieden. »Nun, als die Einheimischen mir solche Schwierigkeiten machten, setzte ich im Namen der zugezogenen Dorfbewohner ein Gesuch auf. Ich dachte, wir würden zusammenhalten. Schließlich ging es um ein Prinzip. Makler verkaufen uns diese nutzlosen Gebäude als aus- und umbaufähig und so weiter, und wenn man es tatsächlich versucht, stößt man auf lauter haarspalterische mittelalterliche Vorschriften. Aber dieser Kerl, Lorrimer, er war verdammt grob und wollte nicht unterschreiben. Und bis dahin war er immer so nett gewesen. Als könnte er kein Wässerchen trüben. Dann diese Rüpelhaftigkeit – und gegen meine Frau!«

»Tatsächlich, Sir?«

Meredith öffnete schon die Wagentür. Vergeblich versuchte Markby, ihre Aufmerksamkeit auf sich zu lenken.

»Wir hatten einen richtig scheußlichen Streit und haben seither nicht mehr miteinander gesprochen. Es geht mir nur darum, dass Sie wissen sollten, wie schlecht wir miteinander standen, er und ich. Für den Fall, dass es Ihnen jemand anders erzählt. Nachdem er doch ermordet wurde.«

»Sie haben bei mir nicht auf der Liste der Verdächtigen gestanden, Major«, sagte Markby müde. »Aber ich danke Ihnen, dass Sie so offen waren.«

»Er war ein unverschämter junger Mensch. Falsch und hinterhältig, wenn Sie mich fragen.« Locke beugte sich vor und fügte geheimnisvoll hinzu: »Hat auch anderen Schwierigkeiten gemacht.«

»Hören Sie«, sagte Markby hastig, »ich danke Ihnen sehr, doch wenn Sie mich entschuldigen wollen …«

»Das war der Grund, warum sie …«

»Auf Wiedersehen!«, rief Markby, fing an zu rennen und ließ Major Locke mit offenem Mund stehen. Doch er kam zu spät. Der Wagen mit Meredith und Sara hatte sich bereits in den Verkehrsstrom der Hauptstraße eingefädelt und war bald darauf außer Sicht. »Verflucht!«, stieß Markby aus tiefstem Herzen hervor.

Sie blieben auf der Hauptstraße, bis sie zu der Abzweigung kamen, die zum Dorf führte. Meredith bog auf die Nebenstraße ein und hielt ein Stückchen weiter in der Nähe eines Feldwegs an. Sie drehte sich auf dem Sitz zur Seite und betrachtete ihre schweigsame Beifahrerin.

»Willst du ein bisschen aussteigen?«

»Es geht schon.«

Wieder saßen sie eine Weile schweigend da. Meredith kurbelte das Fenster hinunter. Es war ein schöner, friedlicher Herbstvormittag. Rotes und gelbes Laub segelte von den Bäumen. »Hör zu«, sagte Meredith schließlich. »Du weißt, dass ich auf deiner Seite bin, nicht wahr?« Sara nickte. Die Finger ihrer rechten Hand spielten mit dem großen Rubin an ihrer linken, drehten und drehten ihn unaufhörlich. »Hast du noch einmal über das nachgedacht, was du an meinem ersten Abend hier erwähnt hast?«

»Ja, und ich hätte nichts sagen sollen, Merry. Tut mir leid, dass ich dich damit behelligt habe.«

»Aber du hast es nun mal getan, und ich kann es nicht so einfach vergessen. Was hast du Markby erzählt, Sara, als du vor ein paar Tagen bei ihm warst?«

»Nichts. Ich konnte ihm nichts erzählen. Ich habe gesagt, dass ich, als ich noch hier wohnte, Philip ein bisschen näher kannte. Nach Roberts Tod habe ich dann den Job in London, in der Kinderkrippe, bekommen und mir eine Wohnung gesucht. Inzwischen hatte ich ja auch Jon kennengelernt und sah Philip überhaupt nicht mehr.«

»Am Tag vor seinem Tod hast du ihn nicht gesehen?«

Saras blaue Augen starrten sie so entsetzt an, als habe Meredith gerade eine übernatürliche Fähigkeit vorgeführt. »Nein, natürlich nicht.«

Meredith holte tief Atem. »Ich glaube doch. Ich denke, dass du an dem Nachmittag, an dem deine Mutter und ich in Bamford waren, zu Lorrimer gegangen bist. Wenn ich raten soll, würde ich sagen, du hast den Weg hintenherum durch den Garten genommen.«

»Nein!« Die Verzweiflung, die aus Saras Stimme sprach, war herzzerreißend, doch Meredith ließ sich davon nicht erweichen.

»Als ich mir deinen Anorak das zweite Mal auslieh, hatte er einen frischen Tonfleck am Ärmel. Sara, ich bin auf deiner Seite. Es ist doch kein Verbrechen, jemanden zu besuchen, mit dem man einmal eng befreundet war. Du warst bei ihm, nicht wahr?«

Sara biss sich auf die Lippe und nickte. »Ja. Der Streit mit Mummy wegen des Hochzeitskleides hatte mich so aufgeregt.

Ich will ihr keinen Kummer machen, Merry, das habe ich lange genug getan. Aber das Kleid – wenn du's gesehen hättest, wüsstest du, was ich meine. Mummy würde in so was umwerfend aussehen, ich nur vulgär. Jons Familie – die ist wirklich anständig und ehrbar bis zum Exzess. Behandeln mich ohnehin schon ein bisschen von oben herab. Wenn ich herausgeputzt wie jemand aus einem Film-Musical der vierziger Jahre in der Kirche erschiene – nun, ich kann mir ihre Gesichter lebhaft vorstellen. Es wäre Jon schrecklich peinlich. Ich kann das Kleid so nicht tragen, Merry, aber Mummy will das einfach nicht einsehen.« Sara rang die Hände. »Sie fragt nie.«

»Ich weiß«, sagte Meredith. »Als ich ihre Brautjungfer war, hatte sie mich bei ihrer Hochzeit in ein Taftkleid mit gebauschtem Rock gesteckt. Ich muss wie eine dieser Zelluloidpuppen ausgesehen haben, die Leute in Schießbuden gewinnen. Sprich weiter.«

»Ich wollte mit jemandem reden, egal mit wem. Du warst mit Mummy in Bamford, und Albie telefonierte mit den Staaten. Albie ist nett, weißt du. Ist er wirklich. Ich rede gern mit ihm. Er hört immer zu und sagt komische Sachen und heitert mich auf. Er ist mit Mummy seit vielen, vielen Jahren befreundet und hat ihr immer beigestanden, wenn sie in Schwierigkeiten war … Wie damals, als sie versuchte, sich von Hughie scheiden zu lassen – und natürlich, als Daddy starb.«

Warum nur sprachen alle immer wieder von Mike? Als wären sie von ihm besessen und hätten das Gefühl, er müsse in alles einbezogen werden. Elf Jahre tot. Nein, nur fort, aber nicht tot. Nicht für mich. Manchmal, dachte Meredith, manchmal wünschte ich, er wäre es. Ich wünschte, ich könnte ihn vergessen. Ich wünschte mir, er würde endgültig verschwinden und mir nicht ständig über die Schulter schauen, wie jetzt gerade.

»Also bin ich zu Phil gegangen«, sagte Mikes Tochter. »Ich

habe den Weg durch den Garten genommen, wie du gesagt hast. Phil war in seinem Atelier.«

»Was hat er gesagt?«

»Er sagte – er sagte, er wisse zwar, dass ich meine Mutter besuche, habe aber nicht erwartet, mich zu sehen. Er fragte, ob ich Kaffee wolle.«

»Wie war er? Ich meine, war er vergnügt? Hat er gearbeitet? Oder krank ausgesehen?«

»Er hat gesagt, er fühle sich nicht wohl. Gearbeitet hat er, aber es hat nicht recht geklappt, weil ihm so mies war. Er war auch schlecht gelaunt … Sagte, dass er sowieso gerade eine Pause einlegen und Kaffee machen wollte.«

»Und bist du mit ihm ins Cottage gegangen?«

»Ja …« Sara schüttelte das offene Haar zurück, und ihre Stimme gewann an Sicherheit. »Wir gingen in die Küche, und Phil machte Kaffee – aber nur für sich, ich wollte keinen. Er trank jede Menge Kaffee. Gab drei Löffel Zucker in jede Tasse. Das kapier ich nicht, wie man so was …«

»Ja. Was hat er sonst noch getan?«

»Nichts.«

»Komm schon! Er hat dir nicht zufällig vorgeschlagen, gemeinsam mit ihm einen Joint zu rauchen? Er hatte Cannabis im Cottage, nicht wahr? Die Polizei hat es gefunden.«

Sara schluckte. »Ja, er hat es vorgeschlagen, aber ich habe abgelehnt. Früher, da habe ich – habe ich … Doch das ist lange her. Jetzt tu ich's nicht mehr, seit einer Ewigkeit schon nicht mehr. Wollte nicht wieder damit anfangen.«

»Gut. Und was dann?«

»Er ist über den alten Mann nebenan hergezogen. Sonst nichts. Ich bin gegangen, und er ist im Cottage geblieben.« Sie wandte Meredith die großen, strahlend blauen Augen zu. »Ich bin kein weiteres Mal hingegangen, und ich habe ihn nicht wiedergesehen, ehrlich, Merry. Es gibt nichts dabei, womit ich Alan Markby helfen könnte, und ich habe keine Lust, darüber zu reden. Es würde nichts ändern. Die gerichtliche Untersuchung ist vorbei.« Sie beugte sich vor und packte Meredith am Arm. »Sag es ihm nicht, Merry. Sonst kommt er wieder und stellt mir Fragen und wird wissen wollen, warum ich es ihm nicht erzählt habe. Ich will nicht wieder von ihm ausgefragt werden. Erspar mir das, bitte, Merry!«

»Schon gut, schon gut«, beschwichtigte Meredith sie.

»Danke.« Sara ließ sich gegen die Sitzlehne fallen. »Du bist in Ordnung, Merry.«

»Wohl eher zu nachgiebig.« Meredith zögerte. »Und jetzt zu deiner Mutter, Sara. Ich glaube nicht, dass sie an Peter Russell interessiert ist, und genauso wenig glaube ich, dass er ein Auge auf sie geworfen hat. Also versuch nicht länger, eine kleine Romanze zwischen den beiden zu fördern, ja? Du könntest sonst ganz schön auf die Nase fallen. Und wegen der anderen Sache, die du erwähnt hattest – ich meine die Freundin, die bedroht wurde, wie du sagst …«

»Oh, das hat sich erledigt«, sagte Sara schnell. »Die Dinge haben sich geändert.«

»Ach ja? Seit wann?«

»Vor kurzem. Es ist alles wieder in Ordnung, Merry. Vergiss es einfach.«

Meredith sah sie verärgert an. »Es ist zum Aus-der-Haut-Fahren, du kommst mit dieser Geschichte zu mir …« Sie hielt inne und fuhr, die Stimme dämpfend, fort: »Na schön, lassen wir das. Aber ich denke, du solltest Alan sagen, dass du Philip am Tag vor seinem Tod besucht hast. Es wird ihm helfen, den Ablauf von Lorrimers letztem Tag zu rekonstruieren.«

»Nein!« Sara funkelte sie zornig an.

»Warum nicht?«

»Er wird ins Pfarrhaus kommen, und Mummy wird es erfahren und sich Gedanken machen. Sie wird sich fragen, warum ich zu Phil gegangen bin – dabei hatte es überhaupt nichts zu bedeuten.« Sara trommelte mit den Fäusten auf ihre Knie und sagte dann mit kläglicher Stimme: »O Merry, warum nur geht alles schief?«

»Das ist das Leben«, sagte Meredith ungerührt. »Und du solltest allmählich anfangen, dich daran zu gewöhnen. Und wenn du schon einmal dabei bist, es gibt noch etwas, über das du nachdenken solltest. Du bist neunzehn und kein Kind mehr. Erwarte nicht von den Menschen, dass sie dich so behandeln wie damals, als du noch ein lispelnder Winzling warst. Sie werden es nämlich nicht tun. Sie erwarten von dir, dass du Verantwortung übernimmst und selbst deine Entscheidungen triffst. Ich denke, mit dem Kleid hast du recht, aber du hättest nicht hinter dem Rücken deiner Mutter zur Schneiderin gehen sollen. Schließlich bezahlt sie es. Erklär ihr höflich, aber bestimmt, was du für Vorstellungen hast. Und ich möchte, dass du noch einmal darüber nachdenkst, ob du nicht doch mit Alan Markby reden solltest – und mit mir.«

Das hübsche, stupsnasige Gesicht ihres Patenkindes, umrahmt von langem hellem Haar, erinnerte Meredith an einen eigensinnigen Pekinesen. Sie kurbelte das Fenster herauf und ließ den Motor an. Es war ein langer Vormittag gewesen, und genug war genug.

KAPITEL 8

»Oh, tut mir leid, Mrs. Yewell«, entschuldigte sich Meredith, als sie den Salon betrat, wo die Haushaltshilfe grimmig auf die Sofakissen einschlug. »Ich wusste nicht, dass Sie noch hier drin sind – ich bin es gewohnt, Sie singen zu hören.«

»Singen!«, rief Mrs. Yewell mit dumpfer Stimme. »Als ob man jemals wieder eine einzige Note singen könnte!«

»Ist etwas passiert?«, fragte Meredith vorsichtig und schaute angespannt zu ihr hinüber.

Mrs. Yewell hob das gerötete, verquollene Gesicht und presste ein Kissen auf das vordere Teil ihres bereits gut gefüllten orangefarbenen Overalls. »Wie soll man denn noch singen? Mit dieser ganzen Schande und den schrecklichen Sachen, die man so redet. Und alles Lügen, bösartige Lügen, jedes Wort davon!« Sie geriet sichtlich immer mehr in Rage, während sie sprach, und das runde Gesicht glühte vor Erregung.

»Wer hat was gesagt, Mrs. Yewell?«, fragte Meredith nüchtern.

»Lügen!«, wiederholte Mrs. Yewell heftig. »Wenn man sich vorstellt, dass ich mein Leben lang in diesem Dorf gewohnt habe. Hier geboren und aufgewachsen bin, und Walter, er auch … Gehen Sie auf den Friedhof hinüber, dann sehen Sie, wie viele Yewells dort begraben sind, los, gehen Sie!«, befahl sie, als habe Meredith irgendwelche Einwände gemacht.

»Ja, das ist mir tatsächlich aufgefallen«, warf Meredith schnell ein.

»Ah!«, sagte Mrs. Yewell und schien ein wenig besänftigt. »Wir und die Stouts sind die ältesten Familien im Dorf, und von den Stouts ist keiner mehr übrig außer dem alten Fred und Myrtle, die mit Harry Linnet vom ›Dun Cow‹ verheiratet ist. Sie war eine Stout. Der letzte Stout, der fortging, war der junge Trevor, als er geheiratet und einen Job in der Buswerkstatt in Bamford bekommen hat. Konnte hier kein gemeindeeigenes Haus kriegen und konnte natürlich auch keins kaufen, bei diesen Preisen. Bleiben wir Yewells übrig, und wir hatten immer einen guten Namen. Großvater war Küster bei Reverend Markby. Dad war im letzten Krieg Luftschutzwart. Nicht, dass wir Luftangriffe hatten, keine richtigen jedenfalls. Aber wegen dem Flugplatz in Cherton hat er mit dem Fahrrad rumfahren müssen, für den Fall, dass jemand nicht richtig verdunkelt hatte und man ein Licht sah. Lauter Amis waren in Cherton drüben. Sind immer ins ›Dun Cow‹ gekommen.«

»Mrs. Yewell«, unterbrach Meredith sie ungeduldig, »das ist ja alles gut und schön, aber was ist eigentlich passiert, dass Sie so aufgeregt sind? Doch gewiss keine amerikanischen Kampfpiloten im ›Dun Cow‹?«

»Aufgeregt? Und ob ich aufgeregt bin!«, entgegnete Mrs. Yewell heftig. »Es ist, weil – was die Leute über Onkel Bert reden, und alles wegen dem Mord da. Schreckliche Sache ist das. So was hatten wir in den alten Tagen nie, als nur lauter Einheimische hier lebten! Wir haben uns gegenseitig nicht umgebracht. Ein paar Jungs haben sich am Samstag nach der Sperrstunde vorm ›Dun Cow‹ vielleicht ein bisschen geprügelt, aber damit hatte es sich. Sie haben nicht gemordet und vergiftet. Und Onkel Bert, er hat nie und nimmer was damit zu tun.« Meredith erkannte jetzt, dass Mrs. Yewells Geschwätz mit all den weitschweifigen Erinnerungen nichts anderes war als die verzweifelte Suche einer verängstigten und ungebildeten Person nach einer verlorenen Sicherheit.

Sie musterte die Frau nachdenklich. Mrs. Yewell bedachte sie mit einem unendlich hoheitsvollen Blick und schleuderte das Kissen auf das Sofa wie eine Juno, die sich einen der Blitze ihres Gemahls ausgeliehen hat.

»Wer klatscht, Mrs. Yewell, und was wird geredet?«

»Sind alle dabei, hinter unserm Rücken«, sagte Mrs. Yewell düster. »Besonders die Schlampe, die unten in den Cottages wohnt, die früher für das Gesinde waren. Es war Mary, die es mir erzählt hat – Mary, die drüben bei Dr. Russell im Rose Cottage saubermacht. ›Pearl‹, hat sie gesagt – das bin ich …«

Pearl – Perle? dachte Meredith. Ein solcher Name fordert natürlich das Schicksal heraus. Pech für Pearls Eltern. Die rotgesichtige, muskulöse Mrs. Yewell brachte sicher ihre hundertneunzig Pfund auf die Waage.

»… ›Pearl‹, sagte sie, ›du solltest wissen, was die Leute so reden‹.«

»Da hat es Ihre Mary aber gut gemeint«, sagte Meredith trocken.

Die trockene Bemerkung war an Mrs. Yewell nicht verschwendet, sie wusste sie sehr genau einzuordnen. »Da haben Sie recht, Miss. Einen Heidenspaß hat es ihr gemacht, es mir zu stecken. Ihr albernes Gesicht konnte gar nicht mehr aufhören zu grinsen. ›Die Leute sagen‹, sagt sie, ›die Leute sagen, dein Onkel Bert hat einen ganzen Schuppen voller Gift, und der junge Mr. Lorrimer hat aus Versehen was davon getrunken‹.«

»Ich bin ganz sicher, dass das nicht wahr ist, Mrs. Yewell. Sagen Sie den Leuten, die das behaupten, die Polizei hätte festgestellt, dass es nicht so war.«

»Man kann ihnen gar nichts sagen«, erwiderte Mrs. Yewell.

»Sie legen sich das in ihren dummen Köpfen so zurecht. Ich sage nicht, dass der alte Narr nicht zum Teil selber schuld ist. Walter hat Onkel Bert bestimmt schon zwanzigmal gesagt, er soll den Schuppen ausräumen. Aber genauso gut könnte man mit einer Backsteinmauer reden. Er ist schon achtzig, Onkel Bert, wissen Sie, und wenn sie erst einmal so alt sind, kann man nicht mehr mit ihnen reden. Und ich weiß, er hat wegen den Katzen zu Mr. Lorrimer Sachen gesagt, die er nicht hätte sagen dürfen. Nun ja, sie haben immer in den Gemüsebeeten von Onkel Bert gebuddelt. Natürlich hat er sich aufgeregt. Aber Gift hätte er nie und nimmer gestreut. Das hat er nur gesagt. Er sagt alles Mögliche, der Onkel Bert, und meint es nicht so. Die halbe Zeit weiß er gar nicht mehr, was er sagt. Und die andere halbe Zeit weiß er es zwar, meint aber kein Wort davon ernst. Er ist über achtzig. Da werden sie wie die Kinder. Sagt Sachen, weil er die Leute ärgern will …«

»Hören Sie, Mrs. Yewell«, fuhr Meredith energisch dazwischen, »ich denke, es ist das Beste, Sie gehen jetzt in die Küche und trinken mit Lucia eine Tasse Tee.«

»Ist noch nicht Zeit für das zweite Frühstück«, widersprach Mrs. Yewell. »Hab noch die Toilette im Erdgeschoss zu machen.«

»Ein bisschen Abwechslung in der täglichen Routine wird nicht schaden, nicht unter diesen Umständen. Setzen Sie sich doch ein bisschen hin. Wenn Sie wollen, putze ich das untere Klo.«

Doch das war bereits ein unbefugtes Eindringen in Mrs. Yewells Revier. »Ich kann meine Arbeit sehr gut erledigen, Miss, auch wenn ich wegen Onkel Bert ein bisschen durcheinander bin!«, sagte sie von oben herab. »Ich brauche keinen, der für mich arbeitet.« Empört verließ sie das Zimmer.

Meredith ging aus dem Haus und schlug den Weg zu den Cottages ein. Die Presse hatte sich für den Moment zurückgezogen, das zumindest war ein kleiner Trost. Auch die Polizei war zurzeit nicht da. Unzählige Reifenspuren im niedergewalzten Gras seitlich des Weges zeugten stumm von den Massen, die vor kurzem über sie hergefallen waren. Meredith schob die Hände in die Taschen und starrte auf Philips Haustür. Einen Augenblick später öffnete sie, da niemand in der Nähe zu sein schien, die Gartenpforte, ging zum Haus und spähte, die Augen mit der Hand abschirmend, durch das ungeputzte Fenster ins Wohnzimmer. Dort herrschte eine unbeschreibliche Unordnung, schlimmer noch als vor ein paar Tagen, als sie hineingestürmt war, um ein Telefon zu suchen. Auch die Polizei hatte das Cottage durchsucht, und Meredith fragte sich, ob sie mehr Glück gehabt hatte als der Mörder.

Die Möbel, soweit sie sie sehen konnte, waren alt, minderwertig und wacklig. Es waren Möbel, wie man sie für ein oder zwei Pfund bei Firmen kaufen konnte, die auf Haushaltsauflösungen spezialisiert waren und verkauften, was sich noch verkaufen ließ, und zwar für jeden Preis: haufenweise Gabeln und Löffel für fünfzig Pence, Stühle für einen Fünfer das Stück. Philip hatte seinen Kram wahrscheinlich in Bamford gekauft, und wenn das gesamte Mobiliar, das von der oberen Etage und das von unten, mehr als fünfzig Pfund gekostet haben sollte, wäre sie sehr überrascht gewesen. Wahrscheinlich hatte er von Frühstücksflocken, Speck und Würstchen, Käse und von Bohnen in Tomatensoße gelebt. Wegen des Brennofens hatte er vermutlich eine hohe Stromrechnung – und das Katzenfutter war auch nicht billig, die beiden Siamesen mussten ordentlich gefüttert werden. Doch abgesehen von diesen Ausgaben hatte er billig gelebt, was nicht erstaunlich war, da er mit seiner Töpferei nicht viel verdient haben konnte. Andererseits hatte er, wie Bert behauptete, immer im »Dun Cow« an der Bar gehockt. Wie hatte er sich das leisten können? Dadurch, dass er in den Pubs von Bamford ein bisschen von seinem selbstgezogenen Cannabis verkauft hatte? Nicht sehr wahrscheinlich – das Beet war nur so groß gewesen wie ein Männertaschentuch.

Meredith trat vom Fenster zurück und ging um das Cottage herum nach hinten, weil sie – wohl vergeblich, wie sie fürchtete – nach Tom rufen wollte. Markby hatte gesagt, sie hätten noch keine Verwandten ausfindig gemacht. Aber irgendwo musste doch eine Familie sein, und wenn Philip genug Geld für das »Dun Cow« hatte, war er möglicherweise von Verwandten »subventioniert« worden, die ihm hin und wieder mit der Post eine Zehnpfundnote geschickt hatten. Wenn das zutraf, hatte er die Briefe nicht aufgehoben, sonst hätte Markby sie gefunden und durch sie die Familie aufgespürt. Meredith wurde schmerzlich bewusst, dass ihre und Markbys Kenntnisse über den jungen Mann äußerst lückenhaft waren. Gewiss – sie, die erst vor kurzem eingetroffen war, konnte nicht viel über Philip wissen, doch anscheinend wusste überhaupt niemand etwas.

Es sei denn, Sara. Meredith blieb stehen und biss sich auf die Lippe. Sara hatte, als sie mit Eve und Robert Freeman ins Dorf gezogen war, viele Stunden bei Philip im Cottage verbracht, hatte mit ihm geredet, ihm bei der Arbeit zugesehen, sogar versucht zu töpfern. Wenn jemand etwas über Philip wusste, dann Sara.

Eine Bewegung im Nachbarsgarten ließ sie aufmerken. Mit einem flachen Holzkästchen in der Hand kam Bert aus seinem Schuppen heraus und wieselte den Pfad entlang; hinter ihm schwang die Schuppentür ächzend im Wind auf und zu. Meredith trat an den Zaun und rief hinüber: »Guten Morgen, Bert!«

Bert blieb stehen, warf ihr unter dem Schirm seiner Mütze hervor einen zornigen Blick zu und kam dann näher an den Zaun heran. »Was soll'n gut dran sein, eh?«

»Ihre Nichte, Mrs. Yewell, hat mir erzählt, dass im Dorf über Ihren Schuppen geklatscht wurde«, sagte sie. »Ich weiß, dass die Polizei nicht annimmt, dass Sie irgendetwas mit der ganzen Sache zu tun haben, aber Sie sollten ihn wirklich aufräumen, wissen Sie?«

»Sie is' nur meine angeheiratete Nichte«, korrigierte er pedantisch. »Walter, er is' mein Neffe. Und Pearl is' bloß angeheiratet. Un' ich geb' kein' Pfifferling nich' drum, was sie in diesem Dorf reden. Lauter Dummköpfe, wohin man schaut.«

»Darf ich rüberkommen?«, fragte Meredith. »Ich möchte gern Ihren Garten sehen. Hab gehört, Sie haben Preise gewonnen.«

Berts Miene hellte sich auf. »Ah, Sie könn' sich durch das Loch im Zaun quetschen, da wo die Planken fehlen, dünn genug sind Sie ja.«

»Kein Wunder, dass die Katzen durchgekommen sind«, sagte Meredith beim Durchschlüpfen. »Haben Sie übrigens Mr. Lorrimers Katze gesehen? Ich versuche sie zu fangen.«

»Nein, hab' ich nich'«, antwortete Bert verdrossen. »Un' wenn ich sie seh', schmeiß' ich einen Ziegel nach ihr. Sie is' weg, nich' schade drum. Tot, hoff' ich, wie die andere.«

»Was war mit der anderen?«, fragte sie scharf. Bert grinste boshaft, und sie fuhr fort: »Ich habe die andere Katze auf dem Friedhof gefunden. Sie war tot, aber ich wollte es Mr. Lorrimer nicht sagen, also habe ich sie mit einem Ast zugedeckt. Haben Sie sie weggebracht?«

»Nein, niemals!«, sagte er mürrisch. »Aber gesehn hab' ich sie. Ich hatt' niemals nich' was damit zu tun.« Er scharrte mit den Füßen. »Hab' sie nich' weggebracht.«

»Bert«, sagte Meredith eindringlich, »wo haben Sie die tote Katze hingetan? Die Polizei will sie untersuchen.«

»W'rum denn?«, entgegnete er. »Haufen Unsinn. Was soll'n die Bobbys mit 'ner toten Katze? Hab' Unkraut verbrannt und hab' sie ins Feuer geworfen, wenn Sie's unbedingt wissen müssen. In das Feuer, wo ich in der Ecke vom Friedhof angezündet hab'. Un' ich sag' Ihn' auch, warum – weil alle mir die Schuld geben täten, wenn jemand sie gesehn hätte. Sie täten sagen, ich hab' Gift gestreut – hab' ich aber nie gemacht. Hab' sie tot unterm Ast liegen sehen. Da musste aber ganz fix was 'gegen tun, Bert, sag' ich zu mir selber. Und hol' sie raus und verbrenn' sie, das wars dann.«

Meredith seufzte. Es wäre vielleicht klug, Markby darüber im Unklaren zu lassen. »Wo sind Ihre schönsten Gemüse, Bert?«

»Dafür is' jetz' die falsche Jahreszeit«, sagte er. »Die Karotten waren gut. Meinen ersten Preis hab' ich für Karotten gekriegt. Jetz' komm' mein Grünzeug raus.« Er zeigte auf das flache Tablett, das er zwischendurch abgesetzt hatte. »Kohl. Den zieh' ich zum Auspflanzen für die Leut'. Walter, dem hab' ich 'n Dutzend Pflanzen versprochen, und er soll vorbeikommen un' sie abholen.«

Meredith schaute sich um. Der Garten war ein Muster an Ordnung. Sie schlenderte zum Schuppen und schaute durch die offene Tür hinein. Einen größeren Kontrast hätte es nicht geben können. In den Ecken stapelten sich Büchsen, einige waren völlig verrostet und ohne Etikett. Uralte, zerbrochene Geräte hingen an Nägeln an der Wand. Tönerne Pflanztöpfe stapelten sich zu windschiefen Türmen. In den Regalen waren spinnwebverhangene, geheimnisvolle Flaschen aufgereiht. Stricke, kurze Stöcke, auf schwarzen Zwirn aufgezogene Milchflaschenverschlüsse aus Metallfolie, alte Samenpakete, schimmlige Stiefel und Paraffinlampen hingen, ineinander verknäult und verwickelt, an Haken oder zogen sich wie Weihnachtsschmuck von einer Wand zur anderen.

»Also ehrlich, Bert«, sagte Meredith fast ehrfürchtig, »wie finden Sie überhaupt etwas hier drin?«

»Weiß genau, wo alles is'«, sagte er brummig. »Fassen Sie bloß nix an. Polizei war schon da und hat rumgeschnüffelt. Der Kerl, was die Leitung hat, putzte mich deshalb runter. Das muss alles weg, hat er gesagt, es is' eine Gefahr. Wir machen das für Sie, wenn Sie es nicht loswerden können. Hab' ihm gesagt, ich will's nich' loswerden. Is' lauter gutes Zeug. Un' es is' für keinen gefährlich, nur für mich selber, und das is' meine Sache.«

Meredith stöberte in einem Stapel vergilbter Zeitungen, die mit einer Schmutzschicht überzogen waren, und hob die obersten auf. Die Schlagzeile der ersten lautete: *Präsident Tito liegt im Sterben.* Sie legte sie wieder zurück und entzifferte ein verblasstes Preisschild auf einer Flasche, die in der Nähe im Regal stand: vier Shilling und sechs Pence. Ein uralter hölzerner Teppichkehrer war mit einem sitzenden Löwen über gekreuztem Union Jacks verziert und verkündete: *Empire Made.* Ein henkelloser Becher, der irgendein Öl enthielt, zeigte ein Bild von George V. und Königin Mary.

»Alles gutes Zeug«, wiederholte Bert bockig. »Un' besser, als was man heutzutage so kauft.«

»Bert«, sagte Meredith und setzte sich auf einen umgedrehten Eimer. »Wie lange war Mr. Lorrimer Ihr Nachbar?«

Er rieb sich die Nase und richtete die wässrigen, boshaften kleinen Augen auf sie. »Fast vier Jahre. Und kein' einzigen Tag nich' hat er ehrlich gearbeit'. Die ganze Zeit nur kleine Töpfe gemacht, das is' alles.«

»Hat er je Besuch bekommen, der nicht aus dem Dorf stammte? Verwandte? Familie?«

»Hab' ich nie gesehen. Hatte 'n kleinen Lieferwagen und damit die Töpfe an die Geschäfte geliefert un' so. Aber die Kupplung is' kaputtgegangen, un' die letzten Monate hat er keinen Wagen nich' gehabt und gar nix. Konnte sich keinen leisten, hat er mir erzählt. Ich hab' ihm gesagt, dann soll er doch sein Geld sparen un' es nich' in den Pub tragen.«

Also genug Geld für das »Dun Cow«, aber nicht genug, um einen Lieferwagen zu kaufen, den er dringend brauchte.

Sie gab sich einen Ruck. »Sie haben gesagt, dass er Mädchen hier gehabt hat.«

Sein Blick wurde unstet. »Frauen, ah … die. Hätten's besser wissen müssen. Ich hör' sie. Ich weiß Bescheid.« Er legte den Finger seitlich neben seine knorrige Nase – die uralte Geste, die Schlauheit und Gerissenheit ausdrücken soll. Er sah wie das leibhaftige Böse aus. »Ich könnt' ein paar Sachen erzählen, das könnt' ich, o ja.«

Meredith bemühte sich, das wilde Herzklopfen zu unterdrücken, das sie plötzlich überfallen hatte. »Haben Sie diese, hm … die Sachen der Polizei erzählt?«

»Nein!«, erwiderte Bert starrköpfig. »In mei'm Schuppen rumschnüffeln un' mir befehlen wollen, ich soll meine guten Gartengeräte und Düngemittel und die Luftgewehrmunition und alles wegschmeißen … Warum sollt' ich denen was sagen? Sollen sie's doch selber rausfinden. Sie werden dafür bezahlt. Sollen mal richtig arbeiten. Was ich weiß, werd' ich sagen, wenn die Zeit gekommen is' – meine Zeit. Ah!« Er ging ein paar Schritte. »Hab' zu tun, kann nich' rumstehen und tratschen. Walter kommt, um den Frühlingskohl zu holen. Hab' ihm versprochen, ich mach' alles fertig.«

Er würde ihr nichts mehr erzählen. Wenn sie noch blieb, war sie ihm bestimmt das nächste Mal nicht mehr willkommen, sie durfte es nicht übertreiben. »Wenn Sie die Katze sehen, Bert, versuchen Sie, sie einzufangen, und geben Sie mir Bescheid«, sagte sie. »Ich bringe sie dann zum Tierschutzverein.«

Er knurrte nur.

Langsam ging Meredith zum Pfarrhaus zurück. Eve war im Salon mit ihrer täglichen Post beschäftigt. Sie trug eine weiße Hose und eine Satinbluse in grellem Pink mit Ballonärmeln und einer Schärpe und sah frisch und strahlend aus. Ein Anzug, in dem ich keine zehn Minuten ordentlich aussehen würde, dachte Meredith. Nachsichtig lächelnd blickte Eve auf einen mauvefarbenen Briefbogen hinunter.

»Wie süß! Diese Dame schreibt, sie sei schon immer mein Fan gewesen.«

»Dann muss sie bereits auf die Fünfzig zugehen«, bemerkte Meredith nicht gerade freundlich.

»Also, Merry ...« Eve legte den mauvefarbenen Briefbogen beiseite. »Alter ist bedeutungslos. Schau dir Sophia an, Elizabeth, Raquel. Schau mich an«, fügte sie heiter hinzu.

»Ich sehe dich an, und du siehst sehr hübsch aus, das gebe ich neidlos zu. Es bedarf einiger Anstrengungen, und ich bewundere dich ehrlich dafür. Aber, Eve – wann, wenn überhaupt einmal, wirst du mit Würde altern? Ich meine, willst du in den Jahren, die vor dir liegen, immer so aussehen wie jetzt und dich dann plötzlich, über Nacht, in eine alte Frau verwandeln? Wie diese Frau in ›Sie‹, die zweimal in den Jungbrunnen gestiegen ist?«

»Wenn du genau hinschaust«, sagte Eve vertraulich und legte die Hand mit den scharlachroten Fingernägeln auf ihr Haar, »dann siehst du, dass ich durch die blonden Haare ein paar graue durchscheinen lasse. Das hat meine Kosmetikerin mir empfohlen. Aber das Geheimnis ist: Achte auf das, was du isst. Das ist mein Rat. Und es kommt darauf an, was du innerlich fühlst, Merry, es zählt nicht nur das Äußere. Innerlich fühle ich mich jung.«

Meredith setzte sich in den Sessel, der in ihrer Nähe stand, und kreuzte die Beine. »Wie jung, Eve? So jung wie Lorrimer?«

In den violetten Augen blitzte jetzt echter Zorn auf. »Ich würde ja gern behaupten, ich wisse nicht, was du damit meinst – aber natürlich weiß ich es, und es ist absoluter Blödsinn. Ich bin über dich erstaunt, Merry. Du solltest mir wenigstens einen guten Geschmack zutrauen.«

Obwohl die Situation alles andere als komisch war, musste Meredith lächeln. »Gib's doch zu, Eve. Er war ein sehr attraktiver junger Mann. Hast du dich ganz leise durch die Hintertür zu Lorrimer geschlichen und ihm Dinge beigebracht, die er auf dem Schoß seiner Mutter nicht gelernt hatte? Denn wenn es so war, wird Alan Markby dahinterkommen.«

»Als ich herkam, war ich mit Robert verheiratet!«, entgegnete Eve wütend. »Ich war sehr glücklich mit dem lieben Robert. Er war der netteste Mann, den man sich vorstellen kann.«

»Und er fehlt dir? Eve, es ist kein Verbrechen! Du darfst dich einsam fühlen. Aber du musst auch ehrlich sein.«

»Na schön«, sagte Eve gelassen, »ich will ehrlich sein. Ich hatte keine wie auch immer geartete Affäre mit Lorrimer. Glaubst du wirklich, ich möchte mit einem überschwänglichen Jungen ins Bett gehen, der mich betätschelt und mir dabei eine Menge romantischen Unsinn sagt? Du musst verrückt sein. Und übrigens – auch Albie ist nicht mein Liebhaber.«

»Das habe ich auch nicht angenommen.«

»Ist es so offensichtlich?«, fragte Eve leicht überrascht.

»Schon am ersten Abend ist mir aufgefallen, wie er dich ansah. Sehr stolz, liebevoll, väterlich. Ohne jegliches Begehren. Und das hätte da sein müssen.«

Eve, die darin ein Kompliment sah, war besänftigt. »Zufällig habe ich einen lieben Freund in London. Ich sehe ihn nicht oft, aber mir genügt es. Hierher kommt er nicht, Saras wegen. Das arme Kind ist hoffnungslos romantisch und würde mich verheiraten wollen, doch eine Heirat kommt nicht in Frage. So, bist du jetzt zufrieden?«

Meredith nickte. »Ja. Tut mir leid, Eve, aber ich musste es wissen. Ich bin sicher, dass Markby es besser versteht als ich, diese kleinen Skandale auszugraben, und da ich bedingungslos bereit bin, für deine Ecke zu kämpfen, muss ich wissen, wann der Gong ertönt und wieviel Kraft in meinen Hieben steckt. Wenn ich hinausgehe, um deine Tugend zu schützen, möchte ich sicher sein, dass ich etwas verteidige, was tatsächlich existiert.« Sie grinste. »Oder zumindest existiert, soweit es Lorrimer betrifft.«

»Ich mag Männer, und seien wir doch ehrlich, jede Frau möchte bestätigt bekommen, dass sie noch hat, worauf's ankommt«, sagte Eve offen. »Aber ich bin nicht an flüchtigen Abenteuern interessiert. Und vor allem, ich verliebe mich nicht ständig. Nun ja, Robert habe ich geliebt – aber auf eine eher freundschaftliche Weise. Mike war der einzige Mann, den ich wirklich leidenschaftlich geliebt habe.«

Stille. Meredith wandte sich von ihr ab, ihr Blick fiel auf das Porträt an der Wand gegenüber. Wie gern hätte sie laut herausgeschrien: Wenn du ihn geliebt hast, warum hast du ihm dann das Leben so verdammt schwergemacht? Warum hast du ihn zuerst aus dem Haus getrieben und dann, kaum dass der arme Kerl sein Leben wieder im Griff hatte, mit den Fingern geschnippt und erklärt, du wolltest ihn wiederhaben? Er wusste nicht, was er tun sollte. Er war ein anständiger Mann, und du hast ihn todunglücklich gemacht.

Nichts davon sprach sie aus, doch vielleicht fühlte Eve, was ihr durch den Kopf ging. Langsam sagte sie: »Ich habe ihn wirklich geliebt, Merry.«

»Natürlich«, antwortete Meredith. Auf ihre Weise hatte Eve ihn wahrscheinlich wirklich geliebt. Nun, das war jetzt viele Jahre her und längst Geschichte. Tot ist tot und für immer dahin. Das Leben geht weiter. Meredith schüttelte sich und stand auf. »Ich fahre nach Bamford, möchte ein bisschen einkaufen. Willst du mitkommen, oder soll ich dir was mitbringen?«

»Hm, nein – doch ja, ein paar Briefmarken für Eilpost. Und wenn du bei dem kleinen Delikatessengeschäft vorbeikommst – sie verkaufen einen hervorragenden Cheddarkäse aus der Region, bring doch bitte ein Pfund davon mit. Lucia liebt ihn heiß.«

Meredith fuhr los. Am Rand des Dorfes sah sie Peter Russell an der Zufahrt zum Rose Cottage stehen. Als sie näher kam, blickte er auf und signalisierte ihr mit heftigen Bewegungen, sie solle anhalten.

Sie kurbelte das Fenster herunter, und er kam zum Wagen gerannt. »Können Sie mich mitnehmen?«, fragte er schwer atmend. »Fahren Sie nach Bamford? Mein Auto springt nicht an.«

»Klar, wohin wollen Sie?«

»Ins Ärztehaus. Ich zeige Ihnen, wo Sie mich absetzen können.«

An der Kreuzung bogen sie in die Hauptstraße, die direkt nach Bamford führt. Der Verkehr war hier bereits erheblich dichter. Russell fragte: »Wie geht's denn so im Pfarrhaus?«

»Man hält sich ganz gut. Sie meinen Sara, nehme ich an. Sie

ist tapfer. Unterschwellig noch immer ziemlich nervös, aber ich denke, sie kommt drüber weg.«

Sie schwiegen wieder eine Zeitlang. Meredith überholte einen Möbelwagen. Russell fragte ruhig: »Merkt man es?«

»Mir ist nur aufgefallen, wie Sie sie nach der gerichtlichen Untersuchung angesehen haben.«

»Ich mache mich zum Narren, nicht wahr?«, fragte er sachlich.

»Das habe ich nicht gesagt. Sie ist ein hübsches Mädchen, voller Leben, warum sollte sie Ihnen nicht gefallen? Ich möchte Sie nur warnen, sie glaubt, Sie seien in ihre Mum verliebt.«

»Das würden mir die Leute eher verzeihen, nicht wahr?«

»Ich will Sie nicht kritisieren. Offen gesagt, wären Sie mir viel lieber als Lazenby. Aber im Moment hat sie, das muss ich leider sagen, nur Augen für diesen unsäglichen Jonathan.«

Er tat ihr leid. Sie hatte ihn gern, aber es gab nichts, was sie tun oder sagen konnte. Man kann den Menschen, den man liebt, nicht immer haben. Das weiß ich am besten, dachte Meredith.

Sie setzte ihn vor seiner Praxis ab, fuhr weiter ins Zentrum und parkte dort. Eves Aufträge erledigte sie zuerst, denn sollte sie sie vergessen, würde Eve sie mit so traurigen und gleichzeitig vorwurfsvollen Augen ansehen wie ein Spaniel, dessen Herrchen keine Hundeschokolade mitgebracht hat. Sie kaufte den Käse und ein paar Pasteten, eine Postkarte von der Altstadt von Bamford, die sie Toby schicken wollte, ging dann ins Postamt und holte die Briefmarken für Eve und ihre eigene Karte. Dann entdeckte sie in einer Seitenstraße einen Laden, der Partydienste en gros belieferte, und überredete den Geschäftsführer, ihr eine Riesenflasche Worcestersauce zu verkaufen. Sie verstaute alles in ihrem Einkaufsbeutel und suchte dann das kleine Restaurant auf, in dem sie mit Eve gewesen war.

Es war beinahe Lunchzeit. Das Restaurant servierte leichte

Mahlzeiten, und nach und nach kamen Leute herein, die wie Meredith beim Einkaufen gewesen waren, aber auch Geschäftsleute aus der Nachbarschaft. Meredith bestellte eine Suppe und selbstgebackenes Brot und machte sich, während sie wartete, daran, ihre Postkarte zu schreiben. *Dorf seelenlos, und Einwohner neigen dazu, sich ermorden zu lassen* entspräche zwar der Wahrheit, war aber für eine offene Postkarte kein besonders geeigneter Text. Also schrieb sie: *Fahrt gut verlaufen. Das Wetter ist schön. Hoffe, alles geht gut.* Na, das war ungefähr die uninteressanteste Postkarte, die man sich vorstellen konnte. Meredith kaute an ihrem Kugelschreiber. *Dramatische Ereignisse. Hoffe aber, dass sie keinen Einfluss auf die Hochzeit haben werden. Erzähle Dir alles, wenn ich wieder da bin.* Jetzt konnte Toby sich den Kopf zerbrechen. Die Vorstellung, wie frustriert er sein würde, während er überlegte, was sie wohl meinen könnte, bereitete ihr für einen Augenblick großes Vergnügen.

Und genau zu diesem Zeitpunkt tauchte Markby auf. Er hatte beschlossen, das Mittagessen zur Abwechslung einmal nicht ausfallen zu lassen, und gute Vorsätze scheinen am Ende doch belohnt zu werden, denn als er das Restaurant betrat, war der erste Mensch, den sein Auge erblickte, Meredith. Sie war über eine Postkarte gebeugt, schrieb eifrig und lächelte vor sich hin. Seine erste spontane Freude wurde sofort gedämpft; er verspürte den unsinnigen Wunsch zu erfahren, an wen sie so konzentriert schrieb – und dabei so lächelte.

Er ging zu ihrem Tisch, legte die Hand auf die Lehne des Stuhls ihr gegenüber und sagte: »Hallo.« Sie blickte überrascht auf. »Haben Sie etwas dagegen, wenn ich mich zu Ihnen setze?«, fragte er und fügte erklärend hinzu: »Zur Lunchzeit wird es hier immer sehr voll.«

»Was führt Sie hierher?«, fragte sie, während sie Kugelschreiber und Postkarte beiseiteschob.

»Mein Mittagessen.« Er lächelte sie freundlich an und bestellte Geflügelsalat, als die Kellnerin kam.

Meredith warf das dichte braune Haar zurück. »Wie weit sind Sie mit Ihren Ermittlungen?«

»Ach, es läppert sich ...« Markbys Blick war auf ihren Einkaufsbeutel gefallen, der auf dem Boden stand. Eine seltsame dünnhalsige Flasche mit einer dunklen Flüssigkeit ragte heraus. »Was ist das?«

Sie schaute hinunter. »Eine Flasche Worcestersauce. Hab ich für einen Freund besorgt. Er ist süchtig danach.«

Markbys Herz, das plötzlich einen eigenen Willen zu haben schien, der sich dem seinen entzog, wurde zentnerschwer. »Oh? Er ist – hm, er ist Engländer, dieser Freund, oder?«

»Ja, er ist mein zweiter Mann.« Sie musste den bestürzten Ausdruck auf seinem Gesicht gesehen und richtig gedeutet haben, denn sie setzte freundlich hinzu: »Mein Stellvertreter, Vizekonsul Toby Smythe.«

Er wusste, dass er jetzt reichlich verlegen aussah. Er hätte sich nicht zu ihr setzen sollen. Erleichtert atmete er auf, als ihre Suppe serviert wurde. Lächelnd fragte sie: »Sie haben doch nichts dagegen, wenn ich schon anfange?«

»Nein, essen Sie nur.«

Markby sah zu, wie sie den Löffel aufnahm. Es war unrealistisch anzunehmen, dass es keinen Mann in ihrem Leben gab. Er wurde immer trübsinniger. Nicht, dass es ihm etwas ausmachte, natürlich nicht. Sie war nur eine wichtige Zeugin bei einer Morduntersuchung. Doch sie war interessant, intelligent, und er wusste gar nicht mehr, warum er sie anfangs für unscheinbar gehalten hatte. Energisch forderte er sich selbst auf, sich auf das Berufliche zu konzentrieren.

»Ich versuche festzustellen, wer Lorrimer als Letzter gesehen oder gesprochen hat.« Bildete er es sich ein, oder zitterte ihre Hand wirklich ein wenig, so dass etwas Suppe vom Löffel schwappte?

»Als ich ihn fand, war es noch sehr früh am Morgen. Ich glaube nicht, dass vorher schon jemand bei ihm gewesen ist. Der Mörder musste nicht notwendigerweise am Tatort sein, oder? Nicht bei Gift.« Aber jemand hatte das Cottage durchwühlt, jemand, der wusste, dass Lorrimer tot war …

»Trotzdem möchte ich wissen, was er zuletzt getan hat, wohin er ging. Der alte Mann hat ihn am frühen Morgen des vorhergehenden Tages gesehen, sie haben sich wieder wegen der Katzen gestritten. Sie, Meredith, haben ihn am Vormittag getroffen, und da hatte er schon Krämpfe und musste sich übergeben. Das ist das Letzte, was wir sicher wissen. Was hat er am Nachmittag und am Abend getan? Er war nicht im ›Dun Cow‹. War er zu Hause, krank?«

Meredith legte den Löffel weg. Ihre Wangen glühten, aber jetzt kam sein Geflügelsalat, und das Gespräch brach ab. Markby nahm Messer und Gabel und sah sich genau an, was auf dem Teller war. Er merkte, dass Meredith ihn geradezu feindselig anstarrte. Allmählich gewöhnte er sich daran, wünschte jedoch, es wäre anders. Er hätte sie lieber häufiger lächeln sehen. Nachdem er den Geflügelsalat argwöhnisch betrachtet hatte, schob er ein Stück Kartoffel an den Tellerrand. »Wie finden Sie England nach so vielen Jahren im Ausland?«, fragte er neugierig.

»Ich komme ziemlich oft nach Hause!« Die braunen Augen blitzten ihn an, dann fügte sie aufrichtig hinzu: »Um die Wahrheit zu sagen, ich finde es merkwürdig. Ich fühle mich hier wie eine Fremde. Ich habe keine Verwandten, außer Eve. Keine Eltern mehr, keine Geschwister. Wenn ich welche hätte, würde ich mich bestimmt auf jeden Heimaturlaub freuen.«

»Warum haben Sie sich einen Job gesucht, der Sie so häufig ins Ausland führt?« Noch während er es aussprach, war ihm klar, dass das im Grunde eine idiotische Frage war – und eine impertinente dazu. Der Blick, den sie ihm zuwarf, bestätigte seine Annahme. »Tut mir leid«, entschuldigte er sich. »Das hätte ich nicht fragen dürfen. Es hat mit meinen derzeitigen Ermittlungen nichts zu tun.«

Sie betrachtete versonnen seinen Salat, als sei sie über die Zusammenstellung der einzelnen Zutaten verblüfft. Und Markby fing an, sich zum zweiten Mal ernsthafte Gedanken über das zu machen, was da vor ihm auf dem Teller lag.

»Warum sucht man sich einen Beruf aus?«, fragte sie ruhig. »Wieso sind Sie Polizist geworden?«

»Es hat mich fasziniert, das Gesetz praktisch anzuwenden und das auszuprobieren, was man früher so elegant mit dem Ausdruck ›krimineller Verstand‹ zu umschreiben pflegte. Meine Schwester ist praktizierende Anwältin, und sie ist sehr gut, aber diese Art Gesetz, bei dem man in Akten wühlt und Kleingedrucktes lesen muss, ist nichts für mich.«

»Sie scheinen ja die gesamte Gerichtsbarkeit untereinander aufgeteilt zu haben«, sagte sie.

Er grinste. »Nein, uns fehlt ein Richter in der Familie.«

»Um Richter zu werden«, sagte sie in ernstem Ton, »muss man ein ganz besonderer Mensch sein. Man muss fähig sein, kühl über den Dingen zu stehen, darf sich nicht von Gefühlen leiten lassen und muss sicher sein, dass der eine Faden, den man aus dem wirren Knäuel herausgezogen hat, der richtige ist.«

»Nein«, sagte er, »so muss ein Kriminalbeamter sein.«

Sie sah ihn einen Augenblick forschend an, und er fand es auf einmal bedauerlich, dass sie keine Ahnung hatte, wie ausdrucksvoll ihre von dichten Wimpern umrahmten braunen Augen waren. Plötzlich sagte sie lebhaft: »Nun ja, ich war gut in Sprachen, wollte reisen, habe nichts gegen ein gewisses Maß an Papierkrieg und störe mich nicht daran, zu den unmöglichsten Zeiten hinausgerufen zu werden. Ich hatte das Gefühl, diese Laufbahn könnte mir Spaß machen.« Sie bückte sich und hob ihre Tasche auf. »Tut mir leid, aber ich kann nicht bleiben, bis Sie mit dem Lunch fertig sind. War nett, Sie zu treffen. Genießen Sie Ihren Salat.«

Sie hatte ihn überrumpelt. Er hatte den Mund gerade voller Geflügelsalat, wollte aufstehen, umklammerte seine Serviette und stieß die Speisekarte in ihrem Plastikständer vom Tisch.

»Bitte bleiben Sie doch sitzen«, sagte Meredith freundlich und war weg, bevor er mit seinem vollen Mund etwas erwidern konnte. An der Kasse blieb sie stehen, um ihre Rechnung zu bezahlen. Sie schaute sich nicht mehr zu ihm um. Markby schob den Salat von sich. Er hatte kaum etwas gegessen.

Meredith ging zurück zu ihrem Wagen, setzte sich hinein und starrte, ohne etwas wahrzunehmen, durch die Windschutzscheibe. Sie war froh, dass sie nur eine Suppe bestellt hatte, denn ihr war übel. Es war dumm, sich von einer kurzen, ziemlich simplen Unterhaltung so aus dem Gleichgewicht bringen zu lassen, aber es war passiert, und zwar aus zweierlei Gründen.

Da war erstens Sara. Die arme Sara – sie war keine Schauspielerin wie ihre Mutter, und als sie in seinem Büro miteinander gesprochen hatten, musste Markby ihr angemerkt haben, dass sie mit etwas hinter dem Berg hielt. Hatte er sich vielleicht zusammengereimt, dass Sara an diesem letzten Nachmittag bei Lorrimer gewesen war, obwohl sie behauptete, ihn seit Monaten nicht mehr gesehen zu haben? Dass sie vermutlich die Letzte war, die ihn gesehen und mit ihm gesprochen hatte? Gewöhnlich wird vermutet, dass die Person, die ein Mordopfer zuletzt gesehen hat, nur allzu oft auch der Täter ist. Bei

Gift ist es jedoch anders, besonders in diesem Fall, in dem ein Mensch über eine längere Zeit langsam vergiftet worden war. Sie wünschte, Sara hätte Markby die Wahrheit gesagt. Dass sie es nicht getan hatte, verschlimmerte nur eine bereits ziemlich verfahrene Situation. So gerät man in Schwierigkeiten, dachte Meredith. Zuerst ist man wegen einer Kleinigkeit nicht ganz aufrichtig, und am Ende sieht es nach einer geplanten Hinterhältigkeit aus. Dann kann man sein Gewissen schon nicht mehr erleichtern.

Die Folgen von Lorrimers Tod waren aber nicht das einzige, über das sie sich aufgeregt hatte. Seit ihrer Ankunft oder vielleicht auch schon seit sie Eves Einladung bekommen hatte, war Mikes Geist aus dem Grab auferstanden und ließ sie nicht in Ruhe. Warum sind Sie in den diplomatischen Dienst eingetreten, Meredith? Weil ich mich in den Mann meiner Cousine verliebt hatte, deshalb. Weil ich verzweifelt war und nur fortwollte, um ein neues Leben unter Menschen anzufangen, die nur Schiffe waren, die vorüberzogen, die mir keine Fragen stellten und denen ich im Grunde völlig gleichgültig war. Menschen wie Toby, die wussten, dass sie Eves Cousine war, konnten neugierig sein, aber sie verstand es, sie abzuwehren, ja, sie hatte es darin zu einer wahren Meisterschaft gebracht.

Es war eine sehr seltsame Liebesaffäre gewesen, die sie auf dem Rücken durchs Leben schleppen musste. Und sie war bis heute nicht imstande, diese Last abzuwerfen. Die Geschichte hatte angefangen, als eine langbeinige Brautjungfer in einem unpassenden Kleid sich in eine Schwärmerei für den Bräutigam hineinsteigerte. So etwas hatte es auch schon früher gegeben. Doch sie war nicht aus dem Gefühl heraus-, es war vielmehr immer tiefer in sie hineingewachsen. Sie war älter, aber nicht weiser geworden, hatte ein Universitätsstudium absolviert, Karriere gemacht und unermüdlich diese kleine Leidenschaft im Herzen getragen. Keiner ihrer Freunde hatte es auch nur annähernd mit ihr aufnehmen können.

Eve war in jener Zeit immer schöner und kapriziöser geworden. Sie hatte Mike wiederholt betrogen, war aber hinterher jedes Mal ganz zerknirscht und versprach hoch und heilig, es werde nie wieder geschehen. Völlig verwirrt hatte Mike zusehen müssen, wie sich das Mädchen, das er geheiratet hatte, in jemanden verwandelte, den er nicht verstand und nicht festhalten konnte. Meredith war die mitfühlende Seele gewesen, der er seinen Kummer anvertraute. Meredith, treu und zuverlässig bis zum Letzten, wie sie jetzt spöttisch dachte, hatte ihn mit Tee und Mitgefühl versorgt, und aus dem Mitgefühl war später noch mehr geworden …

Kein Wunder, dachte sie, als sie nach dem Zündschlüssel griff, dass ich jetzt durcheinander bin. Markby hat in ein Hornissennest gestochen. Ein netter Mann, dieser Alan Markby. Ein attraktiver Mann auch, doch ihre vordringlichste Aufgabe war es jetzt, diesen ganzen Urlaub hinter sich zu bringen, um endlich an ihre Arbeit zurückkehren zu können, in die Welt, die sie kannte und in der sie sich zurechtfand. Dafür musste die Sache mit Lorrimer geklärt werden, und das möglichst schnell! Also höchste Zeit, selbst ein bisschen Detektiv zu spielen, Meredith. Der Motor sprang an.

Es dauerte eine Weile, ehe sie die Niederlassung der Molkerei fand. In einer Telefonzelle an der Straße suchte sie die Adresse aus einem fleckigen Telefonbuch heraus und stellte fest, dass die Molkerei nicht in der Stadt, sondern außerhalb lag. Als sie endlich dort war, konnte sie den Komplex leicht an einer Reihe von Lieferwagen erkennen, die im Hof parkten und genauso aussahen wie jener, der immer die Milch ins Pfarrhaus brachte. Meredith stieg aus dem Wagen und schnupperte. Es roch ganz leicht nach saurer Sahne. An dem Lieferwagen in ihrer Nähe hing ein Zettel: *Fragen Sie Ihren Milchmann nach Kartoffeln.* In einem Gebäude, das so groß war wie ein Hangar, klapperten Milchkästen und klirrten Flaschen.

Das blassblonde Mädchen im Büro sagte: »Gary Yewell? Da müssen Sie zur Verladerampe rübergehen. Und wenn er nicht da ist, warten sie ein bisschen, er macht vielleicht Teepause. Hinten.«

Gary war nicht »hinten«, und er war auch nicht bei der Verladerampe. Am Ende fand sie ihn in dem Bereich, wo die Lieferwagen gewartet wurden; er unterhielt sich gerade mit einem anderen Jungen in einem ölverschmierten Overall. Der Übelkeit erregende Milchgeruch wurde hier durch beißende Abgase und Öldämpfe ersetzt. Gary war blass, picklig und mürrisch.

»Wer sind Sie?«, fragte er verdrießlich. »Wahrscheinlich werdet ihr nicht eher zufrieden sein, als bis ich mein' Job verloren habe. Die Bullen waren so oft hier, dass ich gar nich' mehr weiß, wie oft, und zweimal musst' ich schon zum alten Cooper ins Büro. Ich weiß rein gar nichts darüber. Stell' nur die Milch vor die Tür.«

»Tut mir leid, dass ich Ihre Zeit in Anspruch nehme«, sagte Meredith. »Ich möchte nur wissen … Sie kommen sehr früh ins Dorf. Ist um diese Zeit schon jemand wach? Sehen Sie viele Leute?«

Er zuckte mit den Schultern. »Nein. Was denn, so früh am Morgen? Der alte Kerl in dem Cottage gegenüber is' im Sommer manchmal schon wach und buddelt in seinem Blumengarten hinterm Haus. Das is' mein Großonkel Bert, ein mieser alter Knacker, und ich will nichts zu tun haben mit ihm. Ich hör' ihn husten, aber ich seh ihn nich', weil ich die Milch vorn abstelle.«

»An der Haustür?« Meredith runzelte die Stirn. »Mr. Lorrimer haben Sie morgens auch nie gesehen?«

»Den Kerl, den jemand um die Ecke gebracht hat? Nein. Nie. Hat morgens immer noch gepennt. Das Haus war immer so still wie 'n Grab …« Gary unterbrach sich und kicherte. »Hab' ihn nur jeden Freitagabend gesehn, wenn ich im Dorf das Geld kassiert hab'.«

»Sie sind mit Mrs. Yewell verwandt, die im Pfarrhaus saubermacht, nicht wahr?«, fragte sie.

»Ja … Tantchen Pearl. Mit mei'm Onkel Walter verheiratet. Da geh ich jeden Freitag hin, nachdem ich das Geld kassiert hab', und krieg' meinen Tee.«

»Erzählt Mrs. Yewell manchmal etwas aus dem Pfarrhaus? Von ihrem Job? Ihrer Arbeitgeberin?«

»Nö.« Gary warf ihr einen entrüsteten Blick zu. »Hab' sie immer gefragt, weil ich dachte, sie erzählt vielleicht mal was, was ich an die Zeitung verkaufen könnt'. Na ja, die zahlen doch für solches Zeug, oder? Aber sie sagt nie was. Nie was Interessantes – nix über Sex oder so. Wieso interessieren Sie sich überhaupt dafür?« In Garys engstehenden Augen glitzerte es.

»Aus rein privaten Gründen«, erwiderte Meredith mit fester Stimme. »Hier, trinken Sie ein Glas auf mein Wohl.« Sie gab ihm einen Fünfer.

»Oh, danke auch«, sagte er. »Tut mir leid, dass ich Ihnen nich' helfen kann, Lady.«

Meredith ging ins Büro zurück und fragte: »Kann ich bei Ihnen einen halben Liter Milch kaufen?«

»Aber ja, ich denke schon«, sagte das Mädchen mit den blassblonden Haaren. »Einunddreißig Pence. Hier, nehmen Sie die. Sie ist von heute. Hab' sie eben geholt.« Sie holte eine Flasche von einem Tisch hinter ihr, auf dem ein elektrischer Wasserkessel und eine Tüte mit Zucker standen.

Meredith nahm die Flasche ins Auto mit und schob sie vorsichtig in ihren Einkaufsbeutel neben Tobys Worcestersauce. Sie fuhr die halbe Strecke zum alten Pfarrhaus zurück und bog dann in die Einfahrt zu dem Landwirtschaftsbetrieb ein, wo sie auf dem Rückweg von der gerichtlichen Untersuchung schon einmal angehalten hatte. Sie holte die Milchflasche heraus und sah sich den Verschluss genau an. Dann fuhr sie mit dem Fingernagel vorsichtig unter den Rand der Alufolie. Es klappte. Der Aluminiumverschluss ließ sich ohne Schwierigkeiten abheben, und er blieb unversehrt und völlig glatt. Sie verschloss die Flasche wieder. Es war durchaus machbar, so viel stand fest, aber damit deutete sich eine Möglichkeit an … Eine Möglichkeit, die ihr ganz und gar nicht gefiel. Ob Markby wohl das gleiche Experiment angestellt hatte, und ob ihm derselbe Gedanke gekommen war?

KAPITEL 9

Das Wochenende begann schlecht, doch vielleicht war es auch nicht anders zu erwarten gewesen. Am Freitag, kurz vor dem Lunch, verkündete ein Summton, dass jemand am Tor war. Ein weißer Porsche fegte die Zufahrt herauf und hielt schwungvoll vor der Haustür. Jonathan Lazenby stieg aus. Er trug eine ärmellose grüne Steppjacke über einem Pullover und eine karierte Mütze. Die Mütze flott in die Stirn gerückt, holte er seinen Koffer aus dem Wagen.

Meredith, die ihn durch das Fenster beobachtete, sagte sich, dass er ganz bestimmt grüne Gummistiefel getragen hätte, wenn sie beim Fahren nicht so unpraktisch gewesen wären. Er sah wie der typische Städter aus, der sich anschickt, das Wochenende auf dem Land zu verbringen. Kleidung und das gesamte Auftreten ließen auf einen Mann schließen, der an einem Geländejagdrennen teilnehmen und vielleicht auch ein »bisschen was schießen« wollte. Leider wurde der Eindruck dadurch verdorben, dass alles funkelnagelneu war. Er hätte die Steppjacke mit Schlamm einreiben sollen, dachte sie, um ihr einen echten Touch von Pferdekoppel zu geben.

Meredith ging in die Halle und rief zu Sara hinauf, dass ihr Verlobter eingetroffen sei, woraufhin sie die Treppe heruntergerannt kam und sich mit einem jubelnden »Jon – Liebling!«, in seine Arme warf.

Es fiel Meredith auf, dass Lazenby zwar angemessen, aber ein wenig oberflächlich reagierte. Er war ein merkwürdig leidenschaftsloser junger Mann. Sie hatte den Eindruck, dass seine draufgängerische, aggressive Art ein Ersatz für echte Gefühle war, und fragte sich, ob er sich seiner eigenen Oberflächlichkeit bewusst war. Sie bezweifelte es. Meredith zuckte mit den Schultern und zog sich in den Salon zurück, um vielleicht ein Kreuzworträtsel zu lösen, fand jedoch Eve dort vor, die ratlos über der Rechnung eines Partydienstes brütete.

»Ich nehme an, sie ist in Ordnung. Du wirfst doch einen Blick darauf, Merry, ja? Ich kapier' das alles nicht ...«

»Lazenby ist gekommen«, sagte Meredith knapp.

Eves Gesicht hellte sich auf. »Ich bin so froh, dass er da ist. Das wird die arme Sara aufheitern. Sie hat den Kopf sehr hängen lassen. Jon hat ihr gefehlt.«

»Wie kommst du mit seiner Familie aus?«, fragte Meredith beiläufig und ließ sich in einen Sessel fallen.

»Langweilige Leute«, antwortete ihre Cousine mit Überzeugung. »Nein, das ist gemein von mir. Die Wahrheit ist, Merry, dass Jons Mutter eine gute Frau ist und ich eine schlechte bin ... Ich fühle mich ihr unterlegen, und das ist scheußlich. Wem würde es nicht so gehen?«

»Wie werden sie wohl auf den Mord, der so kurz vor der Hochzeit praktisch vor deiner Haustür passiert ist, reagieren?«

Eve seufzte. »Ein Grund mehr, die Nase über uns zu rümpfen. Als ob sie einen Grund hätten, sich überlegen zu fühlen«, fügte sie heftig hinzu. »Oh, wie froh werde ich sein, wenn diese Hochzeit vorüber ist.«

Jonathan und Sara kamen herein und tranken mit Meredith und Eve einen Sherry vor dem Lunch. Er wirkte noch aufsässiger als sonst, und Meredith fragte sich, worüber das Liebespaar gesprochen haben mochte. Wie es aussah, hatten sie keine zärtlichen Belanglosigkeiten ausgetauscht, sondern eher grundsätzliche Dinge diskutiert. Sara war niedergeschlagen, und ihre Lebhaftigkeit von vorhin war verschwunden. Meredith musste daran denken, wie impulsiv sie Lazenby begrüßt hatte, und Ärger wallte in ihr auf. Sein keilförmiges, intelligentes und gutaussehendes Gesicht war gerötet, sein Haar straff zurückgebürstet, so dass seine Züge ein Dreieck zu bilden schienen. Er stand vor dem Kamin, eine Hand in der Tasche, in der anderen sein Glas. Die grüne Steppjacke hatte er ausgezogen, er trug jetzt einen Kaschmirpullover und wildlederne Polostiefel zu einer makellosen Gabardinhose.

»Es gefällt mir gar nicht, wie die Sache hier behandelt wurde. Wir alle stehen im Rampenlicht.«

»Sie werden wieder gehen«, jammerte Eve. »Sie gehen immer irgendwann – die Leute von der Presse, meine ich. Man muss sie nur ignorieren.«

»Wir sind hier nicht im Showbusiness!«, sagte Lazenby scharf. »Nicht jede Art von Publicity ist besser als gar keine.«

Albie Elliott, der hereingekommen war, während Lazenby sprach, und sich hinter Eve gestellt hatte, streckte jetzt eine schmale, blasse Hand aus und berührte sie leicht an der Schulter. »Sie hinken ein bisschen hinter der Zeit her, Söhnchen. Schlechte Publicity können wir alle nicht mehr brauchen.«

Lazenby wurde blass. »Und die hier schon gar nicht. Was hat die Polizei herausgefunden?«

»Sie tut ihr Bestes«, sagte Meredith und fragte sich, wie Alan Markby dieses lauwarme Vertrauensvotum für seine Behörde wohl aufgenommen hätte, wenn er es hätte hören können.

»Ich werde mich mit dem Leiter der hiesigen Dienststelle in Verbindung setzen«, erklärte Lazenby mürrisch. »Sie müssen diesen verdammten Fall aufklären, bevor wir alle hineingezogen werden. Man würde die Berichte über die Mörderjagd mit den Berichten über die Hochzeit vermischen, und es wäre alles eine riesige Katastrophe. Die Presse hat schon ihren Spaß gehabt. Ein Revolverblatt hat bereits ein Foto dieses Hauses veröffentlicht; es wurde offenbar durch das Tor aufgenommen. Ich werde mich bei der hiesigen Polizei beschweren, und wenn es nicht aufhört, schreibe ich an den Presserat.«

»Da werden Sie aber eine Menge zu tun haben, wenn Sie sich mit all diesen Leuten in Verbindung setzen wollen«, sagte Meredith.

»Merry!«, rief Sara erschrocken.

Lazenby presst die Lippen aufeinander, und an seinem Hals trat eine heftig pulsierende Ader hervor. »Ich bin zwölf Stunden früher aus den Staaten zurückgekommen, weil ich weiß, wie schnell diese Dinge aus dem Ruder laufen können. Wir müssen der Köchin und der Haushaltshilfe einschärfen, dass sie auf keinen Fall mit jemandem außerhalb des Hauses sprechen. Das sind nämlich genau die Personen, denen die Skandalpresse immer die saftigsten Informationen abschwatzt.«

»Da kommen Sie ein bisschen zu spät«, teilte Meredith ihm mit. »Das haben wir alles schon hinter uns. Sie werden übrigens feststellen, dass die Polizei, was unser Problem mit der Presse angeht, wenig Mitgefühl hat.«

»Und dieser Markby? Ist er nicht ein Bulle? Angeblich ein Freund der Familie. Was tut er eigentlich?«

»Er arbeitet sehr hart an einem komplizierten und ziemlich hässlichen Fall!«, entgegnete Meredith scharf und war über die Heftigkeit in ihrer Stimme selbst ein wenig überrascht. »Und es ist eine hässliche Angelegenheit, wenn ich Sie nur einmal auf den rein physischen Aspekt hinweisen darf. Ich habe den Toten gefunden, und er war kein besonders schöner Anblick.«

»Bitte, Merry, nicht –«, flüsterte Sara.

Es folgte ein verlegenes Schweigen. »Tut mir leid«, sagte Meredith bedauernd.

»Was haben Sie eigentlich dort gemacht?«, fragte Lazenby. Er schaute sie misstrauisch an. »Warum haben Sie sich in dem Atelier herumgetrieben?«

»Ich habe mich nicht herumgetrieben«, erwiderte Meredith zornig. »Ich wollte nur nachsehen, was der Katze fehlte.«

»Wenn Sie sich nicht eingemischt hätten, wären wir nicht in dieser Bredouille. Warum haben Sie ihn nicht einfach dort liegenlassen? Irgendjemand hätte ihn schon gefunden.«

»Das sollten Sie Alan Markby gegenüber besser nicht wiederholen!«, entgegnete sie.

»Vielleicht«, schaltete sich Elliott sanft ein, »sollten wir die Sache vorläufig ruhen lassen. Sie kann warten.«

»Ja«, sagte Eve hastig. »Lucia ist mit dem Mittagessen fast fertig. Jonathan, Lieber, mach den Wein auf.« Meredith spürte den Druck einer Hand auf ihrer Schulter. Es war die von Elliott.

Meredith ging nach dem Lunch spazieren, vor allem, um Lazenby bis zum Abendessen aus dem Weg zu gehen. Sie kam in der Halle an ihm vorbei, wo er gerade mit jemandem telefonierte, mit dem er zur Schule gegangen war und dessen Vater mit dem Leiter der Polizeidienststelle Golf spielte – oder eine andere ähnlich zufällige Beziehung hatte. Sie lief die Zufahrt hinunter und auf die Straße, ging dann schnell durchs Dorf, die Stirn in Falten gelegt, die Hände tief in den Taschen vergraben, bis sie zum alten Schulhaus kam. Mrs. Locke war im Garten. Meredith verlangsamte ihren Schritt.

»Guten Tag!«, rief sie über die Mauer.

»Ah, Miss Mitchell, Sie kommen gerade recht!«, rief Mrs. Locke zurück und winkte und fuchtelte wild mit ihrer Gartenschere.

Meredith trat an die Gartentür, und Mrs. Locke öffnete ihr. Sie trug eine Plastikschürze, auf der in England vorkommende wildwachsende Blumen abgebildet waren, und Gartenhandschuhe. Sie trat zur Seite und ließ Meredith herein.

»Was für ein schöner Garten«, sagte Meredith – und das nicht nur aus Höflichkeit. Es war ein altmodischer Landgarten mit Blumen, die man jetzt nicht mehr oft zu sehen bekam, die früher aber weitverbreitet gewesen waren, wie zum Beispiel Stockrosen und Herbstastern.

»Es ist mein Hobby«, vertraute Mrs. Locke, die sichtlich erfreut war, ihr an. »Das heißt, mein Mann mäht den Rasen und trimmt die Hecken, aber die Blumenbeete gehören alle mir. Fürs Säen hat er nicht die Geduld. Und er hat natürlich auch sein eigenes Hobby, er baut militärische Szenen nach – mit Modellen und kleinen Soldaten und Geschützen und so.«

»Ah … wie interessant«, sagte Meredith.

Mrs. Locke seufzte tief auf. »Ich wollte schon immer einen richtigen Garten haben. Als wir bei der Armee waren, mussten wir ständig umziehen. Manchmal hatte ich ein kleines Beet, aber sehr oft wohnten wir in Appartements oder irgendwo, wo ich wirklich keine Zeit hatte, etwas zu tun. Wir haben uns versprochen, Howard und ich, dass wir, wenn wir in Pension gehen würden, irgendwohin aufs Land ziehen, wo ich meinen Garten haben und Howard sich in aller Ruhe seinen Bausätzen widmen könnte. Deshalb habe ich, als wir einzogen, die Rose dort drüben gepflanzt – ihr Name ist Frieden.«

Meredith lächelte. Es war wirklich ziemlich rührend. Besonders die Art, wie Mrs. Locke »wir« sagte, wenn sie von der beruflichen Laufbahn ihres Mannes bei der Armee sprach. Sie verstand sehr gut, was Mrs. Locke meinte. Exakt dieselbe Ansprache hätte jede Diplomatenfrau halten können.

»Leider«, sagte Mrs. Locke bekümmert, »ist es nicht ganz so geworden, wie wir es uns vorgestellt hatten. Wir dachten, die Leute auf dem Land würden freundlich sein, doch das sind sie nicht. Jedenfalls nicht zu uns. Wir hatten anfangs schreckliche Schwierigkeiten wegen eines früheren Wegerechts. Sie nahmen uns einfach übel, dass wir das alte Schulhaus zu einem Wohnhaus umbauten. Es war so albern. Ich meine, es stand leer, und man hätte nie wieder eine Schule daraus gemacht. Wäre es ihnen lieber gewesen, dass es verfällt?«

Meredith betrachtete zum ersten Mal eingehend die Fassade des Lockeschen Hauses. Es war aus warmen rötlichen Steinen gebaut, und überall sah man noch Spuren seiner früheren Bestimmung. Über der Haustür stand in erhabenen Lettern *Knaben,* und ein Stück weiter hing über einer Terrassentür ein gleiches Schild mit der Aufschrift *Mädchen.* Im ehemaligen Schulhof war der Asphalt abgetragen und durch Muttererde ersetzt worden, doch irgendwie spürte man nach wie vor die Anwesenheit der früheren Benutzer. Es war, als würden das Gebäude und seine Umgebung noch immer auf den Beginn eines neuen Schuljahres und auf die Rückkehr jener warten, für die die Anlage ursprünglich bestimmt gewesen war. Man brauchte nicht viel Phantasie, um das Klicken von Glasmurmeln zu hören, die über den Boden hüpften, das Läuten der Schulglocke, helle Stimmen, die einen Morgenchoral sangen.

»Sehen Sie sich das Haus nur an.« Mrs. Locke schien sich darüber zu freuen. »Es war nicht leicht, es in ein richtiges Heim zu verwandeln. Das Problem mit dem Wegerecht war nur eines von vielen, wenn auch ein sehr großes. Wir mussten es irgendwie lösen, aber wir bekamen nicht die geringste Hilfe vom Baureferat des Kreises. Howard hat damals Unterschriften deswegen gesammelt.« Sie zögerte einen Moment. »Damals hatten wir eine sehr hässliche Auseinandersetzung mit dem jungen Mr. Lorrimer. Ich weiß, man soll Toten nichts Übles nachsagen, aber falls es je einen Wolf im Schafspelz gegeben hat, dann war es dieser junge Mann. Er machte immer einen so netten Eindruck, und auf einmal wurde er – nun ja, gehässig und sarkastisch. Überhaupt nicht mehr nett. Ich meine, er war auch neu hier, und wir dachten … Nun, ich will nichts mehr darüber sagen. Am Ende wurde das Wegerecht zu unseren Gunsten geändert. Es war eine sehr schwierige Zeit. Und zum Schluss stellten wir fest, dass wir die Zufahrtsmöglichkeit für den Wagen blockiert hatten, der die Abwassergrube auspumpen muss. Mir blieb nichts anderes übrig, als ein ganzes Blumenbeet mit winterharten Pflanzen zu versetzen.«

Meredith wollte eben etwas Passendes erwidern, als sie merkte, wie sich in einem Gebüsch etwas bewegte. »Du meine Güte!«, rief sie. »Da ist ja Tom! Ich habe ihn überall gesucht!«

Tom blieb stehen, ließ sich unter einem Weigelastrauch nieder und fixierte Meredith mit einem wahren Basiliskenblick. Er sah wohlgenährt und gesund aus.

»Ach ja«, sagte Mrs. Locke hastig, »Lorrimers Kater. Über ihn wollte ich mit Ihnen reden. Ich habe das Tier vor unserer Hintertür gefunden, offensichtlich sehr hungrig, und ihm Futter gegeben. Ich mag Katzen nämlich sehr, und er hat uns gewissermaßen adoptiert. Ich hatte nicht die Absicht, ihn aufzunehmen, doch er schien der Meinung zu sein, er habe hier ein neues Heim. Das tun Katzen, wissen Sie. Die Sache ist nun die – ich glaube, dass er ziemlich wertvoll ist, und ich will nicht, dass man mich beschuldigt, ihn angelockt zu haben. Gewiss, ich habe ihn gefüttert, aber nur weil er so hartnäckig gebettelt hat. Wahrscheinlich hätte ich beim Tierschutzverein oder der Polizei anrufen sollen.«

»Ich bin sicher, dass niemand etwas dagegen haben wird, wenn Sie ihn behalten. Der Tierschutzverein hat genug unerwünschte Tiere, für die er ein Zuhause sucht. Wie ich von Chief Inspector Markby weiß, haben sie bislang keine Verwandten von Lorrimer aufspüren können. Sie können also wohl davon ausgehen, dass niemand Anspruch auf Tom erheben wird. Ich bin froh, dass Sie ihn zu sich genommen haben, denn ich habe mir große Sorgen um ihn gemacht. Lorrimer hat die Katzen sehr geliebt.«

Mrs. Locke sah erleichtert aus. »Ich bin so froh. Dann ist ja alles in Ordnung. Irgendwie merkwürdig, dass wir seine Katze aufnehmen, obwohl wir mit ihm gestritten hatten. Er war ein so seltsamer junger Mann. Würden Sie gern hereinkommen und sich das Haus auch von innen ansehen, Miss Mitchell?«

»Danke«, sagte Meredith. »Sehr gern.«

Sie gingen durch den für *Knaben* vorgesehenen Torbogen hinein und kamen in einen langen, schmalen Flur.

»Wir mussten die Klassenzimmer unterteilen«, sagte Mrs. Locke. »Es gab nur zwei Haupträume. Das Büro des Schulleiters ist jetzt unsere Küche. Wir hätten die Originalfenster gern erhalten, mussten aber eine Zwischendecke einziehen lassen, so dass die Fenster leider, leider halbiert wurden. Doch wir haben den oberen Teil des größten Fensters behalten und als Schlafzimmerfenster genommen. Kommen Sie, sehen Sie es sich an.«

Sie schritt vor Meredith die Treppe hinauf und öffnete stolz die Tür. Meredith sah nun, was sie gemeint hatte. Der Versammlungssaal der Schule – ein viktorianischer Bau – war mit einem riesigen Fenster mit pseudogotischem Maßwerk ausgestattet, das ursprünglich bis unter das Dach reichte. Obwohl jetzt durch das neu geschaffene obere Stockwerk alles merkwürdig verkürzt war, gaben die Spitzbogen des Originals dem Schlafzimmer von innen das Aussehen einer von einem Wall umgebenen Burg. Tatsächlich hatte das ganze Haus der Lockes etwas liebenswert Kurioses.

Sie gingen wieder hinunter, wo Meredith von Mrs. Locke in einen Salon geführt wurde. Und hier fand sie endlich jenes England, von dem alle, die im Ausland leben, immer träumen. Hier waren die Stühle mit den Chintzbezügen, die verblassten Aquarelle, die Nippsachen aus Staffordshire-Keramik, die zerlesenen Bücher in Regalen aus Eichenholz sowie unzählige Erinnerungsstücke aus der Zeit, die die Lockes im Ausland verbracht hatten. Mrs. Locke bestand darauf, dass Meredith sich setzte, und lief geschäftig davon, um Tee zu holen.

Meredith ruhte sich in den Kissen des geblümten Sofas aus und ließ die Augen durch das Zimmer schweifen. Ein funkelnagelneuer Katzenkorb neben dem Kamin zeigte, dass Tom eine feste Bleibe gefunden hatte. Im Korb lag eine Gummimaus.

Als Mrs. Locke mit dem Tee zurückkam, fragte Meredith: »Sagen Sie, trinkt Tom – der Kater –, trinkt er Milch?«

Mrs. Locke schüttelte den Kopf. »Rührt sie nicht an. Ich habe es ein paarmal versucht.«

»Deshalb lebt er noch und läuft putzmunter herum«, sagte Meredith. »Anders als sein unglücklicher Bruder Jerry, der offenbar ab und zu ganz gern ein Schüsselchen Milch trank. Vielleicht hat Tom sie einmal gekostet, ist davon krank geworden, und das hat ihn abgeschreckt.« Mrs. Locke sah sie über den Rand ihrer Teetasse hinweg fragend an. »Die Polizei vermutet, dass jemand Lorrimers Milch vergiftet hat. Anscheinend hat er sehr viel Milch getrunken.«

»Du meine Güte«, sagte Mrs. Locke, »wie unangenehm. Das

ist alles sehr unangenehm, nicht wahr?« Misstrauisch beäugte sie ihr eigenes Milchkrüglein. »Wie trägt es die liebe Eve?«

»Oh, recht gut. Besonders seit die Presse die Belagerung abgebrochen zu haben scheint.«

»Das freut mich aber. Und die liebe kleine Sara. Es ist einfach nicht gerecht. Besonders nach all den Schwierigkeiten, die sie hatten. Armes Kind. Aber natürlich, wenn man bedenkt, was wir durchgemacht haben, bin ich nicht überrascht.«

Irgendwo hörte man eine Tür gehen, dann näherten sich Schritte. »Muriel!«, rief jemand. »Wo hast du meinen Klebstoff versteckt?«

»Ich habe deinen Klebstoff nicht angerührt, mein lieber Howard. Außerdem haben wir Besuch, Miss Mitchell.«

Die Salontür ging auf, und Major Lockes gerötetes Gesicht erschien. »Ah, wusste nicht, dass Sie hier sind – freut mich, Sie zu sehen. Kann meinen Klebstoff nicht finden. Bist du sicher, Muriel? Ah, Tee …«

Er kam herein, setzte sich und schaute erwartungsvoll. Seine Frau seufzte und ging noch eine weitere Tasse holen.

»Und wie ist das Leben?«, fragte Major Locke vergnügt.

»Es ist ziemlich ereignisreich im Moment.«

»O ja …« Major Locke kaute an der Unterlippe. »Kein Verlust, der Junge. Gesindel.« Er rieb sich den Schnurrbart. Seine Finger waren mit roter Farbe bekleckst. Es schien ihm erst jetzt aufzufallen, und er fügte erklärend hinzu: »Die Schlacht bei Waterloo. Ich arbeite an einem Diorama, einem großen Schaubild.«

»Das ist ja interessant. Sie recherchieren sehr viel, nehme ich an.«

»Auf mein Wort – ja. Die Bibliothek in Bamford ist sehr hilfreich. Ich verbringe viel Zeit dort. Habe aber auch eigene Bücher mit Uniformen und so weiter. Es wird so viel falsch gemacht!«, stieß er heftig hervor. »Bei Waterloo waren keine Husaren eingesetzt, wissen Sie. Doch jedes Mal, wenn man ein Bild dieser Schlacht zu sehen bekommt, ist ein Husar dabei und noch dazu genau in der Mitte.«

»Ich verstehe.«

Mrs. Locke war zurückgekommen. »Hier ist der Klebstoff, Howard. Du hast ihn auf der Anrichte liegenlassen.«

Major Locke nahm die Tube und betrachtete sie argwöhnisch. »Ja, hier ist er. Du hast am oberen Ende herumgequetscht, Muriel.«

»Nein, Howard, das habe ich nicht. Nimmst du deinen Tee in die Werkstatt mit?« Ihr Mann verstand den Wink und verschwand mit Tee und Klebstoff.

»Howards Hobby«, sagte Mrs. Locke. Sie beugte sich vor: »Howard hat einen friedlichen Lebensabend wahrlich verdient. Seine Gesundheit ist nicht die beste. Ich versuche alle Unannehmlichkeiten und Sorgen von ihm fernzuhalten. So gut ich eben kann.«

Meredith lächelte und trank ihren Tee aus. »Jetzt muss ich aber wirklich gehen. Vielen Dank, dass ich mir Ihr schönes Haus ansehen durfte.«

»Keine Ursache. Ich danke Ihnen, weil Sie mich wegen des Katers beruhigt haben.«

Langsam spazierte Meredith zum Pfarrhaus zurück. Mrs. Locke hatte offenbar von Saras früherem wildem Leben erfahren. Als das Tor sich summend öffnete, um sie einzulassen, dachte sie: Ich nehme zumindest an, dass es das war, was sie gemeint hat …

»Schau, was Jon mitgebracht hat!«, rief Sara aufgeregt nach dem Abendessen und zeigte ein kleines Päckchen herum. »Es ist das Video eines deiner alten Filme, Mummy! Er wurde für die Reproduktion freigegeben, und wir können ihn uns alle ansehen!«

»Du meine Güte«, stöhnte Eve und fragte vorsichtig: »Welcher ist es denn?«

»›Abenteurer auf Planet Ypsilon‹«, erklärte ihre Tochter.

»Oh …«, entfuhr es Eve.

Meredith rief: »He, das ist der, den ich so mag, in dem du von Ungeheuern gejagt wirst.«

»Es ist einer von meinen früheren«, sagte Eve. »Mir wäre lieber gewesen, du hättest ›Spionin für die Liebe‹ mitgebracht, Jon. Das war eine viel bessere Rolle.«

»Lucia muss auch kommen und sich ihn ansehen«, befahl Sara, als sich alle vor dem Fernseher versammelt hatten.

Lucia wurde aus der Küche geholt und setzte sich, an den Seiten überquellend, auf einen ziemlich kleinen Stuhl, mit einem großen Taschentuch in Bereitschaft. Sara selbst nahm, als der Film lief, zu Lazenbys Füßen Platz.

»Dramatische Musik«, sagte Meredith.

»Die Farben sind furchtbar grell, Mummy.«

»Das lag an den Filmen, die sie damals benutzten, mein Schatz.«

»Du liebe Zeit, schaut euch die Kontrollpulte auf diesem Raumschiff an!«, spottete Sara nach einer Weile. »Sehen wie die Knöpfe an einer Waschmaschine aus. Wer könnte mit so einem Ding zum Mars fliegen?«

»Das Raumschiff ›Enterprise‹ kam später, Liebling, und hat die Vorstellung, die man von Raumfahrt hatte, völlig verändert. Vergiss das nicht.«

»Das ist doch Ralph Hetherbridge, der den Bösewicht

spielt, nicht wahr?«, fragte Lazenby plötzlich. »Ich dachte, er sei Shakespeare-Darsteller.«

»Das war er auch«, bestätigte Eve. »Zum Film ist er erst in einem Alter gekommen, in dem Leute aus anderen Berufen in Pension gehen. Er hat nie eine schlechte Vorstellung abgeliefert.«

»Hat dem Ganzen ein bisschen Klasse gegeben«, sagte Meredith. »Hätte ein anderer die Rolle des Schurken gespielt, wäre es einfach lächerlich gewesen. Aber dem alten Ralph haben die Leute abgenommen, dass er böse war … Ah, das ist die Stelle, an der die Rieseneidechse dich beinahe zum Lunch verzehrt, Eve …«

»Sie sind so schön!« Lucia schniefte in ihr Taschentuch. »Oh, so schön, Signora. Und dieser Mann ist so böse.«

»Du meine Güte, ich hatte vielleicht Übergewicht! Ein richtiges Dickerchen.«

»Du platzt aber sehr reizvoll aus dem Bikini, Evie.«

»Also ich kapier' ganz einfach nicht, warum dieses Reptil sich so komisch bewegt, während es dich jagt. Ich meine, liegt das an der Mechanik, oder soll es ein bisschen zurückgeblieben wirken?«

»Der alte Ralph, ich meine, der verbrecherische Overlord, hat es aus seinem Versteck ferngesteuert, Liebling.«

»Oh, das hatte ich ganz vergessen.«

»Ich bin erstaunt, dass ein distinguierter Schauspieler wie Hetherbridge sich herabließ, bei einem solchen Schwachsinn mitzumachen«, bemerkte Lazenby von oben herab.

»Hey!«, rief seine Braut und versetzte ihm mit dem Kopf einen leichten Stoß gegen sein Knie. »Das ist einer von Mummys besten Momenten.«

»Das würde ich nicht sagen, Liebling.«

»Ich habe ihn als Polonius im Film gesehen. Wünschte, ich

hätte ihn sehen können, als er noch jung war und seinen berühmten Hamlet hinlegte, anno – wann war das doch gleich? Auf jeden Fall vor dem Krieg. Sieben- oder achtunddreißig.« Lazenby wandte den Kopf und sah sie der Reihe nach an.

»Das wissen wir nicht, so alt ist keine von uns«, sagte Meredith trocken.

»So wunderschön!« Lucia stöhnte leise auf. »Dieser Mann, er ist so böse. Er sollen sterben.«

»Er ist auch gestorben, der alte Ralph, oder? Kurz nach den Dreharbeiten, nicht wahr?«

»Ja, Liebling, er ist gestorben. Er war vierundachtzig. Das hätte niemand vermutet.«

»So gemein«, schluchzte Lucia. »Sie zu verfolgen, Signora!«

Ralphs verbrecherischer Overlord wurde schließlich ein Opfer seiner eigenen Monster, das wacklige Raumschiff kehrte zur Erde zurück, die Musik schwoll an, und der Nachspann kam.

»Solche Filme werden heute nicht mehr gedreht«, sagte Meredith, tief zufrieden.

»Und das ist auch gut so«, erklärte Eve.

»Es war schön«, sagte Lucia leidenschaftlich. »Es berühren mich hier.« Sie legte eine Hand auf ihren üppigen Busen und lächelte wohlwollend.

Sara stand vom Fußboden auf und machte Licht. »Hat Daddy nicht an dem Drehbuch mitgearbeitet, Mummy?«

»Mike? Ja, das hat er«, sagte Eve. »Aber er ist mittendrin gegangen. Wenn er geblieben wäre, wäre es ein viel besseres Drehbuch geworden. Der andere Typ, ich habe seinen Namen vergessen, der an Mikes Stelle weiterschrieb, war nicht halb so gut und dauernd verkatert. Einmal sind uns sogar die Dialoge ausgegangen. Wir saßen um den Regisseur herum und überlegten, wie es weitergehen sollte. Der alte Ralph saß hinten, ganz allein, und nachdem wir uns die Köpfe heiß geredet hatten, trompetete er: ›Improvisieren, meine Lieben! Improvisieren!‹«

»Warum hat denn Daddy mittendrin aufgehört?«, fragte Sara.

»Oh, das weiß ich auch nicht mehr so genau«, antwortete ihre Mutter ausweichend. »Er ist mit dem Regisseur nicht gut ausgekommen. Es wurde dauernd etwas geändert.«

Aus der Ecke, aus der er, von den anderen ganz vergessen, das Video mit grimmiger Aufmerksamkeit verfolgt hatte, warf Elliott ein: »Evie, mein Schatz, der Regisseur war ich.«

Beim Klang seiner sanften Stimme wurde Eve dunkelrot. »Stimmt ja, Albie, Liebling, es war mir total entfallen. Wie dumm von mir.«

Meredith stand auf und schenkte sich einen Drink ein. War mit dem Regisseur nicht gut ausgekommen, so ein Blödsinn! Du hattest eine Affäre mit dem Plastikidioten angefangen, der die männliche Hauptrolle spielte, und Mike hatte sich mehr von dir gefallen lassen, als zu ertragen war, Evie. Du hast einen Narren aus ihm gemacht.

»Ich denke trotzdem«, sagte Lazenby eigensinnig, »dass es für Hetherbridge eine sehr unrühmliche Art war, seine Karriere zu beenden.«

Meredith sah ihn an. »Ach ja? Ich bewundere ihn dafür, dass er in seinem Alter noch etwas ganz Neues in einem für ihn fremden Metier angefangen hat.«

»Absolut!«, rief Eve. »Der alte Ralph hat alles mit so viel Schwung und Begeisterung angepackt!« Ihr Gesicht war noch immer gerötet, und sie fügte unvermittelt hinzu: »Mach bitte das Fenster auf, mein lieber Jonathan. Es ist schrecklich heiß hier drin.«

Später an diesem Abend, als Meredith sich aufs Zubettgehen vorbereitete, klopfte es an ihrer Tür. Sie rechnete halb damit, dass es wieder Sara sein würde, und öffnete; doch es war Eve, die in einem weißen Satinmantel auf der Schwelle stand, in einer Hand eine Ginflasche und in der anderen zwei kleine Flaschen Schweppes Tonicwasser. Sie hielt alle drei in die Höhe.

»Und woraus sollen wir trinken?«, fragte Meredith und trat beiseite, um Eve hereinzulassen.

»O verdammt, ich habe die Gläser vergessen!« Verärgert verzog Eve das Gesicht.

»Keine Sorge, ich hole zwei Zahnputzbecher.«

Sie ließen sich mit den Zahnputzbechern nieder, Eve goss ein, und sie prosteten sich schweigend zu.

»Und welchem Zweck sollen diese mitternächtlichen Kapriolen dienen?«, fragte Meredith.

»Jonathan ist manchmal wirklich unmöglich«, sagte Eve. »Fragt uns, ob wir uns an Ralphs Hamlet von 1938 erinnern! Ich bin erst 1944 geboren.« Sie ließ den Gin im Becher kreisen und starrte hinein. »Ich habe in dem Film doch jung ausgesehen, oder? Richtig pummelig und knuddelig.«

»He, was soll diese Gefühlsduselei? Wieviel Gin hast du schon intus?«

»Unser Leben wird immer so ganz anders, als wir es uns erhoffen«, sagte Eve traurig. »Ich wünschte wirklich, Jon hätte ein anderes Video mitgebracht. Du weißt, warum Mike damals vom Set abgehauen ist, nicht wahr?«

»Ja«, sagte Meredith nach einer Pause kühl. »Ich weiß es.«

»Es hatte nichts zu bedeuten.« Der Ausdruck der Verzweiflung kehrte auf Eves Gesicht zurück. »Es war nur ein dummer Flirt auf dem Filmset. Ich habe Mike geliebt.«

»Zerbrich dir nicht den Kopf darüber, Evie.«

Eve kippte ihren Drink hinunter. »Ich möchte, dass Sara glücklich wird, Merry, weil ich das Mike schuldig bin und mir mein eigenes Leben kaputtgemacht habe. Mit Mike und mir ist alles schiefgelaufen. Die Ehe mit Hughie war die Hölle. Robert ist gestorben.«

»Hör zu, Evie, geh ins Bett, schlaf dich richtig aus, und trink nicht noch mehr Feuerwasser. Ich bringe die Flasche nach unten, damit du nicht mehr in Versuchung gerätst.«

Gehorsam verzog Eve sich in ihr Zimmer. Meredith nahm die Ginflasche und die beiden leeren Tonicfläschchen, klemmte sie zwischen Unterarm und Busen fest und konnte so auch noch die benutzten Becher mitnehmen. Vorsichtig stieg sie die Treppe hinunter. Im Salon war noch Licht, man sah es an dem hellen Streifen unter der Tür. Evie hat vergessen, es auszumachen, dachte sie und stieß die Tür mit dem Fuß auf.

Lazenby, der an einem kleinen Schreibtisch stand, fuhr hastig herum. »Oh«, sagte er, »Sie sind es. Ich dachte, alle wären schon im Bett.«

»Das sind sie auch. Ich bringe nur den Schnaps herunter. Eve und ich, wir haben uns noch einen Schlaftrunk genehmigt. Und was machen Sie?«, fragte sie neugierig.

Er schob eine geöffnete Schublade zu. »Ich arbeite. Habe ein paar Papiere mitgebracht. Dachte, Eve hätte vielleicht irgendwo Tipp-Ex.«

»Ich habe Tipp-Ex, aber es ist oben. Ich hole es Ihnen, wenn Sie es dringend brauchen.«

»Nein, nein, so dringend ist es nicht«, sagte er hastig und trat vom Schreibtisch zurück. »Hören Sie«, sagte er, »ich finde, Eve trinkt zu viel von dem Zeug. Ich wünschte, Sie würden sie nicht auch noch ermuntern.«

»Zu Ihrer Information«, erwiderte Meredith ärgerlich, »es

war nicht meine Idee, und ich habe sie absolut nicht ermuntert. Sie ist meine Cousine, wie Sie vielleicht wissen. Und ich sorge mich auch um sie.«

Er wurde rot. »Ich weiß sehr gut, dass Sie ihre Cousine sind, darum denke ich ja, dass Sie etwas wegen des Alkohols sagen sollten.«

»Also ich finde, sie hat sich da völlig unter Kontrolle. Bisher habe ich sie noch nicht von einer Seite auf die andere schwanken sehen.«

Sie starrten sich gegenseitig finster an. Meredith ging zur Hausbar und stellte die Ginflasche hinein. Lazenby, der sie beobachtete, sagte unerwartet: »Ich habe eine Schwäche für die Bühne, müssen Sie wissen. In Cambridge habe ich selbst ein bisschen gespielt – in Revuen und so. Meiner Meinung nach ist Eve keine schlechte Schauspielerin, sie hat nur viele schlechte Filme gemacht. Ich finde, sie sollte eine Bühnenrolle übernehmen.«

»Sie weiß selbst am besten, was sie kann«, sagte Meredith. »Oder glauben Sie, eine Bühnenrolle wäre respektabler als die in der Seifenoper, hinter der sie her ist?«

Trotzig streckte er das Kinn vor. »Ich gebe zu, dass ich dagegen bin.«

Meredith musterte ihn nachdenklich, dann ging sie auf ihn zu und blieb mit über der Brust gefalteten Armen vor ihm stehen. »Wenn man Schauspieler ist, kann man nur zwischen zwei Möglichkeiten wählen – zu arbeiten oder nicht zu arbeiten. Ich glaube, Eve weiß ziemlich genau, wie weit ihr Talent reicht. Sagen Sie, lieben Sie Sara eigentlich wirklich?«

»Das ist eine verdammt beleidigende Frage!«, fauchte er und wurde rot.

»Sie ist absolut in Ordnung. Ja oder nein?«

»Ja.«

»In guten und in schlechten Tagen? Wenn die Dinge mal schiefgehen?«

»Ja, verdammt!«

»Bei schlechter und guter Publicity? Mit einer Schwiegermutter als Seifenoper-Königin oder lieber in einem angesehenen Theater? Mit pikanten Geschichten in Klatschblättern?«

»Ich weiß nicht, worauf Sie hinauswollen –«, begann er, doch sie unterbrach ihn.

»Und ob Sie das wissen!«, sagte sie in scharfem Ton.

Mit leiser, unnachgiebiger Stimme sagte er: »Einen Skandal kann ich mir natürlich nicht leisten. Ich lebe in der Welt der Hochfinanz. Verwalte das Geld der Leute. Ich muss über jeden Zweifel erhaben sein – es ist, als wäre man Richter.«

Meredith dachte an Markby. »Wir haben keine Richter in der Familie«, sagte sie. »Hören Sie, ich denke, wenn Sie am Sonntagabend nach London zurückfahren, sollten Sie Sara mitnehmen. Es ist nicht gut für sie, hier zu sein. Sie hat einen schlimmen Schock erlebt, und ich finde, sie sollte ihre Arbeit wieder aufnehmen, damit sie ein wenig abgelenkt wird.«

»In Ordnung«, sagte er nach einer Pause.

Am Montag fuhr Meredith nach Bamford und stellte den Wagen vor der öffentlichen Bibliothek ab. Lazenby hatte Sara am Abend vorher nach London mitgenommen. Eve und Meredith hatten ihn mit Erleichterung gehen sehen. Davon, dass Sara ihn begleitete, war Eve weniger begeistert.

»Es ist dieser Job im Frauenhaus, der mir nicht behagt. Ich habe immer Angst, dass sie dort Schwierigkeiten bekommt. Vielleicht sogar angegriffen wird. Aber sie ist so versessen darauf.«

»Lass sie ruhig weitermachen, Eve. Es scheint eine gute Sache zu sein und ist auf jeden Fall besser, als mit einem Haufen von Tagedieben herumzuhängen wie früher.«

Die Bibliothek war hell und freundlich. Hinter dem Auskunftsschalter standen zwei Frauen, eine jung, die andere älter. Die jüngere, die eine pinkfarbene Strickjacke trug, fragte Meredith, ob sie ihr helfen könne.

»Ja. Ich bin bei Miss Owens zu Besuch, die einen Ausweis für diese Bibliothek hat, und sie hat mir einen Ausleihzettel zur Verfügung gestellt. Geht das in Ordnung?«

Die ältere Frau blickte rasch von ihrer Arbeit auf und schien etwas sagen zu wollen, senkte dann aber wieder den Blick.

»O ja«, sagte das Mädchen in der pinkfarbenen Strickjacke. »Kein Problem.«

Meredith wandte sich um und spazierte zwischen den Regalen auf und ab, bis sie zur Abteilung *Medizin allgemein* kam. Während sie sorgfältig die Titel auf den Buchrücken studierte, kam die ältere Frau um die Ecke und fragte: »Suchen Sie etwas Spezielles?«

»Ja.« Meredith zögerte. »Ja, etwas über Heilkräuter.«

Die Frau sah sie durch ihre stahlgefasste Brille gespannt an. »Wir haben ›Culpepers Kräuterbuch‹ – aber ich glaube, es ist zurzeit ausgeliehen. Wenn ich Sie etwas fragen dürfte …« Sie stockte.

»Ja?«

»Sie haben gesagt, dass Sie bei Miss Owens zu Besuch sind. Ich wüsste gern …« Sie stockte abermals, machte einen verwirrten und nervösen Eindruck. »Dieser furchtbare Mord … Sie haben wohl keine Ahnung, wie die Polizei mit ihren Ermittlungen vorankommt?«

Meredith musterte sie aufmerksam. Es konnte auch bloße Neugier sein, doch die Frau wirkte aufgeregt. »Wie üblich, nehme ich an.« Sie warf die Angel aus. »Ich bin dem jungen Mann nur zweimal begegnet. Sehr traurige Geschichte.«

»Ja.« Die Frau griff nach dem Haken. »Er war ein so netter junger Mann.«

Ein Prickeln lief Meredith das Rückgrat hinunter. »Haben Sie ihn gekannt, Mrs. …«

»Mrs. Hartman. *Gekannt* eigentlich nicht. Aber ich erinnere mich an ihn. Ein paar Wochen, bevor er ermordet wurde, war er in der Bibliothek.«

»Wollte er etwas Besonderes?«, fragte Meredith so beiläufig wie möglich. »Hat er sich Bücher ausgeliehen?«

»Nein. Er wollte den Fotokopierer benutzen.«

Ein anderer Bibliotheksbesucher kam auf sie zu und machte ein böses Gesicht. Offensichtlich standen sie im Weg. »Können wir uns irgendwo hier unterhalten?«, fragte Meredith hastig und leise.

Mrs. Hartman ging voran in ein Kabuff, in dem ein Gaskocher, mehrere Tassen und alle Utensilien zum Kaffeekochen standen. Sorgfältig schloss sie die Tür hinter sich. »Ich habe mir schon den Kopf darüber zerbrochen, ob ich es der Polizei melden sollte. Aber es war etwas so Harmloses, und was hätte ich letztendlich zu erzählen gehabt? Das erste Mal ist mir der junge Mann drüben beim Fotokopierer aufgefallen. Der steht direkt bei der Tür, und gleich daneben liegt der Mikrofiche-Katalog. Der junge Mann hatte mir den Rücken zugekehrt. Er trug eine Lederjacke und Jeans, und ich dachte, er sei vielleicht ein Student aus dem College ein Stück weiter unten an der Straße. Sie kommen manchmal und kopieren gegenseitig ihre Notizen.«

»Haben Sie gesehen, was er kopiert hat?«, fragte Meredith gespannt.

Mrs. Hartman schüttelte den Kopf. »Nein, das kann man

nicht sehen. Aber er hatte kein Kleingeld mehr, kam zu mir ans Pult und fragte, ob ich eine Zwanzigpencemünze in zwei Zehner wechseln könnte, weil man nämlich für den Apparat Zehner braucht. Wir tun das eigentlich nicht gern, weil wir das Kleingeld aus der Bußgeldkasse nehmen müssen, und wenn dann die Leute ihre Strafe zahlen wollen, weil sie den Rückgabetermin nicht eingehalten haben, ist kein Kleingeld da, wissen Sie. Nur, er war eben ein so netter Junge …«

Ein netter Junge. Wenigstens war ich nicht die Einzige, dachte Meredith sarkastisch.

»Nun ja«, sagte Mrs. Hartman und wurde rot. »Eigentlich kein Junge mehr. Als er näher kam, sah ich, dass er ein bisschen älter war, und ich kam zu dem Schluss, dass er doch kein Collegestudent sein konnte, denn die sind alle ungefähr neunzehn.«

»Und was ist passiert?«, drängte Meredith ungeduldig.

»Nichts«, entgegnete Mrs. Hartman. »Deshalb meine ich ja, dass ich deswegen nicht zur Polizei gehen kann. Ich habe ihm einfach nur die zwei Zehner für seinen Zwanziger gegeben, weil er so höflich war, richtig reizend. Ich meine, Sie sollten ein paar von den Studenten sehen. Die Jungen sind Rowdys, und die Mädchen – nun, das möchte ich lieber nicht sagen. Und das soll unsere geistige Elite sein, die durch bessere Bildung begünstigt ist. Ich verstehe die Welt einfach nicht mehr.«

Meredith brachte sie wieder auf Philip Lorrimer. »Sie haben ihm das Kleingeld gegeben, und er ist wahrscheinlich zum Kopierer zurückgegangen.«

»Ja, das ist richtig. Dann ist jemand ans Pult gekommen, und ich wurde abgelenkt.« Mrs. Hartman runzelte die Stirn. »Als ich wieder hinschaute, ging er gerade. Ich rief ihm nach, ob er auch seine Originale mitgenommen habe. Denn manchmal vergessen die Leute sie im Apparat, wissen Sie? Er sagte, ja, er habe sie sicher verwahrt.«

»Das waren seine Worte?«

»Ja, ich glaube. Er rief zurück: ›Nur keine Sorge, die sind in Sicherheit!‹«

Die. Er hatte demnach mehrere Blätter kopiert. Aber was, und warum? Warum mussten die Originale sicher verwahrt werden? Weil sie wertvoll waren, wenigstens für ihn? Oder für jemand anderen? Hatte der Mörder diese Originale gesucht, als er Philips Cottage so hastig durchwühlte?

Tief in Gedanken verließ Meredith die Bibliothek. Es schien ihr unnötig, den Wagen zu nehmen, sie ließ ihn stehen und ging das kurze Stück zum Einkaufszentrum zu Fuß. Die Niederlassung einer bekannten Buchhandelskette, in der sie zuerst fragte, führte keine Bücher über Heil-, sondern nur über Gartenkräuter. Sie seien, sagten sie mit einem Ausdruck des Bedauerns und ganz ohne Ironie, nur eine kleine Filiale. Ein unabhängiger kleiner Buchladen auf dem Marktplatz hatte zwar ein Buch, doch es behandelte nur solche Kräuter, die als Schmerzmittel eingesetzt werden konnten. Sie verließ das Geschäft und stand unschlüssig auf dem Gehsteig, als neben ihr ein Wagen hielt, Alan Markby den Kopf herausstreckte und rief: »Wohin wollen Sie?«

»Nach Hause«, antwortete sie, ging zum Wagen und beugte sich zum Fenster hinunter. »Mein Auto steht bei der Bibliothek.«

»Wenn Sie ein paar Minuten erübrigen könnten, würde ich gern mit Ihnen reden«, sagte er. »Zeit genug für eine Tasse Tee? Ich stelle nur den Wagen ab, und dann treffen wir uns in der Teestube, in der wir uns schon einmal begegnet sind.«

Die Teestube war ziemlich leer. Meredith nahm am Fenster Platz, und als die Kellnerin kam, sagte sie: »Ich warte auf einen – einen Freund.«

»In Ordnung, ich komme wieder, wenn er da ist«, erwiderte die Kellnerin munter.

Fünf Minuten später erschien auch Markby. Meredith sah ihn eintreten und ein paar Worte mit der Kellnerin wechseln, die ihn offensichtlich kannte. Sie zeigte auf Merediths Tisch. Markby kam zu ihr und setzte sich.

»Sie haben ausgezeichnete Cremetorten.« Fragend zog er eine Braue hoch.

Sie schüttelte den Kopf. »Nur eine Tasse Tee. Ich habe am Wochenende ausgiebig gegessen und einige Pfunde zugenommen. Lucia hat uns die phantastischsten neapolitanischen Speisen aufgetischt.«

»Gab es etwas Besonderes zu feiern?«

»Nein. Na ja, Saras Freund war über's Wochenende da.«

Etwas in ihrer Stimme brachte ihn zum Lächeln. Die Kellnerin kam, und sie bestellten Tee. »Hat die Presse Sie noch sehr belästigt?«, fragte er freundlich, als das Mädchen gegangen war.

»Hat zurzeit wohl etwas Interessanteres gefunden, denke ich. Kein Reporter mehr in der Nähe. Was wollten Sie von mir?«

Er wünschte, er könnte jetzt sagen, ich wollte einfach mit Ihnen zusammen sein und reden. Doch das war nicht der Grund, warum er hier war. Er seufzte im Geist tief auf. Wer wollte schon Polizist sein? »Ich habe gehört, Sie haben Gary Yewell an seinem Arbeitsplatz aufgesucht«, sagte er. »Nachdem wir uns das letzte Mal gesehen hatten.«

»Ach, darum geht's? Wollten Sie deshalb mit mir sprechen?«

»Ja, deshalb. Warum waren Sie dort?«

Ihre schönen Augen begegneten den seinen, und ihr Gesicht bekam wieder den eigensinnigen Ausdruck, den er einerseits fürchtete, andererseits anfing zu mögen. »Ich wollte wissen, wann Philip Lorrimer morgens gewöhnlich aufstand.«

»Hören Sie, Meredith«, sagte er, »Sie nehmen es mir doch nicht übel, wenn ich ganz offen zu Ihnen spreche, oder? Ich verstehe ja, wie frustrierend es für Sie ist. Sie haben Urlaub.

Sie dachten, sie kämen in ein schönes, stilles englisches Dorf, und dann machen Sie einen Morgenspaziergang und stolpern über eine Leiche. Im Handumdrehen wimmelt es von Reportern und Fotografen und Polizisten. Am liebsten möchten Sie zu einem Besen greifen und uns alle hinausfegen. Sie gehören nicht zu den Leuten, die herumsitzen und nichts tun. Daher haben Sie beschlossen, unser Verschwinden von der Bildfläche ein bisschen zu beschleunigen, indem Sie selbst ein paar Nachforschungen anstellen. Das hätte vielleicht bei Hercule Poirot geklappt, aber im richtigen Leben funktioniert es nicht. Überlassen Sie das den Profis.«

»Ihnen?« Die braunen Augen sahen ihn schnippisch an.

»Sehr unhöflich«, sagte er.

»Na gut, sehr unhöflich, und das war ganz und gar nicht meine Absicht. Aber ich begreife nicht, warum ein paar Routinefragen an Gary Yewell Ihnen etwas ausmachen sollten. Wenn ich mich auf ganz harmlose Weise etwas umtue und Ihnen dabei nicht im Weg bin, müssten Sie doch froh sein und mich weitermachen lassen – hätte ich gedacht.«

»Sie sind mir aber ganz schön im Weg«, sagte er energisch. »Und von wegen harmlos. Man könnte es auch Zeugenbeeinflussung nennen, ist Ihnen das klar?«

»Was für ein Unsinn!«, stieß sie wütend hervor.

Die Kellnerin brachte den Tee und sorgte damit gerade rechtzeitig für eine Pause im Gespräch der beiden.

»Wir haben bei drei verschiedenen Anlässen mit Yewell gesprochen«, sagte Markby. »Ein wenig liebenswürdiger junger Mensch, voller Abwehr, einsilbig. Er mag keine Polizisten.«

»Sehen Sie?«, rief Meredith triumphierend. »Deshalb erzählt er mir vielleicht Dinge, die er Ihnen nicht sagen würde.«

»Und? Hat er?« Markby blickte ihr unverwandt in die Augen.

»Das weiß ich nicht. Ich weiß ja nicht, was er Ihnen gesagt hat, und Sie werden es mir wahrscheinlich nicht verraten. Mir hat er nicht viel erzählt. Am Morgen bekam er Philip nie zu Gesicht, weil der noch im Bett lag, wenn Gary vorbeikam. Gesehen hat er ihn am Freitagabend, wenn er im Dorf das Milchgeld kassierte.«

»Könnten Sie sich vorstellen, dass Gary sich an den Milchflaschen zu schaffen gemacht hat?«, fragte Markby, während er nach seiner Teetasse griff.

»Offen gesagt, nein. Dazu ist er nicht gerissen genug. Und warum sollte er auch? Er hat Philip einmal pro Woche gesehen und das Milchgeld von ihm entgegengenommen.«

»Sie haben in der Molkerei eine Flasche Milch gekauft?«

Verflixter Kerl! In Meredith stieg Zorn auf. Entging ihm denn gar nichts? Am liebsten hätte sie ihn angefaucht: »Wie können Sie es wagen, mich zu überwachen?« Doch Leute zu überwachen gehörte nun einmal zu seinem Job.

»Ja«, sagte sie eisig. »Ist das illegal?«

»Nein, nur merkwürdig. Was haben Sie damit gemacht?«

»Was schon? Die Milch getrunken, natürlich.«

»Meredith«, sagte Markby freundlich, »überlassen Sie mir die Detektivarbeit.«

Sie nahm ihre Umhängetasche und stand auf; ihre braunen Augen blitzten zornig. »Das ist ein freies Land, oder? Ich kann hingehen, wohin ich will, und sprechen, mit wem ich will. Ich bin Ihnen nicht im Weg und beeinflusse garantiert keine Zeugen. Viel Glück bei Ihren Ermittlungen, Chief Inspector!«

Sie stürmte hinaus und dachte noch: Ich hätte ihm sagen müssen, dass er Mrs. Hartman aufsuchen soll. Aber dann hätte er mir wieder vorgeworfen, ich würde mich in seine Angelegenheiten einmischen. Wenn er alles allein machen will, dann soll er doch!

Als sie an der Straßenecke war, hatte sie sich wieder ein wenig beruhigt. Die Fußgängerampel zeigte Rot, und Meredith wartete zwischen einer jungen Frau mit einem Kinderwagen und einer alten Frau mit einem Einkaufswagen auf Grün. Beide gingen mit ihren Fahrzeugen ziemlich achtlos um, und Meredith fragte sich, ob die junge Frau vielleicht versuchte, sich ihres Babys zu entledigen, weil sie den Kinderwagen schon auf die Fahrbahn geschoben hatte, noch ehe der grüne Mann erschienen war, der den Fußgängern den Weg freigab, und schwere Laster nur wenige Zentimeter vor den Zehen des Kindes vorüberdröhnten und das unglückliche Geschöpf in Abgaswolken hüllten. Und während sie dort stand und wartete, sah sie es. Genau gegenüber an der Ecke.

A. J. PERRY
MALER- UND KUNSTGEWERBE-BEDARF
BILDERRAHMUNG
GALERIE

Die Ampel wurde grün. Die junge Frau mit dem Kinderwagen stürmte los, die ältere folgte, energisch ihren Einkaufswagen hinter sich herziehend. Meredith überquerte die Straße ebenfalls, blieb auf dem Gehsteig stehen und spähte durch das Schaufenster in den Laden.

Er machte einen schmuddligen und unordentlichen Eindruck; die Schaufensterware war verblasst, staubig und voller Fliegendreck, sie schien seit Jahren nicht mehr ausgewechselt worden zu sein. Ein paar handkolorierte Drucke von Bamford waren braun geworden und fast bis zur Unkenntlichkeit ausgebleicht. Meredith stieß die Tür mit dem durch die Sonne verschossenen braunen Rahmen auf, und über ihrem Kopf begann eine Klingel zu lärmen.

Im Laden war niemand, aber in einem der hinteren Räume wurde kräftig gehämmert. Vielleicht rahmte A. J. Perry gerade Bilder ein. Sie nahm an, dass er die Klingel gehört hatte. Meredith sah sich um. Aus staubigen Fächern schauten Farbtuben und Pinsel in verschiedenen Stärken heraus. An der Wand hingen Rahmenmuster in einer Reihe übereinander wie eine Staffel von auf dem Kopf stehenden »V«s; die Palette reichte von ganz schlicht und modern bis zu verziert und vergoldet für viktorianische Ölgemälde. Die Preise für die Bildverglasung standen handschriftlich auf einem Stück gewellten Kartons. Ein Usambaraveilchen in einem Topf sah verdächtig danach aus, als sei es verwelkt, die dunklen, pelzigen Blätter hingen schlaff über den Topfrand. Meredith griff prüfend hinein, die Erde war knochentrocken. Noch einmal öffnete und schloss Meredith die Ladentür, damit die Glocke wieder bimmelte.

Diesmal erfolgte eine Reaktion. Das Hämmern hörte auf, und ein kahlköpfiger Mann mit einem Rauschebart kam eilends hinter einem Perlenvorhang hervor und musterte sie mit einem finsteren Blick.

»Ah, es ist jemand«, sagte er mürrisch. »Dachte schon, es wären wieder diese verdammten Kinder, die ihren Unsinn treiben.«

Meredith entschuldigte sich für die Störung und erklärte ihm, was sie zu ihm geführt hatte.

»Philip Lorrimer. O ja, ich erinnere mich an ihn.« Mr. Perry, vorausgesetzt, er war es, ging hinter seinen Tresen und stützte sich mit den Handflächen auf die mit allem möglichen Kleinkram übersäte Platte. Nach seinen dunkelblau bis schwarz verfärbten Fingernägeln zu schließen, traf sein Hammer nicht immer, was er treffen sollte. »Er hat bei mir dies und das gekauft, sagte, er sei Töpfer. Ich hab's in der Lokalzeitung gelesen, dass man ihn umgebracht hat. Hab' seine Arbeiten nie gesehen – die Töpfereien, meine ich. Nur ein paar Bilder von ihm.«

»Bilder?« Zum ersten Mal hörte sie, dass Lorrimer auch gemalt hatte. »Ich wusste gar nicht, dass er malte. Dachte, dass er nur getöpfert hat.«

»Ach«, sagte Mr. Perry, »musste doch seine Brötchen verdienen. Deshalb hat er getöpfert, hat er mir wenigstens so gesagt. Hätte am liebsten nur Porträts gemalt. Ich habe hier eine kleine Galerie …« Er wies mit dem Kopf zu dem Perlenvorhang hinüber. »Lorrimer hat mir ein paar Bilder gebracht, um zu testen, ob sie sich verkaufen ließen.«

Meredith bemühte sich, sich ihre Aufregung nicht anmerken zu lassen. »Und haben Sie sie verkauft? Oder sind sie noch hier?«

»Also, das ist jetzt komisch«, sagte Mr. Perry und wühlte mit den plumpen Fingern in seinem Bart, als suche er ein paar Rahmen- oder Reißnägel, die während seiner Arbeit darin hängengeblieben sein könnten. »Eines davon war ein Porträt einer Katze, das hat eine alte Dame gekauft. Ich selber mache mir nichts aus Katzen, aber ich glaube, als Katzenbild war es okay. Tierbilder sind gewöhnlich gut verkäuflich, darum habe ich es hereingenommen. Unter uns gesagt, er hat als Maler nicht viel getaugt. Grobe Pinselführung. Aber er hat es verstanden, etwas Wesentliches von seinem Sujet einzufangen, da war er wirklich gut, wenn Sie verstehen, was ich meine.«

»Und das andere Bild?«, fragte Meredith mit gepresster Stimme.

»O ja, das war das Porträt eines Mädchens. Eines jungen Mädchens mit langem hellem Haar, eines sehr hübschen Mädchens. Ein wirklich reizendes Bild, aber ich hatte so meine Zweifel, ob ich es verkaufen könnte. Und *das* war das Komische.« Mr. Perry beugte sich vor. »Ein junger Kerl hat es gekauft. Kam eines Tages hereinmarschiert, sehr pampig. Aggressiver Typ. Bisschen ein Klugscheißer. Stadtmensch, kein Einheimischer. Kennen Sie die Sorte?«

»Ja«, sagte Meredith, »die kenne ich.«

»Sagte, er habe gehört, ich hätte ein Bild von Lorrimer hier. Wollte die Galerie gar nicht sehen, fragte nur nach dem Bild. Ich zeigte es ihm, und er sagte, ja, das ist es. Und holte ein Scheckbuch heraus und fragte schroff: ›Wie viel?‹ Beinahe hätte ich ihm gesagt, er könne es nicht kaufen, nur um ihm Manieren beizubringen. Aber dann dachte ich, dass der junge Lorrimer sich freuen würde, und Geschäft ist Geschäft. Hab' aber noch einen Zehner auf den Preis draufgeschlagen. Er hat gezahlt, ohne mit der Wimper zu zucken, das Bild unter den Arm geklemmt und ist hinausmarschiert. Hat nicht einmal wegen eines Rahmens gefragt«, fügte Mr. Perry grollend hinzu.

»Ah ja, verstehe …«

»Nein, tun Sie nicht«, sagte Mr. Perry und wackelte mit seinem Bart. »Ich bin noch nicht fertig. Das war nicht das Ende. Zwei Tage später kam Lorrimer hier hereingestürmt, weiß wie die Wand, und platzte fast vor Wut. Er lief schnurstracks in die Galerie und kam doppelt so schnell wieder heraus. ›Wo ist das verdammte Bild?‹, brüllte er. Ich sagte ihm, dass ich's verkauft hätte. ›Warum haben Sie Saukerl das getan?‹, schrie er. Na ja, ich war selber bei der Marine und hab' ihm im selben Ton geantwortet. Er beruhigte sich ein bisschen, wurde irgendwie trübsinnig. ›Ich wollte es zurückhaben‹, sagte er. Ich antwortete ihm, das hätte ich nicht gewusst. Ich wollte ihm dann das Geld geben, das ich dafür bekommen hatte, abzüglich meiner Prozente natürlich. Er nahm es nicht. ›Behalten Sie das verdammte Geld‹, schnauzte er. ›Mistkerl!‹ Und stürmte wieder hinaus. Danach habe ich ihn nie wiedergesehen. Er muss seine Materialien anderswo gekauft haben.«

Meredith bedankte sich. Sie fuhr zum Pfarrhaus zurück und murmelte ständig »Idiotin! Idiotin! Idiotin!«, vor sich hin. Sie ging direkt in den Salon und zu Eves Porträt, das dort hing. Ja, die Pinselführung war plump. Natürlich hatte der Name des Malers ihr kurz nach ihrer Ankunft hier nichts gesagt. Sie hätte sich aber an ihn erinnern müssen, besonders als sie ihn selbst kennenlernte …

Sie schaute in die Ecke des Bildes. Ja, da war die Signatur, gleich über der Stelle, an der ein ziemlich großer Splitter aus dem Rahmen herausgebrochen war; jemand hatte versucht, den Schaden mit goldener Farbe auszubessern.

»Ich hatte gehofft, du würdest es nicht merken.«

Meredith fuhr herum. Eve stand an der Tür, ganz elegant in hellgrünem Seidenkrepp. Sie kam langsam näher und betrachtete das Bild voller Abneigung.

»Warum hast du nie erwähnt, dass Lorrimer dich gemalt hat, Evie?«

Eve zuckte mit den Schultern. »Ist das wichtig? Es wäre doch taktlos, die Leute jetzt daran zu erinnern. Besonders Sara. Ich habe für dieses Porträt nicht selbst gesessen, es wurde nach einer Fotografie gemalt. Robert war öfter geschäftlich in der Gegend unterwegs – noch bevor wir das Haus kauften. Dadurch kam er ja auf die Idee, aufs Land zu ziehen, und erfuhr dann von dem leerstehenden Haus. Ich weiß nicht, wie er Lorrimer kennenlernte, aber Robert interessierte sich für junge Menschen. Er förderte junge Talente und gab Lorrimer den Auftrag, das Porträt nach dem Foto zu malen, er wollte mich damit überraschen. Wir waren erst kurz verheiratet, und er liebte solche Aktionen. Das Bild wurde recht gut, wenn man die Umstände bedenkt. Robert gefiel es jedenfalls, und er bestand darauf, es hier aufzuhängen. Ich denke mir, dass er sich, immer wenn er es ansah, sagen konnte, es sei eine gute Tat gewesen, Lorrimer mit dem Auftrag zu helfen. Es gab ihm ein gutes Gefühl, und das war ein Grund dafür, dass er es so gern mochte. Ich habe Lorrimer erst kennengelernt, als wir hierherzogen. Offen gesagt, es war mir peinlich – das Bild hier an der Wand, und der Künstler ein so schmuddliger junger Mann, der nur einen Steinwurf weit entfernt wohnte. Aber nach Roberts Tod, da konnte ich es nicht mehr abnehmen … du weißt ja –« schloss Eve düster.

Es gibt sehr viel, was ich nicht weiß, dachte Meredith, oder nicht gewusst habe, aber nach und nach erfahre ich doch so einiges. Sie ging hinauf in ihr Zimmer, setzte sich ans Fenster und schaute auf die Zufahrt hinunter. Dann schlug sie ihr Notizbuch auf, legte es sich auf die Knie und schrieb:

Robert kommt geschäftlich her und lernt Lorrimer kennen, der Eves Porträt nach einem Foto malt.
Robert kauft das Haus und zieht mit Eve und Sara hierher.
Robert stirbt, und Sara lernt auf der Beerdigung Lazenby kennen, mit dem sie sich verlobt.
Lorrimer hat Sara irgendwann gemalt und das Bild in Perrys Laden gebracht, doch Lazenby erfährt davon und kauft es. Lorrimer versucht vergeblich, es zurückzubekommen.
Lorrimer benutzt den Kopierer in der Bibliothek.

Meredith klappte das Notizbuch zu. Es war an der Zeit, mit Sara zu sprechen. Und diesmal lasse ich mir keinen Unsinn auftischen, dachte sie grimmig.

KAPITEL 10

»Um Himmels willen, Alan!«, rief Laura empört. Die Arme über der Brust gefaltet, lehnte sie im Türrahmen und betrachtete die gebeugte Gestalt ihres einzigen Bruders, der im Patio einem Topf mit Geranien eine Strafpredigt zu halten schien. »Fängst du jetzt auch schon an, mit Pflanzen zu reden? Ich weiß, alle möglichen Leute tun es, aber ich glaube nicht, dass ich's ertragen kann.«

»Nein«, entgegnete er entrüstet, »ich habe nur laut gedacht.«

»In diesen Blumentrögen rumwerkeln und mit dir selber reden. Ein Gutes hat es ja, Alan, mit deinen Geburtstags- oder Weihnachtsgeschenken gibt es nie ein Problem. Ein Sack Biodünger, und du bist glücklich.«

»Besser jedenfalls als Krawatten und Socken, die ich nicht mag.«

Sie gingen beide in die Küche zurück. »Ich wollte dich für den Sonntag zum Mittagessen einladen«, sagte Laura. »Die Kinder haben dich schon eine Ewigkeit nicht mehr gesehen.«

»Das ist nicht wahr«, verteidigte er sich. »Ihr wart alle zum Lunch bei mir – wir haben draußen gegrillt. Ich habe es eben erst geschafft, den Patio von den Fettflecken zu säubern.«

»Das ist schon mindestens zwei Monate her. Ach, länger. Es war kurz nachdem Eve Owens dich gebeten hatte, den Brautführer zu machen.« Er murmelte etwas und ging hinaus, aber Laura lief mit vorwurfsvoller Miene hinter ihm her. »Man sieht dich alle Jubeljahre einmal. Onkel Alan ist zu einer mythischen Gestalt geworden, wie der Nikolaus. Ein Wunder, dass sie dich nicht für den Weihnachtsmann halten, wenn du einmal im Jahr an Weihnachten mit Geschenken erscheinst und dann für zwölf Monate wieder verschwindest. Was ist los, magst du etwa meine Kinder nicht?«

»Ich liebe sie, aber das Kleine ist immer im Bett, wenn ich euch besuche. Kommt mir vor wie ein dahinsiechender viktorianischer Invalide.«

»Sie, Alan, *sie*. Nicht *das*. Kinder sind nicht geschlechtslos. Bekommen wir dich nun am Sonntag zu sehen? Paul sagt, im Fernsehen gibt es Fußball, und du kannst dir das Spiel von West Ham mit ihm ansehen.«

»Danke.« Markby strich um ein Alpenveilchen herum, das auf der Anrichte stand. »Ich habe viel zu tun, Laura. Nett von dir, mich einzuladen und so weiter.«

»Du kannst am Sonntag nicht arbeiten«, sagte sie streng. »Nun ja, du kannst, aber du brauchst und du solltest es nicht. Du wirst noch zum Workaholic.«

»Das ist nicht wahr«, verteidigte er sich. »Aber ich habe im Moment einen sehr merkwürdigen Fall.«

»Hör mal, *ich* habe auch eine Menge Arbeit, aber ich nehme mir die Zeit zum Essen!« Sie klang nun richtig entrüstet. Nach einer Pause sagte sie: »Geht es um den Nachbarn von Eve Owens, den jemand vergiftet hat?«

»Um genau den. Ich glaube fast, er hat es herausgefordert, aber es ist ein scheußlicher Tod.« Markby kratzte sich am Kinn. »Mir sind Fälle lieber, in denen geschossen oder mit stumpfen Gegenständen zugeschlagen wird. Gift ist etwas so Heimtückisches.«

»Verglichen mit stumpfen Gegenständen könnte man es fast kultiviert nennen«, wandte sie ein. Ihr Bruder warf ihr einen scharfen Blick zu, und Laura dachte nicht zum ersten Mal, dass seine liebenswürdige Art eine gelungene Tarnung für seinen ungewöhnlich wachen Verstand war.

»Ja, die Waffe einer Frau, wie man sagt. Doch vielleicht ist das eine altmodische Idee, die noch aus den Zeiten stammt, in denen Frauen schwach waren und in jedem Haus eine Büchse Arsen gegen die Ratten aufbewahrt wurde.«

»Was beunruhigt dich, Alan?«, fragte Laura leise.

»Mich beunruhigt, dass es kein offensichtliches Motiv gibt. Er war ein unangenehmer Kerl, aber wenn jeder, der in diese Kategorie gehört, ermordet werden würde, hätten wir einen gewaltigen Bevölkerungsschwund. Es reicht nicht. Er hat allein gelebt. Er war selbstständig und auf seine Weise unabhängig. Das Cottage gehörte ihm. Er hat es bar gekauft und dem Makler gesagt, das Geld habe er von einem älteren Verwandten geerbt. Aber Verwandte konnten wir bisher nicht auftreiben. Warum sollte er jemandem so im Weg gewesen sein, dass der ihn umbringen musste? Übrigens hat man ihm nicht sofort angemerkt, dass er ein so unerfreulicher Zeitgenosse war. Nach außen hin konnte er charmant sein. Das sind immer die Schlimmsten.«

»Aber er benutzte seinen Charme nicht, um begüterte Frauen mit schlichtem Gemüt auszunehmen«, stellte Laura fest.

»Woher wollen wir das wissen? Vielleicht haben wir seine Opfer nur noch nicht entdeckt. Dieser jungenhafte Charme war verdammt wirkungsvoll. Selbst Miss Mitchell hat ihn für einen netten Kerl gehalten, und sie lässt sich so leicht nicht täuschen.«

»Oh?«, bemerkte Laura.

Er hob die Schultern. »Laura, wenn du eine Frau wärest …«

»Na vielen Dank! Was bin ich denn dann? Ein Androide?«

»Hör zu. Wenn du nicht meine Schwester, sondern eine andere Frau wärst, okay? Was würdest du über mich denken?«

»Unordentlich«, sagte sie prompt. »Jemand, der dringend die Hand einer Frau braucht, die ihn führt, ihm das Hemd bügelt, ihn daran erinnert, dass er sich die Haare schneiden lassen muss, und ihn davon abhält, mit seinen Pflanzen zu reden.«

»Eine solche Frau ist sie nicht, ich meine, sie bügelt keine Hemden.«

Laura ging zum Angriff über. »He, über wen sprechen wir eigentlich? Du hast dich doch nicht in die *femme fatale* verliebt, in die Leinwandgöttin, die alterslose Eve, oder doch?«

»Nein, und sei nicht gehässig. Eve Owens, das kann ich dir flüstern, ist eine bemerkenswert gut erhaltene Frau.«

»Und ich habe einen bemerkenswert gut erhaltenen georgianischen Spieltisch. Um Himmels willen, Alan! Wenn du weiterhin solche Bemerkungen von dir geben willst, solltest du doch besser mit Pflanzen reden. Hätte Eve Owens gehört, wie du sie beschreibst, würde sie dich verklagen – und ich würde sie vertreten!«

»Ich spreche über Meredith Mitchell«, gestand er.

»Wie sieht sie aus?«, fragte die praktisch denkende Laura.

»Oh, ziemlich groß, bisschen über dreißig, schönes Haar, schöne Haut, intelligent. Sie ist im Konsulardienst.«

»Schade, dass du sie nicht zum Lunch mitbringen kannst«, sagte Laura mit aufrichtigem Bedauern. »Aber das geht nicht, nehme ich an, solange dieser Fall nicht abgeschlossen ist. Weil sie eine wichtige Zeugin ist. Sie hat die Leiche gefunden, nicht wahr? Beeinflussung und all das. Die Verteidigung würde sich darauf stürzen.«

»Ich bezweifle, dass sie sich überhaupt von mir einladen ließe. Sie sieht mich an, als sei ich mit einem Rucksack und

Gebetsperlen in der Hand in ihrem Konsulat aufgetaucht und hätte behauptet, meinen Pass verloren zu haben. Manchmal macht es wirklich nicht viel Spaß, Inspektor zu sein. Man platzt ungebeten bei den Leuten herein, stellt alle möglichen dämlichen und sehr persönlichen Fragen, und die Leute nehmen es einem natürlich übel.« Er hielt einen Moment inne, dann sagte er: »Von Pflanzen oder Blumen versteht sie nichts.«

»Dafür kriegt sie einen Pluspunkt bei mir«, sagte Laura wohlwollend.

»Nein, du begreifst nicht«, erwiderte ihr Bruder ernst. »Sie versteht nichts davon, aber der Mörder von Philip Lorrimer, der schon.«

Meredith schloss den Wagen sorgfältig ab und sah nach, ob nicht etwas auf dem Rücksitz oder der Ablage lag, das auch nur das leiseste Interesse wecken konnte. Das hier war kein Platz, den sie sich freiwillig ausgesucht hätte, um ihren Wagen abzustellen, aber er lag ihrem Ziel am nächsten. Sie sah sich um. Eintönige Wohnblocks aus roten Ziegeln erstreckten sich zu beiden Seiten der Straße, viele der unteren Fensterreihen waren mit Brettern vernagelt. Auf den Mauern überall Graffiti, die meisten bedeutungslose Kritzeleien, einige beinahe künstlerisch. Sie schob die Schlüssel in die Manteltasche, in der sie schon ein paar Dinge untergebracht hatte, die sie sonst in einer Umhängetasche trug. Wenn man hier zu Fuß unterwegs war und eine Tasche bei sich hatte, die einem entrissen werden konnte, forderte man Schwierigkeiten geradezu heraus.

Der Wagen blickte ihr traurig und verlassen nach, als sie flott die Straße entlangschritt, vorbei an den Wohnungen und an einem Block mit Ladengeschäften – einem Waschsalon, einem schäbigen Zeitungskiosk mit einem Schaufenster, in dem unzählige handschriftliche Anzeigen hingen, und einem anscheinend leeren Gebäude, dessen Tür offen stand und vor dem eine Gruppe Jugendlicher herumlungerte. Sie spürte deutlich ihre abschätzenden, feindseligen Blicke, als sie vorbeiging.

Hinter der nächsten Ecke sah es geringfügig besser aus, hier standen vor dem Krieg gebaute Reihenhäuser mit Erkerfenstern, die die Luftangriffe überstanden hatten. Einige schienen noch von ihren Besitzern bewohnt zu sein, andere waren in einzelne Wohnungen unterteilt worden, eines beherbergte – ein fast überraschender Anblick – eine Arztpraxis. Eine gelbe Doppellinie, die absolutes Halteverbot anzeigte. Eine Seitenstraße, die sie überquerte. Noch ein Erkerfenster, diesmal mit dichten Spitzenvorhängen verhängt, aber mit einer Comic-Postkarte davor, die mit Klebeband an der Scheibe befestigt war. Der Text der Karte lautete: *Wenn du Lust hast, zwinker mit den Augen.* Unmöglich zu erraten, wer hinter den Spitzenvorhängen auf die so diskret aufgeforderten Kunden wartete. Besser als eine rote Laterne oder Mädchen im Fenster, die an ihren Strapsen zupfen, dachte Meredith amüsiert.

Vor einem der Häuser mit Erker blieb sie stehen. Einige Stufen führten zur Haustür, über eine zweite Treppe gelangte man zum Souterrain; aus einem Gitterfenster stiegen von dort Küchendünste auf, es roch nach Zwiebeln und nach Wasser, in dem Reis, Kartoffeln oder Pasta kochten. Meredith warf einen Blick auf die Hausnummer, stieg die Stufen zu der ziemlich ramponierten Haustür hinauf und drückte auf die Klingel unter dem Schild *Frauenheim St. Agatha.*

Bald darauf näherten sich Schritte, und vom Rasseln einer Kette begleitet wurde die Tür ein paar Zentimeter geöffnet. Ein Gesicht sah Meredith prüfend an.

»Ich möchte Sara Emerson sprechen«, sagte Meredith.

»Wie heißen Sie?«, fragte die zu dem Gesicht gehörende Stimme argwöhnisch.

Meredith nannte ihren Namen und fügte hinzu: »Ich bin eine Verwandte.«

»Eine Sekunde«, sagte die Stimme. Die Tür wurde geschlossen, die Kette gelöst, dann die Tür wieder geöffnet – diesmal gerade weit genug, dass Meredith sich durchquetschen konnte.

Ein pummeliges Mädchen in T-Shirt und Jeans schloss die Tür und legte wieder die Kette vor. Meredith sah sich um. Der Flur war kahl, mit altem, brüchigem Linoleum auf dem Boden, die hellblauen Wände allerdings schienen, wenn auch nur laienhaft, vor kurzem frisch gestrichen worden zu sein. Irgendwo weinte ein Kind, und in Radio One war ein Discjockey gnadenlos fröhlich. Klappernde Schritte auf der Treppe kündeten die Ankunft einer zweiten jungen Frau an. Sie blieb, eine Zigarette in der Hand, auf halbem Weg stehen, erblickte Meredith, machte kehrt und lief davon; es war aber genug Zeit, dass Meredith ein schrecklich blau und schwarz verfärbtes Auge sehen konnte.

»Wir müssen kontrollieren«, sagte das rundliche Mädchen. »Man sieht gleich, wenn es jemand ist, der Zuflucht sucht. Sie machen nicht den Eindruck. Kommen Sie auch wirklich nicht von der Behörde oder vom Sozialamt?«

»Wirklich nicht. Fragen Sie doch Sara.«

»Keine Journalistin oder so?«

»Nein«, antwortete Meredith geduldig.

»Sie kommen her, um nachzuzählen, wie viele wir aufgenommen haben«, erklärte das pummelige Mädchen. »Die von der Behörde. Sie sagen dauernd, wir sollen die Anzahl beschränken. Wegen Feuergefahr und Gesundheit und so weiter. Aber wir können sie doch nicht wegschicken, oder? Und die vom Sozialamt kommen wegen der Kinder. Und dann die

Ehemänner und Freunde, die versuchen, die Tür einzutreten, und die Presse, die dauernd auf neue Storys aus ist – manchmal reicht es einem wirklich.«

»Ich bin nichts von allem«, versicherte ihr Meredith.

»Zufälligerweise haben wir im Augenblick nicht viele hier.« Die Gedanken des Mädchens liefen allem Anschein nach auf Schienen, und nachdem sie einmal auf ein bestimmtes Gleis geraten waren, blieben sie da, bis sie einen bestimmten Punkt erreicht hatten.

»Sara?«, fragte Meredith energisch.

»O ja, in der Krippe – den Flur entlang.«

Die Kinderkrippe war ein großer, sonniger Raum im hinteren Teil des Hauses. Er war spartanisch möbliert und mit der gleichen hellblauen Farbe gestrichen wie der Flur; um den Kamin herum sah man noch die Ränder. An die Wände waren Buntstiftzeichnungen von Kindern geheftet. Auf dem Fenstersims stand eine Geranie. Sara saß auf dem Boden und wiegte ein schniefendes Baby, das Kind, das Meredith eben schreien gehört hatte. Zwei kleine Mädchen zankten sich um ein Spielzeugxylophon, und in der Ecke hockte ganz allein ein kleiner Junge und war vollkommen darin vertieft, Plastikbausteine aneinanderzulegen.

Meredith nahm in einem schäbigen Sessel Platz. Eines der kleinen Mädchen blickte auf, lächelte und schlug dann dem anderen den Hammer des Xylophons auf den Kopf.

Sara, die in einem Arm das Baby schaukelte, streckte die andere Hand aus, um den Streit um das Xylophon zu schlichten, und bemerkte trotzig: »Los, du darfst es ruhig sagen. Die Gegend ist schrecklich, das Heim ist schäbig, und wir leben wie hinter Barrikaden. Ich sollte nicht hier sein.«

»Ich werde nichts dergleichen sagen, weil ich nichts dergleichen denke. Du hast jedes Recht, hier zu sein und hier zu arbeiten, wenn du es so willst. Das Heim ist nicht so schlimm – soweit ich es gesehen habe. Hübscher neuer Anstrich.«

Die Anspannung ließ bei Sara nach, sie warf den Kopf zurück und schob sich eine Haarsträhne aus der Stirn. »Ja, Joanne und ich haben fast alles selbst gestrichen. Es hat eine Ewigkeit gedauert, weil wir's nur am Abend tun konnten, wenn alle im Bett und aus dem Weg waren und die Kinder nicht an die feuchte Farbe kommen konnten.« Sie zögerte einen Moment. »Zum allerersten Mal in meinem ganzen Leben tue ich etwas einigermaßen Sinnvolles.« Das Baby quäkte, und sie wiegte es liebevoll. »Joanne ist mit Mark und Jen ganztags hier. Lucy, Marks Freundin, kocht. Rein vegetarisch, denn sie ist Vegetarierin. Joanne ist für die gesamte Organisation zuständig, und ich helfe aus, wo ich gebraucht werde, hauptsächlich hier in der Krippe.«

»Was macht Mark?«, fragte Meredith neugierig.

»Er fährt den Transporter. Willst du Kaffee?«

»Ich will nur reden. Und ernsthaft, Sara. Versuch nicht, mich an der Nase herumzuführen. Ich will wissen, womit Philip dich in der Hand hatte, was er dir androhte und warum?«

Der eigensinnige Ausdruck kehrte in Saras Gesicht zurück. Sie stand auf, ohne das Baby loszulassen, ging zur Tür und rief: »Joanne!«, in den Flur. Dann drehte sie sich um und sagte mit leiser, gepresster Stimme: »Ich will hier nicht darüber reden. Ich erzähle es dir, aber nicht hier. Wir haben heute Vormittag nicht so viel zu tun, und Joanne kann übernehmen.«

»Fein. Ich möchte sowieso mit dem Wagen gern hier weg, ich hab' ihn um die Ecke geparkt, und da haben sich ein paar Jugendliche herumgedrückt.«

Der Wagen stand noch da, aber die Scheibenwischer waren verschwunden. »Hätte schlimmer kommen können«, sagte Meredith schicksalsergeben.

»Vor meiner Wohnung kannst du das Auto stehenlassen.« Saras Blick war starr in die Ferne gerichtet, während sie sprach.

Ihre Wohnung lag im Erdgeschoss eines Reihenhauses. Die Häuser in dieser Zeile waren besser gepflegt, und einige schienen erst vor kurzem renoviert worden zu sein. Ein wenig übereilt hatte man Doppelverglasungen und Holztüren eingebaut, die besser zu feudalen Landsitzen gepasst hätten als zu Häusern aus den dreißiger Jahren. In einigen Fenstern hingen Blumentopfhalter aus Makramee, und statt der Spitzengardinen gab es hier Vorhänge aus Schnüren, auf die Holzperlen gezogen waren, wie vor Eingängen in der Kasbah.

Sara führte Meredith in ein gemütliches, fröhlich chaotisches Zimmer, in dem leuchtend bunte Flickenkissen und gehäkelte Decken verteilt waren.

»Du meine Güte«, sagte Meredith, »du hast wirklich einen grünen Daumen.«

Überall standen Töpfe mit Pflanzen: auf dem Fenstersims und in Regalen aufgereiht und auf Tischen, wo sie sich gegenseitig den Platz streitig machten. Im Fenstererker stand eine Yukkapalme in einem Kübel neben einem Gummibaum, der bis an die Decke reichte. Über Merediths Kopf hing in einem Korb ein Topf mit einer Grünlilie.

»Oh, die schenkt mir Jon«, sagte Sara beiläufig. »Setz dich, Merry, ich hole derweil den Kaffee.«

Meredith ließ sich nieder und wusste nicht recht, ob sie sich nun wie in einer Blockhütte in der russischen Steppe oder in einem Gewächshaus in Kew Gardens fühlen sollte. Sie hörte Sara in der Küche hantieren. Im Bücherregal stand zwischen zwei dicken Wälzern über Soziologie ein gerahmtes Foto von Jonathan Lazenby. Streng blickte er in das kleine, überfüllte Zimmer, als wäre es die Generalprobe für den Tag, an dem er zum Präsidenten des Britischen Industriellenverbandes gewählt werden sollte.

Sara brachte den Kaffee auf einem Tablett herein, und Meredith schob auf dem Tisch rasch Bücher und Papiere zur Seite, damit sie das Tablett absetzen konnte.

»Wozu die Soziologiebücher?«, fragte Meredith.

»Ich habe daran gedacht, mich beruflich irgendwie weiter zu qualifizieren. Richtig studieren kann ich nicht, ich habe kein Abitur. Aber ich könnte einen Kurs an der Technischen Hochschule belegen.« Nervös schob Sara sich das Haar aus der Stirn und reichte Meredith eine Tasse. Dann lehnte sie sich zurück, schlang die Hände ineinander und spielte auf eine Art mit ihrem Riesenrubin, die Meredith immer auffälliger fand. »Ich bin froh, dass du das Heim gesehen hast. Ehe ich anfing, dort zu arbeiten, habe ich keine Ahnung gehabt, dass es so etwas überhaupt gibt – dass Frauen so leben können. Ich dachte wirklich, diese Dinge wären seit Charles Dickens passé.«

»Wer hat denn den Kontakt zu St. Agatha hergestellt?«

»Die Freundin einer Freundin. Es war reiner Zufall. Manche Frauen, die zu uns kommen, haben Schreckliches mitgemacht. Einige sind nur verängstigt, manche richtig verletzt, viele blaue Flecke und Blutergüsse und so weiter. Oft sind die Kinder, wenn sie sie mitbringen, völlig durcheinander und haben Verhaltensstörungen. Die Frauen sind äußerlich verletzt, aber die Wunden der Kinder sind innerlich. Mehrere Frauen haben mir erzählt, sie seien als Kinder selbst misshandelt worden. Man würde meinen, dass ein solches Kind als erwachsene Frau nichts mit einem Mann zu tun haben wollte, der sie verprügelt, nicht wahr? Das Gegenteil ist der Fall. Es ist schwer zu verstehen, aber es hat eben immer zu ihrem Leben gehört. Oft verlassen sie uns und gehen zu den Männern zurück. Sie wissen nicht, wohin sie sonst sollen. Sie haben keine Familien, die ihnen helfen, oder sie schämen sich, zu ihren Familien zu gehen. Sie haben kein Geld und keine Wohnung. Also kehren sie zu dem Mann zurück. Manchmal gehen sie zurück und sagen, diesmal wird alles gutgehen, wissen aber genau, dass das nicht stimmt. Doch manchmal werden sie geradezu von dem Gefühl getrieben, sie müssten zurück. Als sehnten sie sich danach zu leiden.«

»Was ist mit den Männern?«, fragte Meredith. »Machen sie große Schwierigkeiten?«

»Gelegentlich, aber nicht immer so, wie man es erwartet. Manche Ehemänner sehen sehr respektabel aus, wenn sie bei uns auf der Matte stehen. So gar nicht wie Ungeheuer. Manchen merkt man natürlich an, dass es schwere Fälle sind. Aber ich erinnere mich an einen Typen, der uns versicherte, alles, was seine Frau erzählen würde, sei gelogen. Er sprach gebildet, war gut gekleidet, und was er sagte, klang plausibel. Hätten wir nicht ihre Blutergüsse gesehen, hätten wir ihm vielleicht sogar geglaubt. Hinterher erzählte uns seine Frau, es habe mit Sex zu tun … Ich meine, er konnte nicht, wenn er sie vorher nicht verprügelte. Es war nicht etwa so, dass er trank, er hatte eine verantwortungsvolle Stellung und große Angst, seine Vorgesetzten könnten erfahren, dass seine Frau bei uns im Frauenhaus war. Ein anderer behauptete, wir hielten seine Frau gegen ihren Willen fest, und drohte uns mit einer Klage. Die Menschen benehmen sich schon sehr seltsam.« Sie hielt plötzlich inne.

»Ja«, sagte Meredith und wartete geduldig, denn sie spürte, dass Sara mit ihrer eigenen Geschichte beginnen würde, sobald sie bereit dazu war. Nach einer langen Pause begann sie wieder zu sprechen.

»Die Männer, die äußerlich so korrekt aussehen, aber im Innern wahre Ungeheuer sind, erinnern mich immer an Philip Lorrimer. Er hat auch nicht wie ein Ungeheuer ausgesehen, aber er war eins.« Sie seufzte. »Wenn du mich vor drei Jahren erlebt hättest, Merry, hättest du dir nie vorstellen können, dass ich einmal in einem Frauenhaus arbeiten würde. Aber ich hatte Glück, nicht wahr? Als ich anfing abzurutschen, war jemand da, der mir helfen konnte und wollte. Ich hatte Mummy und Robert, und sie haben mich aufgefangen und zur Vernunft gebracht. Damals wusste ich das natürlich nicht zu schätzen. Als wir aus London ins Pfarrhaus zogen, habe ich es gehasst. Ich schloss mich in mein Zimmer ein und heulte ganze Eimer voll, aus Wut und Selbstmitleid. Ich fühlte mich völlig einsam und vermisste die Leute, die ich noch immer für meine Freunde hielt, obwohl sie in Wirklichkeit keine richtigen Freunde waren, und ich vermisste die Partys und alles andere ... Sooft ich konnte, fuhr ich nach London. Am meisten sehnte ich mich danach, mit jemandem über das zu sprechen, was mich beschäftigte. Vor Robert schämte ich mich zu sehr, daher konnte ich mit ihm nicht reden, und er war auch schon ziemlich alt. Mummy und ich zankten uns nur, wenn wir zu reden versuchten, und das machte uns beide unglücklich. Also fiel auch sie aus. Ich wollte mit einem jungen Menschen reden, mit jemandem, der nicht zur Familie gehörte, der keiner Seite verpflichtet war. Mit jemandem, von dem ich annehmen konnte, dass er mir ruhig zuhören und sich unvoreingenommen äußern würde.«

»Dann hat es also damals angefangen, dass du dich Philip anvertraut hast?«, fragte Meredith.

Sara nickte. »Wir haben uns erst über die Katzen unterhalten. Dann fing ich an, ihn jeden Tag zu besuchen. Ich ging durch die Gartentür und durch das Gässchen, das sie Love Lane nennen – ein komischer Name, nicht wahr? Jedenfalls schien Phil nett zu sein – damals. Er war unkonventionell, ein Künstler, und er brachte mich zum Lachen. Zum Beispiel ahmte er den alten Bert nach, der ständig von seinem Kohl und seinen Karotten schwafelte. Er schilderte mir, wie Bert im Garten umherging und überall Tassen mit Bier hinstellte, in die die Schnecken fallen sollten – doch dann haben Tom und Jerry das Bier getrunken und sind beide krank geworden. Bert war sauer, weil sie ihm seine Schneckenfallen vermasselt hatten, und Phil war sauer, weil seine Katzen krank geworden waren. Aber hinterher amüsierte er sich darüber und brachte auch mich zum Lachen. Wie Bert wieselte er um sein Atelier herum, schüttelte die Fäuste und verfluchte ›dieses ausländische Ungeziefer‹. Phil ließ mich auch bei seiner Arbeit zusehen, und ich bemalte ein paar Vasen für ihn, als er einen sehr eiligen Auftrag hatte. Ich habe sogar versucht zu töpfern, doch ich war nicht sehr geschickt darin. Alles war so ganz anders als das Leben, das ich zuvor geführt hatte. Phil zerbrach sich nicht den Kopf über die Sachen, die meinen anderen Freunden so wichtig waren. Er wollte keinen schicken Wagen und wollte auch nicht nach St. Moritz zum Schifahren. Er besaß zwei oder drei Jeans, zwei oder drei T-Shirts und eine Lederjacke, und ich glaube tatsächlich, dass das alles war. Ich habe ihn nie in etwas anderem gesehen. Für gutes Katzenfutter gab er Geld aus, an sich selbst dachte er kaum. Er trank sehr viel Milch, und die hielt ihn am Leben. Na ja, jedenfalls erzählte ich ihm alles, während ich die Vasen bemalte und für ihn das Atelier aufräumte. Alles über die Partys, die ich mitgemacht hatte, wer dagewesen war und was die Leute getan hatten. Ein paar von ihnen waren sehr bekannt. Ich meine, nicht die Leute, mit denen ich zusammen war, aber sie hatten berühmte Eltern, von der Regierung und so, es waren nicht nur Theater- oder Fernsehleute wie Mummy.«

»Und so bekam Phil eine Menge brisanter Informationen über dich und die anderen in die Hände.«

»Genau«, sagte Sara niedergeschlagen. »Das schien aber

nicht von Belang zu sein, weil er doch ein Freund war. Er beschaffte sich auch andere Sachen, Fotos und einen Brief.«

»Wie hat er das denn angestellt?«

Sara rutschte nervös in ihrem Sessel herum; sie wirkte beschämt und zugleich zornig. »Das war meine Schuld. Eine Freundin schrieb mir einen Brief – einen langen Brief voller Klatsch über die Partys, die ich versäumt hatte, und was für Streiche meine Freunde ausgeheckt hatten. Sie berichtete mir wirklich alles. Jetzt ist mir klar, dass es Dinge waren, die, wenn sie den falschen Leuten zu Ohren kamen … Doch der Brief war ja nur für mich bestimmt. Ich vermute« – Sara wurde rot –, »es war alles andere als ein *netter* Brief.«

»Wahrscheinlich nicht. Und es war auch ein sehr dummer Brief.«

»Sie konnte ja nicht wissen, dass ihn noch jemand zu sehen bekommt. Sie dachte, der Brief würde mich zum Lachen bringen, mich aufheitern«, verteidigte sich Sara.

»Und du hast ihn prompt Phil gezeigt, hab' ich recht?«

Einen Augenblick lang dachte Meredith, Sara werde aufspringen und aus dem Zimmer rennen. Doch dann warf ihr Patenkind das lange Haar zurück und blickte sie mit entschlossener Miene an. »Ja, das habe ich. Es war unrecht von mir, das zu tun, weil ich ihr Vertrauen missbrauchte – sie hatte wirklich nicht gedacht, ich würde ihn, nun ja, einem Außenseiter zeigen, jemandem, der nicht zu unserer Clique gehörte. Und es war unrecht, weil der Klatsch so bösartig war und auch nicht der Wahrheit entsprach.«

»Ein Grund mehr, ihn nicht weiterzugeben.«

»Du brauchst gar nicht so moralisch zu tun«, sagte Sara ungehalten. »Der Brief schien amüsant und ziemlich harmlos – damals. Er erzählte von Leuten, die Spaß hatten. Es waren auch Fotos dabei, aufgenommen auf einer Party, als alle schon stockbetrunken und nicht mehr zu bändigen waren, wie das bei Partys eben mal vorkommt. Warst du nie bei einer solchen Party?«

»Doch«, bekannte Meredith reuevoll. »Jetzt zwar schon lange nicht mehr, aber damals, zu meiner Zeit. Ich habe allerdings nie jemandem erlaubt, belastende Fotos zu machen.«

»Nun, diese Leute hatten es erlaubt und auch getan. Und es gab noch ein paar ältere Fotos von derselben Filmrolle, auf denen ich war. Sie waren auf einer der letzten Partys gemacht worden, an der ich teilgenommen hatte.« Sara unterbrach sich und holte tief Luft. Sie ballte und öffnete ihre Hände wieder und wischte sich die schweißfeuchten Handteller an den Knien ab. »Der Brief und die Fotos kamen, als Mummy einen Werbespot fürs Fernsehen machte. Ich war einsam, und nachdem ich den Brief gelesen hatte, sehnte ich mich verzweifelt danach, mit einem Freund zu sprechen. Es sah so aus, als würde ich alles versäumen! Ich nahm den Brief und die Fotos zu Phil mit und las ihm ein paar Abschnitte daraus vor, um ihn zum Lachen zu bringen, und vielleicht auch, um ihm begreiflich zu machen, wie viel Spaß ich in London gehabt hatte. Ich gab einfach an, glaube ich. Ich weiß, es war dumm. *Ich* war damals dumm. Will gar nicht so tun, als wäre ich's nicht gewesen. Ich las ihm also ein bisschen vor, und er lachte wirklich. Ich zeigte ihm auch Fotos. Nicht alle. Ein paar ließ ich im Couvert – es war eines von diesen großen braunen. Dann legte ich den Brief und die restlichen Fotos in das Couvert zurück, und Phil und ich redeten über andere Dinge und tranken Kaffee, und nach einer Weile ging ich nach Hause. Ich hatte das Couvert völlig vergessen und dachte erst am nächsten Tag wieder daran – und dann konnte ich es nicht finden. Ich hatte es bei Phil liegenlassen. Ich ärgerte mich ein bisschen darüber, aber nicht allzu sehr, denn schließlich war Phil ein Freund – glaubte ich wenigstens. Ich machte mir keine Sorgen. Es schien auch keinen Grund dafür zu geben.«

»Doch er weigerte sich, dir das Couvert zurückzugeben?«

»Ganz so war es nicht. Ich ging zu ihm und bat ihn darum, doch er arbeitete gerade im Atelier und sagte, er habe zu tun und ich solle doch selber im Cottage danach suchen. Was ich auch tat, aber ich konnte es nicht finden. Ich fragte Phil noch einmal, und er erwiderte, ob ich denn sicher sei, dass ich das Couvert bei ihm vergessen hätte. Vielleicht hätte ich es ja auf dem Heimweg verloren, meinte er. In der Love Lane oder im Pfarrgarten. Also suchte ich alles ab, aber ohne Erfolg. Phil sagte, er werde sich irgendwann selbst im Cottage umsehen und mir das Couvert zurückgeben, wenn er es finden sollte. Ich war ein bisschen besorgt, dass ich es in der Love Lane verloren und irgendjemand aus dem Dorf es gefunden haben könnte. Falls es bei Phil lag, war das nicht schlimm, denn Phil war ein Freund. Ich habe ihm vertraut.« Der letzte Satz war ein verzweifelter Aufschrei. »Und er hat mich belogen. Er hatte es die ganze Zeit getan. Er war mein Freund und hat mir das angetan! Behielt den Brief und die Fotos und log mich an.«

Dummes kleines Ding, dachte Meredith bekümmert. »Und wann hat er aufgehört, dein Freund zu sein?«, fragte sie. Aber sie kannte die Antwort bereits.

Sara schauderte und holte noch einmal tief Atem. »Als ich mich mit Jon verlobte. Phil veränderte sich völlig. Ich konnte gar nicht glauben, was ich sah und hörte. Es war unheimlich! Er war richtig eifersüchtig. Warum? Ich meine, unsere Beziehung war nicht so gewesen. Wir waren kein Liebespaar, wir waren Freunde. Phil hat mich kein einziges Mal geküsst. Jetzt fing er an, sich zu benehmen, als hätte ich ihn betrogen. Ich konnte es nicht verstehen.« Sie richtete die blauen Augen fragend auf Meredith. »Er sagte, ich hätte mit ihm gespielt, aber das könne er auch. Er wollte, dass ich die Verlobung mit Jon löse. Er sagte, er werde mich dazu zwingen. Ich dachte, er sei verrückt geworden. Dann sagte er mir, dass er den Brief und die Fotos habe, schon die ganze Zeit gehabt habe, und ich bekam Angst. Ich verstand einfach nicht, wie jemand sich so verändern konnte.«

»Phil hat gedacht, du hättest ihn benutzt. Und das hast du ja auch, nicht wahr?«, sagte Meredith unbarmherzig. »Er war ein junger Mann, Sara, kein alter Opa, dem du einfach dein Herz ausschütten konntest. Er war ein junger Mann, egal mit wie vielen Fehlern, der in einem Dorf lebte, das ihn nicht mochte und verachtete. Er lebte allein mit zwei Katzen, und auf einmal warst du da, ein hübsches Mädchen aus der besten Gesellschaft, hast ihn regelmäßig in seinem Atelier besucht, ihm bei der Arbeit geholfen, dich an seiner Schulter ausgeweint und ihm das Gefühl gegeben, gebraucht zu werden, stark und klug zu sein, obwohl er nichts von alledem war. Er war schwach, es fiel ihm schwer, Freundschaft zu schließen, und er hatte irgendeinen Komplex. Wer weiß, vielleicht war er sogar impotent. Aber du hast ihm das Gefühl gegeben, er sei sexy und begehrenswert wie kein anderer, und dann hast du ihm den Teppich unter den Füßen weggezogen. Ja, das hast du getan, als du mit diesem Wunderkind ankamst, das mit dem Porsche vorfährt, maßgeschneiderte Anzüge trägt und kreuz und quer durch die Welt jettet!«

»Hör auf!«, schrie Sara. »So war es nicht. Phil war grässlich! Du kannst ihn doch nicht verteidigen. Du würdest schließlich auch nicht die Männer verteidigen, die die Frauen tyrannisieren und verprügeln, die zu uns in das Heim kommen, also versuch gar nicht erst, eine Entschuldigung für ihn zu finden.« Sie ballte die Hand, und der große Rubin funkelte auf der blassen Haut. »Er hätte es nicht gewagt, sich so zu benehmen, wenn

Robert noch gelebt hätte. Er sagte so hässliche Dinge und spielte mir widerliche Streiche. Schickte mir ein Päckchen mit einem toten Vogel. Es muss einer gewesen sein, den die Katzen getötet hatten. Aber er lag in einer kleinen Schachtel, in Seidenpapier gebettet und das Ganze hübsch in Geschenkpapier verpackt. Als ich die Schachtel aufmachte, lag da der Vogel, tot und voller Maden. Es sind auch noch andere Sachen passiert.«

Also hat Albie Elliott doch recht gehabt, dachte Meredith.

Sara fröstelte und kreuzte die bloßen Arme vor der Brust. »Er machte mir auch peinliche Szenen. Und er gab sich nicht mit unflätigen Reden zufrieden, er wurde gewalttätig. Einmal schlug er mir ins Gesicht, aber ich habe es Mummy nicht erzählt. Er kam zu uns ins Haus und brüllte mich vor ihr an. Sie sagte, er solle gehen, und er packte eine Tischlampe und warf sie nach ihr. Hat sie nur knapp verfehlt und dabei auch den Bilderrahmen beschädigt. Erst danach ließ Mummy das Sicherheitstor und die Alarmanlage einbauen.«

»Hat eine von euch es der Polizei gemeldet?«

»Nein. Wir wollten nicht, dass Jon davon erfährt. Jon mag wegen seines Jobs und seiner so reizenden Familie keine negative Publicity. Mummy, die so bekannt ist, konnte es auch nicht riskieren. Außerdem hätte Jon sich über mich und Phil ein falsches Bild machen können, wenn er es erfahren hätte. Schließlich war ich jeden Tag ins Atelier gegangen und so … Vielleicht hätte er meine Motive missverstanden.«

»Ja, vielleicht. Lorrimer hat es jedenfalls getan. Und bilde dir nicht ein, dass Jon nichts davon weiß. Du hast dich von Lorrimer malen lassen, nicht wahr? Als du ihn fallen ließt, hat er das Bild nach Bamford in eine kleine Galerie gebracht, um es zu verkaufen.«

Sara schluckte. »Ich weiß. Ich habe ihn gebeten, es zurückzuholen. Als ich lange genug gebettelt hatte, behauptete er, er werde es tun. Aber er hat es nicht getan. Er log mir vor, es sei bereits verkauft.«

»Er hat nicht gelogen, Sara. Jonathan hat es gekauft.«

Einen Moment lang dachte Meredith, Sara würde gleich in Ohnmacht fallen. Sie wankte, und ihre Augen wurden glasig. Dann weiteten sie sich vor Entsetzen. »Nein – das ist unmöglich! Er hat nichts von dem Bild gewusst.«

»Er hat es gewusst. Irgendwo hat Jonathan eine Informationsquelle, die wir nicht kennen. Lorrimer war in der Galerie, um das Bild zu holen, aber er kam zu spät. Lazenby war vor ihm dort gewesen. Lorrimer erriet, wer es gekauft hatte. Von seinem Standpunkt aus war es das Schlimmste, was passieren konnte.«

»O nein«, stieß Sara verzweifelt hervor. Dann blickte sie mit einem Anflug von Trotz in den Augen auf. »Du redest noch immer so, als hättest du Mitleid mit ihm. Er war ein so grässlicher Mensch. Warum gibst du *mir* die Schuld?«

Meredith seufzte. »Ich gebe dir nicht die Schuld, Sara, nicht dir allein. Du hast dir leidgetan und hast ganz egoistisch nur an dich gedacht, sonst hättest du nämlich wenigstens einen Gedanken daran verschwendet, wie du auf Lorrimer wirken musstest. Aber du warst nicht die Einzige in deiner Familie, die ihn im Stich gelassen hat. Eure ganze verdammte Bande hat es getan. Robert hat sich kurz um ihn gekümmert und ihm den Auftrag gegeben, ein Porträt deiner Mutter nach einer Fotografie zu malen. Du kannst darauf wetten, dass sich Lorrimer höllisch angestrengt hat. Wahrscheinlich sah er darin den Anfang einer neuen Karriere. Aber es führte zu nichts, Robert hat ihn nicht weiterempfohlen, und dann starb er. Eve hat das Bild nie gemocht. Es hing an der Wand, weil Robert es gekauft hatte. Sie hätte für den Künstler ein gutes Wort einlegen können, aber sie hat es nicht getan. Als er die Lampe nach ihr warf – war das im Salon? Hat sie neben dem Bild gestanden?«

Sara nickte, und Meredith fuhr fort: »Dann denk darüber nach. Da stand sie neben dem Bild, das er von ihr gemalt hatte, und warf ihn aus dem Haus wie einen schäbigen kleinen Niemand, der nichts zu bieten hatte. Es war nicht so, dass er die Lampe nach ihr geworfen und sie nur verfehlt hatte – er warf sie nach dem Bild und traf den Rahmen. Ich entschuldige ihn nicht! Aber er wollte als Künstler ernst genommen werden. Die einzigen Töpferwaren jedoch, bei denen er einen regelmäßigen Absatz hatte, waren billiger Kram, und das einzige Bild, das er je durch eine Galerie verkaufen konnte, war das Porträt einer Katze. Misserfolg macht die Menschen bitter, und es ist nur zu leicht, sich so jemanden zum Feind zu machen.«

Diesmal dauerte das Schweigen länger. Es wurde durch ein Poltern aus der Wohnung über ihnen unterbrochen, als habe oben jemand etwas fallen lassen. Sara beachtete es nicht. Sie schob mit beiden Händen das lange Haar zurück und sagte ruhig: »Ich habe es also missverstanden. Deswegen hatte er aber noch lange nicht das Recht, sich so zu benehmen. Das habe ich nicht verdient. Es hat mich verletzt, Merry.«

In Merediths Ärger mischte sich Mitleid. »Ihr hättet es der Polizei melden müssen, Sara.«

»In solchen Fällen können sie nichts tun. Mummy wusste das, weil sie solche Dinge schon erlebt hatte, als sie sich von Hughie scheiden lassen wollte. Die Polizei mischt sich nicht in häusliche Streitigkeiten.«

Meredith betrachtete nachdenklich eine Schweizer Labkrautpflanze vor sich und dachte an Gary Yewell. »Sag mal, hat Phil gedroht, an die Skandalpresse zu verkaufen, was er wusste?«

»Ja.« Sara sah sie erstaunt an. »Woher weißt du das? Er sagte, eines dieser Revolverblätter würde ihm ein hübsches Sümmchen für eine Skandalgeschichte über Eve Owens'Tochter und die Kinder aus den höheren Gesellschaftskreisen bezahlen. All die prominenten Namen, dazu Drogen, Alkohol und Sex. Als Beweis hatte er ja die Fotos und den Brief. Deswegen habe ich dir gesagt, es sei keine gewöhnliche Erpressung. Eine Geschichte an eine Zeitung zu verkaufen ist doch legal, oder?«

»Das ist eine heikle Sache«, sagte Meredith düster. »Es ist eine moderne Form der Erpressung, nehme ich an. Der Verbrecher kann seine Ziele ganz offen verfolgen. Es bleibt dennoch schmutzig. War es das, was Phil wollte? Geld?«

»Nein, ich habe dir doch erklärt, dass es keine gewöhnliche Erpressung war«, erwiderte Sara heftig. »Es ging ihm nicht um Geld. Er wollte, dass ich meine Verlobung löse. Wenn ich das täte, sagte er, würde er schweigen. Wenn ich es nicht täte, würde er das ganze Material an die Skandalpresse schicken, und Jon würde so wütend und so bloßgestellt sein, dass er die Verlobung von sich aus lösen würde. Und damit hatte er natürlich recht.«

»Das spricht nicht sehr für Jonathan«, sagte Meredith grimmig.

»Mach Jon keine Vorwürfe!«, verteidigte Sara ihren Verlobten. »Ihm bliebe gar nichts anderes übrig. Er muss an seinen Job und seine Familie denken. Aber es hätte auch Mummy schwer zu schaffen gemacht. Robert war gerade gestorben, und sie war sehr niedergeschlagen. Weil sie um Robert trauerte, habe ich ihr nicht erzählt, dass Phil damit drohte, die Geschichte zu verkaufen. Schlimm genug, dass sie von seiner Eifersucht und den Szenen wusste, die er machte. Sag es ihr nicht, Merry! Dadurch wird es nur noch schlimmer.«

»Und Phil hat dir Fotokopien des Briefes und der Fotos geschickt, um noch stärkeren Druck auf dich auszuüben, nehme ich an?«, fragte Meredith rasch.

Sara schüttelte den Kopf. »Nein, das brauchte er nicht. Ich wusste ja, dass er sie hatte. Er sagte, er habe sie sicher verwahrt und es hätte keinen Sinn, wenn ich das Atelier oder das Cottage durchstöberte. Er habe Brief und Fotos woanders versteckt.«

Aber er hat sie kopiert, dachte Meredith. Er hat sie in der Bibliothek kopiert, und Mrs. Hartman hat ihn dabei gesehen. Sie runzelte die Stirn. Sara erzählte ihr, wie subjektiv gefärbt auch immer, gewiss alles, was sie wusste. Doch wahrscheinlich wusste sie nicht alles. Wahrscheinlich hatte Philip ein viel heimtückischeres Spiel gespielt... Vielleicht hatte er anfangs nur Rache gesucht und das Mädchen, auf das er ein Recht zu haben glaubte, auf eine verrückte und völlig unsinnige Art halten wollen, aber dann war etwas anderes geschehen. Etwas anderes... Ja, dachte Meredith plötzlich. Und ich weiß, was es war!

»Ich hätte es dir früher erzählen sollen«, sagte Sara verzagt. »Aber ich hatte solche Angst. Als ich Phil das letzte Mal sah – als du mit Mummy in Bamford warst –, haben wir uns wieder gestritten, und er sagte, es sei meine letzte Chance. Es tut mir nicht leid, dass er tot ist. Als ich es erfuhr, fiel mir eine Zentnerlast vom Herzen. Ich war so froh.« Sie blickte auf, die langen Haare fielen ihr vors Gesicht, und sie richtete die unglücklichen Augen auf Meredith. »Verachte mich bitte nicht, Merry.«

»Das tu ich nicht«, antwortete Meredith. »Ich will dir zweierlei sagen: Erstens, dein Vater wäre stolz auf dich gewesen. Zweitens – du brauchst Jonathan Lazenby nicht, um mit deinem Leben fertig zu werden. Ich denke, du bist durchaus imstande, das allein zu tun.«

Saras Gesicht lief feuerrot an, dann sagte sie leise: »Danke – für das Erste auf jeden Fall. Beim Zweiten bin ich mir nicht so sicher.«

Markby saß in Mrs. Hartmans kleinem Kabuff und trank aus einem Steingutbecher Nescafé. Es war ein sehr hübscher kleiner Becher, hoch und leicht geriffelt, in verschiedenen Blautönen bemalt. Mrs. Hartman erzählte ihre Geschichte noch einmal und zum ersten Mal einem Polizisten; ihr mageres Gesicht war unnatürlich gerötet. Ihre Brillengläser funkelten, so als würde sich die Aufregung ihrer Besitzerin in ihnen spiegeln, und weil der Polizeiinspektor wirklich ein sehr gut aussehender Mann war, das fand Mrs. Hartman jedenfalls, und so gute Manieren hatte, zupfte sie immer wieder nervös an ihren dauergewellten grauen Löckchen.

»Ich meine, ich habe zu der jungen Dame gesagt, ich wäre ja zur Polizei gegangen, aber es schien mir eine solche Nebensächlichkeit zu sein. Eigentlich hatte ich Ihnen rein gar nichts zu erzählen.«

»Ganz im Gegenteil«, sagte Markby ernst. »Sie haben uns sehr geholfen, Mrs. Hartman.« Was man von Miss Mitchell nicht behaupten kann, dachte er grimmig.

»Es tut mir wirklich leid«, sagte Mrs. Hartman betrübt. »Ich meine, ich hätte sofort zu Ihnen kommen sollen. Das ist mir jetzt klar. Wie gut, dass Sie mich aufgesucht haben, Chief Inspector.«

»Ja, das war es wohl«, sagte er verbindlich. Er leerte seinen Becher. »Nun, ich danke Ihnen für den Kaffee und dafür, dass Sie Zeit für mich hatten. Ich werde Sie nicht mehr behelligen.«

»Nicht der Rede wert, nicht der Rede wert«, flötete Mrs. Hartman.

Beide erhoben sich. Markby, der den Becher auf das Regal zurückstellen wollte, drehte ihn aus einem Impuls heraus um. Auf dem Boden klebte ein fast unleserliches Etikett. *»Handgetöpfert von Philip Lorrimer«*, las Markby halblaut. *»Kirch-Cottage…«* Der Rest der Adresse war nicht mehr vorhanden. Doch in den Ton eingeprägt war ein runder Stempel mit der Aufschrift *Töpferei Philip Lorrimer*.

Markby zeigte Mrs. Hartman den Stempel. »Sehen Sie? Den hat er gemacht.«

»Wie merkwürdig!«, sagte Mrs. Hartman. Sie nahm ihm den Becher aus der Hand und betrachtete ihn nachdenklich. »Wissen Sie«, sagte sie plötzlich, »nachdem Sie mir das gesagt haben, werde ich nie wieder daraus trinken können. Und Holly Loomis ebenso wenig. Ich wünschte, Sie hätten nichts gesagt.«

Komischer kleiner Zufall, dachte Markby, als er in seinen Wagen stieg. Vielleicht war das ein gutes Omen. Oder ein böses. »Wenigstens«, sagte er laut, als er den Motor anließ, »haben wir jetzt ein Motiv.«

KAPITEL 11

Sara sagte, sie könne schnell etwas zum Lunch zubereiten, doch Meredith lehnte ab und meinte, sie habe noch ein paar Einkäufe zu erledigen, werde Sara aber ins West End mitnehmen und sie ihrerseits zum Essen einladen. Sara wollte jedoch ins Frauenhaus zurück.

»Ich habe Joanne schon wieder meinen Job aufgehalst. Es ist nicht besonders kollegial. Sie hat die Stellung für mich auch gehalten, als ich im Pfarrhaus war. Ich muss zurück.«

Sie begleitete Meredith in den Flur. Als sie zur Haustür kamen, ließ das Klappern hoher Absätze auf der Treppe beide nach oben schauen. Eine schlanke Blondine mit einem kunstvoll zurechtgemachten Gesicht erschien; sie trug einen langen weißen Pelzmantel, offensichtlich ein Imitat, das aber trotzdem sündhaft teuer gewesen sein musste. Sie blieb stehen und musterte die beiden mit einem scharfen Blick aus grauen Augen.

»Das ist Fiona«, sagte Sara. »Sie wohnt oben. Meine Cousine Meredith Mitchell, Fi.«

Höflich nickte Meredith der Frau zu, die ihrer Ansicht nach eine Art Model sein musste.

Fiona warf ihre wilde aschblonde Mähne zurück. »Hi! Wollen Sie gerade gehen? Ist das da draußen Ihr Wagen? Sie fahren nicht zufällig ins West End? Ich bin für meine Fotosession schon reichlich spät dran.«

Meredith machte schon den Mund auf, um ihr vorzuschlagen, sie solle sich ein Taxi rufen, doch irgendein Instinkt hielt sie zurück. Stattdessen sagte sie: »Wenn Sie wollen, nehme ich Sie mit.«

Sie fuhren los. Das Sonnenlicht war zwar nicht besonders stark, aber Fiona setzte trotzdem eine Brille mit rauchgrauen Gläsern auf und lehnte sich an die Kopfstütze. »Ich kann Sie in der Orchard Street absetzen«, sagte Meredith. »Auf der Seite von ›Selfridges‹ – okay?«

»Ja – großartig.«

Meredith fuhr langsam und wartete. Ohne den Kopf zu wenden, sagte Fiona unvermittelt: »Sara steckt irgendwie in Schwierigkeiten, oder?«

»Ach, wirklich?« Der Wagen bog gemächlich um eine Ecke und hielt an einer roten Ampel.

Als sie standen, bewegte sich die aschblonde Mähne auf der Kopfstütze, und die Sonnenbrille wandte sich Meredith zu. Auch wenn sie nicht hinsah, spürte sie, wie eindringlich der Blick auf ihr ruhte. »Es hat etwas mit diesem Lorrimer zu tun, nicht wahr?«

Meredith freute sich, dass sie sich auf ihren Instinkt verlassen konnte. Das Häschen hatte tatsächlich die Fahrt nur geschnorrt, um zu erfahren, worüber sie mit Sara gesprochen hatte – doch dass Fiona sie so offen auf Philip ansprach, überraschte sie so sehr, dass sie fast den Motor abwürgte, als die Ampel auf Grün sprang. Eine oder zwei Sekunden war sie gegenüber der anderen im Nachteil und konnte nicht sofort antworten. Dann fragte sie verblüfft: »Haben Sie Philip gekannt?«

»Ach, kommen Sie schon«, sagte Fiona herablassend, »sehe ich so aus, als hätte ich mit so jemandem etwas zu tun?«

»Nein«, antwortete Meredith aufrichtig.

Fiona nahm es als Kompliment. Ihr Ton wurde ein wenig sanfter, und sie wurde vertraulich. »Sara hat mir von ihm erzählt. Ich kannte Sara schon ziemlich lange, ehe ihre Mutter und ihr Stiefvater sie aufs Land verfrachteten. Anfangs hat Sara es gehasst. Scheint am Arsch der Welt zu sein. Sie schrieb mir ziemlich regelmäßig. Und sie erzählte mir auch von diesem Typen im Nachbarhaus, der Aschenbecher und Krüge machte, du meine Güte! Ich habe ihr geraten, sich von ihm fernzuhalten. Er war ein absoluter Versager. Diese Typen machen immer Ärger. Man wird sie nie los. Als sie vor ein paar Tagen in die Stadt zurückkam, sagte sie, Lorrimer sei tot. Er sei ermordet worden, nach Aussage der Polizei. Ich war nicht überrascht.«

»Warum nicht?«

»Hab' ich doch erklärt«, sagte Fiona ungeduldig. »Diese Typen wird man nie los. Sie sind wie Blutegel. Ich wette, die arme Sara war nicht die Einzige, die er ausgesaugt hat. Kein Wunder, dass ihn jemand umlegte. Ich hätte es jedenfalls getan. Nur hätte ich ihm von vornherein nicht erlaubt, sich an mich zu hängen.«

Meredith erspähte am Bordstein eine Lücke zwischen zwei Autos. Sie manövrierte den Wagen hinein und stellte den Motor ab.

»Also schön«, sagte sie energisch und wandte sich Fiona zu, »was wollen Sie wissen – und nehmen Sie bitte diese lächerliche Brille ab.«

Fiona setzte gelassen ihre Sonnenbrille ab. »Ich will wissen, ob Sara Schwierigkeiten hat. Sie ist meine Freundin. Und sie ist mit einem früheren Freund von mir verlobt – Jonathan Lazenby.«

Allmählich begannen die Konturen sich deutlicher abzuzeichnen. »Sagen Sie«, entgegnete Meredith, »bevor Sara aufs

Land zog – haben Sie beide damals dieselben Partys besucht? Hatten Sie dieselben Freunde?«

Fiona zuckte mit den Schultern. »Ein paar. Ist das nicht bei allen so? Ich meine, geht nicht jeder zu denselben Partys, und hat nicht jeder dieselben Freunde?«

Kommt darauf an, in welchen Kreisen man sich bewegt, dachte Meredith und vermied es, darauf zu antworten. »Wie kommt es, dass Sie im selben Haus wohnen?«

»Ganz einfach«, plauderte Fiona vertraulich drauflos, als habe sie eine kniffligere Frage erwartet. »Sara suchte eine Wohnung. Ich traf Jon Lazenby in einem Nachtclub, er erzählte es mir, und ich sagte, kein Problem, die Leute unter mir ziehen aus. Die Vorstellung, dass Sara vielleicht dort einziehen würde, war sehr angenehm, weil ich sie ja schon kannte. Jon freute sich ebenfalls.«

Natürlich hat er sich gefreut, dachte Meredith, weil er jetzt eine Spionin hatte, die Sara für ihn im Auge behalten konnte.

»Praktisch«, sagte sie trocken.

»Ja, das war es, oder?« Fiona schaute auf ihre Armbanduhr, die offensichtlich von Cartier war. »Ich komme zu spät.«

Meredith fuhr sie in die Orchard Street und ließ sie aussteigen. Dann fuhr sie noch weitere zehn Minuten auf der Suche nach einem Parkplatz umher und ging, nachdem sie den Wagen abgeschlossen hatte, ins »Selfridges«. Das Restaurant des eleganten Kaufhauses war schon fast voll, also mied sie es. Sie kaufte die Sachen, die sie brauchte, ging zurück zum Wagen, legte sie in den Kofferraum und fütterte die Parkuhr. Dann spazierte sie zum Portman Square hinter dem Kaufhaus und betrat das Museum, in dem die Wallace-Sammlung untergebracht war.

Es waren nur wenige Leute da, und niemand fand es merkwürdig, wenn jemand einfach nur dasaß. Meredith ließ sich auf einer Bank nieder und betrachtete das Mädchen auf der Schaukel von Fragonard. Lazenby war ein unverfrorener, oberflächlicher Yuppie, von der skrupellosen Sorte. Und obendrein schlitzohrig. Er wusste von dem, was vorgegangen war, viel mehr, als sie geahnt hatte. Als sie alle vermutet hatten. Er wusste über Saras Vergangenheit besser Bescheid, als Sara glaubte, und ganz gewiss war seine Informantin die gertenschlanke Fiona, die ihm jede Einzelheit brühwarm berichtete. Wie hieß es doch in dem alten Sprichwort – mit solchen Freunden brauchte Sara wahrlich keine Feinde.

Jetzt erklärte sich auch Lazenbys Nervosität. Kein Wunder, dass er beunruhigt war. Er wusste schon, womit Philip gedroht hatte, und war vor allem fürchterlich in Sorge, dass irgendetwas davon an die Presse geriet. Den Anstand oder den Mut, zu Sara zu gehen, seine Karten auf den Tisch zu legen und ihr zu sagen, dass er alles wusste, den hatte er allerdings nicht.

Er hatte es nicht getan, weil er nicht preisgeben wollte, was für ein unlauteres Spiel er bisher gespielt hatte. Stattdessen hatte er es vorgezogen, im Haus seiner künftigen Schwiegermutter herumzuschnüffeln und sich von seiner Londoner Hausspionin Fiona berichten zu lassen. Solange er schwieg, konnte er, wenn der Sturm losbrach, schockiert und unschuldig dreinschauen und rufen: »Also das hätte ich nie vermutet!« Dann konnte er sich in einer Wolke beleidigter Würde davonmachen und sich nie wieder blicken lassen. Meredith fragte sich, ob er in einem solchen Fall wohl seinen Ring zurückfordern würde.

»Darauf möchte ich wetten«, murmelte sie, »und als Nächste wird dann wohl Fiona mit einem ähnlichen Riesenrubin am Finger prahlen. Darauf legt sie es ganz bestimmt an …«

Ein älterer Herr mit einem weißen Haarschopf, der wie ein Heiligenschein seinen Kopf umgab, was ihm eine große Ähnlichkeit mit Einstein in seinen letzten Jahren verlieh, hatte hingerissen die Kurtisane auf der Schaukel betrachtet und sah Meredith jetzt leicht verblüfft an.

»Entschuldigen Sie«, sagte Meredith. »Ich habe mir nur das Bild angesehen und war in Gedanken …«

»Ich verstehe das«, sagte der ältere Gentleman in dem Tonfall eines Mitteleuropäers. »Ich komme oft her und sehe sie mir an, und sie entzückt mich immer wieder. Ich glaube, ich bin in sie verliebt, seit ich mir als junger Mann bei einem Buchhändler in Wien eine Kunstkarte von ihr gekauft habe. Das nennt man Treue, wie?« Er lachte vor sich hin.

Meredith betrachtete das Mädchen auf der Schaukel und lächelte. Doch als sie ging, dachte sie: Treue … das ist das Allerschwierigste. Und das Schmerzlichste. Wieso liebt man weiter, wenn der, den man liebt, treulos ist? Stirbt Liebe immer? Verwandelt sie sich wie die Liebe Philips zu Sara in sinnlose Rachsucht und Zerstörung? Er hat sie bestimmt geliebt. Und sie hat ihn fallen lassen, obwohl sie es selbst nicht so sieht. Sie ist in so vielen Dingen wie ihre Mutter. O Mike … Hast du Eve auch noch geliebt, nachdem sie dich so oft betrogen hatte? Oder war es dir mit allem Ernst, was du mir gesagt hast? Hättest du sie wirklich jemals verlassen können? Oder hätte sie nur mit dem kleinen Finger zu winken brauchen, und du wärst zu ihr zurückgerannt?

Meredith machte sich auf den Rückweg. Der Himmel hatte sich bewölkt, und die Luft war drückend. Meredith war niedergeschlagen. Ich bin nur hungrig, sagte sie sich, denn es war schon fast vier Uhr, und sie hatte nichts zu Mittag gegessen. Die Gegend wurde zunehmend ländlicher, sie hielt nicht eher, als bis sie einen vertrauenerweckenden Pub entdeckte, der laut Hinweisschild durchgehend Imbisse anbot. Sie stellte den Wagen auf dem Parkplatz ab und stieg mit einem Seufzer der Erleichterung aus. Sie brauchte Zeit zum Nachdenken. Die Sonne begann gerade unterzugehen. Ein leichter Wind wehte trockenes Laub und Papierschnitzel vor sich her, sonst war es still. Der Parkplatz war fast leer, und der Pub, ein großer roter Ziegelbau im Pseudo-Tudorstil, machte einen ruhigen und soliden Eindruck. Es war eines jener Lokale, die vor allem von reisenden Geschäftsleuten frequentiert werden. Auf der mittäglichen Speisekarte stand vermutlich Rindfleisch-Nieren-Pastete, und es gab auch einen bescheidenen Weinkeller.

Meredith ging in die Lounge Bar. Sie war ein wenig düster, die Inneneinrichtung jedoch in gutem Zustand, mit Dralonbezügen auf den Sitzbänken und viel dunkler Eiche. Meredith bestellte einen sogenannten »Bauernlunch«, einen Imbiss aus Käse, Brot und Mixed Pickles.

»Käse oder hausgemachte Pastete?«, fragte der junge Mann hinter der Bar. Er trug einen Golfpullover, wie Albie Elliott sie liebte, und verstand es, den Eindruck zu vermitteln, dass es im Moment zwar noch ruhig sein mochte, der Ansturm aber bald einsetzen werde.

»Pastete«, sagte Meredith und dachte: Die Bauern hier herum müssen ja einen ganz eigenen Lebensstil haben. Ihr Blick fiel auf eine Notiz, die hinter dem jungen Mann hing. Auf ihr stand, dass es hier Zimmer mit Frühstück gab.

»Kann ich für heute Nacht ein Zimmer haben?«, fragte sie. Sie konnte, wie es schien. Sie wickelte die üblichen Formalitäten ab, machte sich dann auf die Suche nach einer Telefonzelle und rief im Pfarrhaus an, um zu sagen, dass sie erst am nächsten Morgen zurückkommen würde. Lucia war am Telefon und nahm die Nachricht entgegen.

Meredith ging in die Bar zurück, wo inzwischen die Pastete

serviert worden war. Dazu gab es Baguette, in Silberfolie verpackte Butter, ein kleines Salatblatt und eine halbe Tomate. Da sie an dem Tag nicht mehr fahren wollte, bestellte sie ein Glas vom roten Hauswein. Auch in den ländlichen Gegenden Englands war nichts mehr so, wie es früher gewesen war.

»In Pubs wird Wein verkauft, Bauern essen Pastete mit Baguette, Filmstars wohnen in ehemaligen Pfarrhäusern, und der Milchmann liefert Kartoffeln«, murmelte sie vor sich hin. Eine Mischung, bei der man sich nicht wohl fühlen konnte. Unecht wie ein Filmset. Und genauso lieblos.

Das Zimmer war schlicht, aber einigermaßen gemütlich. Die Schranktür ließ sich zwar nicht richtig schließen, aus dem benachbarten Badezimmer kamen ziemlich laute Geräusche, aber die Fenster gingen nach hinten hinaus, und der Verkehrslärm der Hauptstraße war gedämpft. Er hätte sie ohnehin nicht gestört. Meredith schaltete den betagten Fernseher ein, suchte sich ein Programm, legte sich aber bald ins Bett und schlief wie ein Stein.

Bert Yewell drehte sich in dem großen Doppelbett um, das er früher mit Ada geteilt hatte, und wachte auf. Er lag da und dachte an die Vergangenheit, wie so oft, wenn er um diese Zeit wach war. Es war seltsam, aber manchmal kam ihm die Vergangenheit realer vor als die Gegenwart. Er erinnerte sich so gut an früher, aber, verdammt, er wusste nicht mehr, wo er vergangene Woche die Samen hingetan hatte oder was er aus Bamford mitbringen wollte, als er das letzte Mal mit dem Bus hineingefahren war. Kann so wichtig nich' gewesen sein, tröstete er sich selbst, sonst hätt' ich inzwischen gemerkt, dass ich's nich' hab'.

Und die Menschen. Er erinnerte sich an Menschen, die seit fünfzig und mehr Jahren tot waren, besser als an die, mit denen er es jetzt zu tun hatte. Seine Nichte Pearl sagte, dass der junge Kerl, der die Milch brachte, der Sohn des kleinen Andy war, aber Bert konnte sich, verdammt noch mal, nicht an ihn erinnern. Außerdem, wie konnte der kleine Andy einen Sohn haben? Er war doch selbst noch ein Kind. Obwohl, wenn er es sich genau überlegte – Andy war während des letzten Krieges geboren, musste jetzt also doch ein bisschen älter sein, als Bert schätzte. Da siehst du's wieder, dachte er mit düsterer Befriedigung, die Zeit fliegt, und du verlierst ganze Brocken daraus, ganze Jahre auf einmal.

Und die Menschen … Bert mähte gern das Gras auf dem Friedhof, denn das war für ihn so, als besuche er alte Freunde. Da waren Männer begraben, mit denen er in die Schule ging, als das Schulhaus noch eine richtige Schule gewesen war. Er erinnerte sich daran, wer gut Fußball gespielt und wer nie ein sauberes Hemd angehabt hatte … Und er erinnerte sich an den alten Mr. Lewis, den Lehrer, der heimlich schnupfte – ah, was für ein übellauniger alter Kauz! Aber Reverend Markby, der war noch schlimmer gewesen. Ein richtiges heiliges Schrecknis, o ja!

»Un' so«, murmelte Bert vor sich hin, »soll's auch sein. Sorgt für 'n bisschen Disziplin. Bringt einem bei, was recht un' unrecht is'. Ich hab' nie nich' einen falschen Schritt machen dürfen. Kriegte sofort eins aufs Ohr. Musste hart arbeiten, seit ich zwölf war. Nich' wie der junge Taugenix von nebenan. Töpfe machen. Jeden Abend im ›Dun Cow‹. Lock're Frauenzimmer. Tot, vergiftet, un' was für ein Urteil war das. Dahingerafft für seine Sünden. Un' ich hab's nie nich' getan!«, erklärte Bert kampfeslustig dem Kissen.

Mühsam setzte er sich auf und schwang die Beine aus dem

Bett. Keuchend vor Anstrengung, schaffte er es endlich, ganz aufzustehen und sich durch das dunkle Zimmer bis in die Küche zu tasten, um sich eine Tasse Tee zu machen. Das half, wenn man nicht schlafen konnte. Er machte kein Licht, weil er es nicht brauchte. Er kannte die Küche wie seine Westentasche. War in diesem Cottage geboren. Es fiel ausreichend Mondlicht durch das vorhanglose Fenster, und der silberne Schein machte die Nacht fast zum Tag. Bert trug den verbeulten Kessel zur Wasserleitung, griff nach dem Wasserhahn und blickte dabei aus dem Fenster in seinen Garten, wo er einen schwachen Lichtstrahl entdeckte, der verschwand und wieder auftauchte, verschwand und wieder auftauchte.

»Verdammt!«, rief er und stellte den Kessel ab. »Da is' irgendso 'n Scheißkerl in mei'm Schuppen!«

Aufgeregt und schwer atmend, lief er zur Hintertür, zog den Regenmantel an und quälte sich in die Stiefel. Wahrscheinlich Zigeuner. Nun, die sollten ihn kennenlernen! Bert nahm die schwere alte Taschenlampe, die er im Krieg als Luftschutzwart benutzt hatte, und trat durch die Hintertür ins Freie. Vorsichtig ging er den Gartenweg entlang und blieb zitternd vor der halb geöffneten Schuppentür stehen. Es war tatsächlich jemand drin und stellte offenbar alles auf den Kopf.

»He du, komm sofort raus!«, befahl er.

Im Schuppen schnappte jemand erschrocken nach Luft. Etwas fiel klappernd herunter. Bert schaltete seine Taschenlampe ein und richtete den Lichtstrahl durch die Tür in den Schuppen.

»Also – da will ich doch verdammt sein!«, rief er.

Am nächsten Tag um die Mittagszeit schob Mrs. Yewell, nachdem sie mit der Arbeit im Pfarrhaus fertig war, ihr quietschendes Fahrrad über den vorderen Weg zu Berts Cottage und lehnte das Rad an die Mauer. Mit einem tiefen Seufzer wischte sie sich über die Stirn und ging um das Haus herum nach hinten. Onkel Bert benutzte die Haustür nie. Sie wäre nicht überrascht gewesen, hätte sie sich nach so langer Zeit gar nicht mehr öffnen lassen, weil sie sich ganz verzogen hatte. Onkel Bert wurde allmählich zum Problem. Viel länger konnte er nicht mehr allein hier leben, aber, wie sie erst am Abend vorher zu Walter gesagt hatte, niemand würde den alten Knaben aus seinem Garten wegholen können.

Die Hintertür stand offen. Mrs. Yewell marschierte in die Küche. »Onkel Bert!« Keine Antwort. Angeekelt sah sie sich um und gluckste entrüstet. »Onkel Bert! Bist du hier? Hier sieht's ja aus wie im Schweinestall. Wenn Tantchen Ada das sehen täte, sie würde sich im Grab umdrehen. Ich komme am Wochenende rüber und putz mal gründlich durch.«

Er war nicht da. Wahrscheinlich werkelte er irgendwo im Garten. Mrs. Yewell steckte kurz den Kopf ins Schlafzimmer. Sieh dir bloß das an! War aufgestanden und hinausgegangen und hatte nicht mal das Bett gemacht. Draußen in seinem Garten hielt der Alte ja ganz schön Ordnung, aber für sich selbst sorgen konnte er nicht, das stand fest. Sie ging durch die Küche wieder hinaus und schritt das lange, schmale Grundstück entlang, vorbei an den tadellos wie Soldaten aufgereihten Gemüsepflanzen und den sorgfältig gepflegten Beerensträuchern, vorbei an dem Beet, aus dem die Zwiebeln gezogen worden waren und das Bert frisch umgegraben hatte, rechteckig und lang wie ein frisches Grab. Im Gehen rief sie: »Onkel Bert, ich komme wegen Walters Kohlpflänzchen! Du hast gesagt, sie wären bereit zum Abholen!«

Nicht in seinem Garten? Das war merkwürdig. Vielleicht war er auf dem Friedhof? Die Tür zum Schuppen stand offen. Mrs. Yewell, die bereits ein unangenehmes Prickeln gespürt hatte, seufzte erleichtert auf. Kramte in dem unordentlichen alten Schuppen herum. Wurde auch langsam taub. Sie schrie sich hier die Seele aus dem Leib, und er hörte kein Wort.

Sie ging um den Haufen mit Gartenabfällen herum, der zwischen ihr und dem Schuppen lag und darauf wartete, verbrannt zu werden, und dann sah sie ihn. Sie sah auch, warum er sie nicht gehört hatte und nie wieder hören würde. Mrs. Yewell begann zu schreien.

KAPITEL 12

Alan Markby wurde immer gereizter. Es war sinnlos, sich über einen Toten zu ärgern, aber Philip Lorrimer musste der unfähigste Buchhalter der Welt gewesen sein, und es war nicht überraschend, dass unter dem Durcheinander von Papieren, die aus dem Cottage geholt worden waren und jetzt ausgebreitet vor ihm auf dem Schreibtisch lagen, mehrere Briefe vom Finanzamt waren. Im Ton waren sie unterschiedlich, er reichte von klagend bis schroff, aber alle verlangten Auskunft über Lorrimers Einkommen. Von einer geordneten Buchführung konnte bei ihm absolut nicht die Rede sein. Einzelne Rechnungen und Quittungen waren bunt durcheinandergewürfelt. Einige waren mit Farbe oder mit Fingerabdrücken aus Ton verschmiert. Zumindest die Abdrücke konnte man überprüfen, sie würden sich jedoch bestimmt als die von Lorrimer erweisen. Es gab auch ein paar Briefe von Geschenkläden, in denen es um Töpferwaren ging. Und auch mehrere Klagen, weil die Lieferfristen nicht eingehalten worden waren. In einem Fall wurde der Auftrag mit einem kurzen Brief storniert, in dem stand, er dürfe sich nicht wundern, wenn die Kunden sich nach anderen Lieferanten umsahen, wenn er die Lieferfristen nicht einhielt. Kein guter Geschäftsmann, dieser Mr. Lorrimer. Pearce konnte die Absender aufsuchen. Markbys Finger hatten eine ganz andere Art von Papier aufgespürt. Was war denn das?

Es war der Kostenvoranschlag für die Reparatur eines Bedford-Vans. Markby pfiff leise durch die Zähne. Donnerwetter, es wäre billiger gewesen, einen guten Gebrauchtwagen zu kaufen. Er runzelte die Stirn. Auf Lorrimers Grundstück hatte kein Van gestanden. Er sah sich die Adresse auf dem Kostenvoranschlag an, faltete ihn zusammen, steckte ihn in die Tasche und sagte Pearce, dass er noch mal weggehe. »Sie setzen sich inzwischen mit diesen Leuten in Verbindung«, sagte er und reichte Pearce die verschiedenen Rechnungen und Quittungen über bestellte oder gelieferte Töpferwaren. Pearce machte ein griesgrämiges Gesicht.

Die Reparaturwerkstatt war nur ein kleiner Betrieb in einer Seitenstraße, aber die Fassade war gestrichen, der Hof ordentlich, und alles sah ganz nach einem zuverlässigen Unternehmen aus. Als Markby aus dem Wagen stieg, kam ein junger Mann im orangefarbenen Overall heraus, der sich die Hände an einem Stück Putzwolle abwischte. Als Markby seinen Dienstausweis zeigte, reagierte der junge Mann ausgesprochen nervös. Vermutlich gab es einen guten Grund dafür, doch es war wenig wahrscheinlich, dass der etwas mit der Angelegenheit zu tun hatte, um die es Markby ging. Der junge Mann sagte, Markby solle mit Fred sprechen. Als er sich anschickte, das zu tun, bekam er noch aus den Augenwinkeln mit, wie der junge Mann eilig zu einem Telefon lief. Widerrechtlich kopierte Videos, Hundekämpfe, wer weiß?, dachte er resigniert. Es war erstaunlich, was alles herausfiel, sobald man gegen die Balken klopfte.

Auch Fred trug einen orangefarbenen Overall, war jedoch schon älter. Der Mann trug eine Hornbrille, und in seine Hände hatten sich Schmieröl und Schmutz so tief eingegraben, dass Markby sich fragte, ob sie wohl je wieder sauber würden. Er holte den Kostenvoranschlag heraus und erklärte, was ihn hergeführt hatte.

»Ich erinnere mich sehr gut an den Van«, sagte Fred mürrisch. »Aber er is' nich' hier. War nur noch 'n Schrotthaufen, mehr nich'. Hab' das dem jungen Kerl gesagt. Hatte keinen Sinn, da noch zu reparieren. Um den Van durch den TÜV zu kriegen, hätte man ein kleines Vermögen reinstecken müssen, und das lohnte sich nich' mehr. Ich hab' dem Jungen geraten, ihn zu Crocker auf 'n Autofriedhof zu bringen. Hätte die Reparatur ja machen können, schien mir aber nich' fair.«

Also fuhr Markby zu Crockers Autofriedhof. Er lag außerhalb der Stadt, ein phantastischer Dschungel aus rostigen alten Autos und allem möglichen Schrott, drumherum ein hoher Drahtzaun. Auf allen Seiten war er, in einem scharfen Kontrast, von Feldern umgeben, die von dichtem Brombeergestrüpp begrenzt wurden. Die Sonne des Spätnachmittags schien Markby ins Gesicht, als er in das weitläufige Grundstück einbog, und blinkte immer wieder auf dem hoch emporgetürmten Metall auf, so als tauschten die abgetakelten Wracks Signale aus. Zwei braungebrannte junge Männer, die am Ende eines breiten Weges zwischen verbogenen Metallskeletten hantierten, musterten Markbys Wagen kurz und arbeiteten dann weiter. Doch sie würden bei der Hand sein, wenn nötig. Auf solchen Plätzen wurde immer eine beträchtliche Anzahl diskreter Bargeldgeschäfte abgewickelt, und das lockte hin und wieder Verbrecher an, die auf Raub aus waren.

In der Mitte dieses glitzernden Metallabyrinths stand ein Baucontainer, in dem ein Büro untergebracht war, das von einem schlechtgelaunt aussehenden deutschen Schäferhund bewacht wurde. Als Markby aus dem Wagen stieg, knurrte der Hund ihn an. Hinter ihm drang Popmusik aus der halboffenen Tür des Containers.

»Mr. Crocker!«, rief Markby, der es angesichts des furchteinflößenden Hundes vorzog, dicht bei seiner Wagentür stehenzubleiben. »Chief Inspector Markby vom Polizeirevier Bamford. Kann ich kurz mit Ihnen sprechen?«

Die Musik wurde abgestellt, die Tür des Containers öffnete sich ganz, und ein dünner Mann mit pechschwarzem Haar und Schnurrbart erschien. »Dann kommen Sie am besten rein, Chief. Kümmern Sie sich nicht um den Hund.«

»Er kümmert sich um mich«, entgegnete Markby.

»Nein, er ist ein friedliches altes Ding. *Sitz!«,* brüllte Mr. Crocker plötzlich mit Stentorstimme. Der Hund gehorchte und legte die Schnauze auf die Vorderpfoten. Misstrauisch verfolgten seine bernsteinfarbenen Augen Markby, als der die Stufen zum Büro hinaufstieg.

»Und was kann ich für Sie tun, Chief?«, fragte Mr. Crocker leutselig und schüttelte Markby die Hand. Er trug mehrere goldene Ringe, ein schweres goldenes Armband mit den persönlichen Daten und eine teuer aussehende Armbanduhr. »Alle Bücher sind in Ordnung. Ich handle nich' mit heißen Wagen, für nix um die Welt.«

Markby fragte ihn nach dem Van. Mr. Crocker legte die Stirn in Falten und holte mit Schwung ein schmuddliges Hauptbuch heraus.

»Wir kriegen eine Menge von diesen alten Schrottmühlen rein. Die Kids kaufen sie billig, fahren sie kaputt und bringen sie dann her. Sie sind nix mehr wert. Ich geb' den Jungs dreißig oder vierzig Mäuse dafür. Einfach um zu helfen, wenn Sie wissen, was ich meine? Nehm' sie ihnen ab.«

»Sehr anständig von Ihnen«, sagte Markby höflich.

»Ju. Ich meine, das müssen Sie doch anerkennen, nich'? Ich meine, wenn ich nich' wär', würden sie die Dinger einfach irg'ndwo stehenlassen, und dann hätten Ihre Jungs eine Menge Arbeit, nich'? Müssten sie der Stadtverwaltung melden, und die gibt mir dann den Auftrag, sie abzuschleppen … Hier haben wir's …« Er schob Markby das offene Buch hin und räumte ein Transistorradio und einen Aschenbecher voller Kippen, eine leere Bierdose und ein Boulevardblatt weg, das auf der Seite mit den Pferderennen aufgeschlagen war. Auf dem Tisch lag zudem, wie Markby bemerkte, ein schnurloses Telefon.

»Ja, Sie führen wirklich lückenlos Buch«, sagte er ein wenig sarkastisch.

»Wie ich gesagt hab', Chief. Alles einwandfrei. Ich verschrotte keine Autos, die inne komische Geschichte verwickelt waren, so was tu ich nich'. Was auf diesen Platz kommt, wird in dieses Buch reingeschrieben.« Mr. Crocker konnte es sich leisten, den Sarkasmus nicht zur Kenntnis zu nehmen. Er lehnte sich zurück, strich sich mit der Hand voller Ringe über das pechschwarze Haar und zündete sich eine kleine Zigarre an.

Markby fuhr mit dem Finger die Seite hinunter. Mr. Crocker hatte sich für den Van den fürstlichen Betrag von zehn Pfund abgerungen – Schrottwert. »Stolze Summe«, sagte Crocker und las den Eintrag verkehrt herum mit. »Wenn man bedenkt, dass er nix mehr wert war.«

Markby klappte das Buch zu. »Danke, Mr. Crocker.« Sein Blick hellte sich auf, als er eine an die Wand gepinnte bunte Ansichtskarte entdeckte. »Oh, Spanien, nicht wahr?«

»Das is' richtig«, sagte Mr. Crocker fröhlich. »Hab' letztes

Jahr 'ne Villa dort gekauft. Ungefähr da.« Er zeigte auf einen weißen Betonklumpen in der Ecke des Bildes. »Na ja, nich' für mich, wissen Sie. Die Frau hat sie sich gewünscht, un' Sie kennen das ja, man muss dafür sorgen, dass der Feind zufrieden is'.«

Vorbei an dem leise knurrenden Schäferhund begleitete er Markby zum Wagen und schüttelte ihm wieder die Hand. »Immer bereit, den Jungs in Blau zu helfen, Inspector.«

Markby betrachtete das Chaos um sich herum. Irgendwo in diesem Elefantenfriedhof rostete Lorrimers Van vor sich hin. Eine wenig erbauliche Umgebung, aber man konnte sich von den Einnahmen offenbar eine Villa in Spanien leisten.

»Is' ja nich' grade das, was man schön nennen täte«, sagte Crocker selbstgefällig und blies Markby blauen Rauch ins Gesicht. »Aber es is' ein ehrliches Gewerbe, nich' wahr?«

Markby fuhr nach Bamford zurück und fragte sich, ob er eigentlich sein Leben lang den falschen Beruf ausgeübt hatte und noch ausübte.

»Oh, Mr. Markby, Sir!«, rief der Diensthabende, als Markby mürrisch das Revier betrat.

»Ja?«, sagte er knapp.

»Wir haben eben eine Meldung hereinbekommen, Sir. Eine Frau hat einen Toten gefunden …«

Die Gestalt auf dem Boden sah eigentlich nicht wie ein menschlicher Körper aus. Sie war verkrümmt, erschien sehr klein und zusammengeschrumpft in dem ausgebeulten alten Regenmantel, und der eingeschlagene Schädel hätte auch ein Kürbiskopf sein können, wie sie für Halloween geschnitzt werden, so grotesk entstellt war er. Der verwaschene blaugestreifte Schlafanzug und die erdverkrusteten Gummistiefel machten den Eindruck, als seien sie nach einem Flohmarkt als unverkäuflich weggeworfen worden.

»Eine Mrs. Yewell hat ihn gefunden«, sagte Sergeant Pearce. »Sie ist eine angeheiratete Nichte, soviel ich verstanden habe. Sie wohnt im Dorf und arbeitet als Putzfrau im Pfarrhaus – bei Eve Owens.«

Markby warf ihm einen scharfen Blick zu. »Ach, tatsächlich?« Er drehte sich zu dem Leichnam um. »Armer alter Teufel«, sagte er. »Um ihn zu erledigen, hat man nicht viel Kraft gebraucht. Wahrscheinlich eine Schädeldecke so dünn wie eine Eierschale. Aber warum? Was wollte er mitten in der Nacht hier unten – im Schlafanzug?«

»Hat vielleicht ein Geräusch gehört?« Pearce zuckte mit den Schultern. »Die Tatwaffe, Sir – wahrscheinlich.« Er hielt einen durchsichtigen Plastikbeutel in die Höhe, der eine alte, schwere Taschenlampe mit Gummigriff enthielt.

»Das sind die Fälle, die mir so richtig an die Nieren gehen«, sagte Markby mit schwerer Stimme. »Die Überfälle auf sehr junge und sehr alte Menschen. Dummer, alter Kerl … Warum hat er uns nicht gesagt, was er wusste? Dann wäre er heute noch am Leben und könnte seine verdammten Karotten ausbuddeln.«

»Sie glauben, er wusste etwas, Sir?«

»Warum, zum Teufel, sollte er sonst ermordet worden sein?« Finster betrachtete Markby den Schuppen. »Und warum hier?« Ihm fiel ein, dass er mit Laura über Gift gesprochen und dabei gesagt hatte, ihm seien die Fälle mit stumpfen Gegenständen als Tatwaffe lieber. Was in aller Welt hatte er sich nur dabei gedacht?

Er stand am Straßenrand und sah zu, wie sie Berts Leiche in den Leichenwagen luden und abfuhren. Die unfassbare Bosheit des Ganzen machte ihn hilflos und wütend, und er fühlte sich kurze Zeit völlig benommen. Ein paar Einheimische lungerten auf dem Rasendreieck an der Bushaltestelle herum, gafften und flüsterten miteinander. Ihre Gesichter verrieten Entsetzen, aber auch Verdrossenheit. Diesmal war einer der ihren Opfer einer Gewalttat geworden. Markby spürte ihren schwelenden Zorn. Am liebsten wäre er zu ihnen gegangen und hätte geschrien: »Ich auch! Mir ist genauso zumute wie euch!« Aber das stimmte nicht. Ihr Groll reichte tiefer, er richtete sich nicht nur gegen einen Mörder, sondern gegen all jene fernen, gesichtslosen Mächte, die sich im Laufe der Jahre verbündet hatten, um ihre Lebensweise zu zerstören.

Ein Wagen näherte sich von der Hauptstraße, hielt an, und eine Autotür wurde zugeschlagen. »Chief Inspector Markby!«, rief eine Frauenstimme.

Er blickte auf. Meredith Mitchell kam auf ihn zu. Hastig überquerte sie den Kies, das Gesicht war angespannt und voller Besorgnis. »Was ist passiert?«, fragte sie schnell mit leiser Stimme.

»Wo waren Sie?«, entgegnete er.

»Ich bin gestern nach London gefahren und habe unterwegs in einem Pub übernachtet, in dem es Zimmer mit Frühstück gab. Ich komme eben von dort. Was in aller Welt geht hier vor?«

»Ich wollte ohnehin mit Ihnen reden«, sagte er brüsk. »Schließen Sie Ihren Wagen ab, und begleiten Sie mich ins ›Dun Cow‹. Der alte Mann ist übrigens tot.« Er wollte sie damit schockieren, und das gelang ihm auch.

Sie holte tief Atem. »Wie?«

»Stumpfer Gegenstand. In der Nacht und in seinem Garten, vor der Schuppentür. Seine Nichte Pearl Yewell hat ihn um die Mittagszeit gefunden, als sie vorbeikam, um Gemüse abzuholen.«

Während er sprach, gingen sie auf das »Dun Cow« zu. Die Tür stand offen, und im Rahmen lehnte der Wirt Harry Linnet, eine finster dreinblickende Gestalt in einem alten Pullover und einem schmuddligen Leibwärmer.

»Ich weiß, dass Sie nicht geöffnet haben«, sagte Markby zu ihm, »aber ich wäre Ihnen sehr dankbar, wenn Sie mir für etwa eine Stunde einen Raum zur Verfügung stellen könnten.«

»Sie können das kleine Nebenzimmer haben«, brummte Harry bereitwillig und führte sie in eine klaustrophobisch kleine Höhle mit niedrigen Holzbalken und dem säuerlichen Geruch alten, kalten Tabaks. »Sagen Sie mir, wenn Sie 'n Wunsch haben, Inspector. Wir alle wollen, dass Sie den Kerl kriegen, der den alten Bert umgelegt hat. Und wenn Sie noch mal mit Pearl Yewell sprechen wollen, sie is' im hinteren Gesellschaftszimmer mit meiner Frau. Hat sie sehr getroffen, o ja.«

»Die Leute von hier sind sehr aufgebracht«, sagte Markby und ließ sich in einer dunklen Nische in der dicken Steinmauer nieder. Im ganzen Raum hingen Pferdegeschirre, sie waren entweder an die dunklen Deckenbalken genagelt oder baumelten an Lederschnüren an den Wänden. Markby fragte sich, wer sie wohl polierte.

Er beobachtete Meredith, die ihm gegenüber Platz nahm. Ein Lichtstrahl, der durch ein kleines, staubiges Fenster drang, fiel auf ihr Gesicht. Sie legte die ineinander verschlungenen Hände kurz an den Mund und sagte mit leiser Stimme: »Als Philip starb, waren die Leute nicht aufgebracht.« Sie sah Markby nicht an, sondern heftete die Augen auf den mattgoldenen Glanz des Pferdegeschirrs hinter seinem Kopf.

»Er war keiner von ihnen. Er war ein Außenseiter. Ein Fremder.« Er machte eine Pause, dann fragte er: »Warum sind Sie gestern Abend nicht ins Pfarrhaus zurückgefahren?«

»Ich war müde und wollte nicht mehr fahren. Und ich

wollte einmal für eine Nacht raus aus dem Dorf. Es – es ist wirklich das schrecklichste Dorf, in dem ich jemals war.«

»Was macht es so schrecklich?«, fragte Markby. »Der Ort, die Menschen?«

»Die Seelenlosigkeit.«

Er schwieg eine Zeitlang. Sie stützte die Ellenbogen auf das kleine runde Tischchen zwischen ihnen, ihr Kinn lag auf ihren Händen. Der Vorhang aus glänzendem dunklem Haar streichelte ihre Wange.

»Als wir uns das letzte Mal sahen«, sagte er und hatte den Eindruck, dass seine Stimme ganz merkwürdig klang, »habe ich Ihnen gesagt, Sie sollten die Detektivarbeit mir überlassen, Meredith. Sie haben mir erzählt, dass Sie Ihren Wagen vor der Bibliothek geparkt hatten, deshalb habe ich gestern hineingeschaut, um in Erfahrung zu bringen, was Sie dort gemacht haben. Sie haben sich mit einer der Bibliothekarinnen, Mrs. Hartman, unterhalten, und die hatte tatsächlich etwas ziemlich Interessantes zu berichten. Doch Sie haben mir nichts davon gesagt. Warum?«

Sie blickte auf; in ihren braunen, von wunderbar dichten Wimpern umrahmten Augen lag etwas Herausforderndes. »Manchmal, wissen Sie, ist es nicht leicht, mit Ihnen zu sprechen.«

»Das tut mir leid …« Ein hastiges, geräuschvolles Einatmen verriet seine Ungeduld. »Aber Sie hätten es mir sagen sollen. Sie haben doch nicht etwa mit dem alten Bert geschwatzt, oder?«

»Doch, das habe ich. Er hat dauernd Andeutungen gemacht, wollte mir aber nichts sagen, außer dass er Lorrimers Katze tot auf dem Friedhof gefunden und verbrannt hatte, weil er fürchtete, man könnte ihn beschuldigen, sie umgebracht zu haben.« Sie hielt kurz inne, dann fuhr sie fort: »Er warf Philip geradezu groteske Dinge vor. Im Zusammenhang mit Frauen und so weiter. Sagte, Philip habe dauernd hier an der Bar gesessen.« Sie zögerte abermals. »Angeblich hat Bert ihm gesagt, er solle sein Geld sparen und sich einen neuen Van kaufen.«

»O ja«, sagte Markby. »Was mit dem Van passiert ist, habe ich festgestellt. Derzeit rostet er auf einem Autofriedhof, der einem Mr. Crocker gehört.«

Ihr Gesicht bekam einen abweisenden, starren Ausdruck.

Markby sagte sanft: »Bert war nicht gerade der netteste Mann der Welt, ebenso wenig wie dieses Dorf sehr nett ist. Das ist auch nicht der beste Pub, in dem ich jemals war. Aber sie haben jeder auf ihre Weise ihren Wert und ihre Berechtigung. Bert war achtzig Jahre alt und hatte sein ganzes Leben hier verbracht. Er hätte es verdient, im Bett zu sterben oder auf seinem Kartoffelacker tot umzufallen. Er hat es nicht verdient, dass man ihm den Schädel einschlägt.«

»War es ein sehr brutaler Überfall?«, fragte sie fast unhörbar.

»Nein, eigentlich nicht – der Täter war kein Berserker, wenn Sie das meinen. Nur zwei, drei gute, kräftige Hiebe. Doch einer hätte auch gereicht. Es war, als habe jemand eine Larve aus Pappmaché eingedrückt.«

Sie zuckte zusammen. »Denken Sie darüber nach«, sagte er. Aber das hätte er nicht zu sagen brauchen. Sie würde darüber nachdenken. Sie stand auf und verließ die Nische. Sie war so groß, dass sie sich unter den niedrigen Deckenbalken ducken musste. Markby seufzte und stand ebenfalls auf, um nachzusehen, ob sich Mrs. Yewell wieder so weit beruhigt hatte, dass er mit ihr sprechen konnte.

KAPITEL 13

Mit versteinertem Gesicht öffnete Lucia Meredith die Haustür und nahm ihr den Mantel ab. Auf Merediths Frage hin sagte sie unwirsch: »Die Signora ruht sich in ihrem Zimmer aus. Es geht ihr nicht gut. Sie hat sehr schlechten Kopf. Ich mache jetzt Kamillentee für sie.« Aus ihren schwarzen Augen schoss ein herausfordernder Blick. Die Köchin hatte ganz offensichtlich jenen Teil ihrer Morgentoilette vernachlässigt, der darin bestand, sich die dunklen Härchen auszuzupfen, die auf ihrer Oberlippe sprossen. So trug sie heute Nachmittag einen ansehnlichen Schnurrbart zur Schau.

»Ich bringe ihr den Tee hinauf«, bestimmte Meredith ruhig. Lucia trat widerwillig beiseite und murmelte ärgerlich etwas vor sich hin, widersprach jedoch nicht.

Meredith stieg mit dem blassgelben Tee, der in der kleinen Tasse schwappte, langsam die Treppe hinauf. Als sie oben ankam, wurde ein Stückchen weiter vorn im Flur eine Tür geöffnet. Ein Lichtstrahl fiel in den dämmrigen Gang, und Albie Elliott tauchte auf.

»Warum lassen Sie es nicht?«, fragte er freundlich.

»Sie wartet auf den Tee.«

»Ach, kommen Sie schon«, sagte er vorwurfsvoll. »Sie wissen genau, dass ich nicht den gottverdammten Tee meine.«

Auf dem Flur war es still. Meredith stellte die Tasse auf einen kleinen Tisch und folgte Elliott in sein Zimmer. Er stieß die Tür zu, und sie musterten sich gegenseitig. Er sah fast genauso aus wie damals, als sie ihm zum ersten Mal begegnet war, klein, adrett, geschniegelt. Mit seiner Totenblässe und der glatten Haut wirkte er wie ein Leichenbestatter, der mit sich selbst Reklame für seine Einbalsamierungstechnik macht.

»Sie hatten recht mit Ihrer Vermutung«, sagte sie, »dass es Lorrimer gewesen sei, der dieses widerwärtige Zeug vor das Tor gelegt hat.«

»Natürlich hatte ich recht. Recht wie in so vielen Dingen, Meredith. Gehen Sie wieder hinunter, und lassen Sie mich Evie den Tee bringen.«

Sie schüttelte den Kopf. »Nein, Albie, ich will mit ihr sprechen.«

»Nein, das wollen Sie nicht«, widersprach er mit ruhiger Stimme.

»Ich muss.«

Er seufzte leicht auf. »Hören Sie, es ist nie gut, Fragen zu stellen und nach Informationen zu suchen. Gute Nachrichten erfährt man früher oder später, und wer, zum Teufel, möchte schon die schlechten hören? Wenn Sie anfangen, Fragen zu stellen, Meredith, bekommen Sie auch Antworten. Der Jammer ist nur, dass es nicht immer die Antworten sind, die man erwartet oder die man hören will. Man erfährt vielleicht viel mehr, als man wissen mag. Haben Sie daran gedacht? Lassen Sie es sein, Schätzchen.«

»Ich kann nicht.«

Jetzt riss ihm der Geduldsfaden. Sein blasses Gesicht lief vor Aufregung rot an, und die Muskeln um seinen schmalen Mund begannen zu zucken. »Dann denken Sie wenigstens an mich, um Himmels willen! Ich brauche Eve. Die Show braucht sie.

Ich habe da eine wirklich gute Sache für uns in petto – für sie und mich. Aber ohne sie geht alles den Bach runter, Baby.« In seiner Aufregung verlor er nicht nur seine überlegene Ruhe, sondern auch seinen gepflegten Akzent. Ein ganz anderes Milieu kam plötzlich in seiner Stimme an die Oberfläche. Hohe Mietshäuser und eiserne Feuertreppen, unbeaufsichtigte Kinder und Halbwüchsige, die an Straßenecken herumlungerten. Päckchen, die auf öffentlichen Toiletten die Besitzer wechselten. Mütter, die auf den Strich gingen, und Väter – sofern sie überhaupt da waren –, die nie arbeiteten. Wohlfahrtsmarken und Kleinkriminalität. Er musste hart gekämpft haben, um von da wegzukommen, und er kämpfte auch jetzt, kämpfte dagegen an, wieder in den Morast abzurutschen.

Doch diese Runde verlor er, und er wusste es. Der Zorn in seinem Gesicht mischte sich mit Verzweiflung und Angst.

»Früher oder später muss ich mit ihr sprechen, Albie. Deshalb kann es genauso gut jetzt sein.«

»Es wird Ihnen leidtun«, sagte er rachsüchtig. »Kommen Sie ja nicht weinend zu mir gelaufen! Es wird Ihnen leidtun – und Sie verdienen es nicht anders, verdammt noch mal.« Er sah so aus, als werde er selbst gleich anfangen zu weinen. »Warum können Sie verdammt noch mal nicht Ruhe geben?«

Meredith ging hinaus und holte den inzwischen nur noch lauwarmen Tee. »Evie?« Sie klopfte leise und drückte die Klinke nieder, ohne auf Antwort zu warten. Sie spürte, dass Elliott an die Tür seines Zimmers getreten war und sie beobachtete, doch er versuchte nicht, sie aufzuhalten. Sein Hass traf sie zwischen die Schulterblätter wie ein Pfeil. Aber es war ein Hass, der aus Schwäche resultierte. Ein Hass, wie ihn Philip Lorrimer empfunden hatte.

Eve saß, die Füße hochgelegt, auf einem kleinen Sofa im Erker und starrte mit leeren Augen aus dem Fenster hinaus in den Garten. Die weiche Spätnachmittagssonne fiel auf ihre makellose weiße Hose. Sie trug wieder die grelle pinkfarbene Bluse und wirkte, von den dunklen Schatten unter den Augen abgesehen, so wie immer, wie aus dem Ei gepellt. Meredith setzte die Teetasse ab.

»Tut mir leid, dass es dir nicht gutgeht, Eve. Hier, Lucia hat dir einen Tee gemacht …« Sie brach bekümmert ab und verstummte.

Mit einem leisen, traurigen Lächeln wandte Eve den Kopf. »Ja«, sagte sie.

»Du warst doch nicht wieder an der Ginflasche, oder?«

»Nein – ich habe Kopfschmerzen. Ich könnte keinen Alkohol vertragen.«

Verdammt, dachte Meredith. Was für eine scheußliche Geschichte. Laut sagte sie: »Tut mir leid, dass ich gestern Abend nicht nach Hause gekommen bin.«

»Das macht nichts«, erwiderte Eve. Sie sprach wieder mit dieser leisen, traurigen Stimme. »Es hätte auch nichts geändert.«

»Vielleicht ja doch.« Meredith stand auf und wanderte zu dem viktorianischen Kamin hinüber. Man hatte ihn weiß lackiert, und er diente nur noch zur Dekoration, doch obwohl nie ein Feuer darin angezündet wurde, flatterten auf dem Rost, fast zu Asche verbrannt, fedrige Papierfetzchen und flogen durch den Luftzug, den Meredith durch ihr Nähertreten verursachte, nun leicht auf.

»Du hast sie also gefunden«, sagte Meredith langsam. »Hast sie schließlich doch noch gefunden. Das ist alles, was von Philips Originalen geblieben ist, nicht wahr? Von dem Brief und den Fotografien?«

Eve bewegte sich leicht und griff nach der Teetasse. »Ja. Er war wirklich unmöglich, versteckt sie im Schuppen dieses alten Mannes. Ich hatte das ganze Cottage und das Atelier durchsucht und war völlig ratlos, wohin er sie gebracht haben könnte. Dann fiel mir ein, was Sara mir von dem Schuppen erzählt hatte. Philip war drin gewesen und hatte Sara gesagt, wie schrecklich unordentlich es dort wäre. Auf diese Weise, dachte ich, hätte Philip Brief und Fotos immer in greifbarer Nähe. Der Schuppen war ideal. Außer dem alten Mann ging nie jemand hinein, und der hatte seit Jahren kein Stück von der Stelle gerückt. Phil hatte praktisch jederzeit Zugang, wenn der alte Mann nicht da war. Er brauchte das Couvert nur unter dem Dach zu verstecken. Und genau das hatte er getan.«

Meredith sagte: »Das war sehr schlau von dir, Evie. Aber du hättest dem alten Mann nichts tun dürfen.«

»Wollte ich ja auch nicht«, sagte Eve bekümmert. Sie setzte die Tasse ab. »Es war nicht meine Schuld. Es war zwei Uhr morgens, um Himmels willen! Warum lag der alte Esel nicht im Bett und schlief? Tauchte plötzlich auf wie ein riesengroßer Kobold, fuchtelte mit seiner Taschenlampe herum und leuchtete mir ins Gesicht. Auch da hätte ich ihm noch nichts getan. Ich hätte ihm erklärt, dass Phil etwas versteckt hatte, das mir gehört, und hätte ihm das Couvert gezeigt. Aber er fing an mich anzuschreien. Schrie so blödsinniges Zeug.« Eves Stimme erhielt einen spöttischen Unterton. »Nannte mich Jezabel und eine unzüchtige Frau! Stell dir das einmal vor! Quatschte weiter von Sodom und Gomorrha. Sagte, eine Frau in meinem Alter sollte es besser wissen. Ich sagte ihm, er sei ein alberner alter Narr und wisse nicht, was er da rede. Dann sagte er, er hätte mich im Morgengrauen aus Phils Cottage schleichen sehen – daher wisse er, dass ich üble Dinge im Sinn gehabt habe. Er sagte, ich sei alt genug, um Phils Mutter zu sein, und ich müsse doch wissen, dass Phil es mit meiner Tochter getrieben habe, was alles noch viel schlimmer machte … Dann fing er wieder mit Sodom und Gomorrha an. Oh, es war wirklich grässlich.«

Eve hielt wütend inne und schlug die Hände zusammen. Meredith kam zu ihr und setzte sich neben sie auf einen niedrigen Hocker. »Aber er hatte es missverstanden, nicht wahr, Eve?«

»Ja, natürlich hatte er das. Ich hatte keine Affäre mit Phil. Als ob ich jemals so etwas tun würde! Und auch Sara wäre nie so dumm gewesen. Deshalb war es ja auch so unsinnig, als Phil wegen ihrer Verlobung ein solches Theater machte. Aber verstehst du, ich konnte es nicht zulassen, dass der Alte herumlief und den Leuten erzählte, er habe mich am frühen Morgen an Phils Hintertür gesehen – es hätte ja Alan Markby zu Ohren kommen können, und er hätte natürlich den wahren Grund erraten …«

»Sag mir, was Phil von dir wollte, Eve.«

Eve zuckte anmutig mit den Schultern. »Na, Geld, was denkst denn du? Ein ganz gewöhnlicher kleiner Erpresser! Er hatte einen Brief und Fotos und gab mir Kopien. Zuerst wollte er Sara zugrunde richten und dann noch andere Leute erpressen. Du siehst also, ich habe das Richtige getan, als ich ihn umbrachte. Er wäre uns schrecklich lästig geworden. Auf die Idee mit dem Gift hat mich diese langweilige Mrs. Locke gebracht. Wir haben Schädlinge in den Gärten, Füchse und so weiter, und sie hat einen gefunden, der vergiftet worden war. Hat einen solchen Aufstand gemacht. Damals fing ich an, über Gift nachzudenken, und erinnerte mich, dass mir Lucia vor Jahren erzählt hatte, man könne Gifte aus Kräutern herstellen. Ich habe sie aber nicht mit hineingezogen, sondern habe allein herumprobiert. In einer Tierhandlung in Bamford habe ich ein paar Rennmäuse gekauft, lustige, kleine Dinger, und sie in dem baufälligen Stall gehalten. Niemand benutzt ihn, niemand geht hinein, nicht einmal Mr. Yewell, wenn er in den Garten kommt. Bei den Rennmäusen ging es ganz leicht, also versuchte ich es mit einem Kaninchen. Mir war klar, dass ich, um einen Mann zu töten, die Dosis wesentlich würde erhöhen müssen. Ich wusste, dass Phil viel Milch trank, also überlegte ich mir, die Milchflaschen zu präparieren, sehr früh, gleich nachdem sie geliefert wurden. Auf diese Weise war ich sicher, dass er jeden Tag eine Dosis zu sich nehmen und das Gift in seinem Körper gespeichert werden würde. Ich wusste, Lucia würde nichts sagen, selbst wenn sie erriet, was ich getan hatte. Sie ist absolut loyal.«

»Aber Bert hat dich gesehen und irrtümlicherweise angenommen, dass du nach einer Nacht verbotener Lust aus Philips Cottage geschlichen kamst.«

»Ja … Ich habe dir doch gesagt, er war ein so dummer alter Mann, stand so früh auf und war von Sünde und Sex besessen. In seinem Alter! Ekelhaft! Diese ganze Geschichte von Sodom und Gomorrha … Ich glaube, er war verrückt.« Eve sah Meredith vorwurfsvoll an. »Fast hättest du mich auch gesehen, Merry. An dem Morgen, an dem Philip starb, hatte ich ihn vor dir gefunden. Er war noch nicht tot. Er lag im Atelier auf dem Boden, hatte Schaum vor dem Mund und keuchte. Es war richtig widerlich. Aber ich merkte, dass er starb. Ich hätte nicht gedacht« – Eve runzelte die Stirn –, »dass es so lange dauern würde. Jetzt war die Gelegenheit, das Cottage zu durchsuchen, bevor jemand anders ihn fand. Das dachte ich zumindest.« Ihre Stimme klang plötzlich verärgert. »Also fing ich an, mich im Cottage umzusehen, und da – ob du's glaubst oder nicht – kam der blöde Alte aus seinem Haus und fing an, eine der beiden Katzen anzuschreien und zu verfluchen. Das Tier benahm sich sehr merkwürdig, lief in den Sträuchern hin und her und gab seltsame Töne von sich. Ich hatte Angst, der Alte würde mich sehen. Also rannte ich durch die Küchentür ins Freie, während der Alte im Garten hinter der Katze her war, lief zum Pfarrhaus, verriegelte die hintere Gartentür und ging zum Haus zurück. Da habe ich dich gesehen.« Eve riss ihre violetten Augen weit auf. »Du kamst den Gartenweg entlang, und ich musste mich in den Sträuchern verstecken. Du gingst dicht an mir vorbei und dann auf die Love Lane hinaus. Ich wusste, du würdest Philip finden. Ich rannte einfach zurück ins Haus und ging nach oben. Dann hörte ich dich zurückkommen und Peter Russell anrufen. Und gleich darauf kam Mrs.Yewell jammernd zu mir herauf. ›O Gott, Miss Owens, ich weiß nich', was drüben im Atelier passiert is' …‹« Eve ahmte die Putzfrau nach.

Meredith seufzte.

»Dieser alberne Alte«, sagte Eve grollend. »Er hatte mich doch tatsächlich gesehen, stell dir das vor. Gestern Abend, nachdem er mich als Jezabel und so weiter bezeichnet und davon geredet hatte, dass er mich morgens ein paarmal beobachtet hatte, schrie er: ›Un' ich hab' Ihnen an dem Morgen gesehen, an dem er gestorben is' un' alles! Sie sind in sei'm Cottage gewesen, ja das sind Sie!‹ Ich musste ihn töten, Merry.«

Voller Eifer beugte Eve sich vor. »Du verstehst das doch, nicht wahr? Ich musste den Alten zum Schweigen bringen und musste Phil loswerden. Ich wollte es nicht. Aber sie haben mich dazu gezwungen, beide. Ich musste dafür sorgen, dass Philip für immer und ewig den Mund hält. Jon Lazenbys Familie ist so ehrbar, und Jon selbst ist einer, der sich sofort aus dem Staub macht, wenn es Schwierigkeiten gibt. Ich wusste, es bestand nicht die geringste Chance, dass er bei Sara bleiben würde, wenn es einen Skandal geben würde. Außerdem war es mir unmöglich, Philip einen Haufen Geld zu bezahlen. Ich habe kein Geld. Oh, ich weiß, es sieht so aus, als hätte ich welches, aber ich habe keins. Ich habe nur, was Robert mir hinterlassen hat. Deshalb brauche ich ja die Rolle in Albies Seifenoper so dringend, und nichts soll mich daran hindern, sie zu bekommen! Phil war genauso wie Hughie, ich kenne den Typ. Sie sind boshaft, besonders dann, wenn sie nicht kriegen, was sie wollen, und als Phil merkte, dass ich ihm nichts zahlen würde – nichts zahlen konnte –, war nicht vorauszusehen, wie er sich rächen würde. Ich fürchtete, er könnte die Trauungszeremonie in der Kirche stören. Er hätte sich einschleichen und hinten verstecken können, um dann, wenn der Pfarrer fragt, ob jemand ›einen Hinderungsgrund für diese Ehe‹ kenne, aufzuspringen und alles herauszublöken. Vielleicht hätte er aber auch nichts gegen die Heirat getan, damit er das Geld dann von Sara bekommen konnte. Er hätte mein armes Kind während der ganzen Ehe ausgesaugt wie ein Blutegel. Hätte sie total ausgenommen. Diese Sorte ist dazu imstande. Glaubst du etwa, ich weiß das nicht? Wenn sie dich in der Hand haben, spielen sie das bis zum Letzten aus. Ich musste Hughie jeden Cent geben, den ich besaß, damit er in die Scheidung einwilligte und ging. Deswegen habe ich ja nichts, nur Roberts Geld. Alles andere hat sich Hughie geschnappt, und gelacht hat er, die ganze Zeit über mich gelacht, weil ich nichts dagegen tun konnte. Glaubst du, ich lasse zu, dass Sara durchmacht, was ich damals durchgemacht habe?«

»Aber warum hast du Hughie für die Scheidung überhaupt etwas zahlen müssen?«, fragte Meredith neugierig, denn sie erinnerte sich an die Geschichten, die sie gehört und die auch Eve ihr über die Gemeinheiten ihres zweiten Ehemannes erzählt hatte. »Du hattest doch Gründe. Er taugte nichts. Er trank. Er schlug dich, er betrog dich, war arbeitsscheu …«

»O ja, das alles ist richtig«, sagte Eve ernst. »Aber das konnte ich vor Gericht nicht sagen, denn, nun ja, Hughie wusste, was ich getan hatte.«

Draußen schob sich eine Wolke vor die Sonne, und im

Raum wurde es plötzlich dunkler und kälter. Meredith klang Elliotts boshafte Stimme im Ohr: »Sie werden es bedauern!« Sie fröstelte. Es war, als sei ein Geist hereingekommen und stehe nun neben ihr. Sie wusste im tiefsten Innern, dass sie, wenn sie die nächste Frage stellte, etwas Furchtbares erfahren würde, etwas, das sie eigentlich nicht wissen wollte und trotzdem wissen musste. »Was wusste Hughie, Evie?«

»Dass *ich* Mike erschossen habe. Hughie ist irgendwie dahintergekommen, und er sagte immer, wenn ich in der Öffentlichkeit schmutzige Wäsche waschen wolle, er könne das auch. Als er mich schließlich satthatte und auch kein Vergnügen mehr daran fand, mich zu quälen, hat er einfach mein Geld genommen und ist gegangen. Ich besaß keinen Cent mehr. Doch ich war so froh, dass er weg war.«

»Aber ich dachte, der Junkie –« flüsterte Meredith.

»O nein!« Eve richtete sich auf, schwang die Beine auf den Boden und sagte: »Nein, nein, der war es nicht. Schau mal, ich wollte, dass Mike zu uns zurückkommt, zu Sara und mir. Ich dachte, er würde es tun. Aber er sagte, er müsse darüber nachdenken und so weiter, aber ich war mir so sicher …« Sie hörte sich gereizt an. »Ich war so sicher, dass er sich dazu entschließen würde, doch zu uns zurückzukehren. An dem Abend ging ich in seine Wohnung, wir tranken ein paar Gläser, und er sagte – sagte …« Jetzt lag ein ungläubiges Staunen in Eves Stimme. »Er sagte, er habe sich entschieden, und er komme nicht zurück. Nie wieder. Er hatte eine andere gefunden, Merry. Er liebte eine andere mehr als Sara und mich!«

Meredith schloss die Augen. In ihrem Schädel begann es zu dröhnen. Die Worte aus Mikes letztem Brief wirbelten ihr durch den Kopf wie die Schlagzeilen einer Zeitung: *Ich weiß nicht, was ich tun soll, Merry, nur dass ich so gern tun möchte, was richtig ist. Du weißt, dass ich Eve nicht mehr liebe, aber da ist das*

Kind. Ich habe das Gefühl, ich müsste es um Saras willen noch einmal versuchen. Doch ich glaube nicht, dass ich es ertragen könnte, dabeizustehen und zuzusehen, wie Eve wieder herumspielt. Und sie wird es tun, das weiß ich, sobald sie mich wieder sicher in ihrem Pferch glaubt. Ich habe wirklich noch keinen Entschluss gefasst und komme mir wie der größte Lump vor, Dir das zu schreiben, nachdem wir so viele Pläne gemacht haben. Bitte hab Geduld, Liebling, und versuch mich zu verstehen. Ich werde es bald regeln, so oder so …

Er hatte es geregelt. Er hatte einen Entschluss gefasst und sie, Meredith, gewählt. Und das war sein Todesurteil gewesen.

»Ich hatte immer eine kleine Pistole in der Handtasche«, berichtete Eve mit einer merkwürdigen Singsang-Stimme wie ein Kind, das ein Gedicht aufsagt. »Als wir nach Hollywood kamen, hatte es ein paar Überfälle auf Frauen gegeben, und Mike kaufte mir die Waffe, ein albernes kleines Ding, das wie ein Spielzeug aussah. Damals waren wir noch zusammen. Ich nehme an, er hatte vergessen, dass sie noch da war. Ich war so wütend, dass ich sie herausholte und damit auf Mike zielte, und er meinte nur, ich sei dumm, und sagte: ›Du weißt, dass du nicht schießen wirst, Eve‹ – also schoss ich, nur um es ihm zu zeigen. Nur um ihm zu zeigen, dass er mich nicht einfach verlassen konnte!« Eves Stimme wurde schriller. Man konnte ihr die Empörung von ihrem schönen Gesicht ablesen, ihr Mund und Kinn zitterten, und die Augen funkelten vor Zorn. »Jedenfalls lag er da und war tot. Es war sehr seltsam. Ich meine, ich bin keine gute Schützin oder so. Es war nicht meine Schuld. Es war Pech. Ich wusste, dass mich niemand beim Hereingehen gesehen hatte, weil ich mit Mike gekommen war, der selbst aufgeschlossen hatte. Also spülte ich die Gläser, stellte die Flasche weg und säuberte die Pistole. Dann ging ich fort und warf die Pistole in eine Mülltonne.«

Sie seufzte. »Die Leute sind wirklich zu blöd. Woher sollte

ich wissen, dass dieser idiotische Kerl gerade bei seinem Onkel, dem Hausmeister, war, um Geld von ihm zu bekommen, und dann die Mülltonnen nach etwas durchwühlte, das sich verkaufen ließ? Wenn die Menschen sich nur um ihren eigenen Kram kümmern würden! Aber schließlich war der Junge sowieso im Gefängnis besser aufgehoben, weil er doch nur Drogen nahm und stahl und so weiter. Deshalb war es nicht weiter schlimm, dass man ihn verurteilte.«

Meredith sagte mit ausdrucksloser Stimme: »Du hast deinen Tee nicht getrunken, Eve.«

»Oh, tatsächlich«, sagte Eve ruhig und griff nach der Tasse.

Meredith schluckte. »Du hast eine sehr – sehr anstrengende Zeit hinter dir, Evie. Ich glaube, ich sollte Peter Russell anrufen, damit er herkommt und dir etwas für deine Nerven gibt.«

Eve dachte nach. »Ja, du hast recht. Der liebe Peter wird wissen, was er mir verschreiben muss. Ich schlafe wirklich nicht sehr gut, und jetzt bin ich sehr müde. Ich möchte so gern mal eine Nacht richtig durchschlafen.«

Leise schloss Meredith die Tür hinter sich. Elliott stand mit ineinander verschränkten Händen wartend vor seiner Tür. »Ich habe es Ihnen gesagt«, erklärte er gereizt. »Aber Sie wollten keine Ruhe geben. Ich habe Sie gewarnt.«

»Sie haben gewusst …« Meredith schluckte und rang sich die Worte ab. »Sie wussten von Mike, dass sie geschossen …«

Er hob die schmalen Schultern bis an die Ohren. »Natürlich. Ich habe bei diesem Film Regie geführt. Daran habe ich Sie doch alle erst vor ein paar Tagen erinnert. Sie kam zu mir, nachdem sie es getan hatte. Sie quasselte unentwegt, aber ich brachte sie dazu, sich zu beruhigen. Für mich war klar, dass sie, wenn sie ganz kühl blieb, nichts zu befürchten hatte. Sie hatte schon einen kühlen Kopf bewahrt, als sie die Gläser und die Waffe gereinigt hatte. Wegen anderer Fingerabdrücke von ihr in Mikes Wohnung brauchten wir uns keine Sorgen zu machen, denn sie war noch immer seine Frau, und man konnte durchaus erwarten, dass ihre Fingerabdrücke dort zu finden waren.« Er legte die Stirn in Falten. »Sie konnte wirklich nicht begreifen, dass er tatsächlich die Scheidung einreichen wollte. Es war hart für sie.«

»Hart für alle«, sagte Meredith düster.

»Wenn nur diesmal Sie einen kühlen Kopf bewahren wollten«, sagte er wehmütig, »wenn Sie nur schweigen würden. Wir könnten wieder davonkommen. Aber das werden Sie nicht, oder?« Ohne ihre Antwort abzuwarten, fügte er bekümmert hinzu: »Es ist wirklich ein Jammer. Schlimmer, es ist dumm. Wirklich dumm.« Er machte kehrt, ging in sein Zimmer und schloss die Tür hinter sich.

Peter Russell hatte seine Praxis in Bamford eben verlassen wollen. Er versprach, sich zu beeilen, und war zwanzig Minuten nach Merediths Anruf schon da. Meredith kam es wie eine Ewigkeit vor, während sie im Salon saß und Eves Porträt anstarrte. Es war jedoch nicht Eve, die sie sah, sondern jemand anders. Er war da, unsichtbar zwar, aber tatsächlich gegenwärtig. Als sie im Raum umherging und sich bemühte, das Gefühl zu verdrängen, folgte er ihr, so dass sie sich schließlich auf dem Sofa zusammenkauerte, das Bild fixierte und sich vorstellte, wie Lorrimer in seinem Zorn, voller Bitterkeit und Kummer, die Lampe danach warf. Sie wusste, dass diese Empfindungen sich verlieren würden, so unerträglich sie jetzt auch waren. Schlimmer war, was folgen würde. Schuldgefühle würden über sie hereinbrechen. Wieder einmal.

Das Geräusch des Torsummers bedeutete Erleichterung. Sie

sprang auf und schaffte es, vor Lucia an der Tür zu sein. »Das ist schon in Ordnung«, sagte sie zu der Köchin. »Es ist nur Dr. Russell, ich habe ihn angerufen für den Fall, dass Miss Owens etwas braucht.«

»Sie nichts brauchen von Doktor«, sagte Lucia beleidigt. »Ich machen für sie.« Sie watschelte in die Küche zurück, in ihren groben Zügen nichts als Empörung.

»Was ist los?«, fragte Russell schroff und schob sich an Meredith vorbei in die Eingangshalle.

Schweigend bedeutete sie ihm, dass er mit ihr in den Salon gehen sollte, und als sie dort waren, versuchte sie unter Aufbietung aller Kräfte, sich zusammenzunehmen und ihm direkt in die Augen zu schauen. »Ich bitte Sie, hinaufzugehen und nach Eve zu sehen. Sie werden Sie in einem – einem ziemlich nervösen Zustand vorfinden. Und ich – ich hätte es gern, wenn Sie eine Weile hierbleiben könnten, bis …« Sie verstummte, warf das Haar zurück und sah ihm, ohne mit der Wimper zu zucken, in seine neugierig und feindselig blickenden Augen. »Bis die Polizei kommt.«

Russell zuckte zusammen. »Lorrimer?«, stieß er hervor, und sie wusste, dass er an Sara dachte.

»Ja, Lorrimer. Er hat versucht, Eve zu erpressen. Er hat Sara bedroht. Eve wünschte sich verzweifelt, dass Sara Lazenby heiraten sollte. Und sie konnte den Gedanken nicht ertragen, dass etwas sie daran hindern könnte, in die Staaten zu gehen und diese unglückselige Rolle in der Seifenoper zu übernehmen – und ich denke, dass sie sich Sara gegenüber schuldig fühlte, die sie sehr liebt. Sie ist schließlich ihre Mutter.« Die Erklärungen verstummten. Nun, was gab es schließlich noch zu sagen? Niemand kann Mord entschuldigen. Kaltblütigen, sorgfältig geplanten Mord. Und noch viel weniger die Bösartigkeit, mit der ganz nebenher ein schwacher alter Mann getötet worden war.

Russells langes, schmales Gesicht nahm einen noch bekümmerteren Ausdruck an. »Und Sie sind sich ganz sicher?«, fragte er zweifelnd.

»Ganz sicher, Peter. Sie hat mir alles erzählt. Ich – ich habe die Polizei noch nicht angerufen. Ich wollte, dass Sie hier sind. Sie wird Sie brauchen. Sie – sie ist nicht normal, wissen Sie? Das werden die Geschworenen doch berücksichtigen, nicht wahr?«

»Ein guter Anwalt wird auf jeden Fall dafür sorgen.« Russell blickte sie noch immer forschend an. »Wäre es Ihnen lieber, wenn ich die Polizei anriefe?«

»Nein, nein, das ist mein Part«, sagte Meredith. »Es ist so, sie glaubt nicht, dass sie etwas Unrechtes getan hat. Sie denkt, es ist nicht ihre Schuld. Schuld sind andere.«

Vielleicht zum Teil auch ich, dachte sie. Wäre ich gestern Abend zurückgekommen, wäre Bert vielleicht noch am Leben – und wenn ich Mike nicht gesagt hätte, dass ich ihn liebe, würde auch er vielleicht noch leben. Aber ›wenn‹ und ›vielleicht‹, das sind die großen Unwägbarkeiten, wie Markby gesagt hatte.

Laut sagte sie: »Mir geht es um Sara – um sie mache ich mir Sorgen. Lazenby wird sie sitzenlassen. Sie könnte daran zerbrechen.«

»Um Sara kümmere ich mich«, erwiderte Peter Russell trotzig.

Wenn sie dich lässt, dachte Meredith. Fürs Erste vielleicht. Sie sah Russell nach, als er hinausging, und hörte seine Schritte auf der Treppe. Als sie den Telefonhörer aufnahm, um das Polizeirevier in Bamford anzurufen, fragte sie sich: Würde ich es auch tun, wenn es nicht um Mike ginge? Lorrimer war wirklich nur ein widerlicher kleiner Erpresser, genau wie Eve gesagt hatte; Alan Markby war der gleichen Meinung. Und Bert war nicht der netteste alte Mann der Welt gewesen. Niemand trauert um einen der beiden – nicht einmal Pearl und Walter auf lange Sicht. Sie sind geschockt, mehr nicht. Das Wissen um alles und der Prozess und der Skandal werden Sara wieder aus der Bahn werfen. Lazenby wird sich aus dem Staub machen. Wenn sie sich von Russell trösten lässt, wird es nicht auf Dauer sein. Auch er wird leiden. Und natürlich auch Albie … Er würde Eve in die Staaten mitnehmen und auf sie aufpassen. Niemand braucht etwas zu erfahren. Warum lege ich nicht einfach auf und vergesse alles? Ich könnte Russell sagen, Eve habe meiner Ansicht nach nur laut vor sich hinphantasiert und kein Wort ernst gemeint. Sie würde in die Staaten gehen und in ihrer Seifenoper als Star glänzen, und alle wären glücklich, keinem würde mehr wehgetan.

Eine Stimme drang an ihr Ohr, und sie fragte automatisch nach Chief Inspector Markby. Während sie wartete, wurde der Impuls, den Hörer aufzulegen, immer stärker. Schließlich presste sie ihn auf die Brust und sagte laut in das leere Zimmer hinein: »Nein, das tu ich für dich, Mike … Damit dir Gerechtigkeit widerfährt …«

Dann fragte Markbys Stimme: »Meredith?«

Sie öffnete den Mund, doch ehe sie etwas sagen konnte, hörte sie von draußen Lärm. Schritte polterten die Treppe herunter. Die Tür wurde aufgerissen, Peter Russell erschien mit entsetztem Blick und durchquerte mit zwei langen Schritten den Raum.

»Verdammt, rufen Sie einen Krankenwagen!«, befahl er.

Meredith starrte ihn an. Leise und verzerrt kam Markbys Stimme aus dem Hörer. »Meredith? Meredith, was ist los, zum Teufel?«

»Geben Sie mir den Hörer!«, schnauzte Russell und streckte die Hand aus.

Die Lähmung wich von ihr. »Nein – ich spreche bereits mit Alan Markby …« Sie hob die Sprechmuschel an den Mund. »Wir brauchen einen Krankenwagen, Alan … Und wir brauchen Sie.« Ihre Hand zitterte, und sie verlor wieder die Fassung. »O Gott, Alan, kommen Sie rasch. Ich brauche Sie …«

KAPITEL 14

»Der Tee! Du lieber Gott, sie hat etwas in den Tee getan«, flüsterte Meredith.

Eve lag noch auf dem kleinen Sofa wie vorhin, doch jetzt hatte sie den Kopf zurückgeworfen, die violetten Augen waren in ungläubigem Erstaunen weit aufgerissen, der Mund war leicht geöffnet, der ganze Körper erstarrt. Eine schmale beringte Hand umklammerte die Knopfleiste der pinkfarbenen Bluse, so als habe Eve sie in einem letzten verzweifelten Ringen nach Luft aufreißen wollen. Die Tasse, in welcher der Kamillentee gewesen war, stand leer auf dem Tisch. Automatisch streckte Meredith die Hand danach aus. Peter Russell schlug sie weg und sagte scharf: »Nein, fassen Sie sie nicht an!« Meredith wich entsetzt zurück, und er fuhr hastig fort: »Wissen Sie, was es war? Pillen? Hatte sie Pillen oder Pulver? Vielleicht ist es noch nicht zu spät – ein schwacher Puls ist noch da. Wenn der Krankenwagen rechtzeitig kommt und wir wüssten, was sie genommen hat…«

Kopfschüttelnd unterbrach ihn Meredith: »Nein, Sie verstehen nicht. Ich meine nicht, dass sie absichtlich etwas genommen hat. Ich bin sicher, sie hat es nicht selbst gemischt. Es sind bestimmt nicht die Dinge, an die Sie denken, Schlaftabletten oder Ähnliches. Ich habe Lucia gemeint – Lucia hat etwas in den Tee getan, etwas, das sie selbst zusammengebraut hat.«

»Die Köchin?« Er sah sie finster an. »Reden Sie doch keinen Unsinn, Meredith! Warum sollte die Köchin Eve etwas antun wollen?«

»Die Signorina hat recht«, sagte eine tonlose Stimme hinter ihnen. Sie fuhren beide herum und sahen Lucia auf der Schwelle stehen, massig, schwarz gekleidet, triumphierend. »Aber ich sie nicht verletzen. Ich bringen sie in Sicherheit. Ich weiß, was sie getan hat.« Die Köchin nickte. »Ich weiß, als ich höre, der Junge ist krank, dass jemand ihm etwas gegeben. Und als er sterben, ich weiß, sie hat getan. Aber ich sage nichts. Er war ein schlechter Mensch, das war er. Er haben sie und die Kleine bedroht. Er kommen her, schreien, machen Szene. Meine Ladys, sie beide große Angst. Ich denke, vielleicht ich mache etwas, damit er weggehen. Aber dann er wird krank, und ich weiß, ich brauche nicht. Sie« – Lucia hob die Hand und wies auf Eves ausgestreckte Gestalt –, »sie hat es schon getan. Also tu ich nicht, nur warten. Ich denke nicht, dass Sie herausfinden, was sie getan hat. Und ich nicht erlauben, dass Sie sie mitnehmen und in Gefängnis stecken mit schlechten Frauen. Sie ist wie ein Vogel, so schön, Sie dürfen sie nicht in Käfig sperren. Sie dürfen nicht Schande über sie bringen. Er war so böse, dieser junge Mann, sie so zu quälen. Er sollen sterben.«

»O nein«, flüsterte Meredith, »ich dachte, Sie sprechen über Ralph Hetherbridge. Ich hätte merken müssen …«

»Sie nicht leiden«, sagte Lucia stolz. »Ich mache es richtig.« Sie machte kehrt und trottete aus dem Zimmer.

»Was war es, Sie alte Hexe?«, brüllte Russell und setzte ihr nach.

»Sie wird es Ihnen nicht verraten«, sagte Meredith mit tonloser Stimme. »Sie vergeuden Ihre Zeit, Peter.« Sie blickte auf das schöne, überraschte Gesicht ihrer Cousine hinunter. »Leb wohl, Eve. Es ist alles schiefgegangen, und ich hatte meinen Anteil daran. Es tut mir leid.«

Es kam ihr so vor, als weiteten die violetten Augen sich noch ein wenig mehr, als habe Eve ihre Worte gehört. Doch vielleicht war es reine Einbildung – oder ein Muskelzucken vor dem Tod.

Markby und der Krankenwagen trafen zusammen ein. Eve wurde auf einer Trage hinausgetragen, vorbei an Lucia, die unbewegten Gesichtes in der Halle saß.

»Kümmern Sie sich um die Köchin«, sagte Markby leise zu Pearce, der mit ihm gekommen war. »Nehmen Sie sie unter der Anklage fest, mit Absicht eine tödliche Substanz verabreicht zu haben – Sie wissen ja Bescheid.«

Pearce, der ein wenig grün um die Nasenspitze aussah, obwohl das keineswegs sein erster Mordfall war, ging auf Lucia zu, die verächtlich zu ihm aufsah. In diesem Moment erschien oben auf der Treppe Albie Elliott, den sie alle vergessen hatten; seine Augen quollen hervor, das Gesicht war die verzerrte Larve eines Besessenen. Er stieß einen grauenvollen, unartikulierten Schrei aus, raste die Treppe herunter, starrte mit einem wilden Blick auf die sich entfernenden Rücken der Sanitäter und warf sich dann, wüste Beschimpfungen ausstoßend, auf Lucia. Mit seinen ausgestreckten Händen packte er ihre Haare, die in dicken Zöpfen um den Kopf geschlungen waren, und riss so heftig daran, dass die Haarnadeln davonflogen. Als sie einen ihrer kräftigen Arme hochriss, um ihn abzuwehren, schlug er auf sie ein. Markby, Russell und Pearce warfen sich dazwischen.

»Ruhig, Sir, nur ruhig«, keuchte Pearce so beschwichtigend er konnte, während er mit dem sich windenden und krümmenden Elliott kämpfte. Geschickt packte er die Arme des um sich schlagenden Mannes und presste sie an seinen Körper.

»Er ist außer sich vor Kummer«, sagte Markby. »Das habe ich schon früher erlebt. Können Sie ihm ein Beruhigungsmittel geben?«, fragte er Peter Russell.

»Nur wenn er mich darum bittet.«

Aber Elliott war plötzlich still geworden und ließ sich schlaff und widerstandslos von Pearce festhalten. »Gottverdammt«, stieß er unter Tränen hervor. »Gottverdammt! Sie alle sollen verdammt sein!«

Nach einem schönen milden Altweibersommer nieselte es am Tag von Eves Beerdigung, und es war kalt. Den Regenböen und dem Wind ausgesetzt, versammelten sie sich auf dem zugigen Friedhof am nördlichen Rand von Oxford. Während des Gottesdienstes am offenen Grab wurden die Worte zur Hälfte vom Verkehr verschluckt, der auf der Banbury Road vorüberbrauste.

Sie begruben Eve neben Robert Freeman. Meredith kam alles unwirklich vor. Es fiel ihr schwer zu glauben, dass Eve in diesem Sarg lag. Und es war schwierig zu begreifen, dass sie nicht plötzlich mitten unter ihnen auftauchen würde, elegant und fröhlich, um sich für die schönen Blumen zu bedanken. Es gab viele Blumen, das hätte Eve gefallen. Unter den Trauergästen waren, trotz der widrigen Umstände, auch viele bekannte Gesichter, und das hätte Eve ebenfalls zu schätzen gewusst. Aber jetzt hatten sich die Menschen allmählich zerstreut, und nur eine Handvoll war geblieben.

Sara, das blonde Haar zu einem langen Zopf geflochten, der ihr über den Rücken hing, sah noch mehr als sonst wie ein Schulmädchen aus; ihre Augen waren gerötet, sie war sehr still, das blasse Gesicht erstarrt vor Schmerz. Peter Russell, der genauso kummervoll aussah, aber aus einem anderen Grund, stand, ganz der Beschützer, dicht neben ihr. Jonathan Lazenby hatte sich, wie vorauszusehen gewesen war, auf eine plötzliche und unvorhergesehene Geschäftsreise begeben. Offiziell war die Hochzeit wegen der Beerdigung verschoben worden, aber alle wussten, dass diese Hochzeit nie stattfinden würde. Der Einzige, der noch weinte – überhaupt der Einzige, der am Grab Tränen vergossen hatte –, war Albie Elliott. Er stand ganz allein, barhäuptig, im Regen, umklammerte einen Rosenstrauß, und die Tränen vermischten sich mit dem Regen auf seinem bleichen Gesicht. Meredith hatte versucht, mit ihm zu sprechen, doch er hatte sie nur angestarrt, als rede sie in einer fremden Sprache.

Verlegen trat Meredith vor und ging schwankend die Planke entlang, die auf der Erde neben dem offenen Grab lag. Das Loch war mit grünem Flanelltuch ausgelegt, um die frisch aufgeschüttete Erde vor den Blicken der Trauernden zu verbergen. Meredith bückte sich, nahm, wobei sie ihre eilig gekauften schwarzen Handschuhe beschmutzte, eine Handvoll Erde und warf sie hinein. Sie traf den Sargdeckel mit einem dumpfen und hohlen Ton unmittelbar über der Messingplakette.

Das war's. Ein Stück entfernt warteten die Männer des Beerdigungsunternehmens, regennass, aber sehr dekorativ, wie Krähen auf einem Zaun. Russell hatte Saras Arm genommen, und sie hatte sich zu ihm gedreht. Meredith war hier überflüssig. Elliott stieß einen erstickten Ton hervor, stürzte plötzlich vorwärts und warf sein Bukett ins Grab. Die Wirkung war weder dramatisch noch romantisch, nur grotesk. Er war in seiner eigenen verzweifelten Welt gefangen, und auch er brauchte Meredith nicht. Die Wagen auf der Banbury Road hupten weiter ungerührt bei ihren Überholmanövern.

Sie wandte sich ab und ging zwischen den ordentlichen

und gepflegten Gräberreihen zum Parkplatz. Es war eine urbane Begräbnisstätte, die nichts von der chaotischen Vertraulichkeit des Dorffriedhofs hatte. Alan Markby, mit schwarzer Krawatte und in dem dunklen Regenmantel, den er bei Beerdigungen trug, trat hinter einem Grabstein vor und folgte ihr. Bei den geparkten Wagen holte er sie ein. Sie zog sich die schmutzigen, feuchten schwarzen Handschuhe aus, rollte sie zusammen und warf sie in einen Abfallkorb. Dann blickte sie zu Markby auf.

»Ich habe eine Thermosflasche mit Kaffee im Wagen«, sagte er.

»Das war sehr umsichtig von Ihnen.«

»Nicht von mir. Meine Schwester Laura kam bei mir vorbei und hat sie mir gegeben. Sie neigt ein wenig dazu, mich zu bemuttern.«

Regenfeucht und mit einem unbehaglichen Gefühl saß sie auf dem Beifahrersitz seines Wagens und schlürfte Kaffee aus Plastikbechern, die Laura ebenfalls gestiftet hatte. Aus unerfindlichen Gründen hatte sie sogar daran gedacht, zwei einzupacken. Der Kaffee schmeckte bitter, aber er war heiß und belebte den Kreislauf.

Meredith umfasste ihren Becher mit beiden Händen, um die Wärme in ihre kalten Finger eindringen zu lassen, und fragte sich, ob Markby sich wohl noch daran erinnerte, wie flehend sie ihn an jenem schicksalhaften Nachmittag am Telefon gebeten hatte zu kommen. Ihr war völlig schleierhaft, warum sie so verzweifelt nach ihm verlangt hatte. Idiotisch. Wahrscheinlich war es die besondere Anspannung dieses Augenblicks gewesen. Sie hoffte, dass er es nicht gemerkt oder aber wieder vergessen hatte. Wenn beides nicht der Fall war, dann hoffte sie darauf, dass er es wenigstens nicht erwähnen würde. Es wäre entsetzlich peinlich.

Laut sagte sie: »Ich habe die Puppe Sergeant Pearce gegeben – die, welche Lorrimer vors Tor gelegt hatte, wo Sara sie finden sollte. Sie können Sie in Ihre schwarze Sammlung tun, falls Sie eine haben.«

Markby knurrte. »Sie hätten sie sofort aushändigen müssen, das wissen Sie. Wir hätten uns früher eingeschaltet, und er wäre vielleicht am Leben geblieben – und sie ebenfalls ... Oh, um Himmels willen, das alles haben wir ja schon durchgekaut.« Er verstummte und verfluchte seine Unbeholfenheit.

Sie blickte starr geradeaus durch die regenfleckige Windschutzscheibe. »Sie haben mir einmal gesagt, dass ›falls‹ und ›vielleicht‹ die großen Unwägbarkeiten sind. Wenn ich Ihnen von der Puppe, dem Rinderherzen und den anderen Dingen erzählt hätte, die Sara gefunden hat, hätten sie vielleicht die Spur zu Lorrimer zurückverfolgt – und was dann? Ein Prozess, Lorrimer mit den wildesten Beschuldigungen, die rechtfertigen sollen, was er getan hatte, und Lazenby, der Fiesling, der sich in Sicherheit bringt und Sara sitzenlässt.«

»Was Sie hier beschreiben, wäre besser gewesen als Mord beziehungsweise Doppelmord. Und Lazenby habe ich heute hier trotzdem nicht gesehen. Das bedeutet wohl, dass er sich auch so aus dem Staub gemacht hat.«

Meredith öffnete die Wagentür, um den Kaffeesatz auszuschütten. Den leeren Becher stellte sie neben ihre Füße. Ihre Schuhe waren schlammig und hatten auf dem Boden des Wagens schwarze Schmierflecken hinterlassen. »Tut mir leid«, murmelte sie und überließ es ihm, ihre Worte nach Belieben auszulegen.

Zaghaft streckte er die Hand aus und berührte ihren Ellenbogen. »Mir tut alles leid. Ich weiß, sie war Ihre Cousine, und da kann ich natürlich nicht erwarten, dass man über irgendeinen Aspekt dieses Falles objektiv mit Ihnen sprechen kann.

Ich würde Ihnen gern etwas Tröstliches sagen. Aber es ist nicht möglich, nicht wahr?«

»Nein, aber es ist wie jeder andere Schmerz. Man lernt damit zu leben.«

Er rutschte unbehaglich auf seinem Sitz hin und her. Sie sah ihn an. Mit finsterer Miene betrachtete er Elliott, der strauchelnd zwischen Gräbern zum anderen Ende des Parkplatzes ging, wo sein Mietwagen stand.

»Wissen Sie, Albie hatte schon vermutet, dass es Lorrimer war, der diese Sachen hinterlegte. Und als Lorrimer krank wurde, war Lucia sofort klar, was Eve getan hatte. Ich will mich nicht damit rausreden, dass ich nicht die Einzige war, die schwieg, als ich hätte reden können, aber ich war es tatsächlich nicht.«

»Lassen Sie's«, sagte er plötzlich in einem scharfen Ton, den sie so noch nie von ihm zu hören bekommen hatte.

»Was passiert mit Lucia?«

Er zuckte mit den Schultern. »Die Verteidigung wird höchstwahrscheinlich auf verminderte Zurechnungsfähigkeit plädieren. Sie ist eine einfache Frau, isoliert in einer fremden Kultur, und sie war ihrer Arbeitgeberin über jedes normale Maß hinaus ergeben. Sie hat natürlich vorsätzlich getötet, aber nicht aus niedrigen Beweggründen. Man wird sie wegen Totschlags anklagen, und ob der Verteidiger mit dem Antrag auf verminderte Zurechnungsfähigkeit durchkommt, kann ich nicht sagen. Vielleicht landet sie eher in einer psychiatrischen Klinik als im Gefängnis. Was mich beunruhigt, ist der Gedanke, dass jemand, der so viel von Giften versteht und so wenig zwischen Recht und Unrecht unterscheiden kann, in absehbarer Zukunft wieder mitten unter uns leben wird – und unter Umständen sogar wieder als Köchin arbeitet! Aber Polizisten können die Verbrecher nur dingfest machen, sie haben keinen Einfluss darauf, was die Gesellschaft mit ihnen tut.«

»Es wäre ja möglich, dass sie in dem Restaurant in Pasadena die falschen Kräuter auf die Pizzas streut, wenn sie den Gast nicht mag«, sagte Meredith und fügte erklärend hinzu: »Eve hat mir erzählt, dass Lucia einen Verwandten hat, der eine Pizzeria betreibt. Zu ihm wollte sie, um bei ihm zu arbeiten.«

»Da haben wir es schon! O verdammt«, fuhr er leise fort, »am Friedhofstor treibt sich noch immer ein Pressefotograf herum. Ich kann ihn von hier aus sehen.«

»Wen interessiert das schon?«, entgegnete sie müde. »Eve – sie hätte es interessiert, meine ich. Sie wäre enttäuscht gewesen, wenn sich niemand von der Presse gezeigt hätte. Es waren viele Trauergäste da, vor allem wenn man bedenkt, was für ein trostloser Tag heute ist. Sie hatte eine Menge Freunde in der Branche.«

»Russell scheint sich um Sara zu kümmern. Ich nehme an, ich muss jetzt nicht mehr den Brautführer bei ihrer Hochzeit mit Lazenby machen. Glauben Sie, Eve hat mich ausgesucht, weil sie einen zahmen Bullen brauchte, mit dem sie sich tarnen konnte, falls es zu Ermittlungen wegen Lorrimer kommen sollte?«

»Ich denke, sie hat Sie ausgesucht, weil Sie gut aussehen und Ihr Name auf dem Friedhof auf so vielen Grabmälern steht. Ich will damit nicht unhöflich sein, nur objektiv.«

»Na schön, ich weiß ja, dass sie mich nicht gewählt hat, weil ich Bob Freemans Busenfreund war, denn das war ich nicht.«

»Freeman hätte Lorrimer nicht bitten dürfen, das Porträt zu malen«, sagte Meredith nachdenklich. »Damit hat möglicherweise alles angefangen. Sogar schon ehe er Sara kennenlernte, hatte ein Mitglied der Familie Hoffnungen in ihm geweckt und wieder zunichte gemacht. Jetzt ist Russell in Sara verliebt. Ich hoffe, es gibt nicht wieder ein Unglück.«

Markby entgegnete, erstaunlich herzlos, wie sie fand: »Jemand wird immer in sie verliebt sein, sie wird immer eine Schulter haben, an der sie sich ausweinen kann. Machen Sie sich um sie keine Sorgen, Meredith.«

»Ich kann ohnehin nichts tun, sie ist fast zwanzig. An finanziellen Mitteln hat sie, was von Bob Freemans Geld noch übrig ist.« Meredith war damit beschäftigt, Lauras Thermosflasche und die Picknickbecher in die Tasche zu räumen, die Laura ihrem Bruder mitgegeben hatte. Auf Merediths Becher war ein Bugs Bunny. »Wissen Sie, ich habe es selbst versucht, eine Milchflasche so zu öffnen, dass der Deckel unbeschädigt blieb und man sie wieder verschließen konnte. Das ist nicht besonders schwierig, vor allem dann nicht, wenn man lange Fingernägel hat. Damals hielt ich es für durchaus möglich, dass Lorrimer von einer Frau ermordet worden war.« Ärgerlich fügte sie hinzu: »Wie konnte ich mich, was Philip Lorrimer anbelangt, nur so irren! Ich komme mir, gelinde gesagt, ziemlich blöd vor. Dabei habe ich häufig mit Menschen zu tun, die ich noch nie zuvor gesehen habe, und muss mir ein Urteil über ihre Verlässlichkeit bilden und darüber befinden, ob sie mir die Wahrheit sagen oder etwas vorschwindeln. Wie konnte ich nur so dumm sein, mich von einem jungenhaften Lachen und einem aufgesetzten Charme übertölpeln zu lassen?«

Markby lächelte sie an. »Sie hatten nicht die Gelegenheit, ihn gut genug kennenzulernen, um zu einem anderen Urteil zu kommen. Und er war nicht nur ein kleiner Gelegenheitslügner. Er hatte das Zeug zu einem erstklassigen Betrüger, und als Polizist muss ich sagen, ich bin froh, dass er sich entschlossen hatte, Töpfer zu werden, und erst sehr spät und durch Zufall zum Verbrecher wurde – und, wie sich herausstellte, kein Glück damit hatte.«

Sie nickte, bemerkte jedoch: »Komischerweise und trotz allem – wenn ich an ihn denke, finde ich ihn noch immer sympathisch. Es kommt mir vor, als sei er einmal ein netter Mensch gewesen und verdorben worden. Eigentlich eine Tragödie, wie ein solcher Mensch verbogen und dann bösartig werden kann.«

»Die Not treibt Menschen in ganz unerwartete Extreme«, stellte Markby fest. »Und die Möglichkeit, Böses zu tun, ist merkwürdig verlockend. Dafür ist Lorrimer ein gutes Beispiel. Zuerst wollte er einzig und allein, dass Sara die Verlobung mit Lazenby löste. Er wurde ausfallend, dachte sich makabre ›Scherze‹ aus, wie die mit dem Rinderherzen und der Puppe. Er drohte, den Brief an die Presse zu schicken, hätte diese Drohung am Ende aber vermutlich nicht wahr gemacht. Wenn es ihm ausschließlich darum gegangen wäre, Sara zurückzubekommen, hätte ihm klar sein müssen, dass er sich das Mädchen durch eine Veröffentlichung des Briefes und der Fotos für immer entfremdet hätte.«

»Er hatte in der Tat einen bösartigen Zug«, sagte Meredith nachdenklich. »Vielleicht hätte er es aus purer Bosheit getan. Und er hatte einen kranken Verstand. Den muss er gehabt haben, um sich so widerliche Dinge auszudenken. Wer weiß, wie logisch er noch denken konnte.«

»Der Punkt ist«, erklärte Markby, »dass er in diesem frühen Stadium nur Sara wiederhaben wollte, ganz für sich allein. Geld hatte nichts damit zu tun.«

»Aber dann ging sein Van kaputt, und er konnte sich keinen anderen kaufen«, sagte Meredith. »Eine solche – Kleinigkeit.«

»Nicht für ihn. Er war auf ein Transportmittel angewiesen, brauchte es unbedingt. Die Läden wollten die Waren rechtzeitig vor Beginn des Weihnachtsgeschäfts haben, und er verlor Aufträge, weil er nicht liefern konnte. Die Waren mit der Post zu schicken kam nicht in Frage. Große Mengen Töpferwaren sind schwer und außerdem zerbrechlich. Und wir dürfen die

Kaffeebecher mit dem eingravierten Namen nicht vergessen. Sie waren ein neues Produkt, das er durchsetzen wollte, und die Läden waren interessiert, aber er musste imstande sein, die Waren rechtzeitig zu liefern. Er musste sich dringend einen neuen Van kaufen, und für die zehn Pfund, die Crocker ihm für den alten gegeben hatte, bekam er keinen.«

»Also kam er auf den Gedanken, zu Eve zu gehen und Geld von ihr zu fordern.«

»Ja – und dann wurde ihm klar, wie viel Geld der Brief und die Fotos möglicherweise wert waren. Die Aussicht auf große Mengen leicht verdienten Geldes gab ihm neue Ideen ein, und er hörte auf, der junge Bohemien zu sein, der nur genug Geld haben wollte, um es im ›Dun Cow‹ in Bier umzusetzen oder sich einen neuen Van zu kaufen. Es gab ja nicht nur Eve, da waren auch noch die anderen Eltern. Ein paar Väter sind Parlamentsmitglieder, einer oder zwei davon haben sogar Adelstitel, ein paar kommen aus den oberen Etagen des Bankenviertels – und jeder von ihnen würde alles dafür tun, damit die Missetaten ihrer Kinder nicht in die Presse gelangen. Selbst wenn uns ihre Namen bekannt gewesen wären, hätten wir mit ihnen reden können, bis uns die Köpfe geraucht hätten, und vermutlich hätte kein einziger von ihnen zugegeben, dass er erpresst wurde. Es wäre interessant zu erfahren, ob er sich schon mit ein paar von den anderen Leuten in Verbindung gesetzt hatte.«

»Er hätte zuerst zu diesen anderen gehen sollen, nicht zu Eve«, sagte Meredith geradeheraus. »Eve besaß nicht das Geld, um einen Erpresser zu bezahlen. Sie hätte ihm eine einmalige kleine Anzahlung für einen neuen Van geben können, aber sie wusste, dass ein Erpresser immer wiederkommt. Sie wusste es, seit sie es mit Hughie zu tun gehabt hatte.«

Markby nickte. »Stimmt, es ist nicht nur Geld, das sie immer und immer wieder zu ihren Opfern zurückkehren lässt, es ist die Macht. Das Wissen, dass sie jemandem, der nach außen hin so erfolgreich ist, die Daumenschrauben ansetzen können. Wahrscheinlich sah sich Lorrimer zum allerersten Mal in der Lage, den Ton anzugeben. So etwas steigt einem zu Kopf. Neid hat zweifellos auch eine Rolle gespielt. In diesem Fall der Neid des in seiner eigenen künstlerischen Karriere Erfolglosen auf jemanden, der es geschafft zu haben schien. Vermutlich gab er Eve die Schuld daran, dass Sara sich mit Lazenby verlobt hatte, und da kommt auch das Motiv der Rache ins Spiel. Ein gefährlicher junger Mann.«

»Und dann der arme alte Bert«, sagte Meredith mit einem Seufzer, »der überhaupt nichts mit der Sache zu tun hatte. Er hatte nur rein zufällig gesehen, dass Eve um Lorrimers Hintertür herumschlich. Er dachte, es handle sich um Lust und Leidenschaft.«

»Na klar«, erwiderte Markby mit einem schwachen Lächeln. »Er gehörte einer Generation an, die nie offen über Sex sprach, aber ständig daran dachte und ihn überall zu wittern glaubte.«

Und ich, dachte er wehmütig, denke auf diese oder jene Weise auch daran. Sogar an diesem unpassenden Ort und bei dieser unglückseligen Gelegenheit. Aber so ist das, was immer wir uns auch vornehmen, die eigentliche Entscheidung treffen am Ende die Liebe und der Tod. Man kann sich gegen keinen von beiden wehren.

Die Wagenfenster beschlugen allmählich. Er kurbelte die Scheibe auf seiner Seite ein paar Zentimeter herunter, damit das Glas wieder klar wurde. »Wissen Sie«, sagte er verlegen, »ich habe gehofft, wir könnten Freunde bleiben, sobald alles vorbei ist – in Verbindung bleiben.« Er machte eine Pause und fügte betrübt hinzu: »Doch ich nehme an, Sie würden alles lieber vergessen.«

Meredith wich seinem Blick aus. Sie hatte gespürt, dass ihm etwas in dieser Richtung auf der Zunge lag. Früher wäre es wegen Mike nicht in Frage gekommen. Aber Mikes Geist war jetzt für immer gebannt. Sie sagte ruhig: »Vergessen kann ich es nie. Und was uns beide angeht – es ist zu früh, Alan.«

»Das weiß ich. Nur – schicken Sie mir eine Ansichtskarte, wenn Sie wieder zurück sind, ja?«

Sie lächelte. »Die bekommen Sie.«

Er erwiderte das Lächeln. »Vielleicht machen wir eines Tages doch noch zusammen diesen Trip nach Griechenland.«

»Vielleicht.«

»Dann lassen wir es vorläufig dabei. Gut so?«

»Ja«, sagte sie. »Das ist gut so. Wir lassen es vorläufig dabei.«

EPILOG

Bert Yewell gesellte sich zu den Freunden seiner Jugendzeit: Er wurde auf dem Friedhof begraben, auf dem er zuvor das Gras gemäht hatte. Es war seit mehreren Jahren die erste Beerdigung, die dort stattfand. Adas Grab wurde geöffnet, und man bettete ihn neben ihr zur Ruhe, aber niemand fügte seinen Namen auf dem Grabstein hinzu, denn, wie Pearl sagte, es hätte nicht viel Sinn gehabt.

Sie wussten, dass Onkel Bert dort lag, und sonst interessierte es keinen.

Wie sich herausstellte, war es eine glückliche Entscheidung, dass sie nicht ihr gutes Geld dafür ausgegeben hatten, die Inschrift auf dem Grabstein zu ergänzen. Es fand sich nämlich niemand, der bereit gewesen wäre, sich um das Gras auf dem Friedhof zu kümmern, wie Bert es getan hatte. Niemand wusste mit einer Sense umzugehen oder war gewillt, die Arbeit für ein so geringes Entgelt zu tun. Daher beschloss man, alle Gräber einzuebnen. Die Grabsteine wurden ausgegraben und hinter der Kirche in einer Ecke gestapelt.

Danach schickte die Kreisverwaltung von Zeit zu Zeit ein paar Männer mit einem Motorrasenmäher auf einem Laster heraus.

Einer der Burschen lehnte an der Mauer und sah dem anderen zu, der mit seinem Miniaturtraktor auf der planierten Erde eine Runde nach der anderen drehte, das lange Gras abschnitt und es liegenließ, wohin es fiel. Darunter verwesten Bert Yewells sterbliche Überreste und wurden allmählich zu einem Teil der Erde, die er sein Leben lang gehegt und gepflegt hatte.